主编　凌翔

当代著名作家精品书系

仿佛有个约定

汤华平　著

天津出版传媒集团

天津人民出版社

图书在版编目 (CIP) 数据

仿佛有个约定 / 汤华平著 . -- 天津 : 天津人民出版社，2020.10

（当代著名作家精品书系 / 凌翔主编）

ISBN 978-7-201-16491-5

Ⅰ. ①仿… Ⅱ. ①汤… Ⅲ. ①长篇小说－中国－当代 Ⅳ. ① I247.5

中国版本图书馆 CIP 数据核字（2020）第 190740 号

仿佛有个约定

FANGFU YOU GE YUEDING

出　　版　天津人民出版社
出 版 人　刘　庆
地　　址　天津市和平区西康路 35 号康岳大厦
邮政编码　300051
邮购电话　（022）23332469
电子信箱　reader@tjrmcbs.com

责任编辑　岳　勇
特约编辑　吕　妍
封面插图　陈　姝
装帧设计　陈　姝
主编邮箱　jfjb-lx2007@163.com

印　　刷　唐山楠萍印务有限公司
经　　销　新华书店
开　　本　710 毫米 × 1000 毫米　1/16
印　　张　20.5
字　　数　254 千字
版次印次　2020 年 10 月第 1 版　2020 年 10 月第 1 次印刷
定　　价　59.80 元

回望往昔，记录故乡与成长，记录属于自己时代的光影和感悟是文学的重要母题。汤华平的小说《仿佛有个约定》就是一部表达如此母题的作品。

—— 中国作协全国委员会委员、江西省作家协会驻会副主席 江子

活在俗世的寓言（代序）

彭文斌

    不知缘何，阅读汤华平先生的长篇小说《仿佛有个约定》的过程中，竟然渐渐浮现出孙少平的形象，那个《平凡的世界》里的主人公。恍恍惚惚间，这个形象又幻作作者汤华平的画像，个头不高，沉默寡言，像一炉压了风管的炭火。

    我坚信这是一部"编年体"式的自传体小说，充满悲苦与抗争，充满沉沦与救赎，充满冰与火。

    我甚至找到了郁达夫在《春风沉醉的夜晚》里制造的意境。有意思的是，郁达夫乃浙江富阳人，而《仿佛有个约定》里的主人公高平，也在富阳度过了一段暖心的光阴，并尝试着为一位普通百岁老人写传记。难道冥冥之中，果真有个"约定"？

    此时的南昌城，七月流火。我在单位与家庭之间顶着烈日跑，忙着生计，忙着人间的琐事，夜深人静，便以《仿佛有个约定》消暑。初读，感觉味淡，再读，满舌发涩，读到最后一章《相约天城》，好像练功者入了境界，"悠然见南山"，见着云雾缭绕的峰峦了。阅读这部满纸炎凉的小说，与其说我品读到了一个乡村青年的奋斗史，不如说，我遇见了扰攘红尘中的真情。

是的，真情！从村民慷慨解囊凑集资金支持高平养鸭创业的细节里，从民政局局长慧眼识珠鼓励主人公发挥一技之长的故事间，从富春江边的淳朴民风和一个男子对爱情的坚守中，我享用着真情的滋补，感受着世间的旖旎风景。作者借助高平的成长史，表达了他的爱与依恋，这种爱与依恋丝毫没有披挂"皇帝的新装"，而是直抵灵魂的深处。

　　我不由得想起与汤华平相识的点点滴滴。大约 2017 年元旦后，我应上饶市文联之邀，赴玉山县樟村镇采风。室友正是鄱阳籍作家汤华平，他自谦说，在杭州"混碗饭吃"。汤华平很低调，在公众场合绝少发表言论。其实，他爱好广泛，除了码字，还在书法、音乐等方面颇有造诣，一如《仿佛有个约定》里的高平。在那个阳光步履迟缓的冬日午后，静静倾听汤华平从乡村打拼到城市、从农民成长为记者的坎坷经历，有些吃惊，原来在这个外表朴实的男子的内心河流里，奔腾的是充沛的能量。在言谈中，他多次提及守望于故园的母亲，每一个细节都梳理得井井有条，语速缓慢，音调轻盈，似乎生怕惊吓着窗台外的昆虫。汤华平再三强调，自己于文学是个门外汉，上不了大雅之堂，无法跟别人相提并论。然而十别三日，当刮目相待，前几天，当他在电话里邀请我为其长篇小说写序时，我顿然懵圈了，几疑为幻觉。好家伙，一出手，就是大部头啊。

　　实诚地说，汤华平的这部小说开头并不引人入境，乡村日子在这些碎片化的组合中显得单调、压抑、了无生趣。意外的是，随着一个章节一个章节展开，小说竟峰回路转，愈来愈有嚼头，而最后一章"相约天城"更是在平原上耸立起高峰。我不知道这是作者匠心为之，还是源于对这段故事的刻骨铭心。不管如何，我挺喜欢"青涩年华""相约天城"这两个章节，它们对爱情的记录精彩纷呈。

　　在我看来，《仿佛有个约定》的价值最少体现在三个方面：

　　一是勇敢地记录了一条心灵河流的旅程。像卢梭的《忏悔录》一样，

《仿佛有个约定》忠实地袒露了高平的喜怒哀乐、高尚与猥琐、尊严和挣扎。作品回答了人活着的意义在于真善美，在于追求和不断出发。心灵史远比姹紫嫣红更绚丽。《仿佛有个约定》所体现出来的解剖勇气，值得读者尊敬。

二是详尽地解析了培植好心灵"精神树"的重要意义。我经常说，人一生要种好"三棵树"。第一棵，生长在前方，代表远景和希望；第二棵，是身体，健康茁壮成长，具备抗风雨、谋生存的能力；第三棵，是心灵土壤上的精神树，人要活出境界。《仿佛有个约定》以高平的摔打、砥砺为主线索，基调是昂扬的、励志的，透明地表达了对人生的态度，始终不肯向风雨、苦难、贫穷、坎坷低头，希冀通过努力去改变命运的轨迹。

三是对爱情观的拷问和反思。在小说中，高平与同学高玲玲的恋爱故事有些"城南旧事"的痕迹，带着一个时代的深刻烙印。他们爱得如溪水一般清澈，爱得如一个传说，这样简单而真挚的爱，却被贫穷绞杀了。高玲玲南下深圳打工的抉择，注定了两人的爱情有花无果。令人不可思议的是，高平对爱情具有高度的"洁癖"，并一直不肯婚娶，可谓"曾经沧海难为水，除却巫山不是云"。当下，这样的爱情观还有市场吗？"一千个读者有一千个哈姆莱特"。相信每个人对爱情的态度不一样，但真情永远无价。而在四十不惑的年龄段遭遇柏拉图式的爱情，令高平陷入旋涡和绝地，他与已有家室的董小慧之间的感情纠葛注定难以善终。这种情状，让我想到那位民国哲学家金岳霖，竟然为了林徽因终身不娶。高平摆脱不了道德底线和舆论高压线，他只能制造着被俗世一次次碾压的"寓言"。

《仿佛有个约定》是一剂药，治疗着高平，也治疗着汤华平。

其实，我们这些在俗世谋生的人，谁又不是别人笔下和舌尖的寓言？

平心而论，或许是第一次"触电"长篇小说，且又是自传体，《仿佛有个约定》在细节把握上还需要更完善。无论如何，汤华平了却了一桩心愿，向曾经的真情生活致意，这是一件幸福的事情。

赘言至此，我想以一首新近写的小诗《心烛》作为结语：

最煎熬的时候
也不可熄灭那道瘦弱的光

黑色以熊的姿势扑来
没有谁能挺身

暴雨随时倾泻而至
旷野里只有孤独

再坚持一会儿吧
终究有岁月可以裹身

这微热的肢体
没有气力说出苍白的语言

但是还有热泪
出使尘世

2019 年 8 月 12 日深夜于南昌市上林春天花园

（作者系中国作家协会会员、中国铁路作家协会理事、

江西省作家协会理事、江西省散文学会副秘书长）

目 录

引子

高家村位于饶河北岸，是赣东北群山环抱中一个美丽的小村子，遥望此村，青青绿绿，白墙黑瓦点缀其间，恰似一幅美丽的江南水乡画卷。清晨，大雾缥缈，小溪潺潺，永远吟唱着乡村美丽的早晨；村前的小河边，棒槌声声，农妇们在此浣洗衣裳，嬉笑打闹，谈论着家长里短；劳动的女人总有一种生动的美，清澈的河水畅快地流过女人的脚，挟着一个村庄的梦，向着远方缱绻而去。

黄昏暮归的农夫荷锄而归，脸上写满劳作的喜悦，放牧的儿童在夕阳的余晖里骑在牛背上，用一只简单的竹笛深情地传唱着乡村最古老的歌谣，屋顶上升起袅袅炊烟，诉说着小村的故事。

高家村不大，近三百来户的村民枕河而居，开门见水。白练似的饶河不急不慢，逶迤西行，最后被鄱阳湖揽入怀中，慢慢流淌，在流逝的岁月里，向人们诉说着世事的沧桑。

村里的人大部分姓高，只有几户土姓，因而被称之为高家村。

对于高家村名字的由来，没有翔实的历史记载。据村里的老辈人讲，在很久以前，有位叫高义的侠士因打抱不平被官府追杀，四处逃难，他长途跋涉，历尽千辛万苦，走遍山山水水，终于来到了现在的高家村，见此地风光奇秀，且远离尘世的喧闹，因而躲进大山深处，在此隐居起来。

有一天中午，高义因干活太累躺在一块石头上睡觉，梦乡中有一道金光在眼前闪现，突然在他的面前出现了一位体态轻盈、相貌端庄的女子。梦中，高义紧紧抓住女人的手，问其为何独自来山中？那女人面似桃花，羞而不答。高义醒来，果真见一女人站在眼前，他恍若隔世。女人自称姓王，家乡与此地相距甚远，因避战乱逃难于此，见高义孤苦一人独居山中，愿以身相许，真情相伴一生。王氏女人说明真相后，高义不胜感激，从此两人在此过着男耕女织的美好生活，高家村由此而来。

千百年来生活在这里的人们沿袭着父辈们的足迹，种田打鱼，繁衍生息……

在高家村的村子中央，有一间破旧的泥瓦屋，屋里住着一户高姓人家，男的叫高益群，女的叫王贞女，夫妻二人育有三子四女。

高益群，顾名思义就是要有益于群众。他为人厚道朴实，早年曾当过生产队队长、大队党支部书记，后调到公社任文教主任。由于历史问题，其岳父曾是国民党员伪乡长，仕途一直不顺，尽管如此，他仍然能踏踏实实地为老百姓办事，有一颗为人民服务的心，又会一手漂亮的毛笔字，因而深受乡民们的喜爱。

在高益群的眼里，七个子女个个聪明能干，唯有他的二儿子高平，从小性格内向，不善言辞，略显木讷。为此，他和妻子总为此子操心，这么笨的人，将来长大了怎么成家立业，为人处世？与众不同的是，高平从小就与书有缘，一有空就读书、听评书，小学三年级的时候，作文还拿过全乡一等奖。从此，这位普通的农家少年，恋上了美丽的缪斯女神。在那些繁星点点的夜晚，他常常漫步在乡间的土路上，遥望天空的明月，幻想着比家乡更遥远的事情，想象着用文字来编织自己的人生。岁月如歌，这位农家少年的文学梦，一梦就是几十年。在以后几十年漫长的人生岁月里，高平怀揣着他的文学梦，远走天涯，也因此书写了一部人生的传奇。

读者诸君，欲想了解高平曲折离奇的人生，请随作者的笔端一起走进高家村，走进高平的人生故事。

第一章

辍学岁月

因家境贫困，高平没有读完高中就辍学了。但生活的苦难，并没有折断他理想的翅膀。

在那些艰辛的岁月里，高平一边养鸭一边在田野缝隙里写新闻，用文字编织着理想的人生。

这是一个普通的傍晚，劳作了一天的人们，在田野里收拾农具，慢慢地洗掉脚上的泥土，陆陆续续地向家中走去；倦飞的鸟儿在夕阳的余晖里慢慢地向村后的树林飞去。喧闹了一天的小村，开始宁静下来了。

　　此刻，高家村的高益群家已亮起了灯。他的老婆王贞女，在柔和的灯光下纳着鞋底。这是一家普通的农户，房子是用泥土砖砌成的，分三间，有厅堂、厨房、卧室。虽说有些年月，略显破旧，但屋内却很温馨。大门的两边贴了秦叔宝和尉迟恭两位门神，厅堂内正墙上贴着一个斗大的"春"字。正在做针线活的王贞女好像有心事，她不时放下手中的活计，关掉放在条几上的那台收音机的广播，来到家门口的樟树下眺望。都这么晚了，丈夫去学校接儿子怎么还没回家？她在樟树底下来回走动，嘴里喃喃自语，这么晚了还没回来？不会出什么事吧！那个年代通讯还不发达，她只能干着急。

　　夜色渐浓，门外漆黑一片。王贞女突然一个闪念：天这么黑了，丈夫与儿子在路上一定很难走。想到这里，她急忙跑回家拿出一盏点亮的马灯，挂在门口的樟树枝上，待会儿爷俩回家时也好亮点。

　　晚上九点多钟的时候，她突然听到院子内传来几声狗叫，肯定是自己家养的那条小黑狗看见主人回家在跟他们打招呼呢。她跑出家门一看，果真是丈夫和儿子高平回来了。

　　高益群走在前面，推着一辆独轮车，车上全是儿子高平的学习用品和衣物。那独轮车碾在高家门前的青石板上，发出咯吱咯吱的响声，仿佛在为高平这位农家学子中途辍学而发出不平的呐喊。

见丈夫与儿子归来，王贞女对高益群说："这么晚才回来，家里的饭菜都凉了。"高益群回答道："走走停停，叫我怎么快得起来呢！"王贞女一听心里一阵难过，肯定是儿子还没有读完高中，舍不得离开学校，这也苦了他。有了这个念想，她怕儿子伤心，赶紧对丈夫说："回家了就好，快吃饭吧！"

刚进家门，高平没有正视父母一眼，把书包重重地甩在条几上，走进自己的卧室，一头栽在床上，用被子捂着头，轻轻哭泣。高益群坐在厅堂前，脸色凝重。他从口袋里摸出一支香烟，划亮火柴点着，刺啦刺啦地抽着，吐着烟圈。高益群叹息了一声，对王贞女说："去劝劝平呐。"王贞女来到高平的房间喊道："平呐，快点起床吃饭，今天我烧了你喜欢吃的鱼。"高平没有回答。王贞女来到他的床前，掀开蒙在高平头上的被子，见高平正在掉眼泪，心里像刀割一样难受，用系在身上的围裙为高平擦拭眼泪，边擦边说："不要有什么事就掉眼泪，男人要有男人的样子。你回家种田有什么不好，世界上这么多种田的人都过得好好的，就你一个人过不下去？你大哥现在已经定亲了，明年你嫂子就过门了。我们家没有多少收入，又添一张口吃饭，你的弟弟妹妹又要上学，你也想想做娘老子的难处。你一个穷人家的孩子，读了书又能怎么样？"

高平躺在床上默默地流着泪，他没有回答母亲的话。

母亲是疼他爱他的，可是母亲是一位从旧社会走过来的传统女性。在她的心里，一个人的幸福标准就是成家立业，种好田地。只要子孙满堂有口饭吃，那就是人生的幸福。

王贞女见儿子默默无语，心里也很难受。她抚摸着高平的头说："听姆妈的话，快起来吃饭。我们农村人，不要想太多的事，安守本分就好了。你这样伤心下去，身子骨垮了，我会心疼死的。"高平见母亲这么伤心，心里一阵难过，觉得这也是自己的命，只有认命。他转过身来，用袖子擦了擦眼泪，对母亲说："姆妈，你别难过了，我静一会儿就好了。"那天晚上在母亲的劝说下，高平喝了一碗蛋汤。

夜深了，人们都进入了甜美的梦乡，高平躺在床上辗转难眠。窗外一轮新月如钩，银白色的月光透过窗户洒在床前，房间内显得十分宁静。高平从床上爬起来，借着月光，悄悄打开房门，从后门走了出去。

走在乡间的田径上，遥望繁星点点的夜空，高平的心难以平静。田野里静寂一片，一阵风吹过，他双手捂着头，思绪陷入了深深的痛苦之中。自己本来打算读完高三，考取理想的大学，跳出农门，不再像祖辈一样守着一亩三分地过日子。而今美好的理想变成了泡影，自己只能过着面朝黄土背朝天的生活。

在夜色中，他想起了昔日的同学，想起了昔日老师对他的关心与教诲，禁不住再次流下了滚滚热泪。高平在田径上走了很久，直到村里传来鸡叫声，他才迈着沉重的步伐，一步步向家中走去……

（一）当上"鸭司令"

一大片乌云阴沉沉地笼罩着天空，像一口巨大的黑锅压得大地喘不过气来。突然间，密集的雨点夹杂着略带寒意的秋风，自苍穹飘落而下。此时，已是暮色四合时分，在田间地头劳作的庄稼人大部分已收工回家。高平穿着一双长靴，深一脚浅一脚在稻田里走着。由于个子小，靴子太高，他有时陷在烂泥田里难以移动脚步。

高平在稻田里艰难地行走着，他不时用手中的竹竿赶着分散在田野里的小鸭子。成群的蚊子和各种虫子飞扑在他的脸上，有的还钻进了他的鼻孔。高平停下脚步，用手抠鼻孔或扑打叮在脸上的蚊虫。

凉丝丝的雨点打在他的身上，他在田埂上稍停片刻，用手抹了一把被雨水冲洗的眼睛，然后奋力用竹竿赶着分散在稻田里的小鸭子，慢慢地把那些小鸭子赶上一条通向回家的路。

走过一条条弯弯曲曲的田埂，几经波折，高平终于把鸭子赶上了一条小路。走过村前的老学校，鸭子在苍茫的暮色中，组成一支浩浩荡荡的队伍，迈着四平八稳的步伐，向鸭棚走去。

高平家的鸭棚搭建在门前的菜地旁，用松树和毛竹搭建而成。鸭棚分三间，在里面另外有一间小房间，是高平睡觉的地方。养鸭子已经一个多月了，高平睡在鸭棚内，每天天刚蒙蒙亮，他便起床打扫鸭棚、喂鸭食，半夜里还得起床提着马灯或打着手电筒在鸭棚里"巡视"，怕有老鼠或蛇等动物来侵犯鸭子。

高平把鸭子赶进鸭棚前，母亲早已拉亮了鸭棚内的电灯。鸭棚内亮堂堂的，毛茸茸的鸭子在灯光的照耀下好像一团团滚动的毛球。小鸭子们嘎嘎的叫声使这个寂静的鸭棚沸腾起来了。

见高平全身湿漉漉的，母亲赶紧端来一盆热水，用一块干毛巾擦着他的头，一边擦一边说："平呐，快把身子擦一擦，换件衣服，不要着凉了。"高平脱掉湿漉漉的上衣，拧干毛巾，擦了擦身子，换好衣服后，他脱下长靴，把双脚浸泡在热水盆里。母亲蹲下身来为他洗脚，她感觉儿子的脚已经被水浸泡得发白了，心里很难过，对高平说："平呐，你爹工作忙，我要忙家里的事，没有人帮你。你一个人养鸭子太苦了！"高平听到母亲哽咽的声音，对母亲说："姆妈，你别难过，没事的。"说着他拉起母亲的胳膊，又说："姆妈，你赶紧起来，我自己来。"当母亲站起身时，高平见她的眼里闪着泪花，他用手抹去母亲眼角的泪花，说："姆妈，别伤心，我吃得起这个苦。"

这是个阴雨连绵的晚上，高平睡在鸭棚内难以入眠，秋雨淅沥，也落在高平的心坎上。他的眼睛潮湿了，脑海里翻腾着过去的一幕幕往事。离开校门后，虽然破灭了上大学的理想，但他心里又有了一个新的想法——跟邻居高彩军一样去学习木匠手艺。可父亲思前想后，觉得学一门好手艺没有三年五年的光景是不行的，家里除了减少一个劳动力以外，还要付给师傅酬劳，这样家里的经济负担太重，为了保证家里的经济收入，父亲还是要他养鸭子。对于父亲的心，高平也是理解的，他知道父亲希望自己多攒钱，早点娶媳妇成家立业。他只能屈从于命运的安排，他只有脚踏黄土手握竹竿，在家乡的田野上放养鸭子，把人生最宝贵的青春年华交给家乡那片广阔的土地。

天亮时分，高平突然感觉不对劲，因为每天这个时候他都能听到鸭子的叫声，可今天却悄无声息。他赶紧翻身起床，打着手电筒在鸭棚里看，一下惊呆了，鸭子死了一地。面对满地的死鸭子，他双手抱头蹲在鸭棚外哭了起来。

高平的哭声伴随着萧瑟的秋风飘出鸭棚外，很快传到母亲的耳朵里。听到高平的哭声，母亲赶紧穿衣起床跑向鸭棚。见高平蹲在地上哭泣，她连忙扶起高平问道："平呐，出了什么事？"高平没有回答，只是用手不停地抹眼泪，然后朝鸭棚内一指。母亲顺着他手指的方向望去，一看鸭棚内全是死鸭子，禁不住大叫一声："哎呀！这怎么得了！"

为了养鸭子，儿子吃了不少的苦，挖泥塘、建鸭棚、喂食、放养、挖蚯蚓，赶早摸黑，每晚睡在臭烘烘的鸭棚里，风里来雨里去，真不容易。再说借了一千元利息钱做本钱，现在鸭子死了，赚钱的希望没了。想到这里，她一把抱住高平的头，也哭了起来。

高平和母亲的哭声惊动了左邻右舍，邻居春年大伯、爱松大伯、义才哥、秋菊大妈陆续从家里赶来。大伙看到满地的死鸭子，心里都很难过。秋菊大妈解下系在身前的围裙，一边为王贞女擦拭眼泪一边说："贞女，破财消灾，不要难过。鸭子死了再买，你是家里的主心骨，上有老下有小，哭坏了身子怎么办？你家里如果再买鸭子，缺一少二的，我们都会帮你的，到时我跟你爱松哥商量一下，把家里的鱼干和棉花卖了，给你家出本钱。"

春年大伯也在一旁说："妹呐，遇到难事就把难事解。你要是倒下去了，这一家老小怎么过！我回去也和你银三嫂合计一下，把家里的猪卖掉，帮你们家添一点本钱。"在众乡亲的劝说下，王贞女慢慢停止了哭泣。秋菊大妈挽着王贞女的手慢慢地向家中走去。

晚上，高益群从乡里开会回来，刚踏进家门，他见老婆与儿子都两眼红肿，不知发生了什么事，他问道："贞女，这是怎么了？"高益群刚一开口，王贞女眼泪就流下来了，对高益群说："你去鸭棚看看，我们家养的鸭子差不多死光了。"高益群一听，脑子嗡的一声，赶忙走出家门，急匆匆向鸭棚走去。他来到鸭棚，只见鸭棚内满地都是死鸭子，他脸色铁青，从口袋里摸出一支香烟，蹲在鸭棚旁不停地抽着烟，心里像压了铅块一样沉重。在鸭棚旁沉默了许久，高益群在地上掐灭了最后一个烟头，起身向家中走去。到家后他对王贞女说："贞女，这些死鸭子堆在鸭棚内，时间久了会发臭的，我看还是抬出去埋了。"王贞女眼泪汪汪地回答道："嗯。"

这是一个月黑风高的夜晚，伸手不见五指，大地静悄悄的。高平和父亲抬着一大筐死鸭子，走在弯弯曲曲的乡间小路上，慢慢地向村后的山冈走去。高平的母亲走在前面，提着一盏马灯给他们照路。秋风瑟瑟，细雨绵绵，高氏父子心里也是潮湿的，他俩好像抬着一口棺材，为逝去的人送葬，心里异常沉重。约走了半个小时，他们走到了幽静的山道上。山谷里冷冷清清，好像怕惊醒在筐里的死鸭子。在山道上走了很久，高益群突然停下了脚步，他用低沉缓慢的口气对高平说："平呐，这里的土质松软，容易刨坑，我们就把鸭子埋在这里。"

高平随父亲放下了扁担，从母亲的肩上接过了锄头和铁铲。父子二人，一人刨坑，一人挖泥土。坑挖好了，高平和父亲慢慢地把死鸭子放进坑内。

此刻山冈上一片寂静，偶尔吹来一阵阵略带凉意的秋风。高平动作缓慢地将一铲铲泥土掩盖在死鸭子身上。看到那些曾经活泼可爱的小生灵逐步被掩埋在黄土之中，他想起了昔日和小鸭子们朝夕相处的欢乐情景，心中有一种割舍不掉的痛，仿佛看到这些小生命在河里面扎猛子、抢食、戏耍打闹的情景，泪眼婆娑。埋好后，面对眼前的小土包，高平内心深处升起一股依恋之情。他在旁边找了一个小石块，插在小土包前，做鸭子们的墓碑，然后又放了几根树枝在墓碑旁，心里默默地念着："小鸭子们，虽然你们到了另外一个世界，但我还是会时常想起你们的，你们安息吧！"

此刻，高益群从口袋里摸出一支香烟，默默地抽着，一缕一缕的烟随着秋夜的风飘向远方。高平和父亲母亲借着微弱的马灯亮光，拖着疲惫的身躯，迈着沉重的步子，一步步向家中走去。

这次养鸭失败，给了高平和家人沉重的打击，也牵动了高家村父老乡亲的心。

那年秋天的一个早晨，王贞女正在厨房里忙碌，邻居春年来了。春年一进门，便对王贞女说："贞女，你家里死了这么多的鸭子，亏损了这么多的钱，对我们农村人来说真不容易。但碰到了难事也不要低头，想办法赚回来。知道你家里日子不好过，我和你嫂子商量好了，已经把家里的猪卖掉了，攒了点钱给你家急用。"说完从口袋里摸出一个小皮纸袋，然后用长满老茧的手从皮纸袋里摸出三百元钱塞到王贞女手上。王贞女一看，心里挺过意不去的，连忙用手推回春年塞给她的钱，说："春年大哥，你把家里的猪卖了给我们家当养鸭的本钱，我过意不去。"春年回答道："我们做了二十多年的邻居，你家里有难事就等于我家里有难事。就这么一点心意，你就拿着，等鸭子生蛋有了钱再还我。"

春年说完硬把那三百元钱塞进王贞女手里，王贞女见春年实心实意，就收下了。她对春年说："春年大哥，你对我们家的好，我们全家人都记住了。老辈人说得好，远亲不如近邻。我们家里的难事，有你们的帮助，一定会好起来的。"

春年听了王贞女的话，微笑着说："自家人不要客气，谁家没有个难处，你就放心用着。"王贞女默默地点了点头。他俩正说着话，邻居爱松来了，他对王贞女说："贞女，你买鸭苗不用愁。我跟你嫂子商量好了，已经把家里的鱼干和棉花卖掉了，抽出两百元给你拿去做本钱。"说完爱松从口袋里摸出钱交到王贞女手上。王贞女拿着爱松给她的钱，对爱松说："爱松哥，难为你了。听嫂子说，你那些棉花是用来弹棉絮，为你家玉英做陪嫁用的。现在你把棉花卖了，以后玉英出嫁没有棉被陪嫁怎么办？"爱松说："贞女，船到桥头自然直，玉英出嫁时会有的。你家里有难事，先救急再说。"王贞女说："爱松哥，那我就打个马虎，先收下了。等玉英出嫁时我们再想办法。"爱松回答道："好的，这事不急。"那天中午，邻居义才等人也送来了钱。

晚上，高益群回了家，王贞女把邻居的事告诉了他，高益群沉默了一会儿，然后叹了一口气，说："唉！我们家遭到这样的经济损失，还连累了邻居，背上这么多的人情债，我心里也很难过。"王贞女说："谁说不是呢！自己家的事还三家连四屋的，现在骑上了虎背也难下，鸭子死了我们再买。你明天到乡兽医站打听一下，鸭子到底是什么原因死的。"

几天后，高益群请来了一位刘姓兽医。刘兽医到鸭棚查看了一下，询问了鸭子死的情况，他对高氏父子说："你们家里的鸭子突然死亡，是没有掌握天气的变化。秋天寒潮来的时候，应该把鸭子分开安置，你们却把它们关在一起，鸭子相互拥挤挤死了。"听了刘兽医的话，高氏父子恍然大悟。之后刘兽医给鸭棚消了毒，并给高平讲了一些养鸭的知识，还给了高平一本《家禽饲养100例》。从此，高平通过这本书逐步掌握了养鸭子的技术。

卖鸭苗的地方距高家村有三十多里路，是一个叫刘家铺的小村子。那天早上星星还在天边眨着眼睛，王贞女便起床在厨房里忙碌起来，炒鸡蛋、红烧鱼。不一会儿，香喷喷的菜端上了饭桌，王贞女喊道："你们爷儿俩快起来了，今天我特意烧了好菜。你们多吃点，吃完了好赶路。"高平和父亲起床后匆匆吃过早饭，然后各挑着一担箩筐出发了。

中午时分，高氏父子来到了刘家铺。高平和父亲都累了，两腿发酸，在刘家铺村口的小店旁休息了一会儿。因腹中饥饿，高益群买了一袋饼干，向店主讨了一杯开水。父子二人边吃边喝慢慢地填饱了肚子，脚底下也有了力气，然后朝着卖鸭苗的刘根家中走去。

高氏父子来到了刘根家。刘根家住在刘家铺的村西头，是一栋青砖黑瓦的平房，刘根家相对于村里人来说是有钱的。

刘根正在家中做家务，一见有客人到来，他热情地把高氏父子迎进了门。刚坐下，高益群问道："现在有没有鸭苗？"刘根回答道："有的。"高益群问道："多少钱一只？"刘根说："两元一只。"高益群说："老弟，能不能便宜点？"刘根说："价格不能便宜，我多送你二十只。咱们生意常来常往。"高益群说："好的。"于是高氏父子随着刘根来到鸭棚，挑选了四百只鸭苗，之后还买了饲料。刘根对高益群说："大哥，你们先把鸭苗挑回去，随后我就把饲料送到你家。"

顶着秋老虎的烈日，高氏父子脚底加紧，到家时，日头还没落下。

王贞女见丈夫和儿子回来，她赶紧端来几个大塑料盆，里面放满了清水，她对高益群说："赶紧把鸭子放进水盆。"高益群把箩筐内的鸭子放进水盆内。小鸭子们在水盆里玩耍，扎猛子，不时地在水里抖动着黄色的羽毛，样子十分可爱。高平看着水里游来游去的鸭子，心里很快乐，他从母亲预先准备好的铁桶内抓出几只小蚯蚓，放入水盆中。小鸭子们争先恐后地来啄它们，抢到稍大一点的赶紧钻到水里吞食，其他几只见状也追上来啄，有时两只鸭子同时抢到一只蚯蚓，往不同的方向游着，蚯蚓像牛皮筋一样被拉长了，这时站在一旁的高平笑了。王贞女拍了拍他的肩膀说："平呐，养鸭子有时快活有时累，你要有耐心。"高平回答道："姆妈，你放心，我已经学会了科学养殖方法，这次一定会成功的！"

日子像门前小河的水一样慢慢地向前流淌。每天早晨，当村里升起第一缕炊烟时，高平便起床了，拿着一根长长的竹竿，嘴里吆喝着，赶着一大群鸭子向村口的田野走去。平日里，当鸭子们进入稻田觅食时，高平就一个人坐在田埂上想心事。此刻，天是蓝蓝的，阳光很温暖，风也是轻柔的，高平的思绪也像那阵轻柔的风一样，慢慢飘向远方……

他想起了邻居高卫亮，因为知识改变了命运，考上了县城的师范学校，毕业后在乡中心小学当了一位人民教师。瞧那样子，多神气，每天穿得干干净净的。他每次看到高平，都要故意摇响自行车的铃声，袖子也挽得很高，好像在叫高平瞧一瞧他戴在手上的那块钟山牌手表。此刻，阳光照在高卫亮的脸上，是一脸的灿烂，那戴在手上的手表也在阳光的照耀下闪闪发亮。看着高卫亮穿戴得像城里人一样鲜活，想想自己赤脚站在田埂上，高平心里既羡慕，又怨自己的父母没有让自己完成学业。都是农村出身，都是读书人，为什么是两种命运。

高卫亮下班回家，看到高平时，总是故意扯亮嗓门喊道："鸭司令，收工喽！"高平回答道："我还早着呢，没有你当老师的命好，那么早回家。"高卫亮冲着高平一笑，脚底加紧，骑着自行车风驰而去。望着高卫亮逐渐远去的背影，高平的心里总会升起一股惆怅。每天傍晚高平赶着鸭子回家时，看着一天天长大的鸭子，他心里憧憬着收获的喜悦，心想："等鸭子生蛋了，有钱了，自己也买一套好看的衣服，说不定还要买一辆自行车呢！到时候，一定要好好地风光一回。"

日子在憧憬中慢慢走过。

那年春天的一个早上，东方刚刚露出鱼肚白，睡在床上的高平突然听到鸭子"嘎嘎"的叫声。他侧耳倾听，好像与往日的叫声不一样，起床一看，只见鸭棚门口有一个滚圆雪白的东西。他捡起来一看，软软的，原来鸭子生蛋了。

高平吹了一声口哨，鸭子呼啦啦全部从鸭棚内排着长长的队伍跑出来了。高平向鸭棚内望去，地上有稀稀拉拉的白点，他高兴极了，急忙走出鸭棚喊道："姆妈，快来看！鸭子生蛋了。"高平的母亲一听，赶紧从家里跑了出来，随高平一起来到了鸭棚，见到地上真有鸭蛋，她乐得合不拢嘴，喜滋滋地对高平说："平呐，回去拿箩筐过来拾鸭蛋。"之后她蹲下身子，把鸭蛋一个个捡到自己的围裙兜里。待高平拿来箩筐时，母亲又把鸭蛋一个个放进箩筐，一边放一边数着："一个、两个、三个……"

那天晚上，高益群从乡里回来，看着堆放在堂前箩筐内的鸭蛋，心里美得很，他对王贞女说："贞女，我们家的鸭子终于生蛋了，以后有收入了，得高兴高兴。你今天炒几个下酒菜，我叫平呐去喊春年哥、爱松哥、义才弟来我们家喝两杯。我们家遇到困难时，要不是他们帮忙，还真缓不过气来。"王贞女回答道："这是真的。"之后她到厨房炒菜去了。

随着土灶内的火越烧越旺，厨房内飘出诱人的菜香味，王贞女烧了炒腊肉、炒花生米、炒韭菜、炒鸭蛋、煎小鱼等。过了一会儿，高益群听到门口传来几声狗叫，他知道是自己家的小黑在与客人们打招呼，朝门外一看，果真是邻居们来了。春年走在前面，他对高益群说："听平呐说，鸭子生蛋了。以后你们家天天有钱进了，今天来你们家喝两杯高兴高兴。"高益群回答道："我们家天天有钱进，也多亏了你们帮忙。我这里还有一瓶饶州酒，够你们喝一壶的。今天我们多喝几杯。"他们说着笑着进了门。

见邻居们到来，王贞女把菜端上了八仙桌。春年来到八仙桌旁数着菜碗，对王贞女说："今天的菜花样真多，还有腊肉，像过年一样，我得多喝几杯。"说完随手拿了条小鱼吃。王贞女见状，用擦桌子的抹布打了一下春年的手，嘴里说道："你总是饿人眼大，还没开始呢，你就急。"邻居们见状都笑了起来。

开饭了，大家一边喝酒一边说笑。爱松对王贞女说："贞女呀！你个子这么小，益群那么高大，像一头公牛，你吃得消吗？"王贞女瞪了他一眼说道："你呀，四两鸭子半斤嘴，尽说闲话。"这时候，春年接过话题，他说："爱松这人，老不正经，一把岁数了，还说这种风流话。"说完他抬头看了一眼站在旁边的高平，用手一招说："平呐，我们不是外人，你也过来坐着吃。"

高平走了过去，坐在春年旁边。春年夹了一条小鱼放在高平的碗里，然后对大伙说："平呐还能吃苦，每天早出晚归，刮风下雨都在外面放鸭子。"义才接着说："平呐确实老实肯吃苦，过日子就是要这样的人。等以后钱赚多了，帮他找个姑娘成家立业，我们高家村又多了一户好人家。"

高益群听了众邻居对儿子的称赞，脸上掩盖不住喜悦。他对大伙说："你们说得都在理，早生儿子早享福。"大家家长里短地说着，其乐融融，好像一家人一样。爱松说："你们鸭蛋准备卖到哪里去？"高益群回答道："也不知道哪里的价格好，还没定下来。"义才说："听说石家村的老六家收鸭蛋，不知价格怎样。"春年说："我看还是放在城里卖好些，老六毕竟是二贩子。听说城里的冷冻厂生产皮蛋，那里的价格一定比老六的价格好。"高益群说："这话在理，我去打听一下。如果价格好，我们就运到城里去卖。现在我们先把酒喝好再说。"

酒过三巡，菜过五味，大伙酒兴正浓，就划起拳来了。大家一边划拳一边吆喝着："八匹马呀！六六六呀！四喜好呀！……"那吆喝声伴随着阵阵酒香，在高益群家简陋的房子里弥漫开来。

那天晚上，大伙喝到十点钟才离开。

第二天，高益群到县城打听了一下鸭蛋的价格。吃晚饭时，他对王贞女说："我今天去了一趟县城，打听了一下鸭蛋的价格，还实在。要不咱们家的鸭蛋就送到县城去卖？"王贞女说："好是好，就是县城离我们家这么远，怎么送过去？"高益群说："买辆自行车，让平呐送到县城冷冻厂去。"王贞女看了高益群一眼说："买自行车哪有那么容易，下半年我娘家大侄儿要结婚，吃喜酒要钱。我身边这一点钱也只够家里零用，没钱买自行车。"高益群说："我已经想好了，把我们家那头猪先卖掉，你看行不行？"王贞女没有回答，高益群接着问道："贞女，你看这样行不行？"王贞女说："那就这样办吧！"

在那个年代，没有人来村里统一收购猪。高家村的村民每次卖猪，都要送到镇上的食品收购站去。食品收购站离高家村有八里多路，都是弯弯曲曲的土路。

第二天高益群起了个大早，叫来了邻居春年、义才等人，找来几根很粗的麻绳，捆住猪的前脚和后脚，再用一根竹竿穿过猪的前后脚。大伙七手八脚地将猪抬上了板车，春年在前面拉着，高益群和义才在后面推着，一路上吆喝着在弯弯曲曲的土路上向镇上进发。

中午的时候，高益群回来了。王贞女问他卖了多少钱，高益群回答道："价格好着呢！差不多有两百元，买辆自行车只要一百五十元钱左右。"然后把钱交给了王贞女。王贞女说："你拿一百五十元，明天就去给平呐买辆自行车。"

第二天中午时分，高平正在离家不远的田野里放鸭子，突然听到父亲喊他："平呐，自行车买来了，你回家看看。"高平一听很高兴，回答道："我知道了，你先回去，我过会儿就回来。"当高平来到家门口时，只见院子里围满了乡亲，对着自行车七言八语，纷纷赞叹。在那个物质生活极度匮乏的年代，有辆崭新的自行车对村里人来讲是一个很大的新闻。只见父亲满脸喜色，一边用抹布擦着自行车，一边吹着口哨。

高平来到父亲的身边，对父亲说："爹爹，新车买来了让我试一下。"高益群回答道："你小子就是等不及，我擦好了就给你。"望着眼前这辆崭新的自行车，高平的心里亮堂起来了。他曾经梦想有一辆自行车，骑着它进城，逛大街进小巷，买自己喜欢吃的冻米糖，到新华书店买书，到城里的东门口感受那人来人往的热闹气氛，听鄱阳湖畔搬运工的号子声——"呦呵呵，加把劲！呦呵呵，加把劲！"那声音抑扬顿挫，刚劲有力，正当高平沉浸在美好的遐想之中时，父亲对他说："傻小子，还在发什么愣，赶紧试车去吧！"

高平缓过神来，接过父亲手中的自行车，骑上自行车，向学校的老操场驶去。面对宽阔的操场，高平好像骑上了一匹奔驰的骏马在草原上驰骋，他的心也随着滚滚向前的车轮飞扬起来了，激动时还双手脱把，好像在耍杂技一样。正当高平耍得起劲的时候，父亲也来到了操场，见高平双手脱把神采飞扬地骑自行车，高声喊道："平呐，不要这样，很危险的，这样骑车不是摔坏人就是摔坏车。"高平听到父亲的喊声，赶忙扶住了自行车龙头，回头向父亲笑了一下说："没事的，你放心吧！"然后摇响车铃，再次向前骑去。

高平家的鸭蛋越来越多了。

有一天早上，母亲对他说："平呐，早上把鸭子放出去后你就回来，今天把鸭蛋运到城里去买。"高平回答道："好的。"高平把鸭子放到田里后回到家里。母亲从房间里拿来两个竹筐，先在竹筐的底部垫上稻草，然后放上一层鸭蛋，再放上一层稻草，再放一层鸭蛋，直到将两个箩筐装满为止，然后将一根木棍绑在自行车的后座上，将两个盛满鸭蛋的竹筐挂在木棍的两头，最后将竹筐绑定在木棍上。母亲一边系着绳子一边对高平说："平呐，现在家里急需钱用，等鸭蛋卖完后，你只能用五元钱，肚子饿了吃碗面条。以后手头宽裕了，你再多用点。"

动身时，母亲对他说："看这天气半阴半阳的，可能要下雨，你把雨衣带上。"说完母亲拿来一件雨衣递给高平。接过母亲递给他的雨衣，高平推着自行车走出了家门。

县城距高家村三十多里路，高平骑着自行车在高低不平的乡间小路上前行着，一路上推推骑骑很是吃力，偶尔也会停下车来，休息一会。行至半路时，天公突然变了脸，豆大的雨点打在高平的身上，他赶紧停下车来，穿上雨衣，继续前行。临近中午时分，高平来到了县城，在路人的指点下，找到了位于县城路口的冷冻厂。

高平推着自行车来到冷冻厂门口，刚想进厂，一位看门的驼背老人拦住他，问他有什么事，高平回答道："我是来卖鸭蛋的。"老人告诉他现在厂里已经下班了，要到十二点半以后才有人。高平无奈地推着自行车转过身来，向厂门外走去。

在厂门口附近转悠，高平顿感肚中饥饿。他推着自行车来到了卖包子的小摊前，那雪白发亮的包子散发出诱人的香味。他禁不住咽了一口口水，摸了一下口袋，才想起临行前母亲没有给他一分钱。他在卖包子的小摊前站了一会儿，慢慢地推着自行车朝厂门口走去。在厂门口东侧的墙角，他停稳了自行车，蹲在墙角边望着灰蒙蒙的天发呆。

大约过了二十多分钟，耳边响起一个女人的声音："后生，你蹲在这里有事吗？"听到有人叫他，高平抬起头来，只见眼前站立着一位面目清秀，留着齐耳根短发，身材匀称，四十岁左右的女人。高平回答道："我是来厂里卖鸭蛋的。"那女人说："那你跟我一起进厂吧！我是这个厂里的会计。"高平一听站起身来，推着自行车跟着女人向厂里走去。

高平跟在那女人身后，来到仓库门前。那女人打开仓库门，对高平说："你先进去，在这儿等一会儿，待会儿验货员来了，就会收购你的鸭蛋。"

高平推着自行车走进了仓库，停稳自行车后，那女人拿来一条板凳，让高平休息会儿。在仓库内等了约二十分钟，来了位中年男人。那女人对那男人说："权呐，这个人是来卖鸭蛋的，你帮他称一下。"那男人迟疑了一下，说："急什么，我才刚到。"那女人说："他已经等了很久了，从乡下赶过来，挺不容易的。你就帮他先把鸭蛋从自行车上卸下来吧。"那男人回答道："好的。"之后，和高平一起将鸭蛋抬下了自行车，一称九十斤，每斤鸭蛋九毛，共计八十一元。当高平从会计手上接过钱时，脸上洋溢着喜悦，他把钱放进口袋，推着自行车走出了厂门。

来到街上，高平又感到肚中饥饿，他想买碗面条吃。来到面摊前，一问价格要四元一碗，高平心想，母亲只允许自己用五元钱，如果吃了面条就没钱买书了。他停顿了一下，决定还是先到新华书店去看看，于是骑上自行车朝书店方向骑去。

县城的新华书店位于建设路口，从冷冻厂骑车过去只要十多分钟。他很快来到了书店，走进书店，挑了一本自己最心爱的书《钢铁是怎样炼成的》读了起来。读着书中的文字，他慢慢在字里行间感受到作者童年时代的苦难生活，也想起了自己少年时代的一些往事。

小时候，农村的文化生活十分贫乏，那时对高平来说，看一场电影和听一会儿收音机都是一次文化生活。对于他喜欢看的书，只能在脑海里想象。父母从未给过他零钱买书，只有家中那台破旧的半导体收音机陪伴着他。

小小半导体收音机里丰富多彩的节目，带领他走上了文学的道路。母亲也因他时常听收音机入迷，耽误帮家里干活，没少打骂他。小小少年因此受了不少委屈，只有把美丽的梦想埋在心里。有时深夜大人们入睡时，他偷偷地躲在被子里听广播，时常被广播里的故事所感动，还偷偷地抹眼泪。有一次听单田芳的《隋唐演义》评书，讲到故事中主人公秦叔宝因没钱治病，而卖掉了心爱的坐骑和伴随他多年的武器——虎头金装铜时，禁不住痛哭起来。

睡梦中的母亲被高平的哭声惊醒，她来到高平床前，掀开被子，摸着他的头问道："平呐，你怎么啦？为什么哭得这么伤心，做噩梦了？"高平回答道："没有。"母亲抚摸着他的头说："这孩子，一天到晚不知道想什么，是不是脑子出了问题。"然后给他盖好被子，说："平呐，快睡吧！"此刻，母亲的声音好像还在耳边回响，高平从记忆中回到了现实。他看了看书的价格，都很高，依依不舍地走出了新华书店。

高平骑着自行车来到县城东门口，这里是县城最繁华的地段，有开饭馆的、卖衣服的、开理发店的、卖小吃的，人来人往，热闹非凡。

高平推着自行车走在人群中，顿时觉得两腿发软，才想起自己还没吃中饭。他快步来到一家小吃店前，他对店主说："买两个包子加一根油条。"店主说："新鲜的油条已经卖完了，这里还有几根卖剩的老油条，你不嫌弃的话就送给你吃。"高平说："那不好意思。"店主说："不要紧的，油条不太新鲜，你就把油条泡在开水里吃。"说完店主端来一碗开水，拿来两个包子、一根油条。高平把油条泡在开水里，一边吃着包子一边喝着油条汤，顿时觉得口中生津，没一会儿吃完了所有的食物。吃完后高平用手抹了一下嘴巴，打了个饱嗝，起身付给店主一块二毛钱后兴冲冲地离开了小吃店。

高平推着自行车穿梭在喧闹的人群中，有一个旧书摊吸引了他的眼球。他来到旧书摊前，书摊上摆满了各种书籍与杂志，他随手拿起一本杂志《杜鹃花》，蹲在书摊旁翻阅起来，杂志上的文字慢慢打动了他的心。读了一会儿，他把杂志合起来，一看后面的价格，是在自己的承受范围之内，就付了钱，此刻已是下午三点左右。高平想到要回家了，骑上自行车出了县城。

一路上高平思绪连绵，他想到自己将来有钱了，慢慢会买上自己喜欢读的书，重拾儿时的文学梦想，想着想着，内心升起了一股希望，他唱起了歌。

暮色时分，高平回到家里。母亲满脸喜悦地对他说："平呐，卖了多少钱？"高平回答道："卖了八十一元，我差不多用了五元，剩下的钱都交给你。"说完就从口袋里摸出钱交给母亲。王贞女接过儿子给她的钱，拿着钱来到电灯下，一张一张地数着，有时两张叠得太紧分不开，她就用手指沾着口水数，数完后把钱放进口袋，对高平说："平呐，这鸭子还算争气！照这样下去，过几个月我们家欠邻居的钱就可以还清了。早点还清，我心里也轻松一点。"

听了母亲的话，高平很高兴，心想等母亲把外面的债还清了，家里的日子也好起来了，到时就可以向母亲要点钱买自己喜欢看的书和喜欢的衣服。想到这里，他心里美滋滋的。

晚饭后，高平来到房间。在柔和的灯光下，他打开了那本半新的旧杂志，在那些诗歌散文里，慢慢地体会文字带给他的愉悦。

日子在盼望中一天天走过，高平隔三岔五就会到县城去卖鸭蛋，慢慢地对县城熟悉起来了。

有一天下午，高平在与冷冻厂的职工交谈中得知停刊多年的《鄱阳报》复刊了，而且报社就在离冷冻厂不远的建设路。听到这个消息后，他决定到报社去看看。

已经是下午一点多钟了，高平骑着自行车来到了报社。在报社门口，一位姓陈的看门师傅问他有什么事，高平说："我平时喜欢写写文字，有时也想把自己写的文字拿到报纸上发表，可不知怎样投稿？今天刚好来县城办事，顺便到报社看看，向编辑部的老师请教怎样投稿。"陈师傅一听，脸上扬起了笑容，他对高平说："年轻人有这种爱好是好事，我介绍你认识一位王老师，他就是我们报社的编辑。"在陈师傅的介绍下，高平认识了报社编辑部王大林老师。

王老师四十多岁，身材高大，长相俊朗。见高平来访，他热情地搬来一把椅子，让高平坐下，为高平端来一杯茶，问道："你叫什么名字？什么时候喜欢上写作的？"高平说："我叫高平，小学三年级时参加了全乡作文比赛，获得了一等奖，从那以后我就喜欢阅读写作。这么多年来，我写了很多，一直没有发表的机会，就是给自己看看，有时也想把自己写的文章发表在报纸上，可总是找不到门路。"王老师问道："你现在做什么工作？"高平说："我读完高二就回家了，现在在家养鸭子。"王老师说："你离开了学校，还能坚持写作，也是不容易的。只要你写得好，总有地方发表的。我们这个报纸停刊了很多年了，现在复刊了，你可以来投稿。"

王老师说完，从抽屉里拿出一张《鄱阳报》。看着那散发油墨清香的报纸，高平心里一阵激动。王老师对他说："这张报纸是县委宣传部主办的，有国家统一的刊号。报纸有四个版面，第一个版面是时政新闻，就是写全县人民的大事。第二个版面是民生新闻，就是关注老百姓的生活冷暖，这个新闻就是老百姓在街头巷尾议论的新鲜事。你生活在农村，农村里也会经常发生一些有新闻价值的事，你可以写写。第三个版面是花边新闻，注重娱乐性。第四个版面是副刊，就是刊登全县各地作者的文学作品。"在与王老师的交谈中，高平对《鄱阳报》有了些了解。

临别之际，王老师给了高平一叠旧的《鄱阳报》和一本方格稿纸。高平很是感动，一路上想着王老师对他说的话，内心里升起一股美好的希望……

自从那次从县城回来之后，每当夜晚来临之际，高平就对着方格稿纸吐露心事。有时阅读《鄱阳报》，看着一张张发黄的旧报纸，会想起儿时的一些往事。

小时候对喜欢文学的高平来说，家中一台半导体收音机有时无法满足他对文学的爱好和渴望，何况这台收音机也不归他一个人使用。三妹每星期要听两天。为了满足自己对文学的渴望，那时，每天早晨，高平都会来到大队门口，捡村干部包面条、包红糖或看过的废报纸，有《江西科技报》《赣东北报》。虽然这些报纸都已发黄并且皱巴巴的，但高平却把它们看成宝贝一样，一张一张地摊平理整齐带回家里。夜深人静的时候，他时常在灯下阅读这些报纸。随着时光的流逝，那些发黄的文字像一盏明灯照亮了山村少年的文学路。

他开始懂得用文字来丰富自己的精神家园，高平读报纸很认真，一边读一边做笔记。

记得那年冬天的一个早上，高平正在大队门口捡报纸，被大队会计高光明看见了，高光明用手指着高平说："你这么早在大队门前转来转去干什么？是不是想偷东西？"高平低着头没有回答他，自顾自在捡报纸。高光明见高平不理他，就拧住高平的耳朵说："你还敢不理我，好大的胆。"说完一巴掌打在高平的脸上，鲜血从高平的鼻孔流出，顺着嘴角往下流。高平用手摸了一下脸，手上满是鲜血，一种愤怒的情绪驱使他在地上捡起一块石头向高光明砸去。高光明一看急了，赶紧抓住高平的两只手，嘴里骂道："你还敢砸老子？"然后又拧住高平的耳朵，拖着高平往大队办公室走去，边走边说，"给老子跪毛主席像去。"高平死活不肯跪。高光明踢了他几脚，见他脾气倔强，只好放了他。

高平回家时，母亲见他的嘴巴肿了，问他出了什么事。

高平就把事情的缘由告诉了母亲。王贞女一听火了，她骂道："这个短命鬼，他不早点死，敢打我家儿子？！走，我们找他去。"说着拉着高平的手，火急火燎地向高光明家中走去。

来到高光明家门口，王贞女扯开嗓子喊着高光明老婆的名字："桂花，叫你家男人快给我出来。"桂花一听赶紧跑出了家门，她对王贞女说："贞女嫂，有什么事？"王贞女指着高平的脸对她说："你看你家里的男人，把我家儿子打成这样。快让他出来，我要找他评理。"桂花说："他去菜地浇水了，一会儿就回来。"两人正在说着，高光明挑着水桶回来了。王贞女一见高光明，气不打一处来，她指着高光明的鼻子骂道："你怎么把我家儿子打成这样，他犯了什么错？"高光明说："他在大队门口转来转去，想偷东西。"王贞女一听气得脸色发青，她又用手指着高光明的鼻子骂道："放你的屁，没凭没据的，你说他偷东西？我看你活了四十多岁，不是吃饭长大的，是吃屎长大的。"高光明一听火冒三丈，冲上前举起手来要打王贞女。王贞女迎着他的脸走到高光明的面前，凶狠地说道："你敢动老娘一根毫毛，我叫我娘家人来收你的命。"高光明迟疑了一下，手不自觉地就放了下来。王贞女见状接着骂道："我儿子被你打成这样了，你打算怎么办？"高光明说："什么怎么办？打了就打了，老子还怕你。"王贞女一听更火了，骂道："你这个短命鬼，你敢打老娘的儿子，你家要从上死下，从下死上，全家死光。"

这时站在一旁的桂花耐不住了，她指着王贞女骂道："卯归卯，丁归丁，你骂他就骂他，你怎么骂我全家？"两个女人你一言我一句，骂得正凶，眼看就要打起来了。这时高平的父亲高益群赶到高光明家，见她们吵得正凶，赶忙抱住王贞女的腰，说道："赶快回家，别把事情闹大了。"王贞女一听丈夫这话，气得直跺脚，边跺脚边骂道："你这个没用的脓包，总怕树叶打破了头，就是你没用，你有本事人家会欺负你的儿子。"高益群说道："一只手打人，一只手付钱，把事情闹大了总是不好的。有事情总会解决的，晚上我找支书去。"说着死劲拽着王贞女向家中走去。

傍晚时分，高益群一家三人来到村支书高会友家。高支书听完高益群的诉说，叹了一口气说："光明这把年纪了，还改不了这个火急的性子，还是村里的干部，一点都不注意影响。"然后让他儿子把高光明叫来了。

高光明来到了高会友家，看到高益群一家都在，他心里明白了怎么回事。支书见高光明来了，递给他一支香烟，让他坐下，然后对他说："光明，我们都是村里的干部，要注意自己的形象。你跟孩子较什么劲，把人家打成这样，赶紧给人家赔不是。"

高光明听了支书的话，心想这高益群一家还来告状，碍于支书的面子，很不情愿走到高益群一家人面前，承认了自己不对。王贞女嘴里哼了一声说："你把我们儿子打成这样，凭你一句话就解决了？要不你把你家儿子叫来，我也把他打成鼻青脸肿，看你心不心痛。"高益群见王贞女还怒气未消，就对她说："光明已经承认错误了，过去了就算了。"高光明对王贞女说："嫂子，我当时也是一时冲动，打了平呐，我对不起你们。"后来在支书的劝说下，他们各自回家。第二天早上，高光明拿来一斤面和两个鸡蛋送到高平的家中，算是赔不是。

许多年过去了，每当想起少年时代的往事，高平心里依然是很沉重。

养鸭的路上有甜蜜的收获也有艰辛的付出。有一天早上，高平骑着自行车前往县城卖鸭蛋，当他行至离县城还有三里路的西门湖时，车子突然震动了一下。他赶紧刹车，因刹车太急，前轮碰在不平的路面上，自行车一下子摔倒了，鸭蛋摔了一地，笨重的自行车压在他的两个膝盖上。他感到火辣辣的痛，一只手撑在地上想爬起来，可因自行车太重，刚撑起一点又摔了下去。这时正在路边田里放鸭的驼背老汉看见他这样，急忙忙地赶了过来。他赶紧蹲下身来扶起压在高平身上的自行车，可由于老汉力气不够，自行车刚扶起一点点，又压下去了，痛得高平直咬牙。老汉一看慌了神，赶紧扯开喉咙对着路边的田野里喊："二喜，快来帮忙。"

不一会儿，从田野里跑来了一位二十多岁的小伙子。那人俯下身来，扶起压在高平身上的自行车，随后又把高平扶了起来。之后老人扶着高平，慢慢地走到附近的小屋内。

老人搬来一条凳子让高平坐下，然后卷起高平的裤脚，看到流着鲜血的膝盖，心疼地说："后生，很痛吧！"高平回答道："有点痛。"老人说："你把两只脚都活动一下，看看有没有伤到骨头。"高平活动了一下双脚，对老人讲："叔叔，不是很痛，骨头应该没事。"老人一边用毛巾清洗高平膝盖上的血迹一边说："你家祖宗有灵，还算命大，没有伤到骨头，一点皮外伤，过去了就没事了。"望着老人慈祥的面容，高平心里升起一股暖流。

把高平安顿好之后，老人对高平说："你那打碎的鸭蛋太可惜了，我看那蛋黄还可以吃，我去把他捡来，给你摊个蛋饼吃。"说完拿来一个脸盆走出小屋。老人把捡来的鸭蛋黄摊了一个大大的蛋饼，他递给高平说："后生，这蛋饼就给你当中饭吃了。"说着从口袋里摸出六元钱，塞到高平的手上说："要是路上口渴了，买点水喝，肚子饿了，买点东西吃。"高平接过老人递给他的钱，心里面一阵感激，推着自行车走出了小屋。当他回望身后，只见那位老人还站在门口向他挥手，他眼睛潮湿了。

（二）田野上的作家梦

火辣辣的太阳烧烤着大地，没有一丝云，没有一丝风，树木都无精打采、懒洋洋地站立在那里，地上像着了火一样，鸭子们在田里觅着食。高平赤脚走在田埂上，身上的汗衫全被汗水打湿了。高平心想，这太阳公公怎么发这么大的火气，真是热死人呐！他在田埂上稍停了一会儿，抹了一把头上的汗，此刻听到不远处传来蝉的鸣叫声。高平一抬头，只见离自己不远的稻田边，有一块菜地，菜地旁边有一棵大树。他信步来到大树底下，顿觉有丝丝凉意袭来。

在大树底下坐了片刻，高平从口袋里摸出一本方格稿纸，再摸出一支钢笔，把纸垫在自己的膝盖上，写了这样的一个新闻标题《同行女，巧行骗，贪心人，铜当金》，再写下了一个副标题——《一百五十元钱买了一个铜戒指》。写下这个标题的时候，想到前几天村里的村民高大牛上当受骗的事，高平摇了摇头，笑了一下。

事情发生在几天前，高家村村民高大牛带着一百五十元钱到县城买猪仔。当他走到县城的一条小巷时，突然发现地上有一枚绑着红头绳的金戒指，他赶紧跑上前去捡起那枚金戒指。正在此时，从小巷的另一头跑来一位乡下打扮的妇女，她对高大牛说："这位大哥，你看到的这枚金戒指我也看到了，见者有份，总不能你一个人要。"说完就去抢大牛手上的金戒指。大牛连忙把手缩了回来，说："凭什么要给你。"那女人说："我也看见了。"两人争来争去，最后决定让大牛出点钱，金戒指归大牛所有。大牛把金戒指放在手里一掂量，觉得像是真的，再看看，成色也很正，估计值六百元左右，然后对那妇女说："我只有一百五十元钱，你要就拿去，戒指归我。"那妇女假装犹豫了一下，说："那我就吃亏一点吧！"说着接过大牛递给她的一百五十元钱，快步消失在小巷中。

大牛只用一百五十元钱得了一枚价值六百多元的金戒指，他控制不住内心的喜悦，说不定还值更多的钱呢！于是决定把这枚戒指拿到打金店去验证一下，结果一验证才知道这是一枚铜戒指，只值一块五毛钱，大牛大呼上当。高平一边想一边写，不知不觉写完了初稿。他把稿子放进口袋，想晚上再修改一下，过几天进城卖鸭蛋时去报社投稿。

几天后，高平到县城去卖鸭蛋，顺便来到报社送稿子。

这是一个非常炎热的下午，高平来到报社，门卫陈师傅对他说："小高，你已经来过一次了，我对你有印象。现在编辑还没上班，你把自行车停在车棚，到我这里先歇会儿，凉快凉快。"

高平把自行车推进车棚，然后来到门卫室。陈师傅给高平倒了杯水，让他坐在电扇口吹风。大约一点多钟的时候，陈师傅对高平说："编辑部办公室的门开了，王老师应该上班了，你去看看。"

高平怀着忐忑不安的心情来到了编辑部门口。王老师见高平站在门口，对他说："小高，进来吧！"高平走进了编辑部。王老师对他说："是不是带稿子过来了？"高平说："是的，我写了一篇新闻稿，是村里发生的事，就是写得不太好，拿过来给您看看。"说着高平从上衣的口袋里摸出稿子，发现稿子已被汗水打湿了，就对王老师说："不好意思，稿子被汗水打湿了。"王老师说："没关系，你拿给我看看。"

高平把稿子递给了王老师，王老师一看稿子大部分打湿了，他把稿子用茶杯压着，放在电风扇下面，两人就聊了起来。他问高平为什么不读完高中就辍学了，高平说："家中的兄弟姐妹多，父母亲没有能力供我读完高中。"王老师说："我和你一样，也是高中没有毕业，就下乡插队了，是艰苦的农村生活磨砺了我。那时我白天参加劳动，晚上学习，考取了民办教师。自己平时喜欢写写，发表的文章多了，报社刚好需要这方面的人才，就把我调了过来。人们说知识改变命运，就是这个道理。你好好努力，你现在养鸭子，不代表你一辈子养鸭子。"

他们正聊着，王老师说："稿子应该吹干了。"说着就把稿子拿来，看完后对高平说："你这篇稿子是有新闻价值的，是篇社会新闻稿，只是写法上需要改进。新闻稿子与文学作品是有区别的，新闻稿不要有议论和抒情，你只要把具体的事件写明白就可以了。新闻稿件需要具备五个要素——时间、地点、起因、经过、结果，简明扼要。你前面的这段话，按照写新闻的要求来讲，叫作新闻导语，说明白写这篇新闻的目的，然后再把事件记下来。我给你修改一下，再给主编看看。如果能刊用，下星期你就知道了。报社每周五出版报纸，星期一有邮递员送到乡下去。"高平说："谢谢！"

在等待中，高平迎来了日出日落。

有一天上午，高平正在田里放鸭子，突然听到有人喊他的名字。他抬头一看，在离他不远的大路上有一位推着自行车的人在喊他，高平仔细一看，原来是自己初中时的同学——彭红星，高平洗掉脚上的泥土朝他走去。见高平来到跟前，彭红星微笑地对他说："老同学，你的名字都上报纸了。"高平一听，满脸喜悦地问他："这是真的吗？"当时他简直不敢相信自己的耳朵。彭红星说："这大白天的我还会说梦话？"说着就从包里拿出几张《鄱阳报》和一张稿费单递给高平。高平在衣服上擦了擦手，双手接过彭红星递给他的报纸。他翻开《鄱阳报》在报纸上寻找他写的那篇文章，在二版的社会新闻栏目里看到了他那篇"豆腐块"一样的小新闻。

第一次看到自己的文字变成了铅字，看到自己的名字出现在报纸上，高平的心激动起来。

这张报纸是全县发行的，做老师的大舅舅一定会看到的，还有乡里也有报纸，父亲也会看到的，想到这里高平的心里美滋滋的。彭红星刚一转身，他控制不住内心的喜悦，唱起了《幸福在哪里》："幸福在哪里／朋友我告诉你／它不在柳荫下也不在温室里……"那婉转悠扬的歌声在田野上飘荡。

夕阳落下了山冈，只留下一抹金色的余晖在天边。高平赶着鸭子慢慢地向家中走去，一路上他好几次摸着口袋里的报纸，脑海里升起无限的遐思。

吃过晚饭后，高平从口袋里摸出一张报纸递给父亲说："爹爹，我写的新闻稿在县里的报纸上发表了。"高益群一听很高兴，因为他自己也喜欢写东西，当年还是《赣东北报》的特约通讯员。高益群接过报纸一看，看到了高平写的新闻，他马上乐呵起来了，说："平呐，年轻人喜欢写是好事，但是时间要安排好，不要耽误了做正事。"这时正在一旁收拾碗筷的王贞女接过了话茬，她说："你爷儿俩疯疯癫癫的，写写画画有什么用，能当饭吃吗？"高平说："有钱的。"说着从口袋里拿出稿费单，说："姆妈，有五毛钱稿费呢！"王贞女哼了一声，说："好大的钱，买包洗衣粉还不够，光读书不攒钱有什么用？你还是做点正事吧！"高益群对高平说："你现在主要的任务是把鸭子养好，赚到钱，然后娶媳妇成家立业。"见父母都这样说他，高平心里很不高兴，沉默了。

夜深了，高平躺在床上辗转难眠。他翻身起床，拉亮电灯在抽屉里拿出一本剪报册，这本剪报册上贴满了他童年时代从大队门口捡来的废报纸上的文章。在那个懵懂年代，这本剪报册像一盏明灯，照亮了他生命的航程，牵引他在文学的道路上慢慢地行走。望着这些发黄的线章，他的思绪又回到了那个遥远的年代。

少年时代因为经常捡废报纸，人也呆头呆脑，不太说话，不爱叫人。母亲禁不住村里人的非议，以为他的脑子出了问题，就从邻近的马鞍山村请来了一位"大仙"给他驱邪。如今事情已过去很多年了，但每当想起这件往事，高平仍心有余悸。

往事如烟，恍如昨日。

记得那是一个非常炎热的夏天。那天早上，母亲从集镇上买来了水果、鱼肉和香烛，然后叫来邻居春年大伯。在高平的记忆里，母亲好像在春年大伯耳边说了几句话后，春年大伯就突然抱住了高平，母亲拿来一根绳子将高平捆在一张竹床上。高平又哭又闹，边哭边说："你们为什么捆我，我做错了什么事？"春年大伯一边给高平擦头上的汗，一边给高平打扇，并安慰他说："平呐，不要哭闹，一会儿就好了。"这时母亲过来了，她抚摸着高平的头说："平呐，别难过，你现在是中邪丢魂了。等一下胡大仙来了，把你身上的魔鬼赶走了就好了。"高平说："姆妈，我没有中邪，你放了我吧！"母亲说："你还没中邪，你为什么老是去捡那些破报纸？就为这件事，还被人打了。你还不长记性，还要去捡。邻居们都在我耳边说了好几次了，你总是在垃圾堆边转来转去。我看是中邪喽！你就安心躺着吧！"高平见母亲不听他的分辩，只好又哭闹了起来。最后在春年大伯的安慰下，他慢慢地睡着了。

不知过了多久，耳旁突然响起了摇铃声，睁开眼睛一看，只见眼前站着一位瘦得皮包骨头的女人，就像家门前那棵干瘪瘪的杨柳树。这女人长着一双三角眼，脸颊凹陷，满嘴黄牙。高平好像闻到一股难闻的味道扑面而来。那女人口中念念有词："天灵灵，地灵灵，八路神仙来显灵，威风凛凛驱魔鬼，保佑孩子享太平。"折腾了一番后，她突然跪在地上，朝高平家门外拜了几拜，口中继续念念有词。过了一会儿，她对高平的母亲说："贞女，快点上香到门口去迎接神仙。"他母亲点上香快步走出家门，把香插在门口，然后也拜了几拜，拜好后走进家门。胡大仙突然站了起来，从包里拿出一根九节铁鞭，在地上甩打起来，边打边喊："害人的魔鬼，打死你，打死你。"折腾了一会儿，胡大仙满头大汗，气喘吁吁，之后叹了一口气说："魔鬼终于走了。"

胡大仙从背包里拿出一块红布条，那红布条上歪歪斜斜地写了个"神"字。她拿着红布条来到高平跟前，把红布条绑在他的头上，"神"字正对着脑门，嘴里念了一些保平安的话，念完后她操着戏曲腔对王贞女讲："拿一杯水过来。"她话音刚落，王贞女就把水端到了她的眼前。胡大仙喝了一口，然后朝高平的脸上喷去，喷完后喊道："高平呐！回来喽！"王贞女和春年在一旁应声道："回来了。"胡大仙一连叫了三次，王贞女和春年也应答了三次。最后在胡大仙的确认下，高平的"魂"回来了。

王贞女听后非常高兴，忙搬来一条凳子让胡大仙坐下，又泡了一碗糖水加了个马蹄酥递给胡大仙。胡大仙接过王贞女递给她的糖水，慢慢地吃了起来。吃完后，胡大仙说："贞女，这会儿你可以解开绑在孩子身上的绳子了，他的魂已经回来了。"

胡大仙离开高家的时候，王贞女给了她一斤红糖、一斤面还有四元钱，以表谢意。经过这番折腾以后，高平真的病了。他发着高烧，一天粒米未进，嘴里说着胡话。她觉得胡大仙的功力不够，魔鬼还没有驱走。她来到高家祖宗的灵位前，又是跪又是拜，求祖宗保佑孩子快点好起来。这时她突然想到自己娘家有一位王大仙，功力深厚，肯定能把孩子身上的魔鬼赶走。想到这里，她赶紧站起身来跑到邻居春年家对春年说："春年哥，我看平呐身上的魔鬼还没走。你赶快到我娘家去一趟，请王大仙和我大弟来。我大弟是教书先生，以前家里人都说他是文曲星投胎，命里带盔甲，大鬼小鬼都怕他。"春年说："你别着急，我马上就去。"

那天上午十点钟左右，王贞女的大弟王国顺来到高平家。一见面，王贞女就问道："大弟，王大仙怎么没跟你一起来？"王国顺说："叫他来干吗！你不要再胡闹了，那有什么魔鬼，我看这孩子是生病了。"说着来到高平的竹床边，摸了摸高平的头，感觉头热得厉害，他对王贞女说："大姐，这孩子是真病了，发着高烧。你真是稀里糊涂，好好的孩子都给你弄病了，再驱魔他就没命了，赶快送到我们村的诊所去医治。"说着春年从家里推来一辆板车，把高平抱上了车，三人急匆匆地向王家村赶去。

那次在乡村医生的医治下，高平终于转危为安，一场驱魔闹剧终于落下了帷幕。想着想着高平有些疲倦，慢慢地闭上了眼睛进入了梦乡。

虽然家里人反对高平写作，但高平还是继续坚持自己的文学梦想。那时，他白天放鸭，晚上写作，偶尔也有小"豆腐块"新闻在县报发表。慢慢地他又写起了散文和诗歌，但投出去的稿件都如泥牛入海，杳无音信。

有一次，高平又来到报社送稿子，他把自己写的一篇散文《我的村庄》拿给编辑部的王老师看。王老师说："我是负责新闻栏目的，你这是一篇散文，我介绍你认识副刊编辑范进光老师，叫他帮你看看。"

范老师当年三十岁左右，身材高大挺拔，脸庞英俊，烫着卷发，是那个年代里时髦的城里人。听王老师介绍，范进光出生于知识分子家庭，曾经是高中的语文老师，因为喜欢写作发表了很多文章，因此调到报社当了编辑。那年代，范老师编辑的栏目叫"饶河风"。

那天上午，范老师热情地接待了高平。他看了高平的散文后对他说："散文要形散而神不散，也不要一味地抒情，要言之有物，一般要首尾呼应，这样才耐人寻味，引人深思。你写的这篇散文，题材是好的，反映改革时代新农村的变化，就是你写得太凌乱，改革前村庄的面貌写得太少，只有对比，才能歌颂美好的时代。"听了范老师的话，高平觉得很有道理。

离开报社时，范老师送给他一本《散文选刊》对高平说："这里面有我的一篇散文《朝圣》，你可以看一下，还有其他优秀作家的散文，你可以学习学习。"然后把那篇《我的村庄》还给了他，叫他回去再修改修改。带着范老师给他的那本《散文选刊》，高平依依不舍地离开了报社。

在范进光老师的鼓励和帮助下，高平的创作热情越来越高。那时，他每晚都写稿到十二点多钟，早上母亲催很多次他才起床放鸭子。母亲因此很生气，也没少骂他，让他多干点正经事少写写，可高平听不进去，还是坚持每天写作。

那些日子，最令他感到高兴的是，经他几次修改的那篇散文《我的村庄》在《鄱阳报》的副刊上发表了。

有一天上午，邮递员又在大路上喊他。高平心想可能是自己那篇散文发表了，他快步跑到大路上。当高平接过邮递员递给他的报纸时，看到自己写的散文发表了，他沉浸在无比的喜悦之中。以前他发表的都是小新闻，这是他第一次在报纸上发表文学作品。读着自己的文字，他的思绪也随着自己的文字回到了村庄过去的岁月里，感受着时代的变迁。

那天上午，虽说太阳火辣辣的，可高平拿着报纸站在田埂上，看了一遍又一遍。他想把那张报纸放进自己的口袋，又怕被汗水打湿了。那个上午，他一直一只手拿着报纸，一只手挥舞着竹竿，在田野里走来走去。

日落时分，高平把鸭子赶在一起，排着长长的队伍，浩浩荡荡地向家中走去。一路上，高平的脑海里憧憬着对未来美好生活的向往，嘴里吹着口哨，幸福和感动洋溢在他的心头。

吃晚饭时，父亲见高平满脸喜悦，说："平呐，感觉你今天很开心，遇到什么高兴的事？"正在低头吃饭的高平，抬头看了父亲一眼，刚想说出口，又怕母亲骂他不干正经事，话又咽了回去。他故作神秘地对父亲说："吃好饭再告诉你。"

晚饭后，高益群打趣地说："饭后一支烟，赛过活神仙。"说着从口袋里摸出一支烟抽着。王贞女在一旁擦着饭桌，她动作麻利，擦完桌子后就进厨房洗碗。见母亲进了厨房，高平从口袋里拿出那张报纸，递给父亲，喜滋滋地对父亲说："爹爹，我写的散文在县报上发表了，你看看。"

高益群接过儿子递给他的报纸，在灯光下读了起来。正在此时，王贞女从厨房里出来了，她看到高益群在灯光下看报纸，对他说："你在看什么？吃饱了饭也不扫个地。"高益群说："这张报纸上有平呐写的文章，我看看。"王贞女说："看来看去，还不是一张纸，能当饭吃呀！"说着王贞女从门背后拿来一把笤帚，一边扫地一边对高平说："你呀！也老大不小了，整天写来写去的有什么用，打赤脚的人还想当状元？你看你堂哥高坤，学了手艺，赚了不少钱，还谈上了对象。"见母亲又唠叨起来了，高平知道母亲的性格是没完没了的，越是顶嘴她越是骂得凶，高平很无奈。

晚上高平躺在床上想着心事，想到自己辍学也是因为母亲急于要他回家赚钱。如果母亲眼光放远一点，说不定他现在已经是一名大学生了，还有可能成为一位人民教师。此刻，墙壁上的时钟已指向十二点，他眼睛有点潮湿，慢慢地闭上了眼睛。

那些日子，高平不时有作品在县报上发表。因为没有明显的经济收益，母亲时常埋怨他，但是他还是坚持写作。

那一年，村里有位青年因盗窃劳教，释放后悔过自新、重新做人的故事深深地感动了他。这位青年出生于一户贫苦的农民家庭，从小没有受到良好的教育，由小偷小摸慢慢走上了犯罪的道路。高墙内，在管教干部的教育下，他的思想发生了深刻的变化，他深深地为自己过去的丑恶行为感到悔恨。劳改释放后，这位青年离开家乡，到离家很远的一座城市发展，他靠捡破烂慢慢地走上了致富的道路。生活富裕的他，不忘回报社会，把自己赚来的钱用来资助那些社会的弱势群体。这位青年的善举得到了人们的赞扬。

那个时候，高平每天都在脑海里酝酿着怎样写好这个故事。这个故事构思好后，他每天晚上都写到深夜。因为写作熬夜精神不足，高平投入养鸭的精力不够，使鸭子饥饱不均，产蛋量慢慢减少。母亲感觉到高平没有心思养鸭子了。

有一天晚上，她对高益群说："我们今天晚点睡觉，看看平呐晚上到底在干什么。"

那天晚上，高平还跟以前一样在灯下写作。父亲蹑手蹑脚地走到他的房前，轻轻地推开他的门，见高平还在灯下写作，父亲的脸色不太好看，看了他一眼说："这么晚了，你还不睡？明天怎么有精神放鸭子，你赶紧睡吧！"说着就回到自己的房间。王贞女问道："你看到平呐在干什么？"高益群回答道："他在写稿子。"王贞女一听火气来了，嘴里说道："什么稿子稿子的，这样下去，我看这鸭子是养不成了。你现在就把那些破烂稿子都烧掉，我看了头痛。"高益群迟疑了一下，王贞女厉声喝道："你这个木头，还站着这里发什么愣，赶快去烧掉。"

高益群再次来到高平的房间，拿走了高平的稿子。高平央求道："爹爹，你别拿走，我留着有用。"高益群说："我有什么办法，谁叫你不争气，惹得你姆妈生气。"说完就拿着稿子走出了房间。

高平跟着父亲来到了堂前，他对父亲说："你还给我吧！"高益群迟疑了一下。这时，王贞女从房间里出来了，她对高益群说："不要给他，烧掉它，免得他每天写，搞得疯疯癫癫的，这样下去我们家还要出个神经病呢！"

高平赶紧对母亲说："姆妈，我以后会少写点，晚上会早点睡，不会耽误养鸭子的。你就别烧我的稿子了，我花了很多心血。"王贞女说："你这是瞎子点灯——白费力，你这堆纸能当饭吃？好好的鸭子不养，一天到晚做这个事。不把你的这堆纸烧掉，你死不了这个心。"说完王贞女指着高益群说："赶紧给我去烧掉，还在发什么愣？！"听了老婆的话，高益群无奈地走进厨房，划亮火柴，点着了高平的稿子，放进灶内。

高平看到熊熊的火焰燃烧着自己的稿子，他的心碎了，禁不住流下了伤心的泪水。

高益群见儿子流泪了，心里也很难过。他对高平说："平呐，稿子也烧掉了，你难过也没用了，也回不来了。已经很晚了，明天还要早起放鸭子，赶紧去睡吧！"王贞女说："有什么好难过的，又不是金子宝贝，快去睡吧！不要耽误明天的正事。"高平流着眼泪向门外跑去，高益群见儿子向门外跑去也跟了出去。

月亮躲进了云层，只有星星点点的亮光在天边闪烁。借着星星的亮光，高平向家门后的小路跑去，高益群跟在他身后，边追边喊："平呐，你不要跑了，快回来。"高平好像没有听到一样继续向前跑去。父子二人一前一后跑着，在高益群的叫喊下，高平终于在老学校的操场上停了下来。

高益群追到高平面前时已经气喘吁吁了。他对高平说："平呐，我们先坐下，有事慢慢说得开的，不要依脾气跑。"说完父子二人在一块青石板上坐下。

高益群从口袋里摸出一支香烟，点着吸了一口对高平说："可怜天下父母心，做父母的都希望自己的儿女好。你姆妈的脾气你是知道的，她就是一把毛柴火脾气，发过了就没事了，说心里话，她也是为你好。你每天写到那么晚，白天怎么有精力养鸭子呢！再说，你每天这么晚睡觉，身子骨也会坏的。你喜欢写，我不反对，我自己也喜欢写的。你要安排好时间，要懂得养鸭是你的正事，写作只是你的业余爱好，你不能拿这个当饭吃。只有养好了鸭子，你姆妈才放心。你自己好好想想我说的话有没有道理。"

高平低头不语。过了一会儿，他对父亲说："我知道你们为我好，可你们也太狠心了，为什么要烧我的稿子？姆妈我是理解的，一个农村妇女，没文化没见识，可你是个有文化的人，怎么不理解我呢？"高益群叹了一口气，又吸了一口烟说："我也知道这样做太伤害你了，可你姆妈的脾气你不顺着她，我也没得自在，一个晚上吵吵闹闹，没得安宁。再说你姆妈也不容易，我常年在外，照顾不到家，她那么瘦小的身子把你们几个拉扯大也不容易。你也想想做父母的不易。你这样跑出来，你姆妈也担心的。我知道她是刀子嘴豆腐心，心里面还是疼着你的，回去吧！"在父亲的劝说下，高平站起身来，慢慢地向家中走去。

第二天早上，高平没起床。母亲知道他心里还有气，一早就把鸭子放到田里。

王贞女回到家里，见儿子还在睡觉，就对着高平的房门喊道："平呐，太阳都晒屁股了，起来了。"高平蒙着头没有理她。王贞女心想自己昨天做的事也过火了，觉得有点对不住儿子，但又不愿意拉下脸向儿子赔不是。于是她想到儿子平常比较听邻居春年的话，就走出家门喊来了春年。

春年来到高平的房间，在床沿坐下，对他说："平呐，昨晚的事你姆妈都跟我说了。这件事你姆妈是做得有点过火。你没偷没抢的，写写也不是什么坏事。不过话又说回来，父母总望儿女好，老古话'子把父当马，父望子成龙'，他们这样对你，也是怕你耽误了正事。你就别再记恨你姆妈了。早上你姆妈把鸭子都放出去了，现在时间也不早了，你快起来吃饭，别再怄气了。"

话是开心锁，在春年大伯的劝说下，高平把头伸出了被窝，对春年说："大伯，真难为你了。这会儿正是在田地里干活的好时候，为了我的事耽误你的功夫。稿子烧了又回来不了，随他去。"

这件事给了高平很大的打击。

那段日子，他的心里总是充满了惆怅，觉得生活中没有了精神依托，从早到晚心里总是空落落的，着实难过了好一阵子。痛苦之中他好像觉得美丽的缪斯女神又向他招手，于是，他又走进了象牙小巷，在文学的殿堂里寻找生命的快乐。

为了躲避母亲晚上巡房，他利用平时节省下来的钱，买了一把手电筒，每天晚上躲在被子里看书。就这样，在微弱的亮光下，他看了《茶花女》《杨朔散文选》《冰心散文选》等书籍。那时母亲睡觉前总是朝高平的房间喊道："平呐，好睡觉了，赶快关灯。"高平总是答道："好的，我马上关灯睡觉。"

听到母亲的喊声，高平就关掉电灯，在被子里打开手电筒看书，慢慢地朝着自己梦中的文学圣地前进……

在那段日子里，无论天气如何，高平总是带着一把雨伞和一张小板凳出门放鸭。遇到大晴天的日子，看到高平也拿着雨伞出门，母亲就会说："你又不是公子哥，大晴天还带把伞，怕太阳晒破你的皮呀！你真是猪八戒戴眼镜——假斯文，乡下人，还这么讲究。"高平没有回答母亲，只是朝母亲"嘿嘿"一笑，母亲哪里知道伞里面藏着高平的许多宝贝，有稿子、小说、杂志等，小小的雨伞里藏着高平一生追求的梦想。

母亲见高平笑而不答，也就随他去了。每次来到田野里放鸭子，当鸭子们都分散在田野里觅食时，高平就将雨伞绑在挖蚯蚓用的铲柄上，然后将铲柄立在田埂上，在伞的下面放一张小板凳，有时他坐在凳子上读书，有时他就坐在田埂上，小凳子用来当书桌，在上面写作。日复一日，不管是斜风细雨还是阳光灿烂，他都在小小的雨伞下继续自己的梦想。

高平在田埂上写了很多文字，都是村里发生的真人真事，其中《春兰的婚事》这篇报告文学的创作过程对高平来说感触很深。

那天上午，他正在田野里放鸭子，听到小河边传来呼救声："不好了，快来人呐！有人跳河了。"听到呼救，高平远远望去，只见有个人在小河边大喊大叫。这时，正在田里干活的高福财也听到了呼救声，就拔腿向河边跑去。

　　当高平赶到时，高福财已将人救起。高平走上前去一看，原来是住在村里的高春兰。高平赶紧走上前去扶住春兰，只见春兰全身湿透，披头散发地抽泣。福财对她说："你这个妹呐！有什么事想不开要拿命去抵，你这样做害了自己又害了你爹娘。"高平也在一旁说道："这样做总是不好，会伤人的。"春兰一声不响，还在不停地抽泣。这时，春兰的母亲也赶来了，一见女儿浑身湿漉漉的，一把抱住了女儿边哭边："有事情总说得开的，怎么会走这条路？你要是有个三长两短的，我和你爹怎么活？"母女俩抱头痛哭。后来在福财和高平的劝说下，母女俩停止了哭泣。在母亲的搀扶下，她们向村里走去。

　　母女俩走到大队门口时，只见大队门口集聚了很多的乡亲。大伙你一言我一句地议论着，这好好的人怎么要跳河呢？邻居秋菊对春兰的母亲说："杏花，你家的妹呐怎么啦？为什么好端端要寻死？"杏花叹息了一声说："这事一言两语也说不清，慢慢地你们都会知道的。"见杏花不愿意讲，秋菊也就没再问下去。有道是清官难断家务事，家家都有一本难念的经，慢慢地大伙也都散开了。

　　过了几天，村里的人慢慢地了解到事情的缘由。原来春兰和村里的后生留根恋爱已经两年了，春兰将这件事告诉父母，谁知她刚一说出口，父母亲就说不同意，而且态度强硬。母亲对她说："你也不打开脑门想一想，这留根家连个住的地方都不像样，俗话说，做鸟也要有个巢，你嫁给他住到哪里去？我和你爹总不能看着你去受苦吧！"春兰的父亲也说道："妹呐！人往高处走，水往低处流，我和你姆妈总希望你嫁个好人家。"为了这件事，春兰吃不好睡不香，整天闷闷不乐的，人也消瘦了很多，哭也哭了好几回，可父母就是不同意。

留根家也听说春兰家不太同意这门婚事，但是不到黄河不死心，决定还是请媒婆到春兰家去说媒。

那是一个阳光暖暖的早上，春兰家正在烧早饭，媒人高八妹来到春兰家。

谁知刚一进门，春兰的母亲杏花就拉下了脸，也不招呼她坐下，爱理不理的，只顾自己做早饭。高八妹见情形不对，赶紧赔着笑脸对杏花说："嫂子，这邻里乡亲的，来了也不招呼一下。"杏花说："你有什么事？"高八妹笑眯眯地说："你揣着明白装糊涂，你们家春兰和留根好上了，他们两人有情有义，我作为长辈，想来撮合这件好事。"杏花一听，满脸不悦，她说："我家女儿春兰还小，还没到出嫁的时候。"高八妹说："你女儿也不小了，俗话说'一家养女，百家求'，春兰也到了该谈婚论嫁的时候了。"杏花说："你要是说这话你就出去，我们家不同意。"高八妹说："杏花嫂，不要任着性子跑。留根家虽然现在穷一点，财是死宝，人是活宝，穷无种富无根，他人本分又勤劳，日子总会好起来的。"杏花说："你再啰哩啰唆，你就走吧！"高八妹一听，脸上有点挂不住了，但她还是微笑着对杏花说："杏花嫂，君子不打笑脸人，有事我们坐下来慢慢说。"杏花说："这事没商量，等一下春兰爹回来了还要发脾气，你赶快走吧！"高八妹无奈地走了出来。

对于春兰的婚事，虽然春兰家反对，但他俩还在交往着。有天晚上，留根和春兰在村里的小路上散步，留根对春兰说："前几天，我家托媒人到你家说媒，你父母不同意，我父亲也很不高兴，叫我不要跟你来往。"听到留根的这些话，春兰心里想不通，为什么父母一定要拆散他们。

那天晚上，和留根分手后，她默默地流泪，觉得他们两个人在一起已经没有希望了。绝望之际，她想一死了之，这才有了一场跳河的闹剧。

春兰跳河的事在村里传得沸沸扬扬，留根的父亲万亮觉得这件事不能再拖下去了，只有通过村里和乡里的干部来解决。

那天上午，万亮来到了村支书会友的家，对他说："高支书，我家儿子留根与春兰的事你也听说了吧！我看这样下去真的会闹出人命来。"高支书说："这件事我是听说了，杏花夫妻俩也是老古董，都什么年代了，封建思想还这么严重，这干涉婚姻自由是犯法的。等一会儿我陪你到乡政府请调解员来调解。"

中午时分，乡里的调解员来到了杏花家。这位调解员姓乔，当过兵，说话办事以理服人，也懂得人情世故。到杏花家后，他没有直接点开话题，先了解了杏花家的一些情况，然后对她讲了《婚姻法》和党的方针政策。在调解员的劝说与教育下，杏花终于懂得结婚自愿恋爱自由是《婚姻法》的基本原则，她对调解员说："我们农村人没文化，对这些事不了解。经过你这样一说，我觉得自己的行为不对。等晚上春兰爹回来了，我们再商量商量。"

几天后，在村支书的撮合下，两家父母又坐到了一起。

高支书对杏花说："杏花，我看两个年轻人有情有义，你们做父母也不要去阻拦他们。这高家的女儿嫁高家，也是亲上加亲的好事。"杏花说："这事就看他们的缘分，其他的我也不知道了。"见杏花已表态，高支书又对万亮说："万亮，你不要做呆头鹅，主动点，过几天就带你儿子到杏花家提亲去，我还等着吃喜糖呢！"在高支书的撮合下，春兰和留根终于喜结连理，有情人终成眷属。

在改革开放之初，偏僻落后的农村，父母干涉儿女婚姻自由的现象时有存在，春兰和留根的婚事让高平觉得很有新闻价值。就这样，高平把春兰的婚事写成了一篇七千多字的报告文学。这篇文章在县报发表后，省市电台都播放了，在社会上引起了很大的反响。

那天午后，高平正在田野里放鸭子，听到村里的老大队长喊他的名字，他赶紧向大路上走去。

来到大路边，只见《鄱阳报》的编辑王老师也在，高平说："王老师，你怎么来了？"王老师笑着说："你是越来越会写了，社长要我来找你。你以前总是采访别人，今天我来采访你。"高平说："为什么要采访我？"王老师说："一位农村青年，在田埂上写新闻写出了名气，这本身就是新闻。再加上你这次写的《春兰的婚事》，不但有几家媒体转载，报社的社长和县委宣传部的部长都表扬了你，觉得你写的稿子接近时代，深入生活，关注民生。报社领导派我来采访你，一是想谈谈你的写作成长之路。二是春兰的婚事这样的事，反映了时代转变过程中，农村需要改变的一些落后思想。说明了当今时代，农村经济在不断发展的同时，农民的陈旧的思想观念也要转变，这样才能跟上时代的步伐。"高平说："对于我喜欢文学这事，得从我小时候说起，从小我就喜欢文学。出了校门以后，我一直没有放弃对文学的爱好，生活之余以读书写作来丰富自己的内心世界，不知不觉，就走上了写作的道路。对于《春兰的婚事》这篇文章，我当初觉得这件事在这个时代不应该发生，所以我想把这个故事写出来，让像春兰婚姻这样的闹剧不再重演。"

两人正聊着，村里的老大队长说："在这里说话不方便，我们到大队去，坐着聊。"高平和王老师一边聊一边向大队走去。

高平一边讲王老师一边记，下午三四点钟的时候，王老师对高平说："时间不早了，我要回报社了。"高平说："王老师，你难得下乡一次，到我家吃个饭，过个夜，明早再回县城。"王老师说："我晚上还要改稿子，就这样好了，我先走了。"高平把王老师送到村口，两人握手道别。

几天后，王老师采写的关于高平，一个农村青年自学成才坚持文学的故事，在县报发表了。这件事在高家村引起了很大的震动，茶余饭后，乡亲们对此纷纷称赞，想不到高家村还出了个"大才子"。村里的高平，不光是文章上报了，照片还登上了报纸，这对祖祖辈辈生活在偏远农村的乡亲们来说，确实是一件大喜事。

那几天，高平一有空就把那张刊登了自己文章和照片的报纸拿出来，在字里行间慢慢地感受着文字带给他的温暖和力量。每当看到《田野缝隙里的新闻人》这个标题时，总会想到这样一句话"铁肩担道义，妙手著文章"，他觉得自己好像真的是报社记者了。

岁月流逝，随着高平写的稿子见报多了，报社的编辑和领导也慢慢对他熟悉了。一名普通的农村青年，因为爱好写作，他的名字也在鄱阳湖畔的东岸慢慢地飞进了千家万户，县台、省台记者都采访了他。

从那以后，他经常带着一个小挎包和一个小笔记本穿行在乡村的山水之间，深入群众，把所见所闻都记录下来，组装成稿。他从农民变成了一位业余新闻人，方圆几十里的乡村，如果发生了新鲜事，乡亲们总会喊他去采访。

种子握在手里，绝不会有金色的秋天；理想挂在嘴上，绝不能进入灿烂的明天。

日子一天天地过去，高平在文学创作上也获得了丰收的硕果。有一次《江西青年报》寄来了稿费，高平父母乐得合不拢嘴。那天上午，高益群骑着自行车带着王贞女到小镇的邮局兑现了稿费，夫妻二人在小镇上吃了面条，还逛了街，回来的时候，带了满满一包物品：肥皂、洗衣粉、牙膏、牙刷、酱油、盐、油、糖果、糕饼等。另外，高平的父亲还买了平时舍不得抽的"壮丽"牌香烟两包。

那次夫妻二人从小镇回来，高平家像过年一样热闹。邻居们都带着小孩来串门，王贞女把糖果和糕饼分给孩子们吃，有几个调皮的还围着桌子追打嬉闹。看着孩子们开心的样子，高益群满脸微笑，在一旁抽着刚买回来的香烟，嘴里喊道："不要边吃边跑，注意安全。"

大人们围在桌旁说开了，秋菊对王贞女说："贞女妹，你福气真好，生了个好儿子，不用到地里去干活，坐在家里用笔写写就来钱，今天五十，明天三十，比人家打工划算，又轻松又赚钱，这样下去，不是发财就要当官。"王贞女一听笑了："托你的福，如果真有这一天，我请你到我家上座。"秋菊说："会有这一天的，你就等着享福好了。"银兰说："以前你们都说平呐傻，我看傻有傻福。俗话说'文官写一下，武官跑死马'，平呐这支笔说不定还会做大事呢！"乡亲们对高平的赞扬，听得王贞女和高益群心里美滋滋的。

吃晚饭时，王贞女不停地给高平夹菜，边夹菜边说："平呐，没想到，你还真有出息了。从现在起，我和你爹都支持你，你要买纸买笔，姆妈给你钱。你多吃点，脑子吃活一点，多写一点就多赚一点。"听到母亲的表扬，高平心里涌起幸福的感动。

那年秋天的一个中午，高平一家人正在吃午饭，乡里的宣传委员徐红星和村支书高会友领着一位身材高大、打扮入时的城里人来到了他的家中。

高平的母亲王贞女见有客人到来，高兴地说："怪不得今天早上喜鹊在家门前的树上叫'喳喳'，原来有贵客到来。"她赶紧收拾桌上的碗筷，对高益群说："快把桌子擦干净，请客人坐下，我去烧几个菜。"高益群招呼三位客人坐下，高平端来了三碗开水。刚一坐下，村支书便对高益群说："徐委员你是认识的，你们是同事，我就不介绍了。"然后他介绍那位城里人说："这位是鄱阳报社的林克社长。"林社长很礼貌和高益群握了握手，然后用手摸了一下山羊胡，显得很有绅士风度。

高会友对高益群说："喜事来了，你家儿子写的文章引起了县里各级领导的重视，林社长这次来想请你儿子做编外记者。"高益群一听，满心欢喜。这时林社长接过支书的话说："老高，我们报社现在记者编辑不够，报社正在招聘新闻采编人员。你儿子平常写的稿子很多，都是农村的新鲜事，这一块适宜我们报纸的民生版面，我们想聘他为我们报社的特约记者。平时可以在家里一边劳动一边写稿，稿费会适当高一点。写的稿子只要符合新闻宣传标准，都可以上报。另外，报社会发一个内部的采访证，在全县都可以采访。"高益群说："这是好事，我跟她姆妈商量一下，看会不会耽误养鸭子。"林社长说："好的，你们商量一下，这个机会是难得的，希望你们珍惜。"

他们正谈论着，王贞女把饭菜端上了饭桌，有小鱼干、辣椒炒腊肉、炒南瓜、炒长豆、丝瓜鸭蛋汤，四菜一汤。高益群招呼客人坐下，然后从柜子里拿出一瓶饶州酒，对客人说："我们边吃边说。"这时王贞女说："农村里拿不出什么好菜招待你们，只能表一下心意。"林社长说："有这份心意就够了，嫂子，你辛苦了，你也坐下一起吃吧！"

王贞女坐下后，高益群就把客人们的来意告诉了王贞女。王贞女听后说："这是好事，上面的领导看得起我家儿子，是祖宗积的德，我高兴还来不及呢！反正又不耽误养鸭了，只是我家儿子有点傻头傻脑，以后还要你们领导多多关心。"说完敬了客人一杯酒。

中饭吃后，社长他们回县城去了。临别之际，高平一家人把他们送到了村口，望着林社长他们远去的背影，高平觉得自己的梦想快变成现实了。

第二章

青涩年华

随着时光的推移，故乡那块厚重的土地，托起了高平烂漫的青春年华。青梅竹马的恋人高玲玲和他在庄稼地里演绎着幸福的爱情故事。可世事无常，正当高平憧憬着美好未来时，因为高玲玲父母不同意他俩的婚事，高玲玲远离家乡。在城市灯红酒绿的诱惑下，她投入了另一个男人的怀抱。

昔日恋人离他而去，带着受伤的心，高平远离了故乡。

闷热的夏夜，高平和高玲玲手牵手漫步在乡间的土路上。村子里一片寂静，劳作了一天的农人枕着明天的梦慢慢进入了梦乡。村子里传来几声狗叫，田野里时而吹来一阵凉爽的风。高平和高玲玲一边走一边不时地抓从身边飞过的萤火虫，边捉边念起了久违的童谣："萤火虫，挂灯笼，飞到东来飞到西，晚上飞到大路口，我们回家它来送。"念着这久违的童谣，他俩好像追寻着那久远的脚步回到了美好的童年时代。

　　高平和高玲玲自小光脚丫一起长大，青梅竹马。小时候，他俩在一起捉迷藏、捕鸟、捉蚂蚱。杜鹃花开的季节，他俩到山上采杜鹃花。高平用杜鹃花为高玲玲编了一个美丽的花环，戴在她的头上。高平问道："玲玲，你长大了愿意做我的新娘吗？"玲玲一听，羞红了脸，说："你这个大坏蛋，我怎么会嫁给你？"说完就向另一个花丛跑去，一边跑一边说："平呐，你抓到我，我就嫁给你。"他俩在山间嬉笑着打闹着，把欢声笑语留在了山山水水之间。

　　田野里传来一阵阵蛙鸣，那声声蛙鸣，把高平从遥远的记忆中唤回现实。他和高玲玲时而仰望繁星点点的夜空，时而停下脚步，相拥在一起，倾听彼此的心跳。玲玲伏在高平的耳边轻声说："平呐，你说什么样的女孩最漂亮，最让男人动心。"高平回答道："像你这样温柔大方的女孩最漂亮，像你这样善良的女孩最让男人疼爱。"

　　玲玲一听，满脸羞涩，脸上飞起了两朵红云。她把头靠着高平的肩上，小嘴翘得很高，然后用拳头轻轻地敲打着高平的胸脯，羞答答地说："你呀！就知道耍嘴皮子，拍马屁，恨死你了。"高平紧紧地拥抱着玲玲，此刻，他感觉有一股暖流涌遍全身。他亲吻着玲玲的脸，然后用手轻柔地抚摸着她的头，理了理她有点凌乱的头发，轻声地对玲玲说："玲玲，什么时候做我的新娘？"玲玲轻声地说："你呀！就想当新郎官，却不知道怎样去疼我。"说完用手轻轻地掐了一下高平的脸。

此刻，大地无语，月色朦胧，乡村的田野里再次响起阵阵蛙鸣，好像在为这对沉浸在热恋中的青年男女歌唱着一首美丽的爱情歌谣。

夜深了，月亮也从云层中爬了出来，如一盏夜灯挂在天上，给漆黑的夜晚带来了光亮和温暖，星星黯淡了，夜空像水洗过一样洁净无瑕。高平和高玲玲一路走一路唱着歌："夜蒙蒙 / 望星空 / 我在寻找一颗星 / 一颗星 / 它是那么明亮 / 它是那么深情 / 那是我早已熟悉的眼睛……"

那段日子，高平和高玲玲沉浸在甜蜜的热恋之中。每天放鸭归来，高平总要在家收拾打扮一番，穿上那双八元钱买来的油光锃亮的皮鞋和玲玲约会。

高平和高玲玲谈恋爱的事在村里传开了。

那天早上，村妇荷香、元花、巧凤在村前的小河边洗衣服，边洗边谈论着。荷香对元花说："平呐和玲玲谈恋爱了，看来这也是前世的缘分。玲玲这妹子，人长得水灵灵的，又有文化，怎么会看上平呐这样又瘦又小的男人？肩不能挑，手不能提，这妹子要是嫁给他，将来要吃苦头的。"元花接着说："是呀！男人没把子力气是不行的，再说他家又那么穷，家底子那么薄，想富起来也难。"巧凤说："不要瞎起哄，你们真是皇帝不急太监急，别人家的事不要管太多。"

三人正说得兴起，玲玲的母亲梅花端着一盆衣服来到河边，听见她们在议论自己的女儿，心里很不高兴。拉着个脸一声不响地蹲下洗衣服，用棒槌用力地敲打着衣服，那水花不时地溅到三个女人的脸上身上。元花忍不住地骂道："你见到鬼了，用这么大的力气，溅了我们一脸的水。"

梅花回敬道："溅到了又怎么了，谁叫你们管我们家的闲事！谁说我们家玲玲谈恋爱了，我这个做娘的都不知道，你们就知道了，你们不要乱嚼舌根。"荷香说："嫂子，你也不要发那么大的火。哪个门前无人说，哪个背后不说人。我们也是听别人说的，你就别生气了。"梅花没有说话，匆匆洗完衣服就回家了。

那天中午，吃饭的时候，趁着玲玲的父亲不在，梅花悄悄问女儿："玲玲，听村里人说，你和高平在谈恋爱。你怎么不跟我说一声？这终身大事，当不得儿戏，得考虑清楚。我看高平这个人，要个子没个子，要力气没力气，家里又穷，你要是真跟他好上了，将来怎么过日子？"玲玲的脸一红，对母亲说："没有的事，我们是同学，没事的时候在一起谈谈心，说说笑话，没有别的事。我的终身大事，你就别操心了。我自己心里有个标准。再说，人也不能光看外表。"梅花说："没有就好，高平跟你是不般配的。既然你没有这样的想法，就少跟他来往，免得村里人说闲话。"

母亲的一番话，使玲玲有了心事。她觉得高平虽然个子不高，家里也不富裕，可人很实诚，对自己也是一片真心。个子不高，种庄稼不在行，但可以做点别的事。生活是可以改变的，只要人不傻，会吃苦，日子总会好起来的。看来母亲对这桩婚事不太乐意，想到这里，高玲玲觉得要想个办法，让家里人接受高平。

在高家村，有这样一个风俗：凡男女青年谈恋爱，男方都要给女方家挑水干活，以表爱的诚意；另一方面，通过挑水干活，可以考察男方的为人处世，一般半年左右，如果男方各方面表现都不错，得到女方家人的认可，这桩婚事就成了。

那天上午，玲玲和母亲在田里干活，母亲突然想起家里水缸内的水不多了，要回去挑水。玲玲见机会来了，说："姆妈，你这会儿回去挑水，我们今天上午的活就干不完了，我喊我同学挑一下，这样省点时间。"母亲说："我自己会挑的，你不要去麻烦人家。"玲玲说："这有什么关系，同学帮忙挑水，就成你女婿啦！"说着就到田野里去喊高平。

打那以后，每天中午，高平都会给玲玲家挑水。

在离高家村半里路远的地方，有一口水井，村里人都叫它"幸福泉"。听老辈人讲，这口井有近百年的历史了。村里有个习俗，凡能吃到这井水的人，一生健康平安，男女的婚姻也会因此结缘。一口小小的水井，养育了高家村世世代代的人们。有时挑水，高玲玲会跟在高平身后，一路走一路说笑着。因为高平个子小，扁担钩子长，有时挑起水来，身子不能平衡，两只水桶左右晃动，溅了满身的水花。每每至此，高玲玲总是在高平身后发出银铃般的笑声。

有一次，在挑水的途中，碰到玲玲的母亲。玲玲的母亲见此情景，心里面咯噔了一下，心想：这个男人挑桶水都不成样子，我女儿嫁给这样的男人会幸福吗？高平向玲玲的母亲打招呼，玲玲的母亲就当没看见，一声不响地走了。

玲玲的母亲感觉这样下去不行的，时间长了，高平不是女婿也成了女婿。她决定为女儿物色个对象，让高平打消这个念头。

梅花的堂姐柳花是一位能说会道的女人，方圆几十里都知道她是个大媒婆。姑娘找人家，小伙子找对象，都要靠她去撮合。

梅花的娘家寨上村距高家村有五里多路。那天早上，梅花起了个早，赶到寨上村柳花家时，柳花正在吃早饭。见堂妹来了，柳花很高兴，说道："妹子，今天是什么风，这么早就把你吹到我们家。"梅花叹了一口气说："姐，无事不登三宝殿，我今天有事来求你。"柳花一边招呼梅花坐下一边说："千事万事，吃饭是大事，先吃饭再说。"说着就盛来一碗稀饭，两人边吃边聊。

梅花对柳花说:"女大不由娘,玲玲没有经过我们同意,和村里的一个后生好上了。这个人个子很矮,人又是个闷葫芦,看上去傻里傻气的,到我家挑水有个把月了。村里人都说他成我家女婿了,我和玲玲的父亲都觉得不合适。今天我来就是想叫你给玲玲物色一个好人家,也断了他俩的念想。"柳花说:"来得早不如来得巧,我这儿就有个现成的。前两天,官田村的冬莲嫂托我给她儿子找个媳妇。小伙个子很高,不光有一把子力气,还有一门手艺,是个泥瓦匠。家里的底子也算厚实,父母为人也老实忠厚。我看玲玲跟他真是郎才女貌,天上一对地下一双。要不就选个日子见见面。"梅花说:"好的,那你定日子。"柳花说:"那就定在八月十五吧!刚好是中秋节,也是团团圆圆的好日子,晚上我带那后生到你家见面。"

中午时分,梅花回到家里。吃饭时,她对玲玲说:"玲玲,平呐到我们家挑水也快一个月了,村里人都说他快成我们家女婿了,可是我和你爹心里不乐意。平呐我是看着他长大的,几斤几两都知道的,你嫁过去没有好日子过。今天我去了你柳花姨家,刚好有人托你柳花姨找媳妇。听你柳花姨说,这后生个子高,人长得壮实,又有一门泥瓦匠的手艺,家底也还算厚实,父母都是正派人。我看你嫁给他,日子不会难过的,我已经和你柳花姨说定了,八月十五他来我们家,你俩见见面。"

玲玲一声不响,只顾埋头吃饭。这时她母亲又说:"我们也是为你好,俗话说'男怕入错行,女怕嫁错郎',你俩见个面也不一定成事。我已经答应你柳花姨了,这事就这么定了。"听了母亲语气这么坚决,玲玲心里很矛盾。不答应母亲,怕母亲伤心,但是答应她又不是自己的本意,她只有沉默不语,埋头吃饭。母亲见她没有表态,接着对她说:"八月十五晚上,你不要出去,要不我会没面子的。"

八月十五说到就到,那天下午,玲玲家里开始忙碌起来了,梅花在厨房里准备饭菜，高旺在打扫院子。玲玲见爹娘这么忙碌，对他们说："搞得这么热闹！人家也只是过来玩一下，八字还没有一撇呢！"梅花说："八月十五本身就是过节，客人来了总要招待。你也不要光顾站着，把桌子擦干净，客人说不定马上就到了。"正说着，听到门外有人在叫："妹子、妹子。"梅花一听客人来了，赶紧叫玲玲去迎接，自己随后也出来迎接。只见柳花带着一位四十多岁的中年汉子和一位二十来岁的后生，走进了院子。柳花说："妹子，这就是我上次跟你说的官田村的爷俩。"梅花说："我晓得的，先坐下喝口茶再说。"客人坐下后，柳花说："妹子，这是石大毛，这后生是他的儿子，叫锦波，今年二十一岁，是个泥瓦匠。"

梅花看了一下石锦波，个子高高的，五官端正，还是比较满意的。她说："好呀！有一技之长总不会吃亏。"他们正谈论着，玲玲把茶端上了桌。石锦波一看这位姑娘，面目清秀，有一双葡萄般的眼睛，身材匀称，明眸皓齿，心里一阵欢喜。心想：这姑娘长得真漂亮，今天晚上得好好表现，要在姑娘心里留下一个好印象。说话间梅花把饭菜端上了桌，对大家说："我们边吃边说。"玲玲碍于爹娘的面子，就在石锦波的对面坐下。

见玲玲坐在对面，石锦波就说开了，他说自己的手艺十里八村找不出来的，一天能砌一万块砖，人称"万砖能手"，还会看图纸懂设计，将来能做工程师。玲玲一听，觉得这个后生有点吹牛，说话没天没地的，人不实在。心里想：高平虽然话不多，但人实在，过日子是踏踏实实的。

石锦波正说得起劲，他父亲插话了，石大毛对玲玲的父亲说："高大哥，我家儿子，比上不足，比下有余。我们家的生活条件也还可以，家里也有点余钱，你家姑娘到我们家来也不会吃亏的。"玲玲的父亲说："只要他俩同意，我是没意见的。"柳花见双方父母都很满意，就说话了："我看这两人很般配的，你们大人也都善良，如果对亲，那是一件大好事。"梅花说："话是这么说，但也要看他们有没有这个缘分。"柳花说："是的，有缘千里来相会，无缘对面不相逢。今天也是个团圆的日子，我看他俩是有缘分的。"

那天晚上，玲玲心里一直忐忑不安，见父母对男方的印象不错，怕真的把自己嫁过去。此刻她心里特别想念高平，想起他俩走过的真情岁月。那是在读初中的时候，高平的作文总是在班上当范文朗读，她心里很是佩服高平的才情。每次周末回家，他俩总是有说有笑。有时玲玲还要高平唱歌给她听，高平会唱一些那个年代流行的歌曲，张明敏的《我的中国心》、邓丽君的《小城故事》、奚秀兰的《阿里山的姑娘》等歌曲，那婉转悠扬的歌声深深地打动了少女的心。从此，高平的影子总是烙印在她心里。

玲玲至今还记得，高平第一次在县报发表文章的情景。那天她刚好去父亲任教的小学，在父亲的办公桌上看到一张《鄱阳报》，随手拿起来一翻，就看到报上有一篇高平写的报道《同行女，巧行骗，贪心人，铜当金》，报道虽然是短短的三百多字，但写的是村里发生的真人真事。她看到高平的文章上报了，心里非常高兴。她拿着报纸到田间去找高平，两人就在田埂上坐下聊了起来。从那以后，美丽的缪斯女神将两颗年轻的心，紧紧地联系在一起了……

第二天早上，玲玲吃过早饭，对母亲说："我到菜地里去摘点菜回来。"说着就挎着篮子走出了家门。玲玲没有直接去菜地，而是在老学校那里拐了个弯来到了高平家，这时高平正在鸭棚里，玲玲走过去对他说："平呐，等一下我陪你一起去放鸭，路上有话跟你说。"说着就和高平一起将鸭子赶出了鸭棚。

在路上，玲玲对高平说："昨天我柳花姨来我家说媒，给我介绍了个对象，是个泥瓦匠。我爹爹和姆妈对那个后生印象不错，我的心你是知道的，你现在要拿出个主意来，要不等他们拿了八字就晚了。"高平迟疑了一下，对玲玲说："我晚上回家跟我姆妈说一声，叫他们过几天到你家去说媒。你不要太担心，现在是自由恋爱的年代，法制社会，你自己拿定主意，父母也不能对你怎么样。"玲玲觉得高平的话有道理，心里坦然了许多，她对高平说："那我就等你的回音。"

那天傍晚，高平回到家里，母亲正在厨房烧饭。见母亲在忙碌，高平一边帮母亲洗菜一边跟她说："姆妈，我和玲玲的事你知不知道？现在有人给她介绍对象，我心里有点急，你看我们家能不能到她家去说媒。"母亲回答道："你和玲玲的事我早就知道了。我们高家村巴掌大的地方，有什么事早就传开了。我心里清楚玲玲家不同意你们好，我左右为难。去的话，怕她家不同意丢了面子；不去，又觉得对不起你。你是我儿子，你的事我肯定放在心上。明天我和你爹去探探他们的口气，如果他们同意，我就请媒人大大方方地去说媒。"高平说："明天你和爹爹一定要去的。"母亲说："知道了，你呀！猫嘴里放不住咸鱼。着什么急，明天我和你爹会去的。"

玲玲家住得离高平家不远，第二天黄昏时分，高平家早早吃过晚饭，王贞女和高益群收拾了一下，就走出了家门。刚走出家门，王贞女就对高益群说："你那'壮丽'牌香烟带了没有？等一下见了面，你要主动一点，香烟早点递上去，嘴巴甜一点，好话不要钱来买。不要像在家里一样，只顾着抽烟不说话。"高益群说："我知道了。"

夫妇两人来到了玲玲家。见王贞女夫妻到来，梅花心里清楚他们来自己家的用意，没请他们坐。还是王贞女先开了口，说道："梅花妹，我们今天来你家，不说你也知道，就是为平呐和玲玲来的。我看这两孩子打赤脚长大，知根知底。现在两人也好了一阵子。男大当婚女大当嫁，你看能不能把他们两个人的事定下来。"

梅花脸上露出不悦的神色，对王贞女说："我家玲玲还小，不急着嫁出去，我还想把她留在身边帮帮我，你们还是另找别家吧！不要耽误了你儿子的终身大事。"王贞女对梅花说："玲玲也不小了，也该到了出嫁的时候。我家平呐，对玲玲也是一片真心。"梅花说："真不真心，我也不知道，我家玲玲还不急着出嫁。"王贞女说："梅花妹，你想你家玲玲头发白了才出嫁。"梅花说："我家的事不用你操心。"王贞女说："你把话说到这份上，我也没话可说了，我们先回去了。"梅花说："那我就不送了，你俩慢走。"

高益群还站在王贞女边上发呆，王贞女掐了他一把说："你还在发什么呆，赶快回家。"说着一把拉着高益群走出了梅花家。

在路上，王贞女对高益群说："梅花神气个啥！我们家平呐除了玲玲还娶不上媳妇了，见鬼的事！让她把姑娘留着身边，变成老姑娘，到时想嫁都嫁不出去。"高益群说："你也别生气了，这种事都要靠缘分的，有缘总会走在一起，没缘也就随他去了。"王贞女说："你这个傻瓜，懂什么！我发几句牢骚，你也跟着起哄，真烦人。"高益群一声不响，跟在王贞女身后，两人一前一后向家里走去。

刚到家里，王贞女就把高平叫到了跟前，对他说："你呀！总跟我过不去，人家家里不同意，你硬要叫我去说，让我丢人现眼。女人到处都是，你何必一根筋，坛坛罐罐生不得孩子，只要是女人能生孩子就行。"

听了母亲的话，高平心里很难过，心想母亲肯定吃了闭门羹，这也难为她了，以母亲的性格，她是不喜欢向别人说好话的，可自己那样深深地爱着玲玲，母亲怎么可能体会到自己的心情呢！他对母亲说："姆妈，玲玲的父母对我不满意不要紧，玲玲对我是真心的。我想，求亲求亲，你总要多说几句好话。人家的姑娘养了二十多年，终身大事，他们慎重也是应该的，总不能随随便便就把女儿嫁出去。我看过几天你还是再叫媒人去说说。"

王贞女一听，火气更大了，她说："我脸皮没那么厚，丢了一次面子，还要叫我去第二次，要去你自己去！谈好了，别人吃喜酒我也吃喜酒。"高平深知母亲的脾气，一时拐不过弯来，也就不说话了。高益群见母子俩僵住了，赶紧打圆场，他对王贞女说："你也没丢什么面子，儿子讨媳妇很正常，他们不同意也很正常。我看好事多磨，过些日子，还是叫人去说说。"王贞女说："要叫你去叫，我没这功夫，反正你们该怎么办就怎么办，我不管这事。"高益群也知道他老婆的脾气，九头牛也拉不回，只好自己想办法。

高平想着自己和玲玲是真心相爱，任何一个人都不能把他和玲玲分开，这个时候，他要主动点、胆大点，与玲玲的父母多交流，让他们多了解自己、接纳自己。

官田村的石锦波时常会来玲玲家，村里人都传开了，玲玲要嫁到外村去了。

有一天晚上，玲玲和高平在小路上散步，玲玲对高平说："石锦波经常来我家，我父母对他很满意，要我跟他定亲。"高平说："只要你铁了心嫁给我，别人是阻拦不了的。"玲玲说："是的，我们是自由恋爱，也不要那么多形式。等条件成熟了，不用打锣打鼓来迎接，我就直接走到你家去，吃顿饭就算是成亲了。"高平说："那样对不起你。"玲玲说："没事，只要你以后对我好就好。"高平说："我会爱你一辈子的。"说到动情处，两人相拥在一起。

一个月明风清的夜晚，他俩坐在老学校操场的大石头上。高平叫玲玲闭上眼睛，要给她一个惊喜。当玲玲睁开眼睛时，就看到高平手里拿着一张稿费单，她接过单子一看，问道："是不是《王老五的春天》这篇稿子发表了？"高平说："是的，这篇文章发表了也有你的功劳。你总是当我的第一读者，提出修改意见。明天我带你到小镇上去，拿了稿费再去给你买点礼物，我们庆贺一下。"玲玲一听，心里很高兴，她把头靠在高平的胸前，嘴里面轻轻地说："好的，明天早上我在村口等你。"

第二天一大早，高平就把鸭子赶到田野里，回到家对母亲说："姆妈，我今天去镇上有点事。中午我可能赶不回来，你帮我去喂一下鸭子。"王贞女应了声："好的，你早去早回。"高平推着自行车，肩挎一个黄背包，向村口骑去。

高平远远地就看到玲玲在等他。

玲玲穿着一件花格子衬衣和一条白色的裤子，脚上穿着一双小白鞋。阳光照在她的脸上，显得特别妩媚动人，满脸飞扬着青春的朝气，两只大眼睛扑闪扑闪的。见高平骑车过来，她迎上前去。高平停下车对玲玲说："你来了。"玲玲说："我也刚到。"高平说："你今天穿得真好看。"玲玲说："真的？"说着稍微侧了一下身，朝自己身上看了一下，有点得意地说道："我看你是嘴巴甜吧！"高平说："是真心话，我看你就像个仙女。"玲玲笑了笑说："别耍嘴皮子了，我们走吧！"

高平骑上了车，玲玲坐在自行车的后座，双手抱着高平的腰，把头靠在他的后背上，对高平说："平呐，天气转凉了，我打算今天到镇上买些毛线，我们一人打一件毛衣，你看好不好？"高平露出为难的神色说："好是好，但这稿费不太够，给你先买。"玲玲说："我早想到你的稿费不够的。你那点钱买点吃的，毛线的钱我来付。"高平说："你给我打毛衣，我太幸福了！这一针一线都倾注了你对我的爱，我穿在身上暖在心里。"玲玲说："你就是感情丰富，一件小事也把它说得那么玄乎。"高平说："不玄乎，在我眼里，你的一言一行都是对我的爱，都会让我感动。"

两人一路说笑着，高平对玲玲说："要不我唱首歌给你听？"玲玲说：

"好呀！你就唱一首《在希望的田野上》。"高平就放开嗓子唱了起来……

不知不觉他们就来到了小镇，小镇是方圆几十里老百姓心目中的繁华之地。小镇并不大，只有一条街道。街道的两边有粮油站、食品收购站、邮局、供销社；还有一些摆小摊的、修自行车的、理发的、小吃店，等等。小小的弹丸之地，却慢慢演绎着城市的繁华。高平和玲玲先来到邮局，兑现了稿费后就推着自行车朝门市部走去。

走进门市部，只见柜台内各种商品琳琅满目，他俩一边看一边朝毛线柜台走去。一位年约三十来岁的售货员见他们向柜台走来，满脸堆起了微笑，向他们打招呼。售货员笑着对玲玲说："妹子，我们这里的毛线又便宜又好看品种又多，你喜欢哪一款？"她指着柜台的左边说，"这边的毛线是混纺的，混纺毛线的特点是耐磨性好，还不宜虫蛀，但是它保暖性差一些，"说着又指着柜台的右边说，"这边的毛线都是纯毛的，纯毛的毛线手感柔软，保暖性好，但是容易被虫蛀。"

听了售货员的介绍，玲玲对高平说："平呐，我看你整天在外面放鸭子，风吹雨淋的，我们还是选保暖性好一点的。毛线的粗细，我看高粗的太厚实，穿卜它你干活不利索，特细的不够保暖。我们就选 个中粗的，秋天也可以穿，到了冬天外面再穿个棉袄应该也够保暖的，你看怎么样？"高平听了玲玲的话，心里很温暖，他觉得玲玲对自己的关心是那么细心周到，能娶到这样一位知冷知热的女人，真是自己的福气。连声应道："好的，好的。"选好了高平的毛线，他们又选玲玲的毛线，最后玲玲也选了中粗的纯毛毛线。

这时售货员说："你们选一下颜色吧！"玲玲对高平说："平呐，我觉得你穿深颜色的放鸭比较合适，耐脏。但我又想，你现在也是县报的特约记者，也算个文人。我看要么选个米黄色的，这颜色明亮，穿着又文雅，你看好不好？"高平说："好的，就选个素雅一点的。"接着，玲玲问高平："你看我穿什么颜色好看？"高平答道："我觉得你穿红色的好看，红色吉祥喜庆。再说，我也没看你穿过红色的毛衣。"玲玲说："好的，那就选个红色的。"售货员说："你们选好了颜色，我给你们量一下尺寸，看看需要多少毛线。"说着她拿了皮尺走出了柜台对玲玲说："妹子，我先量你的尺寸。"然后动作娴熟地量了玲玲的肩宽、胸围、腰围、袖长和上身的长度，量完后对玲玲说："妹子，你身材匀称，穿上红色毛衣肯定很漂亮。"玲玲听到别人夸赞自己，心里很高兴。售货员接着又量了高平的尺寸，一边量一边说："你身材不高，但是男人的肩膀和腰总要比女人粗壮点，所以你们两人的毛线重量买一样的就可以了。"

在毛线柜台的旁边是一个布料柜台，玲玲就对高平说："平呐，看到这布料我想起来了，前几天我想到你时常要穿雨靴，又想着你雨靴里可能没有鞋垫，脚底会觉得凉凉的，就用家里的碎布在给你纳鞋垫，正缺个鞋面布，这会儿我们就买两尺棉布。"高平说："是的，我的雨靴里是没有鞋垫。"说着他们就买了棉布。

买好棉布后玲玲说："平呐，这里东西也买得差不多了，我们再到别的地方去转转。"说着玲玲就朝门外走去，高平一把拉住玲玲的手说："玲玲，你先别走。我们难得来镇上一趟，我买点吃的给你。"玲玲说："我又不是小孩，我看还是别买了。"高平说："这哪行！"然后拽着她的手来到了食品柜台，高平指着货架对着售货员说："给我拿这个饼干一包、麻花两包、马蹄酥一包，再称一斤水果糖。"玲玲说："不要买太多，不要浪费。"高平说："这点不多的，你回家慢慢吃。"

他们又在街的另一头转了一会儿。时近中午时分，两人都觉得肚子有点饿。高平对玲玲说："今天中午我们找个饭店烧几个小菜，庆祝一下。"玲玲说："好的。"

说着眼前就是一家小饭店，看上去这家小店门面整洁，"陈老四饭店"

几个大字也落落大方，苍劲有力。高平心想，没想到这小镇上还有人能写出这一手好字，心里很赞叹。他对玲玲说："你看这家饭店怎么样？"玲玲答道："看上去还干净亮堂，要不就在这里吃。"说着高平就把自行车停在饭店门口，牵着玲玲的手走进了饭店。

陈老四见有客人进来，赶忙微笑着迎了上去，招呼他们坐下泡上了茶，接着拿来菜单递给了高平，说道："我们店里有家常菜，也有我们本地的一些名菜——藜蒿炒腊肉、米粉蒸肉、黄芽头煮腌菜、米粉螺丝。"高平答道："好的。"他看了一下菜单对玲玲说："玲玲，你喜欢吃什么？"玲玲说："你喜欢吃我也喜欢吃，就是不要点太贵的，能下饭就行了。"

高平点了辣椒炒肉、黄芽头煮腌菜，还有一个西红柿鸡蛋汤。

吃饭时，高平对陈老四说："陈老板，你这饭店开了几年了？生意还好吧？"陈老四说："我已经开了三年了，生意还可以。这条街上饭店不多，我烧的菜还合大家的口味，来镇上办事的人基本上都来我这里吃。这几年，我这家饭店开出来，家里的生活条件也改善了许多。"高平笑着说道："还是你们做生意好，钱来得快一点，手头宽一点。"陈老四说："是的，改革开放后我就做了生意，家里也盖了房子，生活水平得到了很大改善。"高平接着说："这时代是八仙过海各显神通，只要你不犯法，做生意赚钱政府是支持的。"陈老四说："是的，勤劳致富。"接着他又说："老弟，你们慢慢吃。我去厨房忙活了，有需要就叫我。"高平说："好的，你去忙吧！"

陈老四走后，高平夹了一块肉放在玲玲的碗里。玲玲说："平呐，你自己多吃点，不要老顾着我，平时我看你也不太吃肉，我家的条件总比你家好一点。"说着也夹了一块肉放在高平的碗里。高平说："玲玲，我已经吃了很多了，你也多吃点。"饭后，高平打了饱嗝。玲玲将一块手帕递给高平说道："你擦一下嘴，嘴上有油。"之后他们喊来陈老四，付了账就走出了这家小店。

高平推上自行车，正准备回家时，看见路边有一家书摊，对玲玲说："这有一家书摊，我想去看看。"玲玲说："好的。"说着两人向书摊走去。高平停好自行车就蹲在书摊旁，见书摊上摆满了各种旧书和旧杂志。之后高平挑了几本旧杂志——《读者》《青年文摘》《电影故事》，觉得价格合理就付了钱。

高平把杂志放进自己的黄背包，随手接过玲玲手中的物品挂在自行车龙头上，对玲玲说："我们回家喽！"说着就向家中骑去。

玲玲坐在高平的身后，双手抱着高平的腰，把头紧紧靠在他的后背上。高平突然觉得有一股暖流涌上心头，不由自主地摇响了铃声。伴随着铃声的响起，他唱了起来："村里有位姑娘叫小芳／长得美丽又大方／一双美丽的大眼睛／辫子粗又长……"随着高平悠扬的歌声和胸廓的起伏节律，玲玲不由自主地在高平的身后轻轻地摇动起来。一曲唱罢，高平动情地对玲玲说："你就是我心中的小芳。"玲玲答道："真的？"高平说："这还有假！"听了高平的话，玲玲再一次把头紧紧地靠在高平的后背上。

一路上，高平和玲玲随着滚滚向前的车轮，脑海里憧憬着美好的未来，不知不觉来到了村口。这时，正好碰上村里的小凤，小凤笑着跟高平打招呼："哟！今天是什么好日子，一起进城了，看来我下半年要吃喜酒了。"玲玲一听赶紧跳下了车，对小凤说："小凤姐，看你说的，我们只是一起去镇上买点东西。"小凤一听笑了："买东西买到一辆车上来了。"边说边抿着嘴笑着走开了。

小凤走远了，玲玲对高平说："平呐，反正也快到家了，我看还是你先骑车回家，我慢慢走回去。"高平觉得玲玲说得也有道理，就骑车先走了。

玲玲到家时，母亲见玲玲手上拎着东西便问道："你中午没回家吃饭去哪里了？"玲玲说："我去镇上买了一点东西。"母亲又问道："你是一个人去的还是跟别人一起去的？"玲玲回答道："反正去了就是，你管我跟谁一起去的。"说完就走进自己的房间。

　　傍晚时分，小凤路过玲玲家门前时玲玲的母亲刚好走出家门。小凤笑着跟她打招呼："梅花嫂，忙什么去？"梅花说："我去买包盐。"小凤接着说："我看你今年下半年要忙大事喽！"梅花一听，满脸疑惑地说道："我有什么大事好忙的！我自己都不知道。"小凤笑着说："你是真不知道还是假不知道？都快要当外婆了。"梅花听了吃了一惊，说："这话怎么说？你说来听听。"小凤说："今天我在村口碰上玲玲，她坐在高平的自行车后面，从外面回来。两人有说有笑的，挺亲热的，真像一对小夫妻回娘家。"梅花一听，心里咯噔了一下，对小凤说："不是你说的那样，他们两人是同学，没有别的事。我没有那么好的福气，这么早就做外婆。"小凤笑着说："这是好事，你就别遮掩了，迟早的事。"说完笑嘻嘻地向家中走去。

　　吃过晚饭，见玲玲出去了，梅花对她的丈夫说："高旺，今天小凤对我说，她在村口看见玲玲和高平有说有笑的一起从镇上回来，还说我快要当外婆了。我听了心里真不是滋味。玲玲嫁给高平我是不同意的，到时生米煮成熟饭就麻烦了，吃亏的还是我们家玲玲。"高旺说："女儿总是要嫁出去的，我看锦波这孩子不错，对玲玲也真心。要不这几天叫他来家里干几天活与玲玲多接触，等时机成熟了，就把他们的事定下来？"梅花说："这样也好，锦波来了我跟他说一下，叫他修一下猪圈。"高旺说："好的，修猪圈是泥瓦活，这样安排挺好。"

　　那天下午，锦波又来玲玲家。梅花对他说了修猪圈的事，锦波一听心里很高兴，他巴不得在玲玲家多待些时候。嘴里答道："婶，好的，明天我一早就带工具过来。"

第二天一大早，锦波带着工具来到了玲玲家。玲玲还在洗漱，见锦波这么早就来了问道："你这么早来干什么？"锦波说："帮你们家修猪圈。"玲玲正和锦波说着话，梅花从厨房里出来了。她对锦波说："锦波，你来得真早，等吃了早饭再干活。"锦波回答道："好的，婶。"这时梅花对玲玲说："玲玲，你今天哪儿都别去了，给锦波打下手。"

玲玲一听心里很不乐意，她知道母亲的用意，说道："你去忙吧！我知道了。"梅花见玲玲答应了，转身去厨房端菜招呼锦波吃早饭。见母亲进了厨房，玲玲趁机溜出了家门，她一路小跑向高平家跑去。

她直接来到鸭棚，见高平正在拾鸭蛋，赶紧俯下身一边捡鸭蛋一边对高平说："平呐，你把鸭子放到田里就到我家来。我姆妈把石锦波叫来修猪圈，我姆妈的心事我知道，就是想让我嫁给他。你去了，让石锦波知道，我们在谈恋爱，让他断了这个念想。"高平说："好的，我把鸭子放在田里，跟我姆妈说一声就过来。"玲玲说："那我就先回去了，你早点过来。"

吃过早饭，高旺对石锦波说："锦波，修猪圈的黄沙、水泥还有石子都堆在院子里。等一会儿，我和你婶要去地里干活，玲玲会帮你打下手的。"锦波说："叔，你们放心去干活吧！我和玲玲会做好的。"没多久梅花和高旺就走出了家门。

家里只剩下玲玲与锦波。锦波来到院子拌起了混凝土，玲玲在一旁打下手。锦波一边拌着混凝土一边对玲玲说："玲玲，我们认识也有些日子了，相互也有些了解，不知你对我印象怎样？现在就我们两个人，你说个心里话。"玲玲说："你人很能干，长相也好，只是我们没有缘分，你就把我当妹妹。你再找一个合适的，不要耽误了自己的终身大事。"听了玲玲的话，锦波心里咯噔一下，说道："玲玲，既然有媒人介绍我认识你，我们也算是有缘分。我是真心爱你的，你也不要把话说得这么绝，给我一个机会。"

两人正说着，高平来了。玲玲见高平来了，老远就喊他："平呐，快过来帮忙。"高平走到玲玲身边接过她手中的泥桶说道："玲玲，你去休息会儿，我来打下手。"玲玲站在一旁，稍等了片刻，对锦波说："锦波哥，这是我的同学高平，是我叫他来帮你打下手的。你需要什么，尽管跟他说好了，我先去准备饭菜。"

锦波心里似乎明白了些什么，眼睛里流露出失落之情。他说："好的，你去忙吧！"玲玲走了，高平和锦波各怀心事，干着活。混凝土拌好了，他俩各提一桶混凝土来到猪圈。开始砌砖块了，高平打破了沉默，他对锦波说："兄弟，我跟玲玲是同学，从小一起长大。现在我俩谈恋爱，是村里公开的事，只是她的父母现在还没有同意。玲玲是铁了心要嫁给我的，希望你收住这份感情，不要让自己太痛苦。"锦波说："你们的事情我不想知道，我是托媒人来说亲的，我也有爱她的权利，不用你来操心。"高平说："这事我们说了都不算，只有玲玲心里最明白，那就看谁跟她有缘分好了。"说完两人都沉默不语，低头干着活。

中午时分，梅花和高旺回来了。梅花一看高平站在院子里，脸上露出不愉快的神色。玲玲赶紧对她说："姆妈，这力气活我干得吃不消，我把高平叫来帮了一下忙，他已经干了一上午了。我看下午的活会轻松一点，我一个人打下手就可以了。"

听了玲玲的话，梅花说："你叫了就叫了，跟我说什么。"站在一旁的高平此时觉得很尴尬，赶紧说道："玲玲，我先走了，鸭子还要喂食。"玲玲说道："平呐，这么迟了你家可能已经吃过中饭了，我给你盛碗饭你带到田里去吃。"说完走进厨房，盛了一大碗饭，夹了几块米粉肉和几条泥鳅还有一些蔬菜，在饭桌上将饭盒装进了袋子拿给高平，然后对高平说："你快去吧！已经是中午了。"高平接过玲玲手中的饭菜就走了。

从在玲玲家干活回来后，石锦波一直很郁闷。他心里还是喜欢玲玲的，觉得玲玲美丽大方又善解人意。可他心里也很清楚，玲玲和高平爱慕已久，感情深厚。那些日子，他吃不好睡不香，人也瘦了很多。父母亲看在眼里急在心里，决定叫媒人柳花撮合这桩婚事。

那天上午，锦波的母亲刘冬莲带着礼物来到了柳花家。柳花见冬莲来了，赶忙请她坐下，泡了一杯茶，对她说道："冬莲嫂，你今天来我家的用意我也猜到了八九分，锦波和玲玲的事我会尽力的，玲玲的父母对你家儿子很满意。"冬莲说："是的，玲玲的父母对我儿子是比较满意。可听我儿子说，玲玲和村里的一个后生感情很好，锦波又很喜欢玲玲，这几天正为这事发愁，吃不好，睡不香，人也瘦了很多。我心疼死了！妹子，这事还要辛苦你跑一趟，把我儿子的生辰八字拿去和玲玲的合一下，赶紧把这事定下来。"说着她拿出石锦波的生辰八字交给了柳花。柳花说："嫂子，天下父母心，你疼爱儿子我理解，这事不能由着你的性子急。我还要到梅花家取玲玲的生辰八字，看他俩能不能配上。"冬莲说："妹子，那也只能这样了。我等你的口信。"

离开柳花家时，冬莲把礼物留下。柳花觉得不太好意思，对冬莲说："嫂子，等事成了再说。"冬莲说："没事，这是我的一点心意，你就收下吧！"说完就离开了柳花家。

冬莲走后，柳花心里盘算什么时候到梅花家去合适。她觉得还是明天早上比较好，梅花和高旺肯定没这么早出门。

第二天，柳花一大早就来到了梅花家，梅花一家正在吃早饭。见柳花到来，梅花很高兴，她对柳花说："柳花姐，先吃早饭再说。"柳花说："你们慢慢吃，我已经吃过了。"梅花说："那你先坐一会儿。"吃好了早饭，玲玲走了。

玲玲走后，柳花对梅花说："妹子，昨天锦波的姆妈到我家来了。她的意思是把锦波和玲玲的八字合一下，要是相配，就把他俩的事定下来。"梅花说："这事说到我心里来了。玲玲是个死脑筋，心里面一直惦记着高平，要是不把她和锦波的事赶快定下来，说不定哪天她会跟高平跑了。到时，我叫天天不应叫地地不灵。养到这么大的女儿白白送给人家，我是不服气的。"柳花说："既然这样，你今天就把玲玲的八字拿给我，我下午就到胡大仙那里算一下，看看两人的八字合不合。"梅花说："好的，这事就拜托你了。"之后她拿出玲玲的八字交给了柳花。

　　第二天一大早柳花又来到了梅花家，还没有坐下，她笑嘻嘻地对梅花说："妹子，我昨天下午把锦波和玲玲的八字拿给了胡大仙。胡大仙掐指一算，说他俩命里很相配。女的是水命，男的是木命，水能生木，将来他俩结婚，男的是抓钱爪，女的是聚宝盆，生活一定会很好的。"

　　梅花听后，脸上露出喜色，她对柳花说："柳花姐，他俩命里有缘分我很高兴。将来的日子还是要玲玲过的，等她回来我就把这件事告诉她。等我跟玲玲说好了，我再给你个信。"柳花说："是的，这婚姻大事还是要玲玲同意。要不，以后的日子过得好还好，过得不好会埋怨你们一辈子。"

　　那天晚饭过后，梅花收拾好饭桌，把玲玲叫到身边对她说："妹呐，你先坐下，我有话跟你说。"玲玲坐下后问道："姆妈，你有话就说。"梅花说："锦波和你认识也有些日子了，我看你也不讨厌他。我跟你爹爹都觉得这后生做事很能干，性格也比较随和，对你也是真心的。前两天，锦波的姆妈托柳花姨到我们家把你的八字拿去和锦波的八字合了一下。胡大仙说你俩命里很相配，有夫妻的缘分。要不就把这事定下来好了，你看怎么样？"玲玲一听，心里很不高兴，说道："我不喜欢他，我们性格合不来，胡大仙说了也不算，你们不要强逼我。我就喜欢高平，你们不同意，我也要嫁给他。"

梅花心里很气，说道："你真是个死脑筋，高平给你灌了什么迷魂汤，这样死心塌地地跟着他。人总往高处走，我看锦波这孩子就是比高平强。性格合不来这算什么事，天天在一起，你对他了解了就合得来。你以后不要跟高平来往了，多和锦波在一起。我是为你好，你自己好好想想。"

玲玲见母亲态度这么强硬，也按捺不住心中的火气，说道："我愿意爱谁就爱谁，你不要管我太多，要嫁你自己去！"说完站起身来走进房间。玲玲一走，梅花心想，女儿的翅膀硬了，管不住她了。想到自己一把屎一把尿地把她养大，吃了那么多的苦，禁不住泪水在眼眶里打转。

玲玲走后，梅花还在堂前坐了很久，回到房间后还在唉声叹气。高旺问道："你怎么唉声叹气的？"梅花说："还不是玲玲把我气的！今天我跟她说了锦波的事，她是个死心眼，一心只想嫁给高平。我劝她听不进去，还说要嫁你自己去，没大没小的，气得我眼泪都出来了。还反了她了，从明天起，你给我管着她，晚饭后不要让她出门。"高旺说："你先消消气，对玲玲的婚事我们还是再考虑考虑，不要强压着她，让锦波和玲玲多接触，慢慢培养感情。"梅花说："你说得也在理，可玲玲和高平这样好下去，生米也会变成熟饭，到时后悔都来不及。你就听我的好了，我们先管得严一点。"

第二天晚饭后，玲玲像往常一样准备出门，刚想跨出门槛，梅花叫住了她问道："你去哪里？"玲玲说："我出去散散心。"梅花说："一个大姑娘要守点规矩，不要一天到晚往外跑，也不像个样子。你今天就不要出去了，给我好好待在家里。"见母亲很生气的样子，玲玲也不敢出门了，只好回到房间。

玲玲关上房门打开窗户，望着窗外漆黑一片，心想高平一定在老学校等她，可自己又不能跟他打招呼，这可怎么办呢？她知道高平的性格，他一定会等很久很久……越想越急。她本想叫邻居篮妮去告诉他一声，篮妮是她从小一起玩到大的小姐妹，是自己信得过的，平时有难事也会叫她帮忙。可是家中的大门被母亲锁住了，想到高平一个人孤独地站在那里等她，玲玲心里很难受。鸡叫三遍，她才睡着。

好不容易熬到天亮，玲玲故意赖床。母亲几次喊她吃饭，她都没有理睬。梅花见女儿没有理她，来到玲玲的房间对她说："你怎么了？还没起床，我待会儿要到地里干活去，你快点起床，饭菜都要凉了。"

早饭后，梅花到田里干活去了，玲玲见母亲走了就起床了，她心里记挂着高平。没吃早饭，她就匆匆地向高平放鸭子的田里赶去。走过一条小路又拐了几个弯，玲玲看见高平站在田里赶鸭子，她边招手边喊道："平呐，快过来！你那边是烂泥田，我走不过去。"

高平一抬头，见玲玲站在对面的田埂上，他赶紧放下竹竿，向玲玲那边走去。

玲玲看到高平眼睛红红的，眼窝深陷，一看就知道昨天晚上没有睡好，心疼起来了。她对高平说："昨天晚上，我姆妈不让我出来，你在那里等了多久？"高平回答道："半夜过后我才回家。"玲玲说："你呀！就是这么傻，一根筋。等晚了，我还不来，就说明我有事，来不了了。"高平说："我知道了。"玲玲说："现在我家里管得严，晚上不能出来，我一般上午会到这里来看你。家里逼我跟锦波定亲，你看怎么办？"高平说："你不用怕，你真不同意，他们也拿你没办法。你先这样拖着，我回去跟我姆妈说一下，让家里找个媒人正式到你家提亲去。"玲玲说："好的，我等你的回音，你抓紧点。"玲玲和高平谈了一会儿，就匆匆赶回家了。

那段日子，玲玲和高平只有每天上午匆匆见一面。

锦波隔三岔五地来玲玲家，每次来玲玲家，梅花都找机会让玲玲和锦波单独相处。每当这个时候，玲玲内心总是受着煎熬。虽然高平说让他家里来提亲，但她知道母亲是不会同意的，这也是白白地浪费心机，还不如趁这个机会和高平一起远走高飞。在那段灰色的日子里，她总是辗转难眠，人也消瘦了很多。

山重水复疑无路，柳暗花明又一村。那天上午，玲玲正陷入深深的愁绪当中，邮递员小彭送来了一封信，是妹妹的来信。妹妹在信中写道：

姐姐：

时间过得真快，一转眼，已经有三个月没给你写信了。生活在遥远的城市，我时常会想起你，想起我们在一起的日子，是多么快乐！我们一起洗衣服，一起在田里干活，每天说说笑笑的。现在我们相隔千里，这一切都变成了回忆。

我在深圳生活得很好，你别挂念。我还是在制衣厂工作，工资收入也比以前增加了，除了生活开支还有余钱。哥哥也还是在原来的电子厂工作，他有时会来看我，还给我买好吃的，我很开心。

这个季节，我们家乡的晚稻已经收割了吧？地里的棉花也可以摘了吧！如果忙完了农活你也想到外面来闯闯，就到我厂里来打工，那样我们姐妹又可以在一起了。

不知姆妈和爹爹的身体怎么样？我很想念他们，有空的时候请姐姐回信把家里的情况告诉我，免得我记挂。

今天就谈到这儿，下次再聊！

妹妹玲华

××××××

读着妹妹的来信，玲玲心里升起了一股希望。

她觉得离开家乡是最好的选择，一来可以逃脱父母逼她与石锦波订婚。再说，就是跟高平走在一起，她也要先积攒一点钱，为将来创造幸福生活打好基础。自己这样的想法，不知父母和高平会不会同意，她思前想后还是决定先向父母说出自己的想法，征得父母的同意后再跟高平商量。

夜幕降临的时候，玲玲的母亲从地里干活回来了，父亲也从学校回来了。吃好晚饭，玲玲坐在父母的身边，她对母亲说："姆妈，今天我收到妹妹的来信，她在深圳一切都好，工资收入也还不错。我很羡慕她，不光可以赚钱还可以看大码头。妹妹在信里说，那边也有适合我的工作，反正现在田地里也没什么活了，我也想出去打工赚钱。"

玲玲的母亲一听，说道："我们家不靠你来赚钱养家，我每天要到田里去干活，家里也要有个帮手。你们都走了，我一个人忙不过来。这还是小事，前几天我跟你柳花姨说好了，让锦波家选个好日子定亲。你这一走，这事就泡汤了。"玲玲说："姆妈，这婚姻大事不是儿戏。我和锦波刚认识不久，相互还缺乏了解，这样匆忙定下来，对我们都没有好处，缓一缓也不一定是坏事。"

梅花一听，很不高兴地说："定下来再慢慢了解也不迟。我们农村人谈恋爱没那么复杂。了解来了解去，什么时候是个头，你呀！也不要拖来拖去，我看还是先定下来再说。"玲玲说："我不同意，我一辈子的幸福不能就这样匆匆忙忙就定了。再说我还年轻，也想到外面去闯闯，看看新鲜的世界。"

梅花知道女儿是在拖延婚事，心里很难过。自己一把屎一把尿地把她养大，小时候乖巧懂事的女儿变了，现在不听她的话了。

坐在一旁的高旺对梅花说："你不要生玲玲的气，她长大了也有自己的想法。这婚姻大事你也不要强逼着她，我看还是让她自己再考虑一下。"梅花说："你总是大事小事都由着她。我看这样下去，她和锦波的婚事是谈不成了。"说完叹了一口气。见父母为自己的事难过，玲玲心里也不是滋味，默默地走开了。

晚上，家里人都睡了，玲玲还在想着心事。她想：如果自己听了母亲的话，一辈子就要和一个自己不喜欢的人在一起，那是一件多么痛苦的事，她是深深爱着高平的。如果能由着自己的性子就好了，明天就离开家去深圳，眼不见心不烦。但转念一想，母亲把自己拉扯大也不容易，如果这样走了，母亲肯定承受不了这么大的痛苦，也会让自己背上一个不孝的罪名。但她下定了决定要离家，她知道母亲的心肠很硬，不会轻易妥协让她去深圳，她想到了绝食。

第二天早上，高旺到学校去了。梅花烧好了早饭，见女儿还没起床，也没有去叫她，匆匆吃了口饭就到地里干活去了。

中午时分，梅花干活回来，见家里冷冷清清的，早上烧好的饭菜还摆在桌子上丝毫未动。心想：玲玲早饭没吃？人去哪儿了？是不是还在睡觉？她一边想一边推开玲玲的房门，一看，玲玲果然在睡觉。她来到床前对玲玲说："中午了，你怎么还没起来？"玲玲装着没听见，侧了个身又睡了，梅花说："你再跟我怄气也不能不吃饭，赶紧起来吃饭。我下午还要到地里去，这会儿我去做中饭了。"说完梅花走出了房间。

玲玲没有搭理母亲，仍然蒙头睡觉。梅花烧好了中饭，见玲玲还没起床，就一个人先吃了。去地里干活前，她又来到玲玲房间，对玲玲说："我把中午的饭菜摆在桌子上了，你起来吃饭。千事万事，吃饭是大事，有事总好商量的。"说完梅花就带了一把锄头到地里去了。

傍晚时分，梅花收工回家，见家里还是冷锅冷灶，心想：女儿这鬼脾气，这会儿去劝她吃饭也是白费力气，自己还是先把晚饭做好，等玲玲爹回来再做商量。想到这里，她没有去看玲玲，就到厨房做饭去了。

晚饭快做好时高旺回来了，梅花对他说："今天玲玲一天都没起床，饭也没有吃。等会儿，饭菜上桌了，你去叫她一下。"高旺一听，心里咯噔了一下，心想这孩子怎么这么倔。还没等饭菜上桌，他就来到了玲玲的房间，见玲玲还在蒙头睡觉，高旺轻轻地拍了拍玲玲的被子示意她向里睡一点，玲玲挪动了一下身子。高旺坐在床沿，拉下蒙在玲玲头上的被子对她说："妹呐，怎么跟身体过不去？人是铁饭是钢，一顿不吃饿得慌，你一天没吃饭了，这样下去会拖垮身体的，有事总好商量的。"

高旺正说着，梅花进来了。梅花说道："玲玲，你爹说了，有事总好商量的，你先起来吃饭再说。"听了父母的话，玲玲心想，父母有服软的意思，可现在自己还不能吃饭，一吃饭母亲的态度又会硬起来的。想到这里她说道："你们先吃吧！我现在肚子还不饿，还想再睡一会儿。"梅花说："你还要睡到什么时候，都睡一天了，快起来了。我饭菜都已经端上桌了，等一下要凉了。"玲玲说："我真的不饿，你们先吃吧！"梅花见女儿这么倔，对高旺说："我们先去吃，等会儿再说！"

高旺和梅花吃过晚饭，梅花见玲玲还没起床，心里真有点担心了，就盛了一碗饭夹了些菜，来到了玲玲房间，对玲玲说："玲玲，我们都已经吃好了，我把饭也给你端来了，你肚子饿的时候吃。你昨天说要出去打工，我和你爹晚上再商量一下。你赶紧起来吃饭，把身子饿坏了，我心里难受。"

已经很晚了，高旺和梅花还没睡。高旺对梅花说："梅花，玲玲的脾气犟，我看还是先让她出去打工。她和锦波的婚事先缓一缓，强扭的瓜也不甜，这样逼着她好事会变成坏事。"梅花叹了一口气说："你说的这些我也都知道，刚才我送饭给她吃时见她脸色不好，一点精神都没有，像生了病一样，看得我也心痛。唉！女儿长大了，翅膀硬了，我们管不住她，这样逼着她会要了她的命，没办法！要不就依着你的想法，先答应她，等她打了工再说。"那天晚上，高旺和梅花为玲玲的事扯来扯去，直到月已西沉才慢慢入睡。

第二天早上，梅花早早地就来到了玲玲的房间，对玲玲说："玲玲，昨天晚上，我跟你爹商量好了，还是让你去打工。你和锦波的事，你自己慢慢考虑，我也不逼你。你要明白做父母的心，我们总是希望你好。如果你稀里糊涂地嫁给一个男人，将来的日子过不好，我和你爹都会心疼的。"

听了母亲的话，玲玲的鼻子一酸，眼泪流了出来。她对母亲说："姆妈，我知道你和爹爹都是为我好，我也不是成心和你们过不去。你们生我养我也不容易，我不会把你们的话当耳边风，让你们伤心的。你们都觉得锦波是个好人，我也觉得他不错，只是我对他缺少了解。这次出去打工，我心里也有打算，也不是三年两载不回来。我准备出去半年，农忙时回来。这半年时间里，我会和锦波通通信，趁这个机会我们多了解了解对方，如果有缘，我们就会走在一起。"

玲玲的一番话给了梅花莫大的安慰，她觉得女儿毕竟是自己生自己养的，能体会父母对她的一片苦心。再说，女儿也有自己的想法，要替她想一想，也觉得这样委屈女儿是不对的。

玲玲见母亲同意自己去打工，她赶紧穿衣起床。

玲玲洗漱后吃了早饭，就匆匆去找高平，她走过村前的老学校向田野走去。走过几块田垄，她看见高平站在田埂上，对着高平喊道："平呐！"高平听到玲玲喊他，回头一看，玲玲正朝他走来，他赶紧迎了上去。

两人在田埂上坐了下来，高平见玲玲的脸色憔悴，问道："你昨晚是不是没有睡好？"玲玲说："是的，我昨晚是没睡好，在考虑我俩的事，今天我就是来跟你商量的。"高平说："什么事？"玲玲说："我妹妹来信了，告诉我她在深圳生活得很好，那边也有适合我的工作，问我愿不愿意去？本来我是不打算去的，一离开家乡，你和我就要天各一方。可是不去，家里又逼着我订婚，你也知道我心里是有你的。想来想去，我还是先逃避一下，去深圳打工，这样也给了我俩一个在一起的机会。"

高平沉默了许久，嘴里说道："你走了我怎么办？这可怎么办呢？"玲玲说："我又不是一去不回来，再说这也是为我俩好。我已经想好了，如果在那儿不适应，我半年后就回来。如果好，你就一起过来，那时我们又可以在一起了。这样我们赚到了钱，将来结婚也不愁日子不好过。"高平说："要不我现在就把鸭子卖掉，跟你一起去深圳打工。"玲玲说："这事我也考虑过，我们两人一起走。可现在条件还不成熟，一来鸭子正是生蛋的时候，这会儿卖掉太可惜。再说，我也才去，那边的情况还不了解。如果你贸然去了，万一找不到工作，这来去的路费不说，还要靠我妹妹帮你，这样也不太好。你还是先在家把鸭子养好，等我稳定了再说。"

高平虽然心里舍不得但也很无奈，他想和玲玲一起远走高飞，可是连个路费都没有。自己受点苦倒不要紧，总不能让一个女人跟着自己受苦。想来想去，他还是点了点头。玲玲见高平默许了，对他说："平呐，你不要担忧，只要我们心在一起，走到天边都分不开的。到那边我会给你写信的。"

高平心里觉得稍微好受了点，他知道玲玲是爱着自己的，就算是人走了心也是分不开的。反正是一辈子的事，短暂的分离也是为了长久的相聚，今后的日子还长着呢！他对玲玲说："你说的话也有道理，那只有这样，你先去，等条件成熟了我也去。"

玲玲见高平的情绪稳定了，站起身来对他说："平呐，我先走了，回家还要收拾收拾行李。上次我们买的毛线，我已经打好了毛衣，走的时候给你。"说完玲玲转过身，向田埂的另一边走去。

望着玲玲渐渐远去的背影，泪水模糊了高平的视线……

过几天就要告别家乡和亲人，那些日子，独自一个人的时候，玲玲总是伫立在窗前，脑海中升腾起很多想法。她想到父母已年过半百，自己走了家里也少了一个帮手，母亲一个人会很累的，虽然母亲逼了她的婚事，但也是为了自己好。这样走了很对不起父母，将来自己有钱了，一定好好孝顺他们。有时也想想高平，自己就这么走了，把他一个人留在家乡，也很孤独的。想到这里，她又觉得对不起高平，可又没有别的办法，也只能这样了。

临行前的那个晚上，借着朦胧的月色，玲玲带着织好的毛衣和纳好的鞋底向老学校走去，当她来到了老学校操场时，见高平已经在那儿了。两人一见面，没有说话，四目相对眼里都含着泪水，紧紧地拥抱在一起。玲玲把头靠在高平胸前，对高平说："平呐，我明天就要走了。说心里话，我真舍不得你。你不要难过，我走到哪里都会想着你的。我们只是暂时地分别，等条件成熟了，我们很快就会在一起的。"

高平拉着玲玲的手说："我心里也舍不得你，你离开了我，我一个人在家里不会快乐的。以前，想你的时候就能见到你，可你到了深圳，相隔那么远，想你的时候也见不着了。到深圳后，你要记得时常给我写信，免得我牵挂。"玲玲说："你不要太难过，我们很快就会见面的。虽然我们暂时相隔很远，但只要心在一起，我们就不会分离，你放心吧！我始终是你的人，一定会嫁给你的。"

两人正说着话，一阵秋风吹过，高平和玲玲都觉得有点凉意。这时，玲玲想到还有一件毛衣要送给高平。她对高平说："平呐，我给你织的毛衣带来了，你试试看合不合身。"说完从塑料袋里面拿出毛衣，然后让高平穿上。

玲玲一边帮高平整理一边说："毛衣虽然织得不好，也是我的一片心意。我不在你身边的时候，穿上这件毛衣，就当是我陪伴在你身边。"穿着玲玲织的毛衣，高平心里一阵温暖，他对玲玲说："你的手真巧，穿着很合身，穿在身上暖在心里。我会好好爱惜的，看到这件毛衣就当看到了你。"玲玲说："你这样说我心里很高兴。今后不管走到哪里，有这件毛衣在你身边，我就会感到自己陪伴着你。这样，我心里也会好受一点。"接着玲玲又说："平呐，毛衣你也不要舍不得穿，放鸭的时候你就穿上。毛衣比不得别的衣服，容易缩水变形，你穿的时候穿件外套就可以了。"高平说："好的，我知道了。"说完，玲玲又从塑料袋里拿出一双鞋垫递给高平说："出门放鸭时，你把鞋垫放在雨鞋里，脚底会暖和些。"

高平接过鞋垫，他觉得自己是个幸福的人，玲玲对自己这么细微的关心，这才是世界上最美的爱。可是这个心爱的女人明天将离自己而去，心中顿生依恋之情。他紧紧地搂着玲玲，亲吻着玲玲。玲玲的眼泪慢慢流过了高平的嘴唇，那泪水是苦苦的、酸酸的、涩涩的……

星星还在天边眨着眼睛，玲玲就起床收拾行李，梅花和高旺也起来得很早，夫妻俩在厨房里忙碌着。

女儿要出远门了，两人心里确实舍不得。他们特意烧了几个好菜为女儿送行。开饭了，梅花将热气腾腾的饭菜端上了桌。今天的早餐特别丰富，米粉蒸肉、辣椒炒肉、干鱼块、炒青菜，还有一个蛋汤，都是玲玲喜欢吃的菜。

吃饭时，梅花不停地往玲玲碗里夹菜说："妹呐，你多吃点，到外面吃不到这个味。"玲玲鼻子一酸，眼泪掉了下来。梅花见此情景，眼圈也红了，她对玲玲说："你们兄妹几个都出去打工了，家里只剩下我和你爹爹，只觉得心里空落落的。你到了深圳，记得给家里写信，免得我和你爹爹惦记。有空时多到你哥哥那儿走走，他会照顾你的。要是外面过得不顺心，就回来。"玲玲说："好的，我知道了，你就放心吧！我会照顾好自己的，你和爹爹也要照顾好身体。你们身体好，我在外面才可以安心做事。"

玲玲要走了，梅花帮她提着一个大包，高旺帮她背着被子，三个人向村口走去。快到村口时，玲玲转身对父母说："你们就送到这儿，高平在前面等我，他会用自行车送我到镇上去坐车的。"说着就接过高旺递给她的被子背在背上，然后接过母亲递给的大包，一步一回头地朝村口走去。

目送着父母远去，玲玲还没走几步就看见高平推着自行车向她走来。高平走到玲玲身边时，玲玲见他眼睛红肿，知道他昨晚一定没有睡好，心里很痛。她对高平说："平呐，你是不是一早就过来了，在这里等了很久了？"高平一边接过玲玲的大包放在自行车后座上，一边背上玲玲的被子，嘴里应道："是的。"高平推着自行车，玲玲手扶着后座上的大包，向小镇走去。

那个年代，从高家村通往小镇上的路还是弯弯曲曲的，两人一边走一边说着话，玲玲对高平说："平呐，你想我的时候，就到镇上打电话给我，我妹妹厂里有电话的。你在家安心做好自己的事，照顾好身体。不用担心我，我哥哥和妹妹会照顾我的，我会时常给你写信的。"高平说："好的，我会照顾好自己的，你也要照顾好自己的身体。平时不要太节约，该花的钱要花，如果身边不够用就来信告诉我，不管多少，我都会寄给你的。"

高平的一番话让玲玲感到很温暖。她说："我知道你心里是对我好的，到那边真有什么事，我会写信告诉你的。说心里话，有些事对我父母说还是不太方便，还是你最理解我。"高平点了点头说："你在那边工作太累，生活不习惯，就早点回来，家里还是有日子过的，我俩可以到小镇上租个店面做点小生意。做生意的空隙，我可以写写稿子，也能赚点外快，生活也不会过得太差。"玲玲说："好的，我先看看那边的情况，如果真不适应那里的生活，我就回来。"

一路上两人说着话，走了个把小时就来到了小镇的车站。高平把自行车停好，对玲玲说："你在这等一会儿，我去买点东西。"

高平来到车站附近的包子铺，买了六个包子。高平把包子递给玲玲说："这包子还是热的，你先吃一个吧！"玲玲说："我现在不饿，留着路上吃。车子已经来了，我要上车了。"高平说："你等一下。"说完从口袋里摸出两百元钱，塞到玲玲的手里说："这是我平时积累下来的稿费，钱不多，是我的一片心意，你留着用。"玲玲说："我有钱的，你还是留着自己用。你家里抓得紧，我看你平时也没什么钱用。"高平说："你就别客气了，你用我用都是一样，你就拿着吧！"听高平这样说，玲玲就把钱放进了口袋。

高平把行李搬上了车，在车上说了几句话，车子就要开动了，高平走下了车。玲玲摇下玻璃车窗，望着窗外的高平，高平也看向车上的玲玲，两人都不禁流下了眼泪。随着客车喇叭声的远去，他俩的身影都定格在对方的记忆中。

带着对家乡和亲人的眷恋，玲玲终于来到了与家乡相隔千山万水的深圳。

走在闪烁的霓虹灯下，穿过熙熙攘攘的人群，看着街面上各种商铺林立，来往车辆穿梭，她觉得这个城市好大。

玲玲从口袋摸出一封信，那上面有妹妹写给她的电话。玲玲来到公用电话亭旁，拨通了妹妹厂里的电话。线的那一端很快有人接了电话，叫了玲玲的妹妹玲华来接电话。

玲玲在车站等了近半个小时，只见对面开来一辆的士，车在她面前停了下来。车上走下一位长发披肩，身穿米色风衣，打扮入时的女人。玲玲定睛一看，那美丽大方的都市女人不是别人正是自己的妹妹玲华。

她简直不敢相信自己的眼睛，妹妹才来一年就从土里土气的乡下姑娘变成了一位城市女人，城里的生活真能改变人呢！

玲华走上前去拉着玲玲的手说："姐姐，盼星星盼月亮，终于把你盼来了。这下可好，我们又可以在一起了。"玲玲说："妹妹，你都快变成城里人了，我差一点没认出你来。"玲华笑着说："这城里跟我们乡下确实不一样，你以后也会变得跟城里人一样的。"说着就帮玲玲把行李搬上了车。路上玲华问玲玲："姐姐，姆妈和爹爹的身体还好吧？"玲玲说："身体都还行，就是我们兄妹都出来打工，留下他俩空落落的。"玲华说："我们平常多写信，多关心他们，这样他们的心里也会安慰一点。"

交谈中，玲华告诉玲玲她来深圳的生活和工作都已安排好了。玲华说："姐，你先到我的厂里做，我已经跟车间主任说好了，你先跟师傅学剪线头，慢慢地等你学会了剪线头，再学裁剪。工资要到试用期满才发，我已给你买好了一个月的饭菜票，住宿跟我一个寝室。明天去见一下车间主任，你不要紧张自然一点，她问什么你就答什么，没事的，我早就跟她说好了。"玲玲说："好的，你安排好就行了。"

在途中，玲玲不时地透过玻璃车窗欣赏窗外的夜景。深圳的夜晚是美丽的，长长的街道上，各家店铺酒楼娱乐城造型各异，五光十色的灯光在闪烁，一串串明珠似的挂满了城市的四面八方。远远望去，这座城市就像被金珠和银珠镶了边的一样。迷人的深圳夜景，使玲玲这位从江南水乡走来的姑娘陶醉了。

走进宿舍，感觉房间有点拥挤，小小的房间里放了四张高低床，看来这个房间要住好几个人。房间里有点乱，床铺底下放满了箱子和鞋子等杂物。进门的左边放着一个脸盆架，脸盆架上放满了脸盆，几块毛巾还搭在脸盆边缘。正对窗户的地方放着一张写字桌，上面放了几个茶杯和一些零食，还有一台小小的电视机。玲玲觉得这里跟家里还是不一样的。

这时睡在床铺上的两位姑娘探出头来说："玲华，你姐姐来了。"玲华说："是的，我姐以后就跟我们住在一起，还要请你们多照顾一点。"玲玲也和她们打了招呼，玲华说："姐，我们宿舍的另外几个姐妹今天上夜班去了。"玲华边说边把行李放到一个床铺旁边，对玲玲说："姐，这是我睡的床，你就睡在我的上铺，你把东西整理一下。"

墙壁上挂满了照片，玲玲站在照片前，看着妹妹那靓丽的身影点缀在城市美丽的风景之中，心中顿生羡慕之情。心想，等自己工作稳定了也要在深圳的大街小巷转转，拍拍照，也让自己的身影留在美丽的城市风景中！

正当玲玲沉浸在遐想之中，妹妹拿来一个脸盆对她说："姐，这是我给你买的生活用品。"玲玲接过妹妹递给她的脸盆一看，里面有洗发水、护肤品、香皂等，她对玲华说："妹妹，这些东西价格都很贵吧？"玲华说："不贵的，我姐长得这么漂亮，再打扮一下，到时候就会变得像城里人一样。"玲玲说："你呀！就是小嘴甜，乡下人哪有这么快就会变城里人呢！"两人一边说一边整理床铺。整理好了床铺，玲华拿出零食，她们坐在床沿上，看着电视吃着零食，不知不觉到了睡觉的时间。

姐妹俩各自上床睡觉了。

第一次从遥远的家乡来到繁华的城市，玲玲觉得城市的生活是那么美好。以前在农村看不到的、吃不到的、用不到的这里都有。如果在农村，晚上这个时候人们早早入睡了，没有太多的娱乐生活。可城市的夜晚，华灯绽放，人来人往，城市的精彩生活才刚刚开始。她想象着城市生活肯定是丰富多彩的。

夜深了，玲玲还没有睡意，脑海里充满了对未来美好幸福生活的向往……

第二天晨曦微露，玲玲就醒了，妹妹还在梦乡中。她轻手轻脚地走到窗前，打开窗户，只见窗外的街面上，有三三两两的人在走动。远远望去，街上的店铺还关着门，只有几家早餐铺在忙碌着。农村的早晨和城市不一样——此刻的农村，炊烟袅袅，农妇们正忙着为家里人做早饭。勤劳的人们，或许已经扛着农具走向田间地头。村前的小河边或许响起了女人们洗衣服的槌棒声。正当她入神时，听到妹妹叫她："姐，你这么早就起床了。"玲玲说："刚到一个陌生的地方，我有点不习惯。"玲华说："慢慢会习惯的。"

　　吃过早饭，姐妹俩向厂里走去，一路上玲华介绍着服装厂的一些情况，她对玲玲说："姐，这个厂很大的，有二百多个员工。老板很有钱，对厂里的职工还可以，职工们都还喜欢他。他平时不太在厂里，每次搞活动就能见到他。"玲玲说："哦，那我觉得这个老板还可以。"她们说着话走进了厂大门。

　　玲华指着正对门的一座房子说："这是办公楼，是老板和干部工作的地方。"又指着左边的房子说："这是辅料仓库，这是成品仓库，这是车间。我现在在裁剪车间，你刚来只能先剪线头。"接着指着右边的房子说："食堂。食堂的旁边是洗澡的地方，不过这里洗澡跟我们家里不一样，是很多人在一起洗澡，你不用害羞，城里人都是这样的。"玲玲听了笑着说："哦，这样的，刚开始可能有点难为情，我想慢慢地会适应的。"两人在厂内转了一圈，玲玲觉得厂里的环境还可以，想着自己应该能够适应这里的环境。

　　时间不早了，她们朝车间走去。

　　来到车间，还没到上班时间车间主任已经到了。玲华笑着跟主任打招呼说："刘主任，这就是我上次跟您说过的我姐，她昨天刚到深圳。"然后对玲玲说："姐，这就是我经常跟你说起的刘主任。她已经在厂里干了很多年了，是位老师傅。以后你有不懂的地方，可以多问刘主任。"玲玲笑着跟刘主任打招呼说："刘主任好，以后还要请您多多关照。"刘主任说："到这里来做事，就像自家姐妹，只要你认认真真按厂里的规定做事，有什么困难我会帮你的。"玲玲说："谢谢刘主任。"

刘主任见眼前的这位姑娘伶牙俐齿，心里颇有几分喜欢。仔细打量了一下玲玲，只见她身材匀称，五官端庄，看上去倒有几分姿色。刘主任笑着对玲华说："你们家乡的山水好，养出的姑娘个个都漂亮。这么好的姑娘到厂里来我们肯定是欢迎的，先叫你姐填个表格，留个档案。"说着从抽屉里拿出一张表格和一支笔递给玲玲。

玲玲接过表格仔细看了起来，坐下后慢慢地填写，填好表格递给刘主任。刘主任接过表格一看，只见表格上的字娟秀漂亮，工工整整，没有一个错别字，一看表格的学历栏目上写的是高中毕业，她对玲玲说："你不愧为高中生，字写得这么漂亮。像你这样有文化的姑娘，在我们这里好好干，会有前途的。你要肯吃苦，从基础做起，先跟着师傅学剪线头。从今天起，你就可以上班了。"玲玲一听，满心欢喜，对刘主任说："谢谢刘主任，我会好好干的。"之后刘主任把她带到一位四十多岁的女人面前，对她说："这是王师傅，你先跟着王师傅学剪线头。"那天上午，玲玲跟着王师傅学起了剪线头。

玲玲每天早出晚归，干得十分卖力。有时，中午工友们都休息了，她还在剪线头，每次剪出来的线头总比别人多。

有天中午，玲玲正在剪线头，刘主任来了。见玲玲正在忙碌着，刘主任说："小高，中午还不休息一下，该休息时还是要休息一下，活不是一天干得完的。"玲玲说："没事，我不累。"刘主任说："那好，你自己看着办吧！不要太累。"说完走出了车间。

自从玲玲上班以后，刘主任对这位农村来的姑娘一直很看好。通过几天的相处，玲玲的勤劳能干给她留下了深刻的印象。她觉得玲玲不但可以吃苦，做事情也有条有理，又写得一笔好字。现在车间的工人逐渐增多，自己正缺个帮手，如果给玲玲当个组长，记记账、排排班，自己会轻松一点。但她又觉得和玲玲相处的时间还太短，需要再观察加深了解再做决定。

日子在一天天走过，每天上班下班，不知不觉玲玲来深圳已经一个星期了。工作之余，她时常想起家乡和亲人，特别思念高平。有一天晚上，玲玲回到宿舍，在柔和的灯光下，心中再一次涌起了对故乡和亲人的思念。她铺纸提笔，向远在千里之遥的高平倾诉了思念之情。玲玲在信中写道：

平：

见信好！

日子过得真快呀！一眨眼我来深圳已经一个星期了，每天忙着上下班，难得有空闲的时候。今天下班早点，我就给你写信，告诉你我在深圳的一些情况。当我提笔之时，脑海里突然浮现出你的身影，想起我俩在乡间小路上漫步的情景。我想，你也和我一样很想念我吧！

我来深圳一切顺利，不用牵挂。多亏妹妹对我的细心照顾，我吃得睡得都好。在妹妹的帮助下，我到深圳第二天就上班了。我现在是学徒工，剪线头，工资要到一个月以后发。我估计工资不高，但作为一个从农村来的人，能在这样一个大城市混碗饭吃也不容易，我会好好干的。

另外，告诉你一个好消息，车间主任对我的印象很好，有让我当组长的意向，我想，你一定会为我高兴的。

深圳是南海之滨的一座美丽的城市，这里的人们生活条件比我们家乡好，吃的穿的都是我们想不到、看不到的，有很多新鲜的海鲜可以吃。深圳的天气不冷不热，我比较适应，在这里生活我觉得很舒服。这里有很多的工厂，有很多像我这样从农村来的人在这里打工，他们都能吃苦耐劳，赚到了钱，改变了自己的生活。我也很努力地工作，想象他们一样通过自己的劳动来改变生活。我想，只要努力，梦想总会实现的。

　　来深圳虽然有一个星期了，但我每天只是上班下班，没有出去玩过。听我妹妹说，深圳有很多美丽的风景区，有空的时候她会带我去转转。我妹妹还说会带我去飞机场和火车站看看，到时我会拍照片寄给你，和你一起感受这快乐。以前生活在农村，只见过家乡的山和水，不知道外面的世界有多精彩。这次来到深圳，我才知道世界那么大。虽说来这里的时间不长，但我觉得自己好像爱上了这座城市，感觉生活在这样一座城市里是多么的幸福，当然这只是我心中美好的一个心愿而已。我知道要在这座城市生活下去，自己还要吃很多的苦，付出很多的汗水。

　　我走的时候，听说有人到篮妮家提亲，这件事不知有没有成。我和篮妮妹感情很好，就像亲姐妹一样，很希望她能找到终身的幸福。在家里的时候，为了我俩的事，篮妮妹也操了不少心。经常到我父母面前说好话，我心里是很感激她。你回信的时候把她的情况告诉我，我心里记挂着她。

　　现在的鸭子生蛋多不多？你最近有没有文章发表？有的话，寄过来给我看看，让我和你一起分享写作的乐趣。还有，锦波有没有来过我家？如果他是个明白人，我想他是不会来我家的。我离家之前，我已经跟他说清楚了，我和他是没有缘分的，希望他找到自己的心上人，幸福一辈子。

　　来深圳这么多天，我很想你，可是山高路远，我们也不能见面。厂里的电话是：×××××，想我的时候，你就到镇上打电话给我。

　　你最近有没有去过我家，我父母亲还好吧！我希望你多去看看我父母，干活来不及的时候去帮帮他们。你不要像以前一样不太说话，像个闷葫芦，多跟他们说说话，让他们多了解你，这样感情上会亲近一点。对村里人也一样，要有老有小，碰到别人要打招呼。以前我在家里的时候就有人对我说，你是个自高自大的人，其实他们都不了解你，只有我知道，你只是不喜欢说话，人很善良的。我在这里一切都好，你放心吧！在家好好做自己的事，等我这里稳定了，你也来深圳，我们一起打拼。时间不早了，明天还要上班，今天就说到这里，盼望你能早点回信。

想你的玲玲

××××××

　　玲玲离开家乡已有些日子了，高平心中时刻惦念着她。每天放鸭回来，走过村前的老学校时，他总会不自觉地朝那个地方多看几眼，想起和玲玲在一起的幸福时光，想起玲玲温柔的话语和银铃般的笑声。曾经多少个月儿圆圆的夜晚，他和玲玲坐在老学校门前的大青石板上，两人相偎在一起，仰望星光闪烁的天空，憧憬着美好的未来。如今心爱的人已远离故乡，留给他的只是一个深情怀念。他心里渴望着能早点和玲玲在一起，重温那些美好的时光。

　　高平在思念和盼望中，终于等到了玲玲的来信。读着玲玲的来信，他仿佛看到玲玲在深圳生活的情景，一颗牵挂的心慢慢放下。读完信后，他默默地为玲玲祝福：祝愿她在外面平平安安！一切都好！

那天晚上，高平坐在柔和的灯光下，再次读着玲玲的来信。他觉得玲玲还是很适应城市生活的，也有想在城市发展下去的想法，对自己也是真情一片，心里是牵挂自己的。但现在去深圳的条件还不成熟，他只能先把鸭子养好再做打算。此刻，高平的内心又升起了遥远的思念，他提起笔来，给玲玲回信。他在信中写道：

玲玲：

　　来信收到了，读了你的信，知道你在深圳一切都好，我的心也放下了。你离开家乡的这些日子，我的生活没什么改变，就是想你。每天晚饭过后，我总会到我们以前约会的老地方走一走，坐一坐，想想和你在一起的日子，心里觉得特别温暖。

　　你没来信之前，不知道你在外面生活得怎么样，我的心总在牵挂着，只有在心里为你祝福。你走之后，我到你家去过两次，帮你家挑过一次水。有一次去你家，你姆妈正在烧饭，我帮她烧了火，跟你姆妈聊了天，知道锦波没有来过你家，看样子他是个明白人。你家田地里的活也干得差不多了，只是你离开了家，你姆妈少了帮手，感觉有点累。你父母身体都好，你不要牵挂。我会时常去你家，有事会帮他们的。

　　你在信中说到篮妮的事，她的亲事还没有定下来，如果有消息，我会写信告诉你的。

　　你在家的时候很喜欢吃马蹄酥，这次我买了一些，随着信件一起寄出，你晚上加班肚子饿了可以泡点吃。你到深圳的这些天，我又发表了两篇小新闻稿：《打铁老汉》和《南瓜嫂》，写的是我们村里的爱菊嫂和百庆大伯勤劳致富的事。这两篇新闻稿还得到了编辑部王老师的表扬，他在文章的下面写了评语，赞扬了爱菊嫂和百庆大伯勤劳致富不忘乡亲的优秀品质。拿到的稿费我都积攒在身边，以后卖鸭蛋的钱我也会留下一点，到时我给你寄去。我想你刚到厂里上班，身边也没什么钱，这点钱你可以买点零食吃。在外面要注意身体，不要太节约。

你走了这些天，村里也有了一点变化。从村里通向镇上的路已经开始修了，如果这条路修好了，你回来的时候，我用自行车带你到镇上去也好走多了。你在外面工作如果不顺心，就回家，我们再找别的事情做。现在是改革开放的年代，只要脑子聪明人勤劳，总赚得到钱的。

你离开家乡之后，我的心也随你到了深圳。有一次，我晚上梦到你，叫你你不理我，我急得直跺脚，急得哭出来了，这一急就醒了。醒来时，真庆幸是个梦。不过不是每次都这样，有时也会梦到我们在一起嬉笑打闹的情景，仿佛你真的在我身边，和我相拥在一起，内心感到无比的温暖。千言万语都表达不了我对你的爱，因时间关系，今天就写到这里，盼望我们早日相见。

想你的平

×××××××

自从寄出第一封信后，玲玲的心里就时刻惦记着高平的回信，每天下班经过厂门口时，她总要到门卫室去看一下。看门的刘师傅好像猜中了她的心事，总是对她开玩笑说："姑娘，在谈恋爱？你不用急的，你的心上人总会给你回信的。"玲玲每次都被刘师傅说得羞红了脸，她说："不是心上人，是我的同学。"

日子在等待中一天天过去。有一天下班，玲玲刚走到门卫室门口，刘师傅就递给她一封信说："我说不用急的吧！信不是来了！"玲玲说了声谢谢，就接过了信。她一看，果真是高平写来的。她立即拆开信封，在厂门口的一角读了起来。

读着高平的来信，那深情的文字牵动着她许多回忆，仿佛又回到了自己的家乡，和高平一起在乡间的小路上散步，在老学校的操场上嬉笑打闹。她还感觉到高平对她的一颗牵挂的心，她觉得这人虽然老实，可也懂得牵挂疼爱女人。那一刻她真想有双翅膀，飞回家乡，回到高平的身边。但这个愿望瞬间又在脑海中消失了，她觉得自己来到一座城市，很不容易，要好好打拼，在这里生活下去才是真格的。说到底，城里总比农村好。玲玲一边走一边想，不知不觉来到了宿舍。

妹妹已经下班了，见玲玲回来了，说道："姐，我正等你去吃饭呢！"玲玲说："好的，我把东西放一下就去。"在去食堂的路上，玲华对玲玲说："姐，明天我们都休息，我们到公园逛逛，拍几张照片。然后到附近百货商店去看看，你看好不好？"玲玲说："好的，我早就想去逛逛了。"玲华说："这家百货商店东西很多，就是有点贵，我们去看看再说。"玲玲说："没关系的，我们不一定要买，就当是去见见世面，开开眼界。"

第二天，姐妹俩都打扮了一番，吃过早饭，来到离工厂不远的公园游玩。

初冬的公园人很少，只有几个晨练的老人，有的在打太极拳，有的在跳扇子舞，还有的在吊嗓子。虽说都是老人，但都精神抖擞，一招一式都很有精气神。看着这些老人，姐妹俩心生感慨，玲华对玲玲说："姐，你看城里的老人过得多清闲，每天早上这样唱唱跳跳。我们乡下的老人总是忙这忙那，难得有清闲的功夫，只有过年过节才能休息一下。"玲玲说："是的，城里人和乡下人就是不一样，城里的老人懂得享福，乡下的老人只知道干活，不懂得享福。"玲华说："是的，姐，如果我们在这里发展得好，也可以把父母接来，让他们也唱唱跳跳，过一下城里老人的生活。"玲玲说："等有了钱，我们就把父母接过来。"

　　姐妹俩边走边聊，一会儿看看公园的花草树木，一会儿看看假山喷泉。玲玲在喷泉旁停下了脚步，她对妹妹说："我们在这里拍个照。留个纪念。"玲华说："好的。"说着就拿起手中的照相机给玲玲拍照，玲玲在喷泉和假山旁摆弄了几个姿势，把她靓丽的身影和灿烂的笑容定格在瞬间的记忆里。拍完玲玲后她给妹妹也拍了几张。拍完照后姐妹俩向公园里面走去，在养鸽子的地方喂了鸽子。这个公园也不大，她们玩了一会，感觉已经尽兴了，然后向附近的百货商店走去。

　　她们来到百货商店，店里的人很多。姐妹俩沿着柜台边走边看。她们在卖金银首饰的柜台前停了下来，趴在柜台上，对着柜台里面的金银首饰指指点点，一会儿说这个好看一会儿说那个好看。正当她俩在比画时，听到旁边有个男人对售货员说："小姐，请把这个金戒指和这对耳环，还有这个手镯和金项链都拿出来，我们想看看。"

　　听到男人的说话声，玲玲抬头看了他一眼，只见这位男人旁边站着一位年轻漂亮的姑娘，看样子是一对准备结婚的青年男女在买金器。说话间，售货员就把这几样金器都拿出来了，给那姑娘戴上。玲玲站在旁边看着这位姑娘，觉得这位姑娘带上这些金器后更加光彩照人。心想：如果结婚时高平也能给买上这些金器，自己带上后一定也很美，但她又想到高平可能买不起。然后她对玲华说："妹，我们暂时还不需要这些金器，看过就可以了，我们到别的地方再看看。"

　　她们来到了化妆品柜台，玲华买了一瓶香水给玲玲，是玫瑰花香型的，玲玲很喜欢这个味道，她对玲华说："这味道真好闻，比真的玫瑰花还香，明天我就用上。"玲华说："你看这些城里的姑娘，一个个都香喷喷的，我们也要学学，做个'香姑娘'。"说完两人都笑起来了。

　　那天她们还在服装柜台转了转，玲玲看中了一条连衣裙，价格有点贵，她想想自己口袋里没那么多钱，就走开了。此刻，已近中午，姐妹俩就在外面吃了中饭。

回到宿舍，玲华有事出去了。玲玲想到要给高平回信，她坐在桌前，提笔写信。玲玲在信中写道：

平：

　　来信前天就收到了，本来当晚就想给你回信的，可我和妹妹约好第二天要到景区去玩还要去逛商场，所以那天晚上早早睡了，没有及时给你回信。这会儿我刚回来，就给你回信了。

　　你的来信我看了几遍，感觉你每天都在思念牵挂着我，心里很温暖。我这里一切都好，你不用挂念。车间里的姐妹们对我都很好，现在我已当上了组长，这是车间主任和姐妹们对我的信任。当上组长虽然没有加工资，但我干活比以前更卖力了，除了做好本职工作之外，还要排班记账。车间里的姐妹们都叫我高组长，好像我当了官似的，弄得我挺不好意思的。不过说心里话，我喜欢别人这样叫我，这样有一种成就感。我会好好做下去的，相信我的工资会慢慢增加，工种也会调换的。

　　今天上午我和妹妹到公园玩得很开心，还拍了照片。照片还没洗出来，等洗出来了我再寄给你。公园游玩后我们又去了百货商店，这个店比我们镇上的店大多了，里面什么都有。妹妹给我买了一瓶香水，我很开心。商店里的衣服都很贵，我没买，等我发了工资再去看看。我在商店还看到一对新人在买结婚时用的金器，这个习俗跟我们家乡是一样的，你要好好赚钱，娶我过门时，我也要的。

　　我本想到新华书店给你买几本书，可新华书店离得远，等我下次休息时去给你买。你寄来的文章我也看过了，看到编辑在上面的评语，我真为你的进步感到高兴，相信将来你一定会实现自己的梦想，成为一位作家，继续努力哦！

　　我这里暂时还没有适合你的工作，你在家安心做事，相信我们很快又会在一起的。今天就说到这儿，盼你的来信。

想你的玲玲

×××××××

　　高平每天都盼望着玲玲来信，收到玲玲来信，心里很激动。读着玲玲的来信，高平既高兴又担忧，高兴的是玲玲在深圳这样一座大城市找到了一个饭碗，可以靠自己的劳动去赚钱生活；担忧的是，玲玲好像爱上了城里的生活，自己生活在偏僻的农村，家中的条件又那么差，觉得有点配不上她。但转念一想，玲玲是爱着自己的，家里的情况她本来就知道的。想到这里，他心里稍微有点安慰，还是先把鸭子养好，等玲玲给自己找好工作再说。

　　那天晚上，高平就给玲玲回了信。

　　他在信中写道：

玲玲：

　　今天我收到了你的回信，读了一遍又一遍，感觉你在深圳生活得很好。你在信里说你当上了组长，我真为你感到高兴。我知道你能吃苦，到什么地方做事都有人喜欢你的。你还说在景区拍了照片，下次洗好了寄过来，不知你是胖了还是瘦了？你上次来信谈到篮妮的事，她的亲事还没有定下来。有一次我在路上碰到她，篮妮问我你在深圳的生活情况，她说她也想到外面去打工，自己还年轻，不想这么早嫁出去。她向我要了你在深圳的地址，说会给你写信。你家里一切都好，不用挂念。前天我在路上碰到你姆妈，我叫了她一声'婶娘'，她应了我，以前我叫她，她不太搭理我，可能现在她心里慢慢地接纳了我，我心里觉得很高兴。

你走之后我没什么变化，每天放鸭写稿想你，做着自己的梦。看你信中的意思，你有可能会在深圳生活下去，我和你相隔千山万水，总觉得不是个办法，你有空就给我找找工作，我也想去深圳。我现在就在做准备，打听卖鸭子的价格，等你那边有了消息，我就把鸭子卖掉。我想跟你一起在深圳打拼，一起创造未来的美好生活。夜深了，明天我要早起放鸭子，就此搁笔，盼望你早日回信。

想你的平

××××××

日子在忙忙碌碌中走过，不知不觉玲玲在厂里上班已经两个多月了。有一天上午她正在干活，刘主任来了，她对工友们宣布了一件喜事，刘主任说："高玲玲、王萍花、周秋仙都通过了试用期，今天下班后可以到财务室领工资。你们现在都是厂里的合同工了，以后要好好干。工资慢慢会加的，工种也会调换的，过年过节厂里还会有福利待遇。"刘主任说完后就走出了车间。

听说通过了试用期还要发工资了，玲玲和几个小姐妹都很高兴。大家都说着拿了工资要买点自己喜欢的东西，每个人脸上都洋溢着快乐和幸福。

下班后，玲玲和几个小姐妹去财务室领了工资。第一次来到深圳这座大城市打工，玲玲靠自己的劳动赚到了工资，心里很激动。当她走出财务室，情不自禁地还摸了摸放在口袋里的工资袋，脑海里突然有了很多的想法。这些钱可以给高平买书、请妹妹吃饭、给父母买衣服、给自己买衣服等，但也不能都用光了，要有打算，把部分的钱攒起来，过日子要细水长流，将来用钱的地方还多着呢！玲玲想着想着就走到了宿舍。

那天晚上，妹妹玲华也很高兴，姐妹俩商量着休息天再出去逛逛。玲玲对玲华说："妹，我们下次再去逛的时候，我想给姆妈和爹爹买双鞋。然后我还想再去看看那条连衣裙，如果价格合适我想买下来。另外我请你吃好的。"玲华笑着说："好的，一人有福，连到一屋。姐有钱了，我也享享福。"玲玲说："那是当然，我们都是一家人。等我真正有钱了，我还会给你买更多的东西。"那天晚上，姐妹俩谈了很多，夜深了才慢慢入睡。

等到姐妹俩都休息的那一天，她们又去了那家百货商店。玲玲来到服装柜台，那条连衣裙还在，这是用细棉线编织的浅绿色的修身连衣裙。玲玲穿上后在试衣镜前转了几圈，感觉穿上很好看还显身材，玲华也说好看，虽然价格有点贵，但是玲玲还是买下来了。买好衣服后，她们又去了市中心，玲玲为父母买了鞋，也给高平买了几本书，又请妹妹吃了饭，回到厂里的时候已是傍晚时分。经过厂门口时，刘师傅递给玲玲一封信，玲玲一看是高平的来信，晚上就回了信。

玲玲在信中写道：

平：

来信收到了，知道你一切都好，我就放心了。现在你很想来深圳和我一起生活，但我觉得条件还不够成熟，如果你过来了，我们就要到外面租房子。深圳的房租很贵，凭我们的条件还租不起。我想还是等我们经济条件再好点，我的工作稳定一点，你再过来，你看行不行？

这次厂里发工资了，我买了条连衣裙，穿上后很好看，到时我穿上这连衣裙拍个照片给你寄去。我还给你买了几本书，都是文学名著，如果还想买别的书再写信告诉我。我心里挺想你的，有空的时候，经常把你的信拿出来看看，想想我们在一起的情景，心里很温暖。仿佛你就站在我身边，跟我说着话，当我回过神来时，才发现我们相隔千里。

　　元旦快到了，厂里要开元旦晚会，我报了个节目，准备唱《橄榄绿》。我记得当初是你教会我唱的，虽然我的嗓子不太好听，但我觉得重在参与，只要用心去唱了就好了。听说元旦厂里要发东西，也不知是发什么东西，我估计是一些生活用品。听厂里的小姐妹说，每年春节厂里会放假，一般从大年初一到初三。但我考虑到时间匆忙，又加上过年时车票难买，所以今年就不回去了。现在我给你一个我们宿舍的电话，是×××××××，你可以打电话给我，有什么事我们可以在电话里说。上次在公园拍的照片我寄了两张给你。今天我在外面玩了一天，有点累了，就写到这里，提前祝你元旦快乐！盼你回信！

想你的玲玲

××××××

　　日子恰似行云流水，在忙忙碌碌中玲玲迎来了在深圳的第一个元旦。元旦这天，她精心打扮了一番，穿上了刚买的连衣裙，外套一件白色上衣，穿上新衣，玲玲照了几次镜子，她觉得自己样子好看多了。之后她又画了眉毛涂了口红，还喷了香水，一下子感觉自己是一位城里姑娘了。

　　当她和妹妹迈着轻盈的步伐走出宿舍时，一阵风吹来，玲玲的身上散发出淡淡的玫瑰花香，玲华笑着说："姐，你今天好香哦！你这身打扮比刚来深圳的时候时髦多了，好有城里人的气质。"听到妹妹夸自己，玲玲心里很高兴，但表面却装着很平静地说："你尽拿你姐开心，我只是穿了一件新衣服，哪里像城里人。"姐妹俩边说边笑就到了食堂。

今天的食堂洋溢着节日的气氛，门口挂起了红灯笼，一条横幅挂在大门当中，上面写着"欢度元旦"，欢快轻松的音乐在大厅里响起。当她们走进食堂，桌上已经摆满了各种的菜肴，有红烧鱼、卤鸭、白切鸡等家常菜，还有深圳的特色菜——沙井鲜蚝也放在桌上，那刚刚烧热的菜，散发出诱人的香味，桌上还放着两瓶红葡糖酒和几瓶饮料。大部分员工都已经围坐在桌子边了，个个喜气洋洋，有说有笑。

玲玲和妹妹还有车间的几个小姐妹坐在一桌，刚坐定不久，老板和厂里的中层干部就走进了食堂。销售部的李主任做了个手势，让大家安静下来，对大家说："兄弟姐妹们，今天是元旦。首先，祝大家新年快乐！在新的一年里，祝愿你们四季平安，财源滚滚！今天王总也来和我们一起庆祝元旦，请大家以热烈的掌声欢迎王总给我们讲话。"

李主任话音刚落，全场响起热烈的掌声，接着王总开始讲话。他说："各位兄弟姐妹，一年一度的新年到了，在这美好的时刻，我有幸能和大家相聚在一起，心里非常高兴。我们都来自五湖四海，能相聚在一起就是缘分。首先，我祝愿您和您的家人新年快乐！身体健康！万事如意！也祝愿我们厂一年比一年红火，生意兴隆通四海，财源茂盛达三江！在过去的一年里，在各位员工的努力下，厂里的销售额比去年增加了10%，这里面有你们的辛勤付出，在此我向你们表示真诚的谢意！我会给每位员工发红包，希望明年我们还能相聚在一起。"王总话音刚落，全场再次响起了热烈的掌声。

开席了，员工们大吃大喝起来了，相互敬着酒说着新年的祝福，整个食堂沸腾起来了。

席间，王总和厂里的中层干部挨个桌子敬酒。当来到玲玲这桌时，车间刘主任马上站起来对大家说："姐妹们，王总来给我们敬酒了，我们都把酒杯倒满，一起来回敬王总。"这时王总对大家说："兄弟姐妹们，元旦快乐！我敬大家一杯，对大家一年来对厂里的辛勤付出表示感谢！能喝的多喝一点，不能喝的随意。"大家说："谢谢王总！"然后一起举起酒杯，和王总碰杯。当玲玲举起酒杯和王总的酒杯碰在一起时，玲玲不由得打量了一下这位男人，觉得王总穿着打扮很得体，虽然相貌一般但人看上去很精神。玲玲心想，自己多喝一点，这样会给领导留下一个好印象。想到这里，玲玲把杯中的葡糖酒一饮而尽，喝下一整杯后，她觉得脸上火辣辣的，飞起了两朵红晕。

此时，站在一旁的刘主任说："玲玲，你的酒量还可以，再单独敬王总一杯。"玲玲推迟一下，但刘主任已把斟满酒的酒杯端在她面前，玲玲再推迟也不好意思，她端起酒杯对王总说："王总，我敬您，祝您新年快乐！家庭幸福！愿我们厂里生意一年比一年好。"王总看着这位敬酒的姑娘对刘主任说："刘主任，这姑娘我以前没见过，是不是新来的？"刘主任说："是的，是刚来没多久的，干活蛮好的，已经是我们车间的小组长了，她妹妹也在这个厂里。"王总听了刘主任的介绍，说道："好呀！姐妹俩在一起相互有个照应，年轻人好好干，厂里不会亏待你们。"说完就和玲玲碰了一下酒杯。玲玲一饮而尽，王总见状伸出大拇指说："是个爽快的姑娘！"听了王总的表扬，玲玲的脸更红了。

喝完后王总到别桌敬酒了。食堂大厅内，祝福声声，笑语盈盈，员工们开怀畅饮，大吃大喝。饭桌上满桌狼藉，菜肴所剩无几，眼看聚餐快要结束了，可有的人喝得兴起，满嘴的酒话，还在跟别人拼酒。正在这时，有人提议，聚餐我们差不多了，接下去要自娱自乐了。听到这个提议，还在拼酒的也被别的员工夺下了酒杯。大家七手八脚地收拾了酒桌，然后放上了一些瓜子、花生、水果等零食，都围坐在桌子边，等着联欢会的开始。

随着音乐的响起，在闪烁的灯光下一位漂亮的小姐手握话筒对大家说："兄弟姐妹们，我们的迎新春晚会现在开始了！首先我祝福大家新年快乐！身体健康！阖家欢乐！万事如意！新春伊始，万象更新，在新的一年里，祝愿我们厂生意越来越好！市场前景越来越广阔！明天更美好！节目都是我们厂里的员工自编自演的，请大家欣赏。下面有请采购部的张春香小姐为大家演唱《小城故事》。"台下响起热烈的掌声。

张春香来到了台前，手握话筒，伴随着音乐的旋律唱起来了："小城故事多/充满了喜和乐/若是你到小城来/收获特别多。"那歌声虽不优美，但却能打动人心。张春香唱完后，接下来的节目有舞蹈、小品等。员工们自编自演的节目虽然不能与专业演员相比，却给大家带来了快乐，把气氛推向了高潮。

轮到玲玲上场了，第一次当着这么多人的面唱歌，玲玲有点紧张，但她还是鼓起勇气走到了台前，手握话筒，深情地唱道："不要问我从那里来/我的故乡在远方/为什么流浪/流浪。"一首《橄榄绿》把在异乡生活的人的思乡之情唱出来了。台下有人鼓掌，有人高喊"再来一首！再来一首！"这时王总朝台上看了一眼，对刘主任说："这姑娘是不是你们车间刚才敬我酒的那位姑娘？"刘主任说："是的，是那位姑娘。"王总说："这姑娘唱得还不错。"刘主任说："她不光歌唱得好，做事也认真负责。刚来不久就选上了小组长，还是位高中生，字也写得不错。"王总点了点头，刘主任又说："王总，我看你也喜欢唱歌的，要不叫她跟你合唱一首？"王总说："好的，你把她叫过来。"

刘主任一听马上起身走到玲玲身边，俯在玲玲的耳边轻轻地说："玲玲，王总请你去一下。"玲玲说："有什么事？"刘主任说："王总想请你合唱一首歌。"玲玲说："不好意思，我唱得不好。"刘主任说："没关系的，大家都是同事，尽兴了就好。"说着就拉着玲玲的手向王总走去。

来到王总的身边，王总让玲玲坐下，对她说："听刘主任说你是她车间的小组长，刚才的歌唱得蛮好。等会儿，能不能跟我合唱一首歌？"玲玲说："王总，我唱不好。"王总说："没关系的，就是凑个气氛。我们就唱一首《敖包相会》，这首歌比较大众化，我想你应该会唱的。"玲玲也不好意思推却就答应了。

王总对刘主任说："你到主持人那里说一声，把我的节目改成合唱。"王总和玲玲正说着话，听到主持人说："下面有请王总和高玲玲为大家演唱一首《敖包相会》，请大家鼓掌。"随着大家掌声的响起，王总和玲玲来到了台前，他们拿起话筒，深情对唱。王总唱了第一段："十五的月亮升上了天空哟/为什么旁边没有云彩/我等待着美丽的姑娘哟/你为什么还不到来呦嗬"王总唱到最后一句时，看了玲玲一眼，眼睛里闪现着异样的眼光，这一幕被台下的刘主任记在了心里。玲玲接着唱道："如果没有天上的雨水呀/海棠花儿不会自己开/只要哥哥你耐心地等待哟/你心上的人儿就会跑过来哟嗬"。唱到这里，玲玲也看了王总一眼，接着两人合唱："只要哥哥（妹妹）你耐心地等待哟/你心上的人儿就会跑过来哟嗬"一曲唱完，台下响起热烈的掌声。

晚会也接近尾声了，主持人说："各位兄弟姐妹，今天的迎新年晚会到此结束，希望来年我们还在此相聚。衷心地祝愿大家在新的一年里，更上一层楼。"

元旦过去好几天了，玲玲还沉浸在元旦晚会的欢乐之中。

依旧是每天上班下班，生活没什么改变。玲玲就是觉得刘主任对她越来越好了，平时不但嘘寒问暖，有好吃的东西还带给她。她觉得可能是自己的工作努力得到了刘主任的赏识，才有这样的回报，因此干活更努力了。

有一天上午刘主任正在和玲玲说着话，车间的电话铃响了，是王总打来的，要刘主任去一趟办公室。刘主任来到了王总的办公室，先聊了一下车间的情况，接着说到了玲玲，他对刘主任说："你们车间的高玲玲现在干得怎么样？"刘主任说："这姑娘做事还是很认真的，也好学。"王总说："那就好，我看这姑娘蛮有灵气的，歌也唱得好。我想把她调到采购部去，你看怎么样？"刘主任说："调到采购部去是好事，不知她愿不愿意，我看还是要征求她本人的意见。"王总说："你说得也对，要不这样，今晚我刚好有空，我请你们到外面去唱歌，跟她谈谈。"刘主任说："好的，我来安排。"

刘主任是一位头脑灵活的人，王总和她谈了玲玲的事后，她觉得王总对玲玲好像特别关注，自己得好好安排安排让王总高兴，这样对自己将来在厂里发展下去是有好处的。

回到车间，刘主任对大家说："姐妹们，你们先停一停手中的活。我有一件好事告诉大家，今天我去王总办公室汇报工作，王总对我们车间的工作比较满意，特意请我们去卡拉 OK 唱歌，鼓励我们继续努力，再接再厉！"姐妹们一听都很高兴。下班的时候，刘主任对大家说："姐妹们，今天吃好饭来车间集合，我们一起去唱歌。"

晚饭后，大家有说有笑地跟着刘主任来到厂附近的一家卡拉 OK 厅。到了包厢，姐妹们都忙着点歌。这时，刘主任走到玲玲的身边，轻轻地对她说："玲玲，我们到旁边的沙发上坐坐，我有点事跟你说。"

玲玲跟着刘主任坐在旁边的沙发上，刘主任对她说："玲玲，你来厂里也有几个月了，各方面表现都很好。经我推荐，厂里决定把你调到采购部去，不知道你愿不愿意？"玲玲说："可我没有做过采购，怕做不好，再说我也想学门手艺，将来可以靠手艺吃饭。"刘主任说："到采购部比你学门手艺有前途。采购部可以和厂里干部打交道，对原材料的采购和厂里的各种业务都会熟悉，将来你在厂里的地位会慢慢提高。"玲玲说："我想和我妹妹商量一下，再答复你。"刘主任说："好的，但机会难得，你不要拖的时间太长。"她们说完后就回到了座位。

包厢内姐妹们在尽情地唱着歌，歌声、笑声、掌声不断。

这时，包厢内响起了敲门声，刘主任猜到王总来了，她赶紧起身去开门，果然是王总来了。大家看到王总都很高兴，都鼓起掌来。刘主任说："王总，您这边请！"说着把王总引到玲玲身边坐下，说："您先坐着，我去泡杯茶。"

见王总到来，玲玲站了起来，对王总说："王总，您好！"王总说："小高，别客气！坐下说。"玲玲刚坐下，王总对她说："小高，最近工作还好吧！有没有遇到什么困难？如果有的话，可以告诉我。不过今天我们不谈工作，我是特意来跟你唱歌的。记得元旦晚会我们合唱了一首，感觉还不错，今天想再跟你合唱一首，你看怎么样？"玲玲笑着说："谢谢王总对我的夸奖，我唱得不好。"王总说："没关系，只要感觉好就可以了。"说着就朝正在点歌的员工说道："给我点一首《敖包相会》。"

玲玲觉得有点不好意思，可还来不及考虑更多，王总已经拉着她的手站了起来走到屏幕前，将其中一个话筒递给了玲玲，两人就和着音乐对唱起来了，他们深情地唱完了这首歌。一曲唱罢，掌声响起，大家要求再来一首，王总说："不好意思，今天刚好有点事，我先走一步了，有机会我们再唱。"说完做了个双手抱拳的动作就走了。王总走后，姐妹们又开始唱歌了。

元旦过后，高平在急切的盼望中等到了玲玲的来信。读着玲玲的文字，她觉得玲玲真的喜欢上了城市生活，过年都不回来了。他心里既牵挂又担心，牵挂的是怕玲玲在异乡过年会感到孤单，担心的是两人分开久了感情会疏远。自己想去深圳，玲玲又说时机还没成熟。他想来想去也没有什么好的办法，只有写信，通过文字向玲玲表达自己对她的牵挂和思念之情。当天晚上，高平就给玲玲回了信。他在信中写道：

玲玲：

　　盼了很久，终于等到了你的来信，你寄来的照片我收到了，我觉得照片上的你脸庞比家里清秀了一点。我望着你美丽的大眼睛，感觉你在跟我说话。你在深圳过得好，我也很高兴，只是觉得你过年不回家，心里有些牵挂。俗话说：不管有钱没钱都要回家过年。春节是亲人团聚的时候，不光是我想你，你的父母亲也会想你的。虽然我心里很希望你回来过年，但也考虑到你难处，过年放假时间短，来去不方便，我理解你。好在你们兄妹都在一起。

　　深圳的冬天冷不冷？我们家乡都穿棉袄了，河里都结了冰。平常，望着村里家家户户屋檐下挂着的咸鱼腊肉，感觉过年的脚步近了，我也更想你了。我真想现在就把鸭子卖掉，到深圳去打工，和你在一起。可想归想，你说条件还没有成熟，我也只有心里干着急。有时候，我梦到自己乘上火车到了深圳，我们手拉手穿行在都市的大街小巷，嬉笑打闹，可一醒来，却发现只是一场梦。

　　对你的思念也推动了我的写作。有时半夜醒来，我会拿起笔在稿纸上向你吐露心事。我写的爱情诗歌《思念》《冬天的故事》《秋天有你》分别在县级和市级报刊上发表了，这些文字表达了我对你的相思之情。我把这些报纸都保存好了，等你回来我拿给你看，一起分享爱情的幸福。这些作品的稿费我也都存起来了，虽然钱不多，等你回来时，我们到镇上去买零食吃，或者给你买件衣服。我这样写下去，稿费会越来越多的。如果我真成了大作家，你就成了大作家的夫人了。不过这只是我的理想，要想成为一位真正的大作家我还有很长的路要走。未来的人生道路上，我希望与你携手同行，一起穿越生活的风雨，一起感受生活的美好。玲，永远爱你！盼望早日相见！

想你的平

××××××

自从和王总一起唱歌后，王总那异样的眼神时常在玲玲的脑海中浮现。凭着女性的敏感，她觉得这个男人好像对自己有点想法，这让她心里忐忑不安。有时她又这样想，也许每个男人见着有点姿色的女人都会有这样的眼神。想到这里，她觉得也是一件平常的事，慢慢地就把这件事搁在了脑后了。

日子照样过着，上班下班，三点一线。有一天上午，玲玲正在干活，刘主任悄悄地来到了她身边，对她说："玲玲，今天下班后我请你吃饭，顺便谈谈工作。"玲玲说："刘主任，我们在食堂吃点就好了。"刘主任说："没关系，也用不了多少钱。再说，我还没请你吃过饭呢！这事就这么定了。"

那天下班后，刘主任和玲玲乘车来到市中心的一家酒楼。玲玲见这家酒楼装修豪华，心想这里的菜一定不便宜，她对刘主任说："刘主任，这里的菜一定很贵，我们还是去别家吧！"刘主任笑着说："没关系，今天就请你吃点好的。"正说着，迎宾小姐过来了，把她们带到了预定的包厢内。刚坐下，服务员端上了茶水递上了菜单。刘主任拿过菜单笑着对玲玲说："玲玲，这家酒楼是粤菜烧得比较好的一家，你尝尝我们家乡的风味。"玲玲说："好的，刘主任，不要点太贵的。"刘主任说："我知道了。"说着就点了菜，刘主任点了沙井鲜蚝、南澳鲍鱼、基围虾、三黄鸡、客家蒸米粉、沙煲焗鱼头、土豆丝、炒青菜等，还点了点心鲜虾肠粉、蜜汁叉烧，又点了红葡萄酒。点完后就把菜单递给服务员对她说："可以上菜了。"接着对玲玲说："也没点什么菜，就几个家乡的特色菜，也不知道你喜不喜欢。另外还点了肠粉，我相信你已经吃过了。"玲玲说："是的，肠粉我已经吃过好几次了，我还蛮喜欢吃的。"刘主任说："那就好，我们当地人也都很喜欢吃，是广东著名的传统特色小吃之一。"

玲玲和刘主任闲聊了一会儿，服务员陆陆续续地上齐了菜。玲玲看着这满满一桌好菜，热乎乎的菜散发着诱人的香味，她不禁吐了一下舌头，说了声："这么多菜！"刘主任一听笑了说道："玲玲，今天不光我们俩吃饭，王总也要来喝两杯。"玲玲说："哦，这样的呀！"正说着王总推门进来了。

王总穿了一件咖啡色的风衣，头发梳得光亮，胡子也刮得干干净净，很有成熟男人的味道。见王总进来，刘主任和玲玲都站了起来，王总说："都是自己人，坐下，坐下。"一边做着手势一边挨着玲玲坐了下来。三人刚落座，服务员就拿来了葡萄酒，给他们斟满。刘主任端起酒杯对玲玲和王总说："先敬你们一下。"三人举杯，边吃边聊。

王总不时地为玲玲夹菜，玲玲见王总为自己夹菜，觉得有点不太好意思，她说："王总，您也多吃点。"刘主任对玲玲说："玲玲，今天请你吃饭，主要是想谈一谈你工作调动的事，不知你现在考虑得如何？王总在这里，有什么话你就直接说出来。"玲玲说："上次你跟我说的事，我同我妹妹已经商量好了。妹妹说调到采购部去是好事，我也愿意去，就是怕自己能力不够，做不好。"王总说："这没有关系，只要你努力学，慢慢就会做好的。从明天起，你就到采购部去上班。"

王总举起了酒杯说："小高，祝贺你调到了采购部，这是你人生的新起点，希望你好好干，将来成为厂里的人才。"玲玲端起酒杯站了起来，碰了一下王总的酒杯说："谢谢王总对我照顾，我会努力的。"然后将杯中的酒一饮而尽。见玲玲喝酒这么爽快，王总也把杯中的酒一饮而尽，接着又为玲玲倒上一杯。这时，王总看着眼前的玲玲，觉得她全身散发着一种轻盈之美，秀丽的脸蛋上一双湖水般清澈的眼睛忽闪忽闪的。此刻，他突然有一种吃腻了山珍海味后尝到山间野味的感觉。

吃完饭后，刘主任对王总说："王总，您先走一步，我和玲玲要去商场。上次我在商场看中了一个包，今天想再去看看。"王总笑着说："我今天刚好有空，你们如果不嫌我，我就送你们去，我也顺便逛逛。"刘主任说："这样不太好意思。"王总说："没事的，跟我走吧！"然后开车带着刘主任和玲玲去了商场。

来到商场，刘主任就直接来到卖包的专柜，她拿起一个红色的小包背在肩上，对玲玲说："玲玲，这个包我觉得很好看，款式比较新颖，做工细致，平常放个皮夹和一个化妆包刚刚好，你看怎么样？"玲玲仔细看了看说："我觉得还可以，小巧精致，平常我们上下班都可以用。"刘主任说："你也背一下看看。"说着刘主任把包给了玲玲。玲玲背着这个包在镜子前照了一下，觉得确实还不错，刘主任也觉得玲玲背着好看。这时，王总说："你们背得都好看，一人一个，都买，我来买单。"玲玲说："我不要买，我有包。"王总说："多个包又没关系的，既然喜欢，买了就好了。"说着就付了款。

玲玲觉得很不好意思，对王总说："王总，买包还要你付钱，多不好意思，下个月发了工资我还你。"王总说："这点小事不用放在心上，就当是你调入新部门，我送你的礼物，以后好好工作就行了。"

那天晚上王总把玲玲送到了宿舍门口，王总对玲玲说："小高，明天就要到新部门上班了，不要有太多的压力，有事跟我打招呼，我会帮你的，今天回去早点休息。"玲玲说："谢谢王总，你也回去早点休息。"说着对王总笑了笑。

玲玲望着远去的车子，脑海里闪现出王总和她见面的几次情景，她觉得王总对自己特别关心，心里不由得有点慌乱，不知道这是好事还是坏事。但转念一想，就算这个男人对我有非分之想，只要自己意志坚定，就没事了。再说，如果想在深圳长期生存下去，这个人对自己肯定有帮助，如果拒他于千里之外，也失去了一个机会。

刚到宿舍，妹妹玲华就递给她一封信，她接过信一看，是高平写来的。读着高平的来信，玲玲感受到了高平对她的一片真情，也能体会高平很想来深圳的迫切心情。可自己在深圳还没有立稳脚，现在来还不是时候，在回信中还是要拒绝他来深圳。那天晚上，虽然感觉有点累，但她还是给高平回了信。玲玲在信中写道：

平：

　　见信好，我刚从市里回来，就收到了你的来信。我在这里一切都好，不必牵挂。告诉你一个好消息，明天我就要到调到新岗位——采购部上班了！来厂里工作虽然只有几个月，但自己的努力得到了领导的赏识我很高兴，我想会越来越好的。

　　从你的来信中知道你很想来深圳，我觉得现在还不是时候。我刚调到新的工作岗位，要适应新的环境。重新建立人际关系和熟悉业务，这要一定的时间和精力。如果你现在来了，我没有精力安排你的事。你还是安心在家把事情做好，等我这里稳定了，我会叫你过来的。我觉得我们俩的感情好坏不在于天天在一起，只要心里面有对方就好。我们的婚事你也不要着急，我们都还年轻，趁年轻多做点事，图个前途。等我们都有点成就的时候，再走到一起，今后的日子就不会苦了。

来深圳的这几个月，厂里的职工和老板都对我很好，平时会请我吃饭，还给我买东西，这让我感到很温暖。其实人与人之间，都是通过时间来培养感情的，我慢慢习惯了这里的生活，以后回到农村还真怕有点不适应。

你现在写作有进步了，你这样写下去，会实现你的梦想的。从小到大，你就喜欢写写，我想一个人做自己喜欢做的事，并能一直坚持下去，是非常幸福的。快要过年了，提前祝你和家里人新年快乐！身体健康！一切顺顺利利！今天就写到这里，等我到新岗位上班以后，有了新的变化我再告诉你。

想你的玲玲

××××××

写完信后，夜很深了。洗漱后躺在床上，玲玲虽然感觉有点疲倦，但还是没有睡意。明天就要到新岗位去工作了，一切都是新的开始，要重新建立人际关系，要学会与客户打交道，熟悉业务。自己从农村过来，没来几个月就有这么好的机会，自己应该要珍惜。虽然新岗位有新的挑战，但她觉得只要自己认真好学，还是能做好的。

第二天很早，玲玲就起床了，精心打扮了一下。吃早饭时，玲华对玲玲说："姐，你才来几个月，就调到采购部去，是很幸运的。我们这里有的员工做了几年，想调也调不过去，你要好好珍惜，我相信你有能力做好的。"玲玲说："我也这样想，我真幸运，我会好好干的。"

在刘主任的陪同下，玲玲来到了采购部。走进办公室，她感觉房间有点拥挤，进门的左边放着一对沙发和茶几，上面有一些杯子和茶叶罐，里面放着四张办公桌。三个同事正在忙碌着，有的在整理资料，有的在接电话。见刘主任和玲玲进来，一位中年男人站起来跟刘主任打招呼：

"刘主任，这就是我们新来的同事——高玲玲吧？"刘主任说："是的。"接着对玲玲说："玲玲，这就是采购部的单主任。单主任采购很有经验，以后你就跟着他好好学。"玲玲笑着点了点头，问单主任好。

单主任对刘主任说："刘主任，我知道玲玲在你车间是位骨干，把她送到我们部门来，你是不是有点舍不得？不过你放心好了，我们也会好好培养她的。"刘主任说："是的，我有点舍不得，她是个好苗子。不光我看好她，我们王总也很认可玲玲的能力。"

刘主任把玲玲介绍给单主任后就走了。刘主任走后，单主任给玲玲介绍正在忙碌的年轻人。单主任指着一位戴眼镜的瘦高个对玲玲说："这是方华。"接着又指着一位长相憨厚的年轻人说："这是彭志春，都是我们部门的业务员，以后你们要好好合作。"两位年轻人笑着跟玲玲打招呼，玲玲也笑着向他们打招呼，说："以后还请多多关照。"方华和彭志春都说："不用客气，以后我们就是同事了，有事互相帮助。"

三人客套了一番后，方华和彭志春都各自忙去了。单主任把玲玲叫到办公桌前，对她说："小高，你刚到采购部，对这项工作还不熟悉，我先跟你介绍一下采购部的职责，简单地说就是控制源头。比方说负责一匹布料的询价、议价、比价，最后选择价格最合适的来进货，但也要保证货物的质量和供货的稳定。到货后，还要质量跟踪，如达不到质量要求，还要与供应商沟通，退货或补差价。作为业务员，你首先要熟悉这方面的业务，平时要多看资料，不懂的及时问。你暂时先负责接待工作，在接待中慢慢熟悉业务。你们年轻，脑子灵活，很快就能学会了。"说完单主任拿了一大堆资料给玲玲说："这些资料你先看起来，在工作上用得上。"

玲玲捧着资料来到自己的办公桌前，望着眼前这张办公桌，她的心里升起一种希望。想到自己从一位线头工到采购部业务员，这一路走来，感觉挺顺的，也许深圳这座城市跟自己有缘，或许命运会在这里转变。这一刻，她的内心充满了感动，脑海里憧憬着美好的未来。玲玲沉思了片刻，把资料整理好坐在办公桌前看了起来。

临近中午时分，单主任对玲玲说："小高，今天你第一天来上班，我们请你吃饭，庆贺庆贺。"玲玲说："单主任，这样不太好意思。"单主任说："没关系，这是我们部门的传统，新同事第一天来上班我们都会请吃饭的。"听了单主任的话，玲玲也不推却了。大家正准备出门时，单主任好像想起了什么，转身打了个电话，邀请王总一起吃饭。王总在电话里说他今天没空，下次他会回请的。

自从和玲玲见过几次面后，王总的脑子里一直烙印着玲玲的影子。虽说玲玲是从农村来的姑娘，但聪明伶俐，长相甜美，特别是那双葡萄般的大眼睛，很勾人心魂。那段日子，夜里醒来他总觉得玲玲的那双眼睛在看着自己。自己一路走来，女人也见得多了，高的、矮的、胖的、瘦的、美的、丑的……可没有一个像玲玲一样，在他的心里留下这么深的印象。玲玲就像山涧里流出一股清泉，有一种纯真的美，又像庄稼地里一颗油菜苗，从未有人抚摸过碰撞过。想着想着他的脑海里有一种幻觉，以前创业时吃了那么多的苦，现在事业有所起色，该要好好享受一下了。玲玲这位"小美人"不给自己又留给谁呢？

一个星期后，王总打电话给采购部，刚好是玲玲接的电话。王总在电话里说今晚请她吃饭，随便谈谈业务方面的事。接电话时，玲玲的脸红了，心扑通扑通地跳了起来。她本想拒绝王总的邀请，但话到嘴边又咽了回去，情不自禁地答应了。

傍晚时分，同事们都下班了。玲玲在随身携带的小包里拿出一支口红，对着镜子涂了涂嘴唇，梳了一下头发，然后照了照镜子，她发现镜子中的自己比以往妩媚多了。之后，她走出了办公室，在厂门口的拐角边等王总。

华灯初上，王总开车来了，他见玲玲站在路边，就按响喇叭摇下车窗。玲玲抬头一看，见王总来了，赶紧朝车子走去。车子在玲玲身边停了下来，透过车窗他们对视笑了一下。这时王总已经侧身打开了前门，笑着说："小高，坐到前面来，这样说话方便点。"

听了王总的话，玲玲坐进了副驾驶的位置上。第一次单独坐上男人的车子，玲玲忐忑不安，心扑扑直跳，有点紧张，又有点期待。

车子开动了，王总对玲玲说："小高，你到采购部快一个星期了，本该早点请你吃饭，可工作太忙抽不出身，实在不好意思。"玲玲说："王总，您太客气了！这么忙还想着我们员工，我们很庆幸能遇到像您这样的好领导。"王总说："小高，我们也见过几次面了，算是朋友，你不要把我当成公司领导，看成你的人哥就好了。"玲玲说："这样怎么可以呢？你永远是我心目中的领导。"王总说："工作上我是你的领导，生活上你可以当我大哥，有什么困难就跟我说，我会尽量帮你的。"玲玲说："谢谢！"他们一路说着话，车子在一家饭店的门口停了下来，两人一起走进了饭店。

刚进门，一位年轻漂亮的小姐迎了上来，她对王总说："您好！请问有预约吗？"王总回答没有，那位小姐又说："你们有几位？"王总说："两位，有包厢吗？"小姐说："有的。"说着就引王总和玲玲进了包厢。包厢比较宽敞，朱红色的窗帘在灯光的映衬下显得格外耀眼，让人感觉很温暖。玲玲一看桌子那么大，就他们两个人，有意坐得离王总稍远一点。刚入座，服务员送来了茶水和水果。王总剥了个香蕉给玲玲，示意她坐到自己身边来，并说道："小高，现在不是工作场合，你不要这么拘谨，坐得离我近一点，这样说话方便点。"听了王总的话，玲玲就坐近了点。

菜上齐了，王总为玲玲斟满一杯酒，自己也倒满了，然后端起酒杯说道："小高，这杯酒我敬你，祝贺你调入了新的工作岗位。好好干，以后前途无量。"玲玲说："谢谢王总给我机会，我会珍惜的。"说着两人碰了下杯，一饮而尽。

王总不停地给玲玲夹菜。吃了一会儿，玲玲举起酒杯对王总说："王总，感谢你对我的关照，把我从车间调到了采购部，我会好好干不会让您失望的。"王总说："我觉得你是个头脑灵活、工作踏实的人，又有文化，有发展的潜力，我们厂的发展需要像你这样的年轻人。"两人在互相碰杯中，不知不觉都有些醉意。玲玲的脸红红的，看上去更加妩媚动人了。王总望着玲玲那泛起红晕的脸，眼睛不由自主地在玲玲身上移来移去，玲玲被王总打量得不自在。

王总喝到高兴处，一定要和玲玲喝交杯酒。玲玲有点不乐意，但转念一想，王总是公司的领导，得罪不起。自己还要靠他奔个前程，反正就是挽一下手，也没什么关系，于是端起酒杯和王总喝了个交杯酒。喝完后，王总放下酒杯突然抱住了玲玲，把脸贴在她的脸上。玲玲本能地将上身往后仰，双手用力推开王总，一边推一边说道："王总我们都喝多了，你不要这样。"王总好像没听到，仍紧紧地搂住玲玲，另一只在玲玲的胸部乱摸。

正在这时，服务员推门进来了，王总放开了玲玲，玲玲乘机理了理凌乱的头发整了整衣服。服务员说道："你们的点心来了。"说着就将点心端上了桌。

服务员走后，玲玲站起身来说："王总，我有点事，先回去了。"王总说："点心刚上来，你吃点再走。"玲玲说："我已经吃饱了，不想再吃了。"说着就拿起背包朝门口走去。王总见状，赶紧起身跟在玲玲身后走出了包厢。玲玲没有回头，只顾朝前走。王总快步来到前台付了账，小跑几步追上了玲玲，说道："小高，慢点，我送你回去。"玲玲说："不用了，我坐公交回去，免得你回家太晚。"王总说："这么晚了，公交车已经没了。"说着拽着玲玲的手向车子走去……

玲玲回到宿舍已经很晚了，妹妹和小姐妹们可能都在加班，还没回来。她走进卫生间，洗了把脸，梳了梳头，然后来到自己床前，坐在床头静了一会儿。王总今天的举动让她感到很担忧，她觉得这件事情还是等时间来慢慢平息。坐在孤独的灯下，她突然想起了遥远的家乡，想起了高平……好久没有给高平写信了，那种思念的情绪牵引着她，拿起笔，向高平诉说自己的一切。玲玲在信中写道：

平：

你的来信已经收到，因工作忙没有及时给你回信，请见谅！

我已经到采购部工作一个多星期了，觉得工作比以前轻松点，不用做体力活，主要做接待工作和熟悉新岗位的职责。同事们都很关心我，真心帮我，我感觉没有太大的压力。

今天公司的王总请我到外面吃饭，谈业务方面的事。一个人单独和他出去，我本不愿意，但手端别人的碗，身当被人管。领导请我吃饭我想也是看得起我，推却也不好意思，只好答应了他。在吃饭的时候，没想到他对我动手动脚！我很气愤，本想对他发脾气，可考虑到他是公司的领导，自己要在厂里发展下去还得靠他的帮助，只好控制了自己的情绪，但也表示了不满，我想他也应该看出来了。以后不会有这样的事发生了，你放心吧！

你现在过得好吗？我希望你在家好好做事，男人要以事业为重，不要老是挂念我，儿女情长。平常你要多读书多投稿，我觉得你在写作这方面还是有潜力的，坚持下去，一定会成功的！你有什么需要的书写信告诉我，我会寄过去的。对于我们的婚事，你也不要太着急，等我这里稳定了再说。今晚就写到这里，等会儿小姐妹就要回来了，祝你一切都好！

想你的玲玲
××××××

盼望了很久，终于等到了玲玲的回信，高平的心里很是激动。可当他读过玲玲的信后，心里很焦虑不安，他觉得玲玲一个人生活在异地他乡很不容易。对于玲玲在信中提到的那个王总，他心里很反感。这个色鬼说不定哪天就会把罪恶的双手伸向玲玲，同时又很担心玲玲禁不住灯红酒绿的诱惑，迷失了自我。想到这里，他心里有一种恐惧感，恨不得插上翅膀马上飞到深圳，做玲玲的保护神。当天晚上，他就给玲玲回了信。高平在信中写道：

玲玲：

读了你的来信，我知道你已经到采购部上班了，真为你感到高兴。不过我也很担心，你在信中提到的那个王总，凭我的感觉，这个人对你没安好心，你可要防着点，惹不起还躲得起，我看你还是回来算了。我仔细想了一下，你在厂里干下去，也不一定有很好的前途，最多是多赚一点钱。现在这个时代，到哪里都能赚钱，不一定要背井离乡，只要你有头脑又肯干，赚钱也不是那么难。

你走之后，我们小时候的伙伴，有在镇上开饭店的，开修理铺，生意都很好。我想你是做服装这一行的，对布匹比较了解，如果我们在镇上开一家窗帘店，也比较适应你。现在农村的经济在不断发展，做房子的人也越来越多。做窗帘这一行，市场前景还是广阔的。我想好了，我把鸭子卖掉做本钱。到时，你在店里接业务，我出去测量安装，我想不用多久，我们的日子会好起来的。再说，赚钱也是为了更好的生活，你这样和我天各一方，过着牛郎织女般的生活，没有幸福可言。你还是赶紧回来吧，你不回来，我就过去了。盼着你的回信。

想你的平

××××××

自从单独和王总出去吃饭后，玲玲的心里忐忑不安，冥冥之中好像王总和她之间要发生什么事似的。照理说，她完全可以摆脱王总，但又不忍心这样做。只有几个月，她就从车间调到了采购部，她觉得自己是幸运的，好多人想都想不到。再说，深圳是个大都市，与家乡那个偏僻的农村对比，仿佛"人间天堂"。

那天下班回来，途经厂门口时门卫递给她一封信，一看是高平的回信，她就拆开读了起来。在高平的字里行间，她感受到高平的焦虑不安和对自己的牵挂，当天晚上，玲玲给高平回了信。她在信中写道：

平：

来信收到了，知道你的生活跟以前一样我心里很安慰。王总的事你不必太担心。那天他喝多了才会那样，清醒的时候他不会这样做的，人总有犯错误的时候。再说，他也没有伤害到我。相信时间久了，这件事会慢慢过去的。

你不必来深圳，我自己会把握好的。在外面闯荡了这几个月，我多少也有一些改变，会保护好自己的。再说我妹妹和哥哥也都在深圳，他们会关心我的。你现在不要想得太多，开店做生意也不是那么容易，像你这样的家底，亏了本就很难爬起来，你目前还是养好鸭子写好文章吧。对于我们之间的事，等条件成熟了再说。我就是现在嫁给你，你家里那个破房子怎么住？手里没积蓄，日子也不好过，所以你不必太着急，我心中有数。

我从农村来到城市也不容易，像我这样学历的人，能在深圳这个大都市不靠体力就拿到一份工资，是很幸运的。所以我要珍惜。农村和城市毕竟有区别，说心里话，我还是挺喜欢城市生活的。人和人之间打交道，总有磕磕碰碰的时候，我的这点小事不算什么，我把握好就没事了。我这里一切正常，你不必挂念。时间也不早了，今天就写到这里，祝你一切都好。

想你的玲玲

××××××

几天没和玲玲见面，王总心里好像缺了点什么。一个人的时候，他的脑海里时常出现玲玲那张红扑扑的脸，那双迷人的大眼睛，还有那富有弹性的胸脯。那天他乘着酒兴，在抱住玲玲的那一刻，闻到那股清纯的女人味，更是让他销魂，心里念念不忘。

那天上午，王总来到了采购部，或许是老天有意安排，采购部只有玲玲在。见王总到来，玲玲本想回避，可采购部只有她一个人，只好硬着头皮招呼王总。玲玲给王总倒了一杯茶，两人面对面坐着。王总一边喝茶，一边打量着玲玲，他觉得玲玲好像比以前更漂亮了，脸上清秀了些，化了个淡淡的妆，胸脯还是那么挺挺的。玲玲见王总盯着自己，觉得有点不好意思，她对王总说："王总，茶水要凉了。"王总嗯了一声说道："小高，这几天我比较忙，对你关心不够。今天特意过来，请你们采购部的人吃饭，谈谈工作方面的事。我们先走，等一下单主任他们会过来的。"玲玲说："我们还是等他们一起过去吧！免得他们难找。"王总说："没事的，他们还在谈业务，到时他们会过来的，我们先去点菜。"玲玲心想，反正今天不是单独和王总吃饭，那就去吧！

来到了饭店，菜点齐了，等了一会儿，单主任他们还没来，王总对玲玲说："小高，我们先吃吧！他们应该马上就会到了。"玲玲说再等会儿，等单主任他们来了一起吃。王总坚持说先吃没关系，说着就拿来酒瓶斟满了酒，对玲玲说："小高，跟我在一起你不要太拘谨，就跟平常一样就好。"说完就举起酒杯跟玲玲碰了一下，两人一饮而尽。玲玲也回敬了王总一杯，这样你敬我，我敬你，不知不觉都有些醉意。

这时玲玲突然想起单主任他们还没来，就问王总单主任他们怎么还没来，王总说："哦！那我打个电话给他们。"说着就站起身走到外面。不一会儿，王总进来了，对玲玲说："单主任他们可能来不了，因为客户还在，一时走不开。我们吃我们的，不管他们。"说着给玲玲夹了菜。两人又边吃边聊了起来。喝着喝着，玲玲的眼前晃动起来了，朦朦胧胧中，她感觉跟她对饮的是高平。王总不停地为她夹菜、对她敬酒，盛情难却，在王总半劝半强中，玲玲又喝了几杯。这时，她觉得脸上火辣辣的，口也很干，头昏沉沉的，有点支撑不住的感觉，慢慢地就趴在桌子上，一声不响了。

王总见玲玲喝多了，他站起身来，拍了拍玲玲的肩膀说："小高，小高。"玲玲没有应答。王总见状，拿起玲玲的一只手臂搭在自己的肩上，一只手抱着她的腰，然后扶着玲玲让她在沙发上躺下。这时王总又叫了几声："小高，小高。"玲玲睁开朦胧的双眼，迷迷糊糊地说："吵死了！

人家要睡觉呢！"说完翻了个身，面朝天躺在沙发上。柔和的灯光照着她那张秀丽的脸庞，胸脯随着呼吸一起一伏。王总本想送玲玲回宿舍，但他突然闻到从玲玲身上散发出来的香味，又看着她那高耸的胸脯，一个罪恶的念头在他的脑海里产生。

王总匆匆在前台付了账，载着玲玲来到市中心一家比较高档的酒店，要了一个标准间。他把玲玲扶到床上，此刻他再也控制不住内心的激动，很快地解开了玲玲的衣服，在她身上乱摸。迷迷糊糊的玲玲嘴里叽叽咕咕地说道："平呐，平呐，你不要这样。"说着又睡着了，没有了声响……

半夜里玲玲从睡梦中醒来，发现自己一丝不挂地睡在床上，王总也光着身子睡在她的旁边，有不祥的预感。她感觉下身有点黏糊糊的，赶紧把头钻进被子，看到雪白的床单上一点鲜红的血迹。她惊出了一身冷汗，急忙穿好衣服，一脚把王总踢下了床。王总被踢下床后，立即跪在玲玲的面前说："对不起，我喝多了，请你原谅我。"玲玲一边抹着眼泪一边说："我的身子都被你霸占了，一句对不起就可以了！我还没出嫁呢！你叫我以后怎么嫁人？我现在没脸见人，只有死才能洗清我的清白。"说完，拿起背包就准备出门。

王总一看慌了，一把抱住了玲玲，说："你冷静点，这样走极端对大家都不好。事情已经发生了，我们还是想办法解决。"玲玲一边掰开王总的手一边流着眼泪说："这个事怎么可以解决？你毁了我一辈子，我只有死路一条。"王总说："事情到了这个地步，死也解决不了问题。再说你要是有个三长两短，公安机关会抓我去坐牢的！我上有老下有小，我坐牢了，家也就毁了，你就可怜可怜我吧！我们还是想办法解决。"王总一边劝说玲玲，一边把玲玲抱到床边。玲玲坐在床边，呜呜地哭着……

天快亮了，玲玲还在流着眼泪。王总在卫生间拿来了一条毛巾，给她擦眼泪，说："天也快亮了，我要上班了，要不我先送你回宿舍。"玲玲说："不用你送，我自己会回去的。"王总说："今天的事，我们都把它忘掉吧！以后我会把你当亲妹妹看待，你有什么事我都会帮你的。"说完从背包里拿出两万元现金放在床头，说："你先拿着，不够再跟我打招呼。"玲玲没有回答，还在不停地抽泣。王总轻轻地抚摸了一下玲玲的肩膀，说了声："我走了！"说完就走出了房间。

玲玲回到宿舍的时候，已经是早上八点多了，妹妹玲华加班刚好回来，问道："姐，你今天不上班？"玲玲说道："我今天休息，人有点不舒服，想睡觉。"说完就去了卫生间，洗漱后就一头倒在床上用被子蒙着头。玲华觉得姐姐跟往常有点不一样，但也不敢多问，只好随她去。

玲玲睡在床上，酸甜苦辣一起涌上心头，往事在脑海中浮现。曾经多少个夜晚，明月当空，她和高平手牵手漫步在乡间的小路上。那时，她们一起憧憬着美好的爱情，彼此爱得深沉。没想到世事无常，如今她没有和青梅竹马的恋人走进婚姻的殿堂，美丽的青春却被一个比自己大十多岁的老男人葬送了，曾经美好的爱情变成了泡影。伤心的泪水不断涌出，自己现在是一个不干净的女人，不知怎样去面对高平？她愧对高平对她的一片真情，如果高平知道这件事，会不会瞧不起她？会不会不理他？如果父母和村里的乡亲知道此事，又该怎样面对？她百思不得其解，陷入了深深的痛苦之中。

就这样蒙着头一直睡着，中午也没起来吃饭。到下午四点左右，妹妹玲华见玲玲还没起床，问道："姐，你今天是不是哪里不舒服？"玲玲说："我没事，只是有点困。"玲华说："姐，起来吃点饭再睡。"玲玲说："我不饿，还想睡一会儿。"玲华说："不吃饭是不行的，我去给你买点吃的。"说完就走出了宿舍。

玲华买好东西回到宿舍，可玲玲一点没有胃口。玲华说："姐，那你等一下饿了再吃。我今天还有一个夜班，我去上班了。"玲玲说："我知道了，你去上班吧！”

　　玲玲就这样在宿舍里睡了三天，偶尔也吃点东西。慢慢地她心安静下来了，也理出了个头绪，虽然恨王总，但木已成舟，也只能委屈自己了。破罐子破摔，她想：姓王的既然毁了自己的身子，也要他付出代价。有了这个想法，她就去上班了。

　　玲玲是一个沉得住气的人，在单位上班，她跟往常一样，好像什么事也没发生。但当她独处或下班时，脑海里一刻也没停止过，想着怎样让高平离开自己，因为她觉得自己已经不是高平以前爱的那个女人了，如果嫁给高平，会给他带来伤害。反正走错了路，就这样走下去，让王总为他的行为付出代价，并让自己搭上顺风车，过上城里人的生活。她上班的那几天，虽然王总没有来过采购部，但她好几次感觉到王总给单主任的电话里问到了她，直觉告诉她王总还是要来找她的。

　　那天下班后，玲玲坐在床前，想了一会，然后提笔给高平写信，她在信中写道：

　　平：

　　　　当我提笔时千言万语涌上心头，往事一幕幕地在眼前浮现。我们从小一起长大，到后来我们确定恋爱关系。你是那么老实，对我是一往情深，有什么好吃的好用的都想着我。我们经常在老学校的操场上说着话唱着歌，想着未来的生活。可有些事情不是我们能把握的，自从来到了深圳，我的人生打开了一片新的天地。也许我本是一个不安分的人，看到城市的繁华，城里人的生活，我的心也不安定了，有了很多的想法，想在城市扎根，做城里人。好几次也想着等我稳定了，叫你来深圳我们一起打拼一起生活。

　　　　要在城市扎根，只有努力工作，有时也会想是不是会有一些更快捷的办法。我上次跟你讲的王总，其实作为女人，我是很清楚他要什么的，但我想只要守住底线，应该没事的。哪知道这个老男人如此地恶毒，那天他又以谈工作为名，约我出去吃饭，甜言蜜语地把我灌醉，霸占了我的身体。我真是叫天天不灵，叫地地不应。也想一死了之，可死了又能怎么样？也解决不了问题，也对不起我的父母。冷静想想，是我的贪婪害了我，当初想利用王总，最后害的是我自己。

我对不起你，是我伤害了你。我现在已经是一个不干净的女人了，我也千万次地想过，把这件事情告诉你，或许你会原谅我，还会接纳我。但是我做不到，那样的话，我一辈子都会对你有愧疚感，负罪感。我也想明白了，既然王总把我害了，我也要让他尝尝苦果，反正破罐子破摔，我要让他妻离子散。至于你，就把我忘掉吧！重新开始新的生活，反正我也不是什么好女人。

当我写到这里，心里像刀割一样的难受，仿佛和你生离死别。也许这封信是我们最后一次通信，从此天各一方，永不相见，我的眼泪不知不觉地流了出来。希望你不要记恨我，因为有些事是我自己不能把握的，也许这就是命运吧！家乡有句俗话：山水都有相逢日。说不定许多年之后，我们还会在故乡重逢，那时，如果我们还能像平常人一样打个招呼，我就心满意足了。

时间会让我们忘记一切，也会让我们拥有一切。

玲玲

×××××××

读着玲玲的来信，高平心中痛苦万分，不但没有尝到爱情的甜蜜，玲玲还提出要和他分手。想到心爱的人将和自己天各一方，高平陷入了惆怅和迷茫之中。那天晚上，他含着泪水给玲玲回了信，高平在信中写道：

玲玲：

　　当我给你写信的时候，仿佛你就站在我眼前，我能感觉到你内心的痛苦，我紧紧地拥抱着你，用身体的温暖驱赶你内心的惆怅。不管怎么样，你都要学会坚强，这不是你的错。我理解你，就像你信中所说的那样，我会原谅你的，会接纳你的，永远地爱你。

　　岁月如歌，往事皆成云烟。不知你是否记得，在那些有月亮的夜晚，我们手牵手漫步在乡间的小道上，你曾经对我许下的诺言——你说，今生非我不嫁；你说，我虽然很笨很傻，但人踏实，一辈子会听你的话，是靠得住的男人，人家再有钱再长得帅，你也看不上，心中只有我；你还说，要为我生个胖小子，将来儿子长大了，要培养他成为有用之才，不能像我一样当个养鸭子的人——这些话至今我都深深记得，想起来内心仍然很感动。

　　记得你离开家乡前的那天晚上，我们相约在老学校，皎洁的月光下，我们深情相拥，你把头依偎在我的胸前，我闻着你头发的香味，内心溢满了温馨。你对我说，到深圳去打工，只是暂时的，将来我们会永远在一起。你走之后，我每天都在等待，苦苦相思，期待那幸福的时刻来临。

　　玲，勇敢地面对现实，不要为过去的事苦恼。在我的心里，你永远是纯洁善良的。对于那个罪恶的男人，你远离他，不能一错再错，去拆散他的家庭，这样是不道德的。我们都还年轻，后悔还来得及。回来吧！彻底地告别过去，我们重新开始，只要我们努力，生活依然充满阳光。相信这段伤心的往事，会随着时光的流逝慢慢地消失在记忆的深处。等你归来！

想你的平

××××××

自从和玲玲有了切肤之亲后，王总的心里很是惦念她年轻的肉体。

有一天下午，王总又来到了采购部。单主任见王总来了，非常热情，忙叫玲玲倒了一杯茶，请王总坐下。王总装模做样地和单主任谈了采购部的工作，单主任似乎从王总的眼神中察觉到什么，就推说有事和另外两个同事出去了。玲玲装着不理王总，把头偏向一边。王总来到玲玲的跟前，对她说："小高，这几天过得还好吗？"玲玲没有搭理他。王总又说："过去的事就让它过去吧！现在我们成了没有血缘关系的兄妹，我就是你的哥哥。开心点，不要老把那些事挂在心上。"玲玲哼了一声说："谁要你做哥哥，虚情假意，讨厌！"王总一听有戏，喜从心来。他说："玲玲，你每天上班下班，日子太单调了。今天我请你看电影，一来给你赔罪，二来给你散散心，你看好吗？"玲玲一听，知道王总的用意，故意推却说："我不去，待会儿下班很晚到宿舍，妹妹会说我的。"王总说："我们现在就出发去看电影，等会儿回宿舍不会太晚。"玲玲沉默了一会儿，没有说话。王总见状忙上前拉着玲玲的手说："走吧！待会晚了。"说着他们就走出了采购部。

那天电影院的人很多，玲玲和王总坐在角落里，灯光不太亮，王总的手不停地在玲玲的身上游走着。玲玲也没有特别反感，只是说注意点怪难为情的。打那以后，她和王总越走越近。

日子就这样一天天地过去，王总会隔三岔五地叫玲玲吃饭看电影。日久生情，每次云雨过后王总都会给玲玲一些好处，两人就这样发展着地下情。

有一天晚上，玲玲觉得身体不舒服，吃了就想吐。凭着女人的第六感，她觉得自己可能怀孕了。或许这就是自己人生的转折点，从此告别农村做一个城里人，既然怀上了，就把他生下来，一定要嫁给这个老男人。想到这里，她觉得要让高平不要再对自己有什么念想，她赶紧给高平写了信。

高平：

　　读了你的来信，知道你的心里还一直惦记着我。对不起你，自从来到深圳后，我的一切都在悄悄地发生着变化，我不再是你心目中那个淳朴善良的农家姑娘。因为对金钱的贪婪和对城市生活的向往，我跟上次在信中提到的那个老男人好上了，并怀上了他的孩子。我这种贪图富贵、不坚守感情的女人是不值得你留恋的，把我忘了吧！去找一个适合你的人，好好过日子，永远地祝福你。收到信后，不必回信，我们的感情就在这里画上句号。我也不会再给你写信了。

玲玲

)( )( )( )( )(

　　那天王总送玲玲回家，在途中玲玲对王总说："老男人，我已经怀上你的种，你打算怎么办？"王总一听吃了一惊说："这不可能吧！"玲玲说："这有什么奇怪的，别人还有一夜就怀上了呢。我被你害苦了，我这个样子，回到家里也没脸见人，也嫁不出去了。"王总说："你先别急，明天我带你去医院检查一下再说。"玲玲说："不用检查，我是女人，这点敏感还是有的。现在给你一个月的时间，你跟你老婆离婚，娶我过门。"下车时玲玲说了一句话："我等你的回音。"

　　玲玲下车了，王总一个人开着车向家中驶去。一路上，他想到创业初期患难与共的妻子，想到了两个可爱的儿女，还有八十多岁的老母亲。现在左右为难，怪只怪自己没有控制欲望，他的内心一片迷茫。

那天晚上回到家里，他辗转难眠。妻子问他有什么事，王总推说身体不舒服，第二天一大早就开车走了。在王总的劝说下，玲玲还是去医院做了个检查，确定是怀孕了。

那天上午王总一脸焦虑，哀求玲玲把孩子流掉，说会给她一笔钱。玲玲死活不同意，语气坚定地对王总说："你要么离婚娶我过门，要么你就准备坐牢好了，我告你强奸罪。再说，你这种丑事传出去也会身败名裂。"王总说："你也不要把话说得那么绝，我们毕竟还是有感情的，给我点时间吧！"

天空下着绵绵细雨，傍晚时分，高平赶着鸭子回家，途经老学校时听到有人喊他的名字，他回头一看是村里的老支书。高平停下脚步，老支书走到他的跟前，从口袋里摸出一封信交给他说："平呐，信昨天就到了，我没有看见你路过，就没有特意送过来。"高平接过老支书递给他的信说了声："谢谢！"看到是玲玲的来信，他心里忐忑不安，将信放进了口袋。等老支书走后，高平从口袋里摸出玲玲的来信，读了起来。

读着玲玲的信，他的脑子里像五雷轰顶，没有想到玲玲会这样绝情，要离他而去。曾经青梅竹马的恋人，而今背叛了他，成了金钱的奴隶。他脚步沉重，头也很重，高平用牙齿咬着下嘴唇，努力控制着自己的情绪，默默地向家中走去。

高平的心情就像这雨天一样灰蒙蒙的。最后他还是没有控制住自己的感情，眼泪不知不觉地流了下来。把鸭子赶进鸭棚，他就回家了，推开房门没有脱衣服，两只脚朝外仰面躺在床上。

自从玲玲上次来信后，高平一直有一种不好的感觉，自己担心的事终于发生了。青梅竹马的恋人即将成为别人的新娘，他伤心、痛苦、绝望，恨自己没有本事，也恨玲玲贪恋钱财，内心交织着各种情感，痛不欲生。吃晚饭时，母亲感觉高平和平常有些不一样，忙推开门，看到高平仰天睡着，问道："平呐，你怎么了一回家就睡觉，赶快起来吃饭。"高平回答道："人有点不舒服，你们先吃吧！"母亲问他要不要紧，高平说没事的。

夜深了，母亲和家人都睡了，高平揉揉红肿的眼睛起床了，坐在灯光下给玲玲回信。高平在信中写道：

玲玲：

　　你好！

　　来信收到了，从你的信中，我知道你下了狠心要和我分手，一心要嫁给那个比你大十几岁的老男人。我知道他很有钱，你是冲着他的钱才嫁给他的。既然你这么爱钱也只有随你便了，没有想到你是一个贪婪钱财的人。强扭的瓜不甜，我只有永远地祝福你，希望你过得好。

　　　　　　　　　　　　　　　　　　　高平

　　　　　　　　　　　××××××

玲玲就这样离自己而去，那些日子，高平整天魂不守舍，人也消瘦了一大圈。母亲以为他生病了，问了他几次，高平才向母亲说出了自己的心思，母亲劝他东边不亮西边亮，做人不要太死心眼。高平觉得母亲的话有道理，可控制不了自己的情绪，依然活在痛苦和惆怅之中。半夜醒来，他时常独自一个人来到院子，仰望天上清冷的月色落泪。他借酒消愁，半醉半醒时，朦胧的泪光中仿佛看到玲玲向他走来，仿佛又听到玲玲那银铃般的笑声，晃晃悠悠的他又好像牵着玲玲的手漫步在乡间的小路上。有时他也恨玲玲，怎么这样无情？曾经无数次憧憬的美好爱情变成了泡影，往事伴随着时光的流逝慢慢远去。

他想离开家乡，离开熟悉的人群，去到一个陌生的地方重新开始新的生活。因为在家乡，所有的一切都会勾起他伤心的记忆，远离才能忘记一切。高平决定背起行囊，漂流远方……

第三章

在城市闯荡

外面的世界很精彩，也很无奈。高平经历了种种困难，但他始终没有低头。在贫瘠的岁月里，坚守梦想；在漂泊异乡的日子里，那些与他素昧平生的人们，给他的真情帮助，使他感受到了人间的美好。

在一个偶然的机会下，他当上了派出所的宣传干事。从此，他在文学的道路上越走越远。

在痛苦和煎熬中，高平走过了一天又一天。随着时间的推移，离乡的念头在他的脑海中越来越强烈，他觉得走得越远，失恋的痛苦忘得越快。他不顾母亲的阻拦，以最便宜的价格把鸭子卖给了邻村人。他的方向是杭州，因为堂哥在杭州笕桥打工。

离开家的那一天，高平很早就起床了，父母亲还在睡梦中。他本想跟母亲打个招呼，但又怕母亲不肯让他出门，想等自己在外面稳定了，再给母亲写信。他收拾了简单的行李，带了七十五元钱就上路了。

走出家门的时候，天还不太亮，高平提着个蛇皮袋沿着村子的小路慢慢向小镇上走去。走到小镇时，天已经亮了。高平感觉肚中饥饿，买了两个包子便乘上开往县城的客车，就这样一步步离开了家乡。

几经周折，高平终于乘上了开往杭州的火车。这是他生平第一次坐火车，长长的火车像一个个拼起来的火柴盒，好像没有尽头。随着声声汽笛，故乡在他的身后越来越远。高平临窗而坐，窗外不时掠过村庄田野，他思绪连绵，这一去山高路远，他想起了父母和家中的亲人，想起了曾经和自己日夜相伴的那些鸭子。可世事无常，青梅竹马的恋人离他而去，坚守故园的想法没有了，他只有远离家乡，去遥远的城市漂泊。

未来的生活会是怎样？杭州又是怎样的一座城市？他无法想象，心中发出一连串的疑问：楼房有多高？汽车多不多？人是不是像蚂蚁一样多？西湖有多美？漫漫旅途中，在他脑海中不断闪念着这些念头，想象着一座城市的画面。

半夜时分，突然听到有人喊："杭州到了！到杭州了！"他睁开惺忪的双眼，打了个哈欠，怀着忐忑不安的心，提着蛇皮袋小心翼翼地随着人群下了车。

下了火车，听到的是吴侬软语，有点像鸟叫声，眼前呈现出一个新奇的世界，灯红酒绿的街市，高大的楼房把整个城市包围了。天未亮，高平感觉有点疲惫，他走到火车站的一角，把蛇皮袋垫在身后便睡了起来。

天亮了，高平被喧闹的嘈杂声惊醒，他揉了揉眼睛想爬起来，但还是很疲倦，只伸了一下懒腰，又睡了起来。正当他睡得迷迷糊糊时，好像有人推了他一下，听到有人喊他："小伙子，快起来，这车站里不能睡觉的。"

高平睁开眼睛一看，只见眼前站着一位四十来岁身穿警服的男子，他心里顿时明白了，对民警说："不好意思，我马上起来。"高平站起身来，提着蛇皮袋正要转身离去，突然想吐口水。他正要吐，抬头一看对面墙上写着"不要随地吐痰"，情急之下，他向墙上吐了一口。正在这时，一位五十来岁身穿红马甲的女人跑了过来，她对高平说："小伙子，你讲不讲卫生呀！怎么可以随地吐痰呢？你没看到那墙上写的'不要随地吐痰'？高平说："看见了，那墙上写的是'不能随地吐痰'，我是朝墙上吐了一口，有什么关系啊！"那红马甲女人一听，说："你还要狡辩，你要为自己的行为负责任。"高平说："我刚才只是情急之下吐了一口口水，有那么严重吗？"那女人说："你还跟我耍嘴皮子！我要叫警察过来了。"

高平一听有点慌了，说道："那要负什么责任？"那个穿红马甲的女人说："罚款五元，或者去扫厕所。"高平不愿意去扫厕所，怕丢了面子，但摸摸那羞涩的口袋，觉得口袋里的钱不多。无奈，只好硬着头皮跟着那个红马甲女人向厕所走去。

在厕所门口，高平接过那女人递给他的扫帚打扫起了厕所。经过个

131

把小时的打扫，高平终于把厕所打扫干净了。当他把扫帚交给那女人欲转身离去的那一刻，顿觉满腹委屈。心想这出门在外真难！随便吐了一口口水就遭遇这样的事情，眼角不禁湿润了。

他从口袋里摸出那个写着堂哥地址的信封向路人打听，慢慢向堂哥打工的地方找去……

在路人的指点下，经过了一站又一站，高平按照信封上的地址，终于找到了堂哥光耀打工的小村子。

这个村子不大，约四十来户人家，筧桥镇管辖。小村很美，村前有一座月牙似的石拱桥，桥下的流水清澈见底，可以照出人的影子来，白练似的溪水缓缓从鹅卵石上流过，诉说着岁月的往事。

村里大部分人家姓顾，皆以种菜种田为业。高平的堂哥高光耀居住在村里顾中军家，当高平找到这户人家时，顾中军正在家里。顾中军四十岁左右，中等身材，皮肤黝黑，国字脸，一脸憨厚，看上去就是那种话不多却很厚道善良的人。听了高平的诉说，他说："小伙子，真不巧，我家的房子造好了，你堂哥去别的地方打工了。"高平一听，心想：这可怎么办呢？

那年代通信工具不发达，没有手机等联系方式，在茫茫人海中怎么能找到堂哥呢？

顾中军见高平沉思不语，似乎看懂了高平的心思，他说："小伙子，不要着急，一个人出门在外不容易，先在我家住下来吧！慢慢找你堂哥。平时，村里有人需要干活，我就跟你打招呼。"高平充满感激地对顾中军说："谢谢！"

顾中军给高平收拾了房间，并为他铺好了床，对他说："小伙子，你就住在这里吧！慢慢找活干，不急的。"高平在房间里休息了片刻。顾中军的老婆在厨房里忙碌，不一会儿，烧出了香喷喷的饭菜。那天中午，高平第一次吃上了螺蛳和黄鱼。他因吸不出螺蛳里面的肉惹得顾中军一家一阵轻笑。顾中军说："小伙子，不要把整个螺蛳放进嘴里，要用手拿住螺蛳的尾部，用舌头顶住螺蛳口用力吸一下，里面的肉就出来了。"就这样，高平学会了吃螺蛳。

在异乡感受着家庭的温暖，他内心对顾中军夫妇怀有深深的感激之情。

晚上，顾中军的家人都入睡了，高平还没入睡。从小到大，这是他第一次远离故乡，生活在千里之遥的他乡。他心里不禁想起家中的父母和亲人，想着自己来杭州的时候没有和父母打招呼，总觉得对不起父母。但是，他又觉得自己很幸运，第一次出远门，就碰到了好人。顾中军一家和自己素昧平生，却把自己当亲人一样看待，让他感受到人间无比的温暖。

出门遇贵人，他乡似故乡。

平日里，有活干的时候，高平就出去打临时工，没活干就在房间里读书写字。顾中军把高平当老朋友一样看待，空闲时就和高平聊天。在交谈中，他们增加了彼此之间的了解，他俩的友谊就像村前石拱桥下那纯洁的溪水，缓缓向前流淌。

有一天晚上，高平正在房间里看小说，顾中军带着位五十开外的驼背老人走进了他的房间。刚跨进房门，顾中军就说："小高，我给你找了一个长期干活的地方。"高平一听，满心欢喜，赶紧站起来说："那太好了！谢谢！"顾中军指着身边的驼背老人对高平说："小高，这是我的堂叔顾大山，他家在造房子，需要做小工的人，你以后就到他家去干活。"高平叫了一声："顾大伯。"驼背老人应答了一声，两人聊了一会儿。高平对顾中军说："顾大哥，感谢你对我的关心和照顾，有空时我会来看你的。"顾中军说："出门在外不容易，没事的。到那边安心做事，有时间

133

我也会去看你。"

高平点了点头，收拾行李跟着顾大山走了。

顾大山和高平一起来到一个工棚前停了下来，顾大山说："小伙子，我家就住在这里，现在我家的房子拆了，这个工棚是包工头临时搭建的。"说着两人走进了工棚。刚走进工棚，一位三十多岁的男人迎了上来说："东家，你来了。"顾大山说："魏老板，我给你带来一位小工。"魏老板打量了高平一眼说："个子这么小，做小工吃得消吗？"高平回答道："我是农村来的，在家干过体力活，我能行的。"顾大山说："别看他个子小，身体还挺结实，你先留下他再说。"魏老板说："既然东家开口了，那就做做看吧！"

第二天早上，魏老板带着十来个工人到工地挖地基。魏老板对工友们说："我已经用白石灰打好了墙基图，你们按照白线挖下去。"魏老板安排完后就走了。

高平接过工友递给他的铁锹，跟着工友们一起干了起来。

脚下的泥土很坚硬，他们一铲一铲地挖着。高平挖得很吃力，额头上渗出了汗珠，他很想休息一下，可看到工友们都没有停下来，他只有咬着牙继续干。

收工时，高平感觉手很痛，他摊开手掌一看，手都磨破了皮。晚上洗脸时，破皮的地方一阵阵钻心的疼痛。做小工又苦又累，搬砖块、拌混凝土、抬空板，高平个子不高，勉强支撑着。每天累得四肢无力、筋疲力尽，睡觉时感觉腰酸背痛，双手磨起了老茧，肩膀的血泡起了又破了，他咬着牙就这样坚持着……

每天从早忙到晚，每当暮色时分，高平的心里会升起无限的乡愁。夜深人静时，高平有时会想起家乡和亲人，也会想起昔日的恋人玲玲。他想到玲玲，心里就充满了痛楚，忘记一个人是很难的，哪怕离得再远也会想起。

有一天晚上，高平从蛇皮袋里摸出笔和纸，把纸放在枕头上，满怀深情地写下了一首《故乡的炊烟》：想念家乡的时候 / 乡愁是一缕炊烟 / 暮色的炊烟 / 时常幻化出故乡的影子 / 老学校 / 村前的小河 / 老樟树 / 还有母亲站在屋檐下 / 等我回家的情景 / 远离故乡的日子 / 梦见那一缕缕炊烟 / 温暖着我的记忆 / 伴我走过异乡岁月。

高平就这样每天辛苦劳作，寂寞的夜晚来临时，他捧读着柯云路的《新星》和路遥的《人生》，小说中的人物伴随他走过异乡的孤寂岁月，可那几本书填补不了他对知识的饥渴。高平想，再干一段时间的活，就向包工头预支点钱去买书。他听说笕桥镇上有一家新华书店。

一天傍晚，工友们收工后都出去玩了，高平独自一个人来到包工头的办公室。说是办公室，其实，也就与高平的床相隔几米，就多了一张桌子，那张桌子是包工头用来办公的。

包工头姓魏，是浙江人。瘦高个黝黑的脸庞，小眼睛，是个泥瓦匠，说话有些娘娘腔，平时精打细算，一看就是个小气的人。见高平进来，他笑着跟高平说："江西佬，你怎么没出去玩？"高平说："魏老板，我有点事想请你帮忙。"魏老板说："有什么事你说吧！看我能不能帮你。"高平说："魏老板，我从家里出来的时候身上没带多少钱，来杭州也好多天了，钱也花光了。我想，做了这么多天的活，也有点工钱了，想预支一点钱零用。"魏老板说："你要多少？"高平说："一百元行不行？"魏老板一听，马上阴沉着脸说："这怎么能行呢？房东的钱也没有全部拿给我，我身上的钱要留给大家作伙食的，不能给这么多，最多预支给你五十元。等第三层楼的柱子倒好了，再给你点。"高平很无奈地点了点头。

顾大山的房子马上就要造好了。那些日子里，高平心中充满了喜悦。他心想，等发了工钱，自己要买件像样的新衣服，还要到杭州的风景区去玩玩，再寄点钱回家，让父母也高兴高兴。

房子建好了，新屋落成的那天晚上，高平喝得微醉，在朦朦胧胧中想象着拿到工钱后的喜悦，可现实却和高平的幻想相隔千里。

顾大山家中摆好上梁酒的第二天，高平来到魏老板的办公室来结工钱。叫了几声没人应，他走进工棚，只见里面空空如也，被子和生活用品都没有了。高平一看情况不好，他赶紧找到顾大山，把这事告诉他。顾大山一听，气不打一处来，说："这个姓魏的真不是人，你们的血汗钱也骗。我到派出所去报警，抓他坐牢。"可一会儿他又说："我糊里糊涂的没有和他签合同，只知道他是浙江人。报了警，又能怎样呢？"他叹了一口气对高平说："小伙子，碰到这样的骗子我也没有办法。总有一天，他会吃亏的。"说完从口袋里摸出一百元钱，塞到高平的手里说："这是我给你的一点路费，我这里也没有什么活干了，你到别的地方去，再找点活干吧！"高平含着泪接过顾大山的钱，匆匆收拾行李，离开了他家。

高平漫无目的地走着，穿大街过小巷，小镇上的繁华丝毫不能引起他的兴趣，他只顾埋头走着。遇上公交车站，他就坐上一趟，也没有目标。近中午时分，高平来到了延安路，在那里乘上杭州开往富阳的客车。他不知道富阳在什么地方，只感觉车票还挺便宜的，就上了车。

经过一个多小时的行程，高平听到有人喊："富阳到了！富阳到了！"他下了车，已经是下午两点多了。刚一下车，他顿感肚中饥饿，就在车站附近的小吃店买了烧饼，又买了一瓶矿泉水，边吃边喝起来。

富阳是一座美丽的小县城，位于浙江省杭州市的西南角，古称"富春"。杭州市辖区，置县于公元前221年，是三国时期孙权的故里，近代著名作家郁达夫的故乡。富阳话属于吴语，生活在这里的人们绝大多数是汉族人，江浙民系。

当年的高平对富阳一无所知，走在小城的街道上，只觉得这座城市很美，也很小，小得人们的鼻子都可以碰到鼻子了。路上的行人碰到时，都相互用本地话打招呼。高平心想这么小的城市，怎么会容纳外地的打工人呢？他所经过的地方，除了街道商店饭店旅馆以外，并没有看到什么地方需要干体力活的。他心里很失落，盘算着接下去的日子怎么办，在这举目无亲的城市里，该怎样生活。

时间一分分过去了，华灯初上时分，下起了绵绵细雨，高平本想找个旅馆入住，可摸了摸口袋，他又犹豫了起来，只好绕到街道一家小店门口的帐篷里避雨。雨停了，高平从帐篷里走出来，在灯光闪烁的街道上走着，他突然听到路边传来欢快的歌声。高平循声望去，只见在不远处有很多人在唱歌跳舞，很热闹，高平慢慢地朝那人头攒动的地方走去。

原来那是一个广场，有唱歌的、跳舞的、打拳的、摆地摊的，小小的广场汇聚着四面八方的人们。经打听他得知这个广场名叫"恩波广场"。茶余饭后，小城的人们就在这里唱歌跳舞，享受快乐温馨的时光。

高平夹杂在人群中来回走动，对于那些唱歌跳舞的人们，他并没有兴趣，只想着能找一份活干，让自己有碗饭吃。

人们渐渐散去，喧闹的广场慢慢地恢复了平静。高平来到广场的亭子里，把蛇皮袋铺在地上，躺在上面休息。四周一片静寂，他望着天上的繁星，想了很多很多……朋友、同学和无情无义的玲玲……他想，如果没有和玲玲的这段感情，自己也不会经历失恋的痛苦，更不会离开家乡，过这种居无定所的日子。或许他会养很多鸭子，有了钱，然后和许多同龄人一样，娶妻生子，成家立业。守着家中的一亩三分地，享受父母妻儿的爱。可如今，自己落到这步田地，今天不知道明天的路怎么走，没有钱，没有粮，天当屋顶地当床，孤身一人流落异乡，想到这里，高平顿生沧桑之感。

高平无法入眠，他从蛇皮袋里摸出纸和笔，伏在地上，借着路灯的亮光他深情地写道《想念母亲》：无论我走到哪里／都不会忘记您／我的母亲／你的笑容／温暖了他乡的记忆／您的白发／饱含着对儿女的深情／艰辛的岁月／你用博大的慈爱／把我养育成人／任山高水远／时光流逝／永远想念您／我的母亲／。

已是冬季，睡在地上，高平感觉很冷。他从蛇皮袋里拿出几件过冬的衣服垫在后背、盖在身上，就这样慢慢地睡着了。

梦里他好像回到了故乡，在田野里放鸭子，和母亲在厨房里说话，还梦见他和玲玲推着自行车在乡间的小路上行走。当他伸手去拉玲玲时，玲玲突然扭头不理他，高平急得跺脚，感觉脚板一阵疼痛。他醒了，原来自己的脚正踏在冰凉的水泥地上。

从梦中惊醒的他心有余悸，想到玲玲的无情，泪水悄然滑落。此刻天没有亮，灰蒙蒙的，异常寒冷，感觉要下雪了，高平蜷缩着身体躺在蛇皮袋上，盘算着今天到什么地方找活干。

宁静的小城，慢慢地喧闹起来了。他睁开眼睛，远远地看见有人慢慢地向广场走来，新的一天又开始了。

高平是个爱面子的人，怕自己睡在亭子里给人看见，赶紧从地上爬了起来，整理好了蛇皮袋，坐在亭子里歇息。

一夜没有睡好，高平感觉精神不是特别好。他没有走动，坐在亭子里看着人们晨练。心想，这城里人和乡下人的生活方式就是不一样。懂得休闲，享受生活，自己在农村生活了二十多年，从没看见有人晨练。正看得入神，耳边响起了脚步声，他抬头一看，一位衣着时髦、五十开外的男人正向他走来。

那人来到高平的跟前主动和高平打招呼，他用并不标准的普通话对高平说："小伙子，看样子你不像本地人，你是不是来我们这里找活干的？"高平说："是的，你怎么知道？"那人笑了笑说："我看你的穿着打扮，不像本地人。"那人自我介绍说自己姓陈，是富阳大源镇人，是搞建筑的包工头，现在有个工地急需小工。他接着对高平说："小伙子，如果你相信我就到我那儿去干活，我不会亏待你的。"

姓陈的一番话给了高平希望，他心想，管他是什么活，先安顿下来再说。自己一没钱，二又不是大姑娘，也没什么可骗的，高平爽快地答应了。姓陈的男人走的时候给高平写了地址，交代了乘车路线。

姓陈的男子走后，高平赶紧跑到广场旁边的小溪边洗了把脸，漱了漱口，来到路边的小店内吃了碗面条，顿觉浑身充满了力量。按姓陈男子给他的乘车路线，慢慢地向大源镇找去。

傍晚时分，高平终于按地址找到了他家。

到陈家时，高平感觉有点失望，衣着时髦的陈老板家中并不富裕，住着很普通的平房，家中的摆设极其简单。陈老板见高平来了，显得十分热情。他一边接过高平手中的行李一边说："小伙子，这是我的老房子，不好意思，有点简陋。我在富阳已经买了房子，那房子装修得高端又大气，以后有机会我带你去玩玩。"

吃过简单的晚饭，陈老板对高平说："小伙子，你睡在我家不方便，我带你到另外一个地方睡觉。"临走之际，陈老板见高平没有被子，就拿了家中的一床破旧棉絮，高平拎着蛇皮袋，两人借着手电筒的光走着。

陈老板在一间破屋子前面停了下来，他把棉絮一放，摸出一把生锈的钥匙，交给高平说："你今天就睡在这里。"说完转身就走了。

高平打开这间破屋，屋内漆黑一片，什么也看不见。他用手电筒一照，吓了一大跳。屋子里到处都是灰尘，还结满了蜘蛛网，感觉这个地方好久没有人住过了，里面只有一张破竹床，还有几口棺材。高平心里直发怵，想马上离开，但外面漆黑一片，风呼呼地刮着，非常寒冷，他只能硬着头皮留在那间小破屋内。

呼呼的北风夹杂着雪子从屋顶和窗户飘进这间破屋，高平抬头一看，雪子从天而降，打在他脸上，他感觉好像就在露天的地方。

他用棉絮轻轻拍去竹床上的灰尘，然后铺开棉絮，躺了上去。刚一躺下，就听到"噼噼啪啪"的响声，整个竹床摇摇晃晃，高平跌到在地，整个竹床都散了架，高平无奈地爬了起来。

他在屋内来回走动，一股无法抵御的寒气侵袭着他，高平冷得浑身直发抖。此刻，他只想找个地方温暖身子。可这间破屋除了几口棺材以外，再也没有栖身之处了。

高平心想，"这个棺材是用来收殓死人的，我这个大活人怎么能睡进去呢？"

他还是不停地走动着。风越刮越紧，雪越下越大，高平的双脚开始麻木了，人也感觉疲乏了，一种求生的欲望使他对这几口棺材有了另外的想法。他心想，冻死了进去还不如活着睡进去。他在屋内的角落里找到了一根木棍，用木棍顶开了一口有缝隙的棺材的棺材盖，把那条破棉絮放进了棺材。管他有鬼没鬼，反正不进去也得冻死，然后就爬了进去。棺材盖的前头留了一点空隙，高平开始还有点怕，后来用棉絮蒙着头，就这样睡着了。

第二天早上醒来时已经九点多钟了，风停了，雪住了，一缕温暖的阳光洒进破屋，他浑身暖暖的，从棺材里爬了出来，走出那间破屋。经打听他才知道这位陈姓的老板原来是个卖棺材的，后来殡葬改革，老人们过世都用骨灰盒了，所以那几口棺材一直撂在那儿。

那天早上，高平找到陈老板对他说："老板，昨天晚上风雪那么大，我差点被冻死了。你叫我睡的那个竹床，不能睡，早就烂掉了。如果再叫我睡在那个破屋里，我就走了。"陈老板说："昨天来得匆忙，这只是临时睡一晚，今天你就到工地上去睡。"

陈老板的工地虽然开工了，但由于缺钱，建筑材料没买齐，工地做做停停。有一天下午没有活干，高平想到小镇上转转。刚走出不远，眼前出现了一个独特的身影，此人相貌约三十来岁，身高只有一米多。高平闪出一个念头，这个人好像在哪里见过。想了一会儿，他想起来了：在杭州打工住在顾中军家时，看过电视上放的《华夏一奇》纪录片，讲述的是浙江富阳曹乐天和杨书群两位侏儒艺术家的励志故事，而他正是片中纪录的一人。

曹乐天出生于贫苦农家，他身残志坚，自学绘画。十年磨一剑，在艺术的殿堂里终于找到了自己的人生价值。杨书群也是一位侏儒，同样出身农家，自学书法，在书法艺术上也取得了很大的成就。他俩人成为人们学习的楷模，浙江电视台专门为他们录制了电视纪录片。高平断定此人就是电视节目中看到的曹乐天。他主动上前和他打招呼，并和他攀谈起来。曹乐天为人真诚善良，也洞察世事，他见高平的一身打扮，知道是外地打工的，邀请高平到他家去坐坐。

曹乐天家充满了浓浓的书卷气息，书架上摆满了书，墙上挂着曹乐天的画作。最吸引高平眼球的是曹乐天画的鸟，那宣纸上的鸟，一只只生动灵活，栩栩如生，像真的一样。交谈中，曹乐天对高平的处境深表同情，他拿出五十元钱给高平，对他说："小高，你一个人在外打工不容易，现在陈老板那里还没有发工资。这一点点钱，你平时肚子饿了可以买点东西吃。"高平觉得很不好意思，推辞了很久，最后实在推辞不掉就收下了。离开曹乐天家的时候，曹乐天又随手塞给了他两个大馒头，高平接过曹乐天递给他的馒头，心里非常感动。

有一天傍晚，曹乐天来到高平打工的工地，两人一见面就像老朋友一样聊了起来。曹乐天对高平说："我没想到你住的地方这么简陋，我看你还是搬到我家去住吧！"高平推辞说这样不好意思的，曹乐天说："没关系，人都有困难的时候，相信你也会好起来的。等你有钱了，再去租房子也不迟。"说着就让高平收拾行李。见曹乐天这么真诚，高平收拾了行李，就跟着曹乐天到了他家。

在曹乐天家中住了几日，生活条件得到大大的改善，可高平总觉得过意不去。和曹乐天萍水相逢，人家就好吃好喝地招待自己，这恩情日后怎么报答呢？曹乐天在富阳的一家文物馆上班，每次下班回家一见到高平，就有说不完的话，二人非常投缘。在曹乐天知道高平是一位文学青年后，不但给了他一本厚厚的稿纸，还送给他一支钢笔。

有天傍晚，曹乐天对高平说："你今天回来早，到我书房去坐坐。"高平应答了一声就跟着曹乐天来到了他的书房，他对高平说："书架上有很多文学书籍，你可以随便拿着看，对你写作有帮助的。虽然现在你干的是体力活，但不要放弃自己的梦想。"高平说："我没有放弃，一直在坚持。你这里有这么多的书，我有空就会来看的。"曹乐天说："我小的时候，有一天发现自己长不高了，那时很绝望，有放弃生命的念头。后来爱上了画画，坚持自己梦想，就这样一路走了过来。人只要坚持，都会成功的。"高平说："你一路走来真不容易，叫我碰上你这样的事，还不知怎么办呢？"曹乐天说："我也曾经迷茫过，是母亲的关爱和社会的温暖支撑着我。我现在生活上由母亲照顾，政府还安排了我的工作。"那天晚上，他俩谈了很久……

在陈老板的工地上干了半个月，由于不能按时发工钱，泥瓦匠和小工慢慢地都走光了，工地做做停停。

有一天，曹乐天邀请高平到他县城的家去玩。在他家吃过晚饭，高平独自一个人来到了恩波广场溜达。那天晚上，恩波广场上依然热闹非凡，有唱歌的、跳舞的和练拳的。

高平夹在人群中看热闹，他看到恩波广场的东南边有一群人在那里唱歌，歌声悠扬悦耳动听。高平来到人群中，见有十多个男女聚在一起，像是一个有组织的业余歌唱队。有拉二胡的、拉手风琴的；有唱歌的，唱的基本是革命歌曲；偶尔有人唱越剧，个个都唱得很投入，声情并茂，博得阵阵掌声。

高平站在人群的前排，听得非常入神。不自主地哼了几声，还时不时地鼓掌。正当他听的陶醉时，一位身材挺拔，长相端庄，打扮入时的中年女人来到他的面前，手里拿着话筒对高平说："小伙子，我看你听得那么投入，我想你也是一个喜欢唱歌的人。我们这里是业余唱歌队，自娱自乐，你也可以唱上一曲。"

在老家时，高平有时候是会唱上一曲，但那个时候听众只有玲玲一个人。现在有这么多人听，高平有点胆怯，怕唱不好，他红着脸"嗯"了一声。那女人似乎看懂了他的心思，鼓励他说："没事的，唱吧！我们也是业余的，只要自己开心就好。"在那个女人的鼓励下，高平接过她手里的话筒，唱了一首《送别》："送君送到大路旁／君的恩情永不忘／农友乡亲心里亮／隔山隔水永相望／"虽然是第一次当着这么多人的面唱歌，但高平和着旋律唱得委婉动听，他那浑厚质朴的歌声在广场上飘荡，博得了阵阵掌声。

那天晚上，高平唱了三首歌。走的时候，那位女人又来到了高平的面前，自我介绍说姓洪，是本地人。对高平说："小伙子，你的歌唱得很好听。以后每星期六晚上，如果你有空可以来这里唱歌，丰富自己的业余生活也是挺好的。"

几个月来，失恋的痛苦一直困扰着高平，那天晚上在广场上唱完歌后，他感觉特别的轻松，心情豁然开朗，没想到唱歌能缓解他精神上的压力。从此他对唱歌的兴趣越来越浓。

活跃在恩波广场的这支业余歌唱队，名为"富春红歌队"，是由民间艺人组成的。一年四季，冬去春来，"富春红歌队"一直活跃在小城的街头巷尾，给人们带来快乐。自从第一次参加红歌队演唱后，每周六晚上，有空他就会来恩波广场上唱歌，高平唱的歌曲有《红星照我去战斗》《洪湖水浪打浪》《在希望的田野上》以及《小城故事》等，他的歌声高亢婉转悠扬，总是赢得人们的掌声。他因此也有了粉丝，每次一曲唱完，围观的人们不但掌声雷动，还高喊："再来一首，再来一首！"高平自己唱得也很尽兴。

富阳民风质朴，乡土文化气息很浓。那个年代，农村里有个红白喜事都会请红歌队去演出，乡亲们对红歌队的成员都十分尊重，每次去演出，不但能拿到几十元的报酬，还能大吃大喝一顿，还有人喊他"高老师"，叫得他心里美滋滋的。每次演出前，他们的阵容不亚于正规剧团下乡演出，十余人穿戴整齐，有人扛着队旗，有人拿着演出的道具，浩浩荡荡地向演出的地方出发，一路上欢歌笑语，令人感觉特别欢乐。

在参加唱歌的那段日子里，高平是快乐的。他的歌声播散在富阳农村的山山水水之间。其中演出最多的地方是龙门古镇，龙门古镇隶属富阳辖内，是三国孙权的故里。那里以独特的明清古建筑群而闻名，村后有龙门山，峰峦重叠，气象万千，为富阳群山之冠。

高平每次来这里演出，他的歌声都能打动孙氏的后代。临走时，东家总会送他一些好吃的，高平深感欣慰。红歌队演唱的曲目，雅俗共赏，符合当地老百姓的口味。主持人时而说着普通话，时而说着本地话，引得观众笑声不断。悠扬的歌声和优美的旋律在山村回荡，为美丽的农家注入了新的活力。

因为唱歌，高平结识了红歌队的主持人——洪秋英大姐。洪秋英出生于富阳湘溪镇和山村，是一位从农村走出的县电视台记者，工作之余她喜欢文艺活动。洪秋英唱的京剧《红灯记》，字正腔圆，京味十足，令人佩服。洪秋英不但京剧唱得好也非常有爱心，每次演出，东家给她的东西她都会给高平，让高平十分感动。

有一次在演出途中，高平从口袋里拿出一张《富阳日报》读了起来，正在读自己写的一篇文章《我与曹乐天先生》，正巧被洪秋英看见。她开始还不相信这是高平写的，她说："小高，你这个干体力活的人怎么还会写文章呢？"高平对他说："我从小就喜欢文学，来富阳打工之前我还是家乡《鄱阳报》的特约记者，已经在报纸上发表了很多文章。"在交谈中，洪秋英确认了那篇文章是高平写的，她对高平很敬佩。说："小高，想不到你是一位有才华的文艺青年。我以前是电视台的记者，也喜欢文字，以后我们可以多交流交流。"

有次演出的空隙，洪秋英对高平说："小高，你现在工地上干活忙不忙？"高平说："大姐，现在工地上没什么活干。"洪秋英说："小高，如果你不忙，我想托你做件事。"高平说："洪大姐，你有什么事？只要我能做到的，都没问题。"洪秋英接着说："我父亲是一位基层干部，已经年近百岁，眼看就要离开这个世界了。他一辈子，从旧社会到新中国成立再到改革开放，为社会为儿女们也吃了不少的苦。你文笔好，我想请你把我父亲的人生经历记录下来，让我们洪家世世代代留个念想。你看怎么样？"高平说："大姐，谢谢你对我的信任。我在报纸上虽然发表过一些文章，但还没写过书，不知能不能写好。"洪秋英说："没事的，我看过你在报纸上写的文章，文笔流畅，我对你有信心，你就大胆地写。"洪秋英的话给了高平很大的鼓励，高平说："既然大姐这么相信我，我就试试。"

洪秋英的丈夫张战河是富阳市民政局局长，那天上午，洪秋英把高平带到了她丈夫的办公室。张战河见有客人到来，赶紧给高平让座倒水。洪秋英对她的丈夫说："战河，这就是我跟你提起过的小高，在恩波广场

145

认识的。文章写得好，歌也唱得不错。"张战河回答道："那我今天算是遇到了秀才，非常荣幸！中午我请你到外面吃饭。"高平说："秀才不敢当，我只是喜欢写写。"

中午时分，他们来到了一家名为"春江"的饭店。那是高平平生第一次吃到这么丰盛的午餐，吃了富春江的鱼，还有鱼头豆腐、红烧肉、爆肚及一些新鲜的蔬菜。席间，张战河和高平谈了关于写作的一些事情，张战河说："我岳父已经一百岁了，这辈子吃了很多苦，做了那么多的事，不容易。这本书，希望你能够把他的一生真实地记录下来，这对我们后辈人来说也是一笔宝贵的精神财富。我们也没有特别的要求，只要能达到在报纸上发表的水平就够了。你的稿费，吃住算在一起，总共三万元，你看行不行？"高平说："老人一辈子不容易，他的一生就是一部传奇，把他的经历记录下来可以激励和鞭策后辈人不忘过去的苦难，更加珍惜现在幸福的生活。这件事值得去做的！是有意义的！稿费够我生活就可以了，你们说多少就多少。"张战河接着说："小高，那写作的事就这样定下来了。你的生活我们都会安排好，你安心写作就好了。"高平说："好的，谢谢你们对我的关照和信任。我下午去辞工，明天就过来。"

那天吃过午饭，高平去了太原镇，洪秋英把他送到了车站。在车站，洪秋英递给高平一个信封说："小高，这里有两千元钱，你先拿着，剩下的稿费以后再慢慢给你。"

高平接过那厚厚的信封，心里一阵激动，可马上想到自己一个字都没写，怎么可以要人家的钱呢？于是他把信封又递还给了洪秋英说："大姐，我一个字都没写，不好意思要你的钱，你还是拿回去吧！"洪秋英说："没关系的，你先拿着，一个人在外地打工不容易，生活总还是需要钱的。"说着又把信封塞到高平手里。这时客车正好也来了，高平拿着信封挥手与洪秋英告别。

客车开动了，他还沉浸在激动之中……

一路上他禁不住内心的喜悦，偶尔把手伸进口袋摸一摸那厚厚的信封。自从投稿以来，还没有拿过这么多的稿费。以前在家时，父母总是反对他写作，说他不务正业，不是说浪费了灯油就说浪费了纸墨。如果父母现在知道自己写作能拿到这么多的钱，心中一定也是非常高兴的。况且这只是稿费的一部分，这两千元钱放在家里不但可以解决家中近半年的柴米油盐，还可以用于往来人情的费用。更让他高兴的是，可以不靠体力劳动，堂堂正正地以文人的身份来生活，这是一件多么幸福的事！从富阳到太原，一路上他高兴着、感动着……

第二天上午，高平来到了富阳，细心的洪秋英已把他的生活安排妥当了。他住在一个招待所，生活条件不错，有空调、电视、电话、沙发等，就这样他开始了他的写作。

经过几天的策划，高平对传记的脉络有了一个总体的方案。有一天上午，高平正在写策划，洪秋英和一位瘦高个男人走进了他的房间。刚进门，洪秋英对高平说："小高，这是我妹夫王明亮，从今天开始就由他开车带我们去采访。"高平说："好的，我正好刚刚把策划写完。"说着就拿了笔记本，随着洪秋英和她妹夫上了车。

洪秋英的娘家在新登镇和山村，离富阳市约八十里，是一个美丽的小山村。山清水秀，人杰地灵，历史文化底蕴深厚。"和山不墨千年画，湘水无信万古琴"，这是和山洪氏祖先——明代太守洪钧对家乡的赞美诗句。和山群山环抱，环境优美，宜人宜居，是温柔富贵之地。

中午时分，高平随着洪秋英来到了她娘家。走进洪秋英的家给高平耳目一新的感觉。虽然屋内摆设简单，可收拾得井井有条，亮堂堂的。那天洪秋英的大哥洪国华和她嫂子王兰兰都在家，洪秋英的二姐梅英也在，她常年住在这里，照顾她的父亲。

洪秋英带着高平来到他父亲的房间，走进房间，高平见老人躺在床上。老人很瘦，眼睛里已经没有了精神，面容憔悴，满头的白发，脸上布满了皱纹。那密密麻麻的皱纹像是一行行文字，记录着他走过的漫长人生岁月。老人只是和高平点了点头，按事先商量好的采访思路，高平一边问一边做着笔记。洪秋英的父亲耳朵已经很聋了，不太听得清楚；口齿也不太清楚，不要说普通话，就连本地话也只能说个半句。洪秋英在一旁说着本地话协助高平问问题，然后根据她父亲的回答再用普通话说给高平听，有时还一边比画着手势一边说，采访进行得有点困难。就这样问了一个多小时，满满的记录了七页纸。老人已经很疲惫了，洪秋英等人就结束了采访，让他好好休息。

　　采访结束后，洪秋英的二姐已经把饭菜端上了桌。

　　开饭了，洪国华在饭桌上对高平说："小高，我阿爸这样平平凡凡的人，他身上有什么故事可写的呢？你打算怎么把我阿爸的故事写成一本书？"高平说："你爸爸不容易，活到一百岁，他的一生中走过的岁月就是一部中国近代史。我想把他人生路上的每一步成长，编成一个个故事的章节，把他个人的命运和祖国的命运联系在一起，写你父亲也是写社会的发展和变化。另外，你父亲虽然很平凡，但他一路走来充满艰辛，不管在任何环境下，他都以积极阳光的心态去面对生活，这是难能可贵的。他对儿女的爱，对社会的爱都体现了人性中的美。还有，你阿爸是一位老党员，对党的忠诚，对人民的热爱，这些都是可以宣传的。"

　　听了高平的一番话，洪国华觉得有点道理，但也觉得这些都是纸上谈兵的事，真正要写一本书是不容易的，他心里对高平能否写好这本传记还是有点担心的。高平离开洪家的时候，他看到洪国华把洪秋英拉到一边，叽叽咕咕地说了一些话，高平觉察到洪秋英脸上露出了为难的神色。

回来的路上，洪秋英为难地对高平说："小高，等会儿到了富阳时间还早，我们到富春江边走走，谈谈我的一些想法。"高平回答道："好的。"

暮色时分，高平和洪秋英来到了富春江边，江面一片宁静，苍茫一片，只有冷冷的江风吹过。

洪秋英和高平在江边走了一会儿，洪秋英对高平说："小高，我们找个地方坐下聊聊。"高平点了点头，就在路边的一个亭子里坐了下来。洪秋英对高平说："小高，我大哥对你能否写好传记有点看法。我哥和我不一样，他在部队当过文书，懂得写文章。他觉得会写文章的人不一定会写书，心里没底，你看这事怎么办？"

高平一听，心里咯噔了一下，他对洪秋英说："大姐，是这样的，你大哥这样想我也没办法，要不我就不写了，把钱退给你。只是我用这笔钱买了点生活用品，用了一百多元钱。"洪秋英说："那没关系，如果你真的要放弃写作传记，就把剩下的钱还给我，我再给你两百元路费。"接着她叹了一口气说："你那边的工作又辞了，现在又没有地方吃住……"高平说："大姐，要不你让我试试，我觉得自己的策划写得还不错。我想，等我把前面第一部分写好了，你拿到《富阳日报》或《杭州日报》去投稿看看。如果能刊登出来，就能证明我的写作水平了。到那时，你哥哥也没话说了。"

洪秋英一听，觉得有点道理。开弓没有回头箭，她说："小高，那你就好好写，等写好了前面一部分，我拿给我以前的同事——《富阳日报》的主编童宽生看看。"高平说："这样也好，你们也放心。"接着又聊了一会儿，洪秋英就走了。

高平独自一个人漫步在富春江边，内心难以平静，他深深地感觉到写作的艰辛。一种失落感袭击着他的心，刚刚充满激情的写作就被洪秋英的哥哥浇了一盆子冷水，但高平也懂得文人相轻的道理，只要是金子总会发光的，如果自己写出几篇文章发表在报纸上，让洪秋英和他的家人看看，用事实来证明自己的写作水平。

夜色越来越深，高平迈着坚定的步伐，一步步朝他的住所走去……

几天后，洪秋英来到了高平的住处问起稿子的事，高平把写好的第一个章节"远去的岁月"拿给她看。洪秋英接过高平递给她的稿子，看着那端庄秀丽的钢笔字说："你的字写得真好看，一看就被你的字吸引了。"高平说："谢谢大姐夸奖，字写得也不太好。"洪秋英拿着稿子认真读了起来。读完后，她对高平说："写得很好，没有一些啰唆的话。我读着你的文字，好像回到了那个遥远的年代，看到了我父亲的身影。"

听到洪秋英的表扬，高平心里非常高兴，他说："记录的就是你父亲的人生经历，很真实的。"洪秋英接着又说："小高，我看这样吧！现在你跟我一起拿着稿子到富阳日报社去一趟，把你的稿子拿给我以前的同事童宽生主编看看。童老师是杭州市作协的，现在又是《富春江》副刊的栏目主编，如果他认可并把你的文章在报纸上发表了，我哥哥就没有话说了。"高平随着洪秋英一起向富阳日报社走去。

富阳日报社距高平的住处不远，洪秋英带着高平穿过一条街又拐过一条小巷就到了。

走进童宽生的办公室，正在审稿的童宽生热情地接待了他们。童主编看了高平的文章后对洪秋英说："秋英，这文章写得不错，有条有理，文风质朴，故事的主题思想也很鲜明。"

洪秋英听后脸上露出了愉快的神色，她对童宽生说："童老师，你看小高写的这些文章能不能在报纸上发表？"童宽生说："完全可以发表。虽然写的是你父亲的个人传记，但作为一位世纪老人，你父亲的一生就是一部鲜活的历史。一个平凡的人物的成长，折射出一个时代的背影，是值得宣传的。我看就以《父亲这辈子》为题，分系列在《富阳日报》

的副刊上刊登。"洪秋英说："那太好了！谢谢童老师。"童宽生说："不客气！不用谢我，是因为小高的文章写得好。"

临别时，童宽生送了两本稿纸给高平，他握着高平的手说："小伙子，后浪推前浪，新人胜旧人。好好努力！将来你会在写作方面有所成就的。"接过童主编给自己的两本稿纸，高平的内心倍加感动。

半个月后，高平写的文章不但在《富阳日报》上刊出，还在《杭州日报》上发表。

洪家人对高平的态度也改变了，每次去和山村采访，洪家都非常热情。尤其是洪秋英的大哥洪国华，态度来了个一百八十度的大转弯。每次高平去采访，洪国华都非常热情，还高老师长高老师短地叫着，让高平心里美滋滋的。

正当高平沉浸在写作的快乐中时，因为传记中的一个故事描写不合洪家人的心意，又有点失望了。

这个故事描写的是洪秋英的父亲小时候的一段生活经历，说的是洪秋英的三姑妈洪菊花当时只有九岁，要送给别人家做童养媳。

那天阴雨连绵，洪秋英的奶奶带着五岁的儿了，就是洪秋英的父亲，也是这本传记的主人公——洪正泰，送别九岁的女儿洪菊花。高平在故事里说，洪正泰当时站在轮船码头望着载着姐姐的轮船远去，禁不住流下了泪水。但是洪秋英的家人却说这个故事情景描写不太符合事实，当年他们的父亲还小，不懂人间的悲欢离合，不会掉眼泪的。

高平去采访时，觉察到洪国华没有往日热情，后来才知道就是因为这个情节的描写不符合事情的正常逻辑。高平觉得很委屈，自己也没有把情节描写得太夸张离谱，只是增加了一点感情色彩。

晚上，高平对这个故事的情节重新做了修改。说洪秋英的父亲洪正泰当时是因为看到母亲哭得伤心才跟着哭了起来。后来高平把修改好的稿子交给了洪国华看，洪国华看后觉得这样描写比较符合事实。

洪正泰出生于 1914 年，那时中国的东北被外国势力所控制。日俄两国在东北控制权上的竞争导致矛盾不断升华，在中国的领土上爆发战争。在那兵荒马乱的年月，儿时的他只受了两年的私塾教育。

十六岁那年，为谋求生计他当起了挑夫，用汗水和劳动养家糊口。抗战爆发后他不幸感染了日本侵略者施放的毒菌，打那以后毒魔与他相伴，痛苦与他相依，他的脚一直烂了六十多年。新中国成立后，在党和政府的亲切关怀下，洪正泰凭着他好学上进、勇于拼搏、乐于奉献的精神入了党，当上了干部，选上了省贫农代表、县劳动模范、县人大代表。

随着采访和写作的深入，一个个鲜活的故事在高平的笔下浮现，那段时间，高平写的文章经常在《富阳日报》和《杭州日报》上刊登，写作是艰辛却又快乐的。

出书的那天，洪家人欢聚一堂，大摆宴席，高兴得像过年一样。

那天，洪家的屋檐下挂起了灯笼，放起了鞭炮，四代同堂共二十八人。村里的老队长、老党员、村民代表、亲戚代表及子女代表纷纷发言。他们由衷地感叹洪正泰是一位正直善良的人，为自己想得少，为别人想得多。他虽然是一个平凡的人，但在困难面前从不低头，一步一个脚印，踏踏实实地朝前走。他为人忠诚、朴实、善良，善待邻里、乐于助人，对家庭对社会都是有益的人。

最后轮到高平发言，洪秋英站起来对大家说："各位客人和家人，感谢你们对我父亲作这么高的评价，作为他的女儿，我感到很荣耀。我今天，要特别感谢一位远方的客人，这就是本书的作者，江西作家高平先生。我们先敬他一杯，然后再请高老师讲几句话。"大家齐声说："好！"

洪秋英话音刚落，大家举起酒杯向高平敬酒，高平回敬并向各位表示了感谢。

高平向客人们鞠了一个躬，说道："各位代表亲戚和朋友，感谢你们对我的热情掌声。由本人撰写的《百岁人生》一书，经过数月的采访记录整理，终于汇集成册，同大家见面了。这本书的完成，除了本人的艰辛写作，也得益于洪氏族人的大力支持和帮助。在此，向你们表示真诚的感谢！洪正泰老人的一生是苦难的一生，是奋斗的一生。他从战乱的年代走来，从一位挑夫到党的基层干部，经历常人难以想象的曲折，演绎出一部人生的传奇。在千千万万的老百姓中他是普通的一位，但他为人真诚，心地善良，用平凡的言行折射出中华民族的传统美德，这种精神是值得传承和宣传的。作为洪氏后人，你们要继承发扬他在困难面前不低头的不懈精神，学习他乐善好施、心怀大爱的家国情怀，学习他诚实勤劳的美德，学习他公正无私、不畏强暴的高尚情操。我写这本书的目的，就是传承弘扬洪正泰老人身上的诸多美德，也为他的人生留下一个永恒的记忆！"高平的话音刚落，全场再次响起热烈的掌声。

那天，一直热闹到晚上八点多，客人们才渐渐散去。

随着《百岁人生》一书的完成，高平又要在异乡的城市寻找新的工作，洪秋英夫妇也为给他找工作的事忙碌着。

一封儿时好友的来信，激起了高平对故乡的思念，促使他踏上了回乡的路。有天上午，高平正在房间整理书籍，洪秋英来看望高平，递给他一封信说："你的信寄到了我老公单位，我给你拿来了。"高平接过信，看是儿时伙伴高卫东写来的。

高卫东在信中写道：

平呐！

好久没和你见面了，心中很是想念。前些日子去你家打听你的情况，你姆妈把你写给家里的信给我看了，知道你一切都好，我放心了。也记下了信封上的地址。咱哥俩好久没有说过话了，我想在信里和你说说，一来表达朋友之间的思念之情；二来谈谈我们家乡的变化和我个人今后的一些生活打算。

自从你离开家，我们村里发生了一些变化。罗家冲在村后的山上办起了养鸡场，坝下的鱼塘也被人承包了，村里的养殖户越来越多。我想以后养殖业会带村民走上致富的路，你在养殖方面有经验，回来可以大干一场。

和你姆妈谈天时，我觉得你姆妈也希望你早点回家。你姆妈说辛苦赚钱快活用，在城里走一脚路都要钱的，不如在家，虽然收入少点，但吃饭住房不用钱。再说你也老大不小了，她希望你早点回来，找个合适你的人成家立业，不要老惦记着玲玲，在一棵树上吊死。

总之，你回家有事做，可以挣到钱，有自己的一片天地。等你回来我们一起创业。

高卫东

××××××

几天后，高平告别了美丽的小城富阳，告别了洪家人，匆匆踏上了回家的路。怀揣着似箭的归心，历经十多个小时，他终于回家了。

一年多没有回家，父母见他回来甚是高兴。刚一进门，母亲就拉着他的手说："平呐，你这一走都一年多了，我总是担心你一个人不能照顾好自己的生活。你人老实，我怕你吃亏，你回来了就好。"高平回答道："姆妈，没事的，我这不是好好地回来了吗？你就别担心了，总还是好人多，我这次出门碰到好人，还攒到了钱。"说完拿出一个半新的小公文包，扯开公文包的拉链。母亲看到里面全是钱，喜上眉梢，她问钱是怎么来的。高平说是自己写稿子挣来的，开始母亲还不相信，后来听了高平说了写书的事，母亲才相信。

吃晚饭了，饭桌上摆着高平喜欢吃的鲫鱼、排骨、辣椒炒蛋等等。全家人围坐在一起，他们问长问短，问高平：在外面过得好不好？有没有遇到为难的事？有没有遇到喜欢的姑娘？高平说："出门在外，遇到为难的事也是难免的，但我傻人有傻福，总能遇到好人帮我。"大家一边吃一边说笑着……很久没有吃到家乡菜了，高平狼吞虎咽地吃起来，母亲在一旁一边拍着他的背一边说："平呐，别急！慢点吃，别噎着。"高平一连吃了三大碗饭，吃完打了个饱嗝。母亲看他吃饭的样子，既心疼，又高兴。

饭吃好了，高平控制不住内心的喜悦，拿出公文包拉开拉链，两万多元钱有厚厚的一叠。母亲一张一张地数着，那饱经岁月风霜的脸庞，绽开成了美丽的花朵。在她的眼里，傻儿子其实也不傻，她想到村里人大部分都用力气赚钱，可儿子能用脑子赚钱，觉得这是她一辈子的骄傲。

数好钱，母亲把公文包放进了自己的房间。这时，高平也走进了房间对母亲说："姆妈，我这次回家还想重新养鸭子，一来我有点经验，再说国家也越来越重视养殖业，将来会有钱赚的。这些钱你暂时保管一下，以后我要做本钱的。"母亲一听，马上不高兴了，说道："养鸭子也不一定赚钱，三风四雨的，一天到晚一身泥巴，脏得很。作为年轻人，你要干点体面活，平时穿得干干净净，这样也好找对象。另外，鸭棚也坏了，需要翻修，要花好多钱，万一亏本了怎么办？还有，家里正等着用钱呢！你哥也缺钱，要给他一点，你弟弟要讨老婆，也要用钱，你就先不要想这件事情了。"

高平听了心里不是滋味，正想理论，听到邻居们正在喊他们，有好多人来串门了，高平和母亲都走出了房间。

来了满屋子的人，秋菊大妈、爱松伯、银兰大妈、春年大伯、老五麻子等，屋子里充满了欢声笑语。大家你一言我一语地表扬高平，听了众人的表扬，高平的母亲心里充满了喜悦。

　　母亲拿出高平带回来的糖果分给大家吃，乡亲们坐了一会都走了。

　　高平正欲转身回房休息，母亲来到他的身边对他说："平呐，我刚才跟你说的话，你听进去没有？"高平没有回答母亲，母亲见他不吱声，接着说："你呀！要明白我的一番苦心，养鸭子的苦你还没吃够呀！不要死脑筋，人往高处走，不要老想着养鸭子的事。你这点钱，我只是暂时保管着，以后你如果想派用场，我会用在你身上的。前几天你姨妈来我们家了，说你爹刚退休身体还行，找个事情做可以有点收入。她托人帮忙给你爹找了一个门卫的工作，是在景德镇的一个铁路幼儿园。我看你爹有责任心又有文化，应该没问题，我就答应了。过几天我们就准备过去。你刚好回来了，就跟我们一起去，说不定还能找到一个体面的工作。"高平对母亲说："我回家的计划被你打乱了，一时还确定不下来，我考虑一下再告诉你。"母亲一听，马上不高兴地说："我看你是骨头硬了，不听我的话了。"

　　母亲走了，高平回到自己的房间，想着母亲对他说的话，也不是没有一点道理，也是为自己好。如果还在农村养鸭，就算是养成功了，一辈子也只能安安分分地做个农村人。到城里去闯荡，或许肚子里那点墨水还能派上用场，有一个更好的发展机会，说不定自己的文学梦会早点实现，真的可以"爬格子"去生活，做一个真正的文人呢！那天晚上高平想得很多。夜深了，他才慢慢地闭上了眼。

　　几天后，高平随父母一起来到了景德镇。

　　那天，高平的姨妈到车站接了他们，然后就带着他们来到了铁路幼儿园，接待他们的是幼儿园的于园长。于园长安排了他们的工作和生活。

高平的父亲负责幼儿园的传达室工作，母亲给幼儿园打扫卫生，住在车棚内。

这是一个简易的自行车棚，里面停满了自行车。靠墙的一侧有一间平房，里面除了一张床和一个灶台之外，什么也没有。高益群把行李放在床铺的旁边，叹了口气说："这地方怎么住人呢？又潮湿又阴暗，我干了几十年革命工作，退休了落到这步田地，在车棚里安家落户。"王贞女说："出门在外都不容易，我们乡下人，在城市里有这样的地方住，已经很好了。你不要想太多，好好安心做事。还是当干部的人，没有一点眼光，我们到城市来，赚钱的机会多。再说平呐一辈子待在农村有什么用？他肚子里有学问，在这里说不定会派上用场，会有一个好前程。"

高益群沉默不语，高平在一旁听着母亲的话，感觉母亲虽然没有文化，但还是有点眼光。虽然刚来到城市会吃点苦、受点累，可比待在农村好。对他而言，这里的发展空间是大点，说不定哪一天机会来了，有可能会改变自己的命运。想到这里，他对高益群说："爹爹，姆妈说的话有道理，城市赚钱的机会多点，我们先吃点苦，以后会好起来的。"见儿子也这么说，高益群点了点头，从口袋里摸出一支烟抽了起来……

晚上高益群和王贞女睡在床上，高平把地上打扫干净，铺上草席和被子就躺下了。那天晚上，他们都睡不着，聊了很久。想象着他们的城市生活，直到夜深才慢慢入睡。

日出日落，高平和父母亲就这样开始了城市的打工生活。

父母的生活安顿好了，高平也想去找一份工作。

那天下午，他帮母亲在幼儿园里除草。姨妈王珍珠来到了幼儿园，她对高平的母亲说："姐姐，我今天有个好事要告诉你。"王贞女一听，赶紧放下了手中的活，双手在围裙上擦了擦说："珍珠，这儿说话不方便，我们到车棚去。"见母亲和姨妈向车棚走去，高平跟在她们身后，想看看有什么好事。

　　来到了车棚，王贞女对王珍珠说："妹子，你有什么事赶紧说。"王珍珠说："我知道平呐一个年轻后生在家里吃闲饭你心里急。我托人给他找了一份工作，是送水，你看好不好？"王贞女说："好是好，就是送水要会骑三轮车，不知道平呐会不会。"高平一听忙说："我会骑，技术还不错的。"王珍珠说："那好，我明天就带你去见老板。工资的事，你们自己谈。"

　　那天晚上，母亲烧了几个好菜，王珍珠就在那儿吃了晚饭，走的时候她对高平说："平呐，明天早上十点，你在这里等我，我带你去见老板。"

　　第二天上午，高平和姨妈来到了送水站。

　　送水站距幼儿园不远，老板是个瘦高个，面容很慈祥，好像和姨妈比较熟悉，见了面，他们就像老朋友一样相互打招呼。说了几句客套话，王珍珠对老板说："老沈，这就是我外甥高平，上次跟你说起过的，帮你来送送水混碗饭吃。"瘦高个一听，说："可以，先做做看。"他一边招呼珍珠，一边打量着高平，他对珍珠说："珍珠，你外甥个了不高，身板看上去倒挺还结实，不知道他会不会骑三轮车？"珍珠回答道："会骑，这个我也想到了，已经问清楚了。"沈老板说："那就好，今天我先带他到市里去转转，熟悉熟悉送水的路线和客户，明天就正式上班。"王珍珠说："好的，谢谢老沈的关照。"沈老板说："不客气！只要你外甥好好干，我不会亏待他的。"王珍珠说："这点你放心，我外甥是个老实人，也吃得起苦，做事会听你安排，你肯定会满意的。"

　　王珍珠走后，沈老板给了高平一辆半新不旧的三轮车，让他在门口骑了两圈。他觉得高平骑三轮车的技术还可以，对高平说："你的骑车技术还可以，但也不能大意，城里不比农村，路上来往的车辆多，你可要注意安全。"高平说："沈老板，这个我知道，我会小心的。"沈老板说："今天我带你一下，你要记清楚送水的线路与客户的地址。明天就你一个人上班了，不要弄错了。"高平说："好的，我走过一次，就把它记下来。好记性不如烂笔头，明天忘记了就看一下，就不会出错了。"

就这样，高平骑着三轮车，带了十余桶水，加上沈老板坐在三轮车上，慢慢骑着，感觉有点吃力，不一会儿头上就冒汗。沈老板问他吃不吃得消，高平回答道："还好，就是好长时间没骑三轮车了，有点不太习惯，慢慢地就习惯了。"

下午三点多钟，高平才将所有的水送到了客户家中。此刻，他不但腹中饥饿，两腿也很酸痛。拖着疲惫的身躯，高平骑着三轮车载着沈老板慢慢地向水站骑去。

刚到水站门口，老板娘姜桂花笑盈盈地迎了出来，说："你们回来了，快来吃饭了。"高平把三轮车停放在水站的门口，和沈老板一起吃饭。那天中午，老板娘烧了冬瓜汤、鸡蛋和小鱼，高平吃得津津有味，一连吃了三碗饭。吃饭时沈老板对他说："小高，以后送水就是这样，有时早点，有时晚点，一般不会超过下午四点。"高平说："没事的。"沈老板接着说："小高，你以后每天在我家吃一顿饭，免费的，工资每个月四百块钱。"高平点了点头。

夕阳落下了山冈，高平回家了。那天晚上，睡在床上，他只觉得浑身酸痛，全身像散了架似的。

高平每天早出晚归，忙忙碌碌的。慢慢地，他的腿不酸了，驾驶三轮车的技术也越来越好了，每天累并快乐着……

有一天下午，高平送水归来，沈老板笑嘻嘻地对他说："小高，时间过得真快，这么快就一个月了。今天吃过晚饭，给你发工资。这一个月来，你每天都能按时把水送到客户家中，你吃得起苦。"高平说："沈老板，我能在这里混碗饭吃全靠您关照。"沈老板说："不客气！好好干，干得好还会有奖金。"

晚饭后，拿到了工资，高平看天色还不晚，就跑到附近的商店给父亲买了两包香烟和一瓶景德镇老窖，还买了母亲爱吃的水果，给自己买了两本稿纸、一支钢笔和一瓶墨水。提着满满一袋子东西，他高高兴兴地向居住的车棚走去。

来到车棚，看到母亲正在整理衣服，父亲也在。他把手中的袋子高高地扬了一下说："姆妈、爹爹，我今天买了好多好吃的。"高平的母亲一听，接过高平手中的袋子打开一看，里面有香烟、酒，还有她喜欢吃的水果。她对高平说："平呐，你怎么买那么多的东西？"高平说："今天发工资啦！"说完从口袋里摸出钱递给了母亲，母亲接过钱说："好，我先给你保管着，等你有用时再给你。"父亲见高平买了烟和酒，喜不自胜。他拿过一包烟放进口袋，然后开了酒倒出一碗来，又在柜子里拿出一碟菜，就吃喝起来。高平的母亲见状，忙说："就你嘴馋，喝上了。"高益群笑着说："平呐辛苦一个月了，拿到了工资，我们也该高兴高兴。"王贞女说："你想吃东西总会找到理由。"说完自己也拿个水果吃了起来。

那天晚上，高平和父母快乐了一阵子。他们商量着让高平再辛苦几个月，等赚了钱，有了本钱，就摆个小摊卖水果什么的，这样就不用替别人打工了。

高平原以为送水只能攒点钱，没想到还能为自己搭起友谊的桥梁。

那是一个阳光暖暖的日子，高平送水到景德镇市消防支队。当他抱着一桶水走过一条走廊时，看到一位年轻军官正在出黑板报，黑板报上端庄秀丽的粉笔字吸引了他的眼球。他不由自主地停下了脚步，把那桶矿泉水放到地上，一字一句地读着黑板报上的文字。

正在写黑板报的年轻军官听见有人在读黑板报，转过身来一看是位

160

送水的年轻人，他微笑着和高平打了个招呼。高平一看，这位年轻军官大约二十五六岁的样子，身材高大，长相俊朗，眼睛炯炯有神。交谈中，这位年轻的军官告诉高平，他叫彭贵才，是这个消防一中队的代理指导员，负责队里的宣传报道工作。高平也告诉这位军官，自己也喜欢读书写作，两人感觉十分投缘。

临别时，彭指导员对高平说："兄弟，只可惜你已经超过入伍的年龄了。不然，像你这样喜欢写作的人，如果能投身军营，在部队大环境的培养下，一定会有很好的前途。"高平说："我小时候也有当兵的梦想，可到了入伍年龄，我的身体条件不符合，就这样跟军营失之交臂了。"彭指导员又说："没有进军营也没关系，只要你努力，坚持写下去，到哪里都会成才。"

离开中队的时候，彭指导员对他说："有空你就过来，我们相互交流，一起学习，一起进步。"高平说："好的，我有空一定过来。"

自从结识了彭指导员后，高平时常会到消防中队去，和彭贵才一起读书交流，帮助他出黑板报。慢慢地，他们的友谊越来越深了，彭贵才也成了高平文学道路上的朋友。

那年八一建军节，高平以彭贵才为题材，写了一篇通讯稿《只为那身橄榄绿》，在《景德镇日报》上发表了。文章发表那天，彭贵才拿着报纸来到了高平的住处，兴奋地对高平说："兄弟，你的文笔不错。你写我的文章发表了，我非常高兴。"说完从口袋里摸出一百元塞给高平说道："兄弟，钱不多，你拿着，就当给你改善一下伙食。"高平死活不肯收，说："我们是朋友，写稿也是我的爱好，不用感谢，报社会给我稿费的。再说，你也是值得宣传的人物，为中队做了那么多的事。"彭贵才见高平执意不肯收，说："你一定不肯收，那我就请你吃饭，明天晚上到我们中队来，我请你吃饭。"高平说："好的，那我明天下了班就到你这儿来。"

彭贵才说："那好，明天见！"说完就走了。

第二天傍晚，高平如约来到了消法中队，彭贵才让厨师特意烧了几个好菜。除了彭指导员，还有副排长王波明和文书刘俊一起陪高平吃饭。

开饭了，饭桌上有辣椒炒肉、鱼头、鸡块等，还有啤酒。饭菜散发着诱人的香味，文书小刘打开酒瓶，给每位都倒了一杯。彭贵才端起酒杯，对高平说："兄弟，没有什么好菜招待你，就表表心意。难得我们有缘分在这座城市相遇，成为文学道路上的朋友。为我们的相识和友谊干一杯。"高平也端起酒杯和彭指导、小刘、副排长都碰了一下酒杯，说道："感谢彭指导员的盛情款待，共同的文学情结让我们相识，为我们有共同的理想和追求干一杯。"那天晚上，他们谈了许多关于文学、理想、人生等的话题。晚上八点多钟了，几人才相互道别。

走出军营，高平觉得有点醉，走路恍恍惚惚的。他抬头仰望天上的星星，脑海里浮现出曾经和玲玲一起走过的岁月。他记得，在家乡时，每次文章发表拿了稿费，都会给玲玲买点好吃的，讨她欢心。两人沉浸在成功的喜悦之中。而今，心爱的人离自己而去，只留下一片忧伤的记忆，想着念着，高平的眼里不禁盈满了泪水……

首次向《景德镇日报》投稿就刊登了，这给了高平很大的鼓励，也激发了他创作的热情。那些日子，夜深人静之际，他时常在柔和的灯光下"爬格子"，母亲看到，总是让他不要熬夜。每当这个时候，高平总是笑眯眯地回答母亲，自己会注意身体的。

在那些日子里，散文《母亲》，通讯稿《一个红本本》《矮小的巨人》相继在《景德镇日报》发表，这让他沉浸在创作的快乐之中。

一个普通的送水工多次在《景德镇日报》上发表文章，引起了报社记者的注意。有一天下午，高平下班回家，见一位体形稍瘦个子不高的年轻人正坐在车棚内与母亲聊天。高平刚进门，母亲就对他说："平呐，这是报社的记者，有事找你。"年轻人一看高平进门，赶紧起身，握着高平的手说："你就是高平吧！"高平回答道："您好！你怎么知道我的名字？"年轻人笑着说："我是通过报纸上的文章知道你的。"他接着又说："我叫陈琪，是《景德镇日报》的记者。看到你在报纸上发表的文章，觉得你写的文章很有文采，特意来采访你。"高平说："这多不好意思！"接着说："你怎么知道我的住处？"陈琪回答道："我通过消防一中队的彭指导员知道了你的地址和你的生活情况。一个人在艰辛的生活环境下，还能坚持自己的理想真是难能可贵，我要向你学习。"高平说："您过奖了，我只是喜欢写写而已。"

那天，陈记者采访了高平。在两个多小时的采访中，他记录了高平在文学道路上的成长经历。后来陈记者以《他从乡野中走来》为题，写了一篇长达三千多字的长篇通讯稿，刊登在《景德镇日报》上。这件事在瓷都景德镇引起了震动，电视台记者都来采访了，高平深受鼓励。因为看到报纸上的文章，幼儿园的于园长还奖励了高平三百元钱，铁路居委会也给高平家送来了米和油，鼓励他坚持写下去，这让高平感受到了社会的关怀和温暖。

日子在平静中走过。有一天上午，高平的哥哥从老家带来了四只大公鸡让父亲卖掉，以补贴家用。高平的父亲把其中一只大公鸡卖给了铁路家属区对面一个小吃摊的老板。本来只是件平常的事情，可因为卖鸡他收了一张假钞，引起了一场小小的风波。

那天下午，高平回家见母亲拿着一张一百元钱，指着父亲的鼻子满脸怒气地说："你真是个木头！三亩地都拐不过弯，看都不看就把钱放进了口袋。鸡给人家吃了还不算，还白白倒贴人家几十块钱，真是气死我了。"高平见母亲对父亲大发脾气，就问了事情的来龙去脉。高平一听，也非常气愤地对父亲说："爹爹，你现在就带我到那个小吃摊去，我去把钱要回来。"

　　高益群一听，脸上露出了恐慌的神色，说道："算了，算了，别把事情弄大了，不好收场，就当鸡送给人家吃了。"高平的母亲一听，气不打一处来，说："你怕什么？有理走遍天下，我们又不是去讹诈他，这钱要回来，是正分道理的事。"说着就把高平和高益群推出了门，还说道："快点去，不然他收摊了。"高益群只好带着高平向那个小吃摊走去。

　　摆小摊的是个本地人，瘦高个，约四十来岁。高平到了那儿，问起此事，那人不但不承认，还大发脾气说高平诬陷他，说自己从来不用假钱。高平非常气愤地说："你还是个人吗？自己做的事还不承认，我爸爸这么大岁数了，还会乱说？当初就是你给他一百元钱，其他的都是零钱。"那人说："给一百怎么了？当时为什么不说，我还说你们换了假钱呢！"高平一听，火冒三丈，说："你这人还有没有良心，这样的话你也说得出口，鸡给你吃了也就算了，你把找给你的钱还给我们。"那人鼻子一哼，说："乡巴佬！什么钱！别啰唆，给我滚！"年轻气盛的高平再也压制不住心中的怒火，朝着那个人的眼睛就是一拳，那人"哎哟"一声，双手捂住眼睛，高平一只手又卡住他的喉咙，那人动弹不得。站在一旁的高益群见儿子闯祸了，赶忙掰开高平的手，把高平给推开了。

　　回到车棚，高平跟母亲说了自己打人的事，母亲说："平呐，你打了人家，这事不好交代，我们是乡下来的，斗不过本地人。你赶紧去叫你表哥，把这件事给平息一下。"听了母亲的话，高平走出车棚来到了表哥家，表哥张勇毅听了高平的话，急忙和高平一起来到了那个小摊。那位摊主正想叫人去打高平，见张勇毅带了高平就停了下来。

　　因为张勇毅经常到他的小摊上去吃东西，知道张勇毅在铁路上工作多年，在当地有人脉关系。张勇毅对他说："老王，今天你就认倒霉吧！打你的人是我表弟，你白吃了他的鸡还骗了他的钱，这事就这样扯平了。

你如果还想闹事，我们就到派出所去理论。"听了张勇毅的话，那人不吱声了。张勇毅见他不说话了，就对高平说："走吧！"

虽然打了那个摆小摊的人，出了口气，但高平心里也不是滋味，因为想到母亲又要埋怨父亲了，他回家的脚步变得沉重起来了。

这事就这样平息了，日子照样过，每天上下班。一次次挥洒汗水，一次次憧憬着美好的未来，但生活中的有些小插曲也会改变人的命运。

有一天，高平跟往常一样去送水，途经里安街道，刚想拐进一条小巷，由于三轮车上的水太重，转弯太急，三轮车一下子失去了重心，撞到了一辆自行车。骑车的是一位中年男子，后座带着一位老太太。这位老太太重重地摔在了地上，中年男子倒没事。他立即扶起摔在地上的老太太，见老太太的膝盖摔破了皮，流了很多血。他非常生气，指着高平骂道："你眼睛瞎了，没看到呀！"还要动手打高平。高平一边赔礼道歉，一边向他解释，说不是故意的。然后蹲下来看了一下老太太的膝盖，就是破了一点皮，没有伤筋动骨，老太太走路没问题，讲话也没问题，心想应该没大碍，于是他就对那中年男子说："大哥，这件事是我不好，我转弯太急，没看到你们。是这样的，我看老太太就是擦破了点皮，我身边就一百元钱，都给你。你带老太太去卫生所包扎一下就好了。"中年男子一听，暴跳如雷地说："你打发叫花子呢！你说没事就没事了，要到医院全身检查一下。"这时高平轻轻地嘟哝一句："有那么严重？"中年男子说："你还嘴硬，先让你吃点苦头。"说完举起拳头就要打高平，幸亏经过的路人拦着他。高平一看情况不对，赶紧到电话亭拨打了110。

没过一会儿，里安派出所的民警开着巡逻车来到了现场。那位男子情绪还非常激动，民警觉得一下子也调解不好，就把高平和这位中年男子和老太太带到了派出所。

在派出所，一位年轻的民警为他们分别做了询问笔录。询问笔录做完后，高平问民警怎么处理，那位年轻的民警对高平说："现在已经是中午了，我吃完饭再来处理。"

高平等了一会儿，民警还没来，他觉得有点饿了，想出去吃点东西。刚想出门，年轻的民警来了，说事情还没处理完，不能出去。高平觉得没道理，对那位民警说："凭什么不让我出去吃饭，我又不是犯罪嫌疑人，只是违反了交通规则，我吃完饭就回来。"说着就往外走，民警一把拦住高平说："你不要乱来，这是派出所，我说不许出去就是不许出去！你再不听，我就关你禁闭。"高平一听说："关我禁闭，你凭什么关我禁闭？"

两人正吵着，一位中等身材的民警走了进来。这位年轻的民警一看领导来了，赶紧说："张所长，这小子撞了人，刚做完笔录，事情没处理好，硬要出去，我不让他出去，还跟我吵。"这位领导上下打量了一下高平，觉得这后生年轻气盛，还敢在派出所跟民警争执，一看就知道是个"愣头青"。还没等民警说完，高平抢着说："我又不是犯罪嫌疑人，你们没有权利限制我的人身自由。"张所长对高平说："你也不用跟他吵，你把刚才的这个事情经过写下来，交给我，我看了以后自有处理。"高平回答道："写就写，我又没干什么坏事，还怕你们不成。"说着年轻的民警拿了笔和纸带高平走进了会议室。

高平拿着笔，想起了自己打工路上的种种艰辛和对文学梦想的追求，就以《我的未来仍是梦》为题，洋洋洒洒一口气写了三千多字。当高平把写好的稿子交给张所长时，已经是下午三点了。张所长接过高平写的稿子，一字不漏地读了起来，当张所长读完稿子时，脸上露出了微笑，对高平说："事情的经过你已经写得很清楚了，我会处理好的。看了你写的稿子，我觉得你的文笔不错，怎么会去送水的呢？我看你还是适合做文字工作的。"说着张所长看了一下手表说："哦！已经三点多了，肚子一定很饿了吧！我先带你去吃点东西。"高平就跟着张所长来到了食堂。

张所长给高平买了鱼头和红烧肉，高平狼吞虎咽地吃了起来，张所长在一旁笑着说："慢点吃，别噎着……"高平吃完后问所长，事情怎么处理，张所长说："你今天先回去，明天再来一趟，我会告诉你处理结果的。"

第二天一早，高平就来到里安派出所。张所长一看高平来了，主动与他打招呼说："小高，你来得真早。"高平说："我想早点把事情处理好，好去上班。"张所长说："不急的，事情肯定会处理好的。你先到我的办公室来一趟，我想跟你好好地谈一下。"

高平也没多想，就跟着张所长来到他的办公室。张所长请他坐下。交谈中张所长问了高平的一些个人和家庭情况，高平一一回答。听完高平的回答后，张所长说："小高，有点可惜，如果好好培养你，一定是一个有用之才。说心里话，昨天我看了你写的打工经历很感动。你文笔这么好，怎么去干体力活？我想聘你来派出所做文字工作，平常就做做笔录，写写档案，并负责派出所宣传报道工作，你看如何？"

高平一听，满心欢喜。心想，自己来景德镇打工不就是为了找一份体面的工作吗？但转念一想，自己虽然在当地做过特约记者，但对派出所的工作不熟悉，不知道能不能胜任。他沉思片刻后，对张所长说："张所长，感谢你对我的信任，但我对派出所的工作不太熟悉，怕做不好。"张所长说："这没关系的，你会写就可以了，年轻人适应能力强，很快就会熟悉这里的环境。"见张所长是真心认可自己的能力，高平就答应了下来。

张所长接着说："你来上班后，每月工资四百五十元，在派出所吃两顿饭，周末休息，每次的稿费归你所有。干得好，还会有奖励，这样比你送水强多了。"高平说："好的，我今天去水站跟老板说一声，明天来这里上班。"张所长接着对高平说："小高，昨天的事你不用担心，已经处理好了。我替你给了那老太太三百元钱，也安抚了她，你明天安心来上班就是。"高平连声道谢。

走出里安派出所，高平的心里一阵欢喜。他没有想到母亲的预言这么快就变成了现实，自己因祸得福，找到了一份体面的工作。看来当初选择与父母来景德镇打工是正确的，城市的发展空间毕竟比农村大。为了庆贺自己找到了一份好工作，那天辞工后，高平买了一瓶好酒，还买了几个下酒菜，一路哼着小曲回家了。

母亲见他买了酒买了菜，问他为什么买那么多菜，高平笑着说："姆妈，反正有好事。你别急，待会儿爹爹下班回来我再告诉你们。"母亲说："看来你也不老实，在我面前还装神弄鬼。"

傍晚高平的父亲下班回来了，母亲搬出了小桌子放在车棚外，高平和父母亲围坐在一起，边吃边聊。母亲问高平，今天到底有什么高兴的事？高平绘声绘色地把事情的经过说了一遍，母亲心花怒放，高兴地说："我当初叫你来景德镇没错吧！你看，这么快就时来运转了，找了份体面的工作，你可要好好干。"高平说："好好干那是肯定的，这也全托您的福。"听了高平的话，母亲的眼睛眯成了一条线。父亲平时很少说话，但今天也非常高兴，笑眯眯地说："人家说我儿子有点傻，我看也不傻。"接着又说："平呐，到了派出所，要尊敬领导，听领导的话，团结同志，把工作做好。"高平一边给父亲斟酒一边笑着说："爹爹，你就放心吧！你是老革命，我是小革命，革命人永远是年轻的，我一定会好好干的。"三人边吃边聊，沉浸在快乐和幸福之中……

俗话说三分容貌，七分打扮。到派出所上班的头一天，高平精心打扮了一番，穿了一套干净的运动服，三七开的小分头也梳得油亮油亮的，苍蝇都站不住脚了，脚穿一双擦得发亮的皮鞋，手里夹着一个公文包。刚要出门，母亲望着他的这身打扮，笑着对他说："平呐，今天看你的样子有点像吃公家饭的人，还有点像个当官的。"高平笑了笑说："姆妈，你也拿你的傻儿子开玩笑。"说着就走出了车棚。

那天早上走进派出所，张所长也在，他对高平说："小高，第一天上班很准时嘛！"高平笑着点了点头。

张所长把高平带到了接警室说："小高，你就在这里接接电话，把接警的内容都记在这个本子上，包括报案人姓名和联系方式，以及案情简单经过。如果碰到需要紧急处理的情况，你就及时通知值班民警，一般的情况，你做好记录，下班时把记录的东西交给我就好了。"高平应声答道："好。"

一切交代清楚后，张所长拍拍高平的肩膀说："小高，你好好干，我非常看好你。等以后你熟悉了派出所的工作，我再分配其他的任务给你。"高平回答道："好的，张所长，我尽力做好这份工作，不辜负您的期望。"

在紧张和忙碌中，时间很快就过去了。快到下班的时候，张所长来到了接警室，他问高平一天的工作还顺利吗。高平说："还算顺利，没有碰到大的问题。"说着就把记录本递给张所长看。张所长查看了一下记录说："小高，你工作还算认真，记录条理清楚，基本按照了我的要求记录。"听到张所长的夸奖，高平的心里溢满了喜悦，他回答道："多谢所长的夸奖。"

下班了，高平走在高楼林立的街道上。熙熙攘攘的人群川流不息，霓虹灯不停地闪烁，亦幻亦真，城市的夜晚是如此的喧嚣，高平的心情也被这一热闹的氛围所感染，禁不住一边走一边唱起了歌……

许多年来，一直生活在农村的高平是那么向往城市的生活，他做梦都想跳出农门，成为城里人。那时每次进城卖鸭蛋，看着城里人穿得干干净净的，还戴着手表，他非常羡慕。现在他终于也在城市生活了，还有一份体面的工作。他觉得更要珍惜眼前的一切，一定要加倍努力，说不定哪一天真的能在这座城市有自己的一番天地。

一路上，高平满脑子不停地想象着美好的未来，他一边走着，一边想着，不知不觉就来到了住的地方。

高平很快就熟悉了派出所的工作，能独当一面了。每天接警做记录，凭着对新闻的敏感，他的笔下写出了一个个鲜活的新闻故事。那时，在《景德镇日报》上每星期都会刊登一篇高平写的新闻稿件，为此报社专门为高平开了一个栏目《警方专递》。张所长对高平的工作十分满意，给了他不少支持和鼓励。

有一天下班时，高平正准备回家，张所长叫住了他，对他说："小高，这段时间你辛苦了，今天我请你到外面吃饭，顺便聊聊。"高平高兴地答应了。

夕阳欲坠，最后一缕晚霞湮灭在城市的高楼大厦中，街灯渐渐亮了起来，把城市的夜晚点缀得更加美丽。高平和张所长夹杂在熙熙攘攘的人群中走进了一家餐馆，点了四菜一汤。吃饭时张所长对高平说："小高，你来派出所上班也有段时间了，平日里我也没请你吃过饭，也没跟你好好聊过天，我这个做领导的对你还是关心不够，实在不好意思。"高平说："张所，您言重了，我感谢还来不及呢！您帮我找了这么好的一份工作，每个月都有收入，只是我觉得我的工作做得不够好。"两人相互客套了一番，相互碰杯。张所长接着说："小高，你也不要太谦虚了，你每天的工作我都看在眼里。工作还是努力的，也有才华，为派出所写了那么多的宣传稿，我感到非常高兴。"说完又干了一杯，高平马上也回敬了一杯。张所长接着说："小高，好好干，等我去了市公安局，也把你带去。你这么年轻又有才华，一定会有个好前途的。"那天晚上他们聊了很多……

在派出所工作，高平有时也会碰到尴尬的事情。

有一天上午，高平正在接警室里写材料，民警李来兵把一个三十岁左右的瘦小女人带进了派出所。李警官对高平说："小高，这女人是个惯偷。今天她又入室行窃，被群众举报，被我带回来了。现在我要出去执行任务，你先看住她。等我回来再做询问笔录，你好好看管。"高平应声道："好的。"

李警官走后，高平把那女人带进了办公室，让她老实点，不要乱走。高平刚一转身，那女人突然翻倒在地，双目微闭，口吐白沫，全身颤抖。高平看了吓了一大跳，情况紧急必须送医院，正想叫人，可派出所的人都在外面执行任务。无奈之下，高平只好跟食堂师傅打了个招呼，赶紧抱起那个女人就往派出所外走去。

刚走出大门，一辆三轮摩的迎面开来。高平拦下了摩的，正准备将那个女人抱上摩的，那个女人突然来了精神，一下子就挣脱了高平，拔腿就跑。高平一看急了，赶忙去追，可那女人七拐八拐，一会儿就不见了踪影。

高平垂头丧气地回到了派出所，这时张所长也回来了，他向张所长做了汇报。张所长说："你呀！太善良又没经验，被这个女人迷惑了眼睛。现在事情已经发生了，你也不要太难过太自责了，以后吸取教训，在工作中慢慢有了经验你就能分辨清楚了。至于那个女人，派出所会想办法抓住她的。"高平低着头轻声说："所长，我知道了，都怪我经验不足。"

自从到了派出所上班，高平的生活很忙碌，每天早出晚归的，有时甚至半夜回家，那段日子人也消瘦了。母亲为此发了几句牢骚，对他说："你老是半夜三更回来，那么辛苦，单位又没给你加工资，每个月就这么点钱。再说你又是个临时工，听你小姨讲，临时工干得再好也不能加工资。"母亲的话触动了高平的心。可每当他上班，目睹那些民警为保护社会安宁放弃与家人团聚，忘我地工作时，又深深感动了他。

有一天下午，所里的民警都出去执行任务了，傍晚时分民警们抓了一个贩毒分子带到所里。那人约四十来岁，瘦高个，脚有点跛。那瘦高个一进派出所就被关进了禁闭室，一进禁闭室，他就对高平大喊大叫，一会儿说拿水来，一会儿说肚子饿了，要吃的。并说他是派出所的常客，到这儿来就像到了外婆家，让高平好好伺候着。还恐吓高平说，如果不好好伺候着，等他出去了就要倒霉。

高平一听，非常恼火，怒喝道："你给我老实点，不要乱叫，犯了法还这么猖狂，还敢恐吓工作人员，赶紧给我闭嘴。"那人见高平不理他，又喊又闹，还不停用拳头打禁闭室的门。直到民警李奥回来了，他才住了嘴。高平为此深感气愤，心想这种人狗眼看人低，心里很委屈。

第二天上班时，高平听说昨天被抓的贩毒分子逃跑了，犯罪嫌疑人就这么跑了？！派出所那么严密，那人怎么会逃跑呢？后来食堂的师傅告诉他，那天晚上，那个犯罪嫌疑人谎称要上厕所，溜进厨房砸破窗户逃跑了，高平为这件事还难过了好一阵子。

无巧不成书，十多天后，那犯罪嫌疑人又被高平撞到了，被他逮了个正着。

有个周末，高平休息，和新闻界的一位朋友在街头闲逛。当两人走到天桥下时，高平突然发现有个瘦高个站在人群中，他定睛一看，就是那个犯罪嫌疑人。此刻，高平的脑海中突然一个闪念，绝不能让这个毒贩逍遥法外，说时迟那时快，他飞身向前冲进人群，死死地拦腰抱住那个贩毒分子。贩毒分子防不胜防，吓得面如土色。他扭头一看，原来是派出所那个小子，他一跺脚说："碰到了鬼呀！算我倒霉，落在了你手上。"

高平的朋友赶紧拨打了110，不一会儿，公安人员开着巡逻车把那个犯罪嫌疑人抓到了派出所。那天下午，张所长表扬了高平，并奖励了他。张所长对他说:"小高,你很勇敢,不怕危险,敢抓犯罪分子,这种精神是可贵的。但你以后遇到这种事情,不要单独行动,这样太危险了,要和组织和领导打个招呼。"

自从抓了那个犯罪嫌疑人后,有人说他是大英雄,高攀不上;有人说他愣头愣脑,不分轻重;还有人说他脱离组织,擅自行动,搞个人主义,想出风头……每当高平听到这些话时,心里总是觉得很委屈。

生活中总会有意想不到的事情发生。

有一天,高平正在会议室写稿子,听到所里的民警小俞叫他。高平站起身来,走出会议室,看到小俞带着一位背着相机的男子走了过来。高平一看原来是《景德镇日报》的陈记者,高平迎了上去,握着陈记者的手说:"我们又见面了。"陈记者说:"我听说你在这里工作,我今天特意过来看看你。"高平说:"谢谢!里面坐。"

那天中午,高平在附近的一家餐馆请陈记者吃了饭。两人一见如故,有说不完的话。交谈中,陈记者告诉高平,最近省城的各家媒体都在招聘记者,他对高平说:"你可以去试试,也许那里的舞台更大,更能发挥你的专长。"陈记者的话在高平的心里激起了波澜。

那天晚上,高平激动得一夜都没合眼,他决定去省城应聘。

几天后,高平请了假,带着自己的相关资料,怀着美好的梦想,向省城出发。

那天高平来到省城时已经是下午一点多了,在车站匆匆吃了个快餐就赶往报社。来到报社门口正准备进去,门卫喊住了他,说:"进去要登记的。"高平走进了门卫室,登记时,门卫知道了他的来意,说:"不好意思,你这个文凭是不符合应聘记者条件的。我们是省级报刊,记者的文凭最低要本科。"

高平一听,心里一阵失落,他犹豫了一会儿,对门卫说:"师傅,我赶了几百里路，来这里应聘不容易，你就让我进去一下吧！能不能应聘上不要紧，只要能让我见上报社主考官一面，我就心满意足了。"尽管高平再三请求，但门卫就是不同意。

高平在门外张望徘徊了一阵，最后他灵机一动，到附近的小店买了两包烟塞给了门卫。就这样，他进了报社的大厅。

来到报社二楼，按照排队的顺序高平见到了主考官徐总编。徐总编四十来岁，齐耳根短发，身着职业套装，一看就是位知识女性，她看了高平的作品和简历说："小高，看了你的简历，我觉得你挺不容易的，在那样艰苦的环境下还能坚持自己的梦想。你是个有理想有追求的人，你的作品也写得非常真实，都是真情流露。说明你善于观察生活，是个有心人。写文章就是要讲实话。"

听了徐总编的话，高平非常高兴，说："感谢徐总对我的肯定，当一名记者是我从小的梦想。"徐总编接着问道："小高，你认为新闻是从哪里来的？"高平说："我认为新闻是跑出来的，脚板底下出新闻。"徐总一听笑了笑说："你虽然不是科班出身，但你说得很经典，那你再说一下新闻的五个要素是什么？导语怎么写？新闻背景从哪里来？"面对徐总一连串的提问，高平分别作答。

听到高平的回答，徐总微微点了点头，说："小高，按照我们报社招聘记者的要求，你这个文凭是不够的。但通过与你的交流，我知道你在新闻写作方面有些理论基础。这样，先以我个人的名义给你个机会，初试给你过了，你把电话留下，等我跟报社的领导商量好了，再通知你能否参加复试。"

高平一听激动得心都快跳出来了，他赶紧写下了电话号码和通信地址。

当高平走出报社大门时，突然觉得自己好像融入了这座秀丽的花园城市。想象着日后做记者的美好生活，他心里充满了快乐。可他马上镇定下来了，对自己说："这事还没有定下来，等有了最后的结果再乐吧！"但转念一想，自己多年的努力总算没有白费，得到了专业人士的承认，这是一件多么幸福的事。走在喧闹的街道上，高平的脑海里不停地浮现出美好的生活图景。

回到了派出所，高平像往常一样生活，在平静中等待着远方的佳音。

一天中午，他正在接警，电话铃响了，高平拿起了话筒，线的那端传来一个甜美的声音："您好！请问是里安派出所吗？"高平说："是的。"那人说："请高平接电话。"高平回答道："我就是，请问您是？"那人说："我是报社的办公室主任，我姓王，明天请您来报社参加文化考试。"高平一听，心花怒放，连声说道："好的，好的，谢谢！"

放下电话，高平立即向所长请了假，匆匆回到住处，收拾了简单的行李。走的时候，母亲给了他一百四十元钱，对他说："要参加考试，在外面吃住不要太省，身体好了，脑子才好用，考试的时候才能考得好。"高平揣着母亲给他的一百四十元钱，踏上了前往省城的路。

第二天上午，高平如期参加了报社的考试。考完后，主考官对他们说，今天下午两点左右，在报社一楼会议室公布录取人员名单。

吃过中饭，高平早早地来到了报社，在一楼会议室等候。此时会议室内还没有人，高平找了一个靠前的位置，坐了下来。他闭着眼睛，想休息一下，可脑子里的念头一个接着一个。他想到这次考试有六百多人参加，只录取十七位，自己没有文凭，长相也一般，肯定没什么希望。但他还是很感恩报社给了自己这样一个机会，自己是个"泥腿子"，能与这么多年轻的知识分子为了梦想比拼，也是一件非常幸福的事。即使没有录取，这个过程也会留下美好的回忆。

高平闭着眼睛，坐在椅子上，慢慢地等待着，迷迷糊糊中他听到有人进来，有人出去，有人说话。不知过了多长时间，他感觉好像整个会议室基本坐满了人。这时，他听到有人说时间差不多到了，高平睁开双眼，看到会议室坐满了人。不一会儿，屏幕上就出现了录取人员名单，他定睛一看，有自己的名字。那一刻，他好像做梦一样不敢相信自己的眼睛，多少年的期盼终于变成了现实。

此刻，他觉得曾经的苦难都离他而去，自己将会开启新的人生，激动得热泪盈眶。

离开派出所的那天，张所长送了他一部傻瓜照相机并给了他四百元钱，他握着高平的手说："小高，你来所里也快三年了，写了那么多的新闻稿件，还得了奖，派出所也因此获得了很多荣誉。说心里话，我还真舍不得你走。以后做了记者，遇事要冷静，不要犯个人英雄主义，履行记者的职责是重要的，但你也要顾及自己的安危。"高平点了点头说："所长，感谢您对我的教诲，以后我会注意的。"之后他和所里的民警一一告别。

带着对未来生活的美好向往和亲人朋友的殷切期望，高平出发了，从此他的人生掀开了新的篇章。

高平离开派出所后，他父母也从景德镇回到了老家。

第四章

当上省报记者

期待了多年的梦想，终于变成了现实，"记者"这个神圣的字眼闪光的背后，隐藏着诸多的艰辛。

生活永远是矛盾的，理想和现实总是有那么一段距离，当城市的繁华散尽，高平又选择了回归。

夜幕降临，高平来到了省城，他在报社附近租了一间简单的民房，就这样在这座城市里开始了新的生活。

房东是一位四十多岁的男人，言语不多，看上去淳朴善良。他知道高平是农村来的，特意为他减免了三十元钱的房租。租房很简单，一张桌子，一张床。高平打扫完毕，就铺上了简单的被褥。

晚上开着窗户坐在窗前，望着窗外的星星，他一边想着家乡一边做着成为城里人的梦。

到报社正式上班后，高平被分在民生组，日子充实而又忙碌。有时夜里接到新闻报料也要外出采访，好在报社有一辆专门用于新闻采访的车负责接送记者。

到报社没多久，有天晚上半夜时分，高平正沉浸在美好的梦乡中，手机突然响了，是报社的工作人员打来的。说是火车压死了人，是突发事件，要高平去采访。为了抢到头条新闻，高平迅速起床，匆匆洗刷完毕，乘上采访车前往出事地点。

高平赶到出事地点时，只看到一条红色的警戒线拉着。他站在警戒线的一边望去，火车轨道旁横着一具尸体，地上血红一片，模模糊糊的分不清是男是女。高平心里一阵恐惧。他壮着胆子走上前去拍照，禁不住一阵呕吐，把食物全部都吐了出来。后来在报社司机的鼓励下，他才勉强拍完照。

到租房时天已经亮了，高平感觉浑身不舒服，还有恶心的感觉，人好像生了病一样。第二天，高平将自己拍摄的照片配上简单的文字发到了编辑部。稿件见报了，可效果不好，照片拍得也不好。

那天中午，高平从外地采访回来，徐总把他叫进了办公室，责问他拍照为什么不能走近点，拍得模模糊糊的，采访也没有深入，文字太简单。高平说当时有点害怕。徐总对他说："小高，你是一名记者，应该是彻底的唯物主义者。不要怕神怕鬼，要有社会责任感，如实报道新闻事件是你的责任。如果是战争年代，叫你去当战地记者，在硝烟弥漫、血与火的战场上采访，那你怎么办？"

徐总的训斥让高平低下了头，他沉默不语。徐总接着又说："你这样拍个照写几行字，读者只知道火车压死了人，一点都不知道发生交通事故的缘由，起不到警示作用。你应该拍好现场照片后，去相关部门采访，了解情况。通过专业人士分析发生事故的缘由，提高人们的交通安全意识，杜绝这样的悲剧再次发生，这才是写这篇新闻的目的。"高平回答道："徐总，我还是采访经验不足，以后我会注意的。"徐总接着说："小高，你干记者这一行时间不长，出现这样的情况也在所难免，不过要在失败中总结经验、吸取教训。凡事都是在干中学、在学中干，不要气馁，好好干。"

徐总最后的几句话，让高平感觉到心里暖暖的，走出她的办公室，有一种想流泪的感觉，不知道是感动还是伤心……

从农村来到城市，面对快节奏的城市生活，高平一下适应不了。那些日子，每日黄昏之际，部门的其他记者都下班了，只有他一个人在电脑前敲打文字。高平对电脑的操作不太熟悉，打字特别慢，为此他一直很苦恼。

一天傍晚，高平还跟往常一样坐在电脑前敲打文字，同部门的女记者李菲菲来到他的眼前。菲菲对她说："高记者，还没下班呢！"高平回答道："我字打得太慢，还有一篇稿子没打完。"菲菲说："打字这个活，也急不来，用多了自然就打得快了。我今天下班也没别的事，要不帮你打一下？"高平脸红了说道："李记者，这样多不好意思，我慢慢打。"菲菲说："你客气啥！同事间相互帮助是应该的。"说着就把高平从座位上拉了起来。

菲菲坐在电脑前，用她那纤细的手指娴熟地敲打着键盘。高平坐在旁边看着菲菲，那满头的秀发，精致的五官和专注的眼神，突然觉得她就是某部电视剧里漂亮的女主角。但高平心里非常清楚，菲菲对自己的关心是源于一个女人的善良和真诚，不敢多想。

高平把自己的心留在爱情遗忘的角落，依然努力地向前。

一天中午，高平正在办公室写稿，手机突然响了起来，手机里传来一个女人的声音："是高记者吗？"高平回答道："是的，您是哪位？"那女人答道："姓王，叫金萍，是一家药厂的工作人员。因为怀孕期间被单位下岗，心里感到不公，希望报社的记者给我讨个说法。"

听到王女士的诉说，高平说："王大姐，这事在电话里说不清，您还是来报社一趟。"

第二天上午，王女士来到了报社，高平把她安排在接待室，为她倒了一杯热茶。对她说："大姐，您先喝口茶，歇一会儿，慢慢地把你的情况详细地跟我说一下。"王金萍喝了一口热茶，向高平诉说了事件的始末，她说："我是一家药厂的工作人员，参加工作至今有十多个年头了。因单位采取了竞争上岗、末位淘汰制，我在怀孕期间被单位下岗了。我觉得单位这样做不合理。"王金萍接着又说："下岗后，我曾到妇联等有关单位反映情况。在妇联有关单位的关心下，单位领导同意在我怀孕期间照样给我工资，但是等孩子出生后还是要下岗。"王金萍说着说着眼泪就流了出来，高平安慰她说："大姐，您先别急，您所说的情况我要先核实。另外，你回去后把有关的资料整理一下交给我。"王金萍一听，连声道谢。

当天下午，高平就来到了王金萍所在的单位了解情况，一位姓刘的领导接待了他。刘领导对高平说："王金萍因考试没有合格而下岗，但考虑她还在孕期，就给她发了全额的工资。孩子出生后，单位又给了她一些生活费，让她正式下岗。"刘领导觉得单位这样做没有不妥之处。高平认真地做了记录，采访完毕，起身告辞。刘领导握着他的手说："高记者，你调查清楚后，好好做做王金萍的思想工作。希望她理解我们的做法，好好生活。"高平说："我会站在客观公正的立场上写好这篇文章。"说完向门外走去。

高平走在路上，想着这件事公说公有理，婆说婆有理，要想弄清楚谁是谁非，只有采访专业的法律人士。

第二天一大早，高平找到了省城的一家律师事务所，采访了一位姓胡的律师。胡律师根据《劳动法》的相关条例告诉高平，劳动者不能胜任工作，经过培训或者调整工作岗位后仍不能胜任工作的，用人单位可以解除劳动合同，但应当提前三十天以书面形式通知到劳动者本人。女职工在怀孕和哺乳期间，用人单位不能解除劳动合同。两天后，高平写了一篇名为《怀孕期间考试成绩没通过，被迫下岗是否合法》的通讯稿在报上刊登了。

看到报道后的王金萍向劳动仲裁委员会提起劳动争议仲裁，委员会正式受理了她的申诉。王金萍申诉后打电话告诉了高平。高平对她说："伸张正义，维护真理，是我们做记者的职责。你要相信党和政府，相信法律的公正，希望你能得到一个合理的说法。"

迫于舆论的压力，二十多天后，王金萍所在的单位终于妥协了，同意她上岗。王金萍最终拿起了法律武器维护自己的合法权益。

有一天上午，高平正在写稿，门卫打来电话说有位三十多岁的女人带了一面锦旗要送给他。

　　高平到楼下一看是王金萍，她拿着锦旗，一见高平马上迎了上去说：
"高记者，感谢你的帮助，我已经上岗了。"说完向高平鞠了个躬，双手
奉上锦旗。高平接过锦旗说："大姐，我只是做了记者应该做的事，这样
多不好意思。"王金萍说："你顶着压力为我写稿，为我讨回公道，我打
心里感谢你，这点心意请你收下。"高平说："大姐，要不到办公室坐一
下再聊。"王金萍说："我就不去了。"说完就走了，高平把她送出了大门。

　　那天下午，民生部开会，部门朱主任表扬了高平，说高平能够为普
通老百姓说话，是位勇敢而有良知的记者，值得大家学习。他鼓励高平
继续努力，把工作做得更好。听了朱主任的表扬，高平的心情特别激动。

　　高平第一次受到了报社领导的表扬，内心非常喜悦。晚上回到宿舍
夜已经很深了，高平还是没有睡意，脑海里想着尽管记者工资不高，有
点苦有点累也没编制，但他觉得能为老百姓说句公道话，感到非常的幸
福，为自己是一名记者而倍感荣幸。夜色越来越浓了，月亮慢慢地躲进
了云层，高平躺在床上慢慢进入甜美的梦乡。

　　日子一天天过去，转眼到了年底，报社策划了一个《爱心桥》栏目，
主要目的是关注社会弱势群体的生活冷暖。

　　为了写好这个栏目，部门朱主任召集了民生组的记者开会。会上，
朱主任说："各位记者，年关将近，为了体现社会主义的优越性，表达党
和政府对弱势群体的关爱，我们民生组策划了一个叫《爱心桥》的栏目。
要求用你们手中的笔记录他们的生活，特别关注他们如何过年。年前我
们民生组的记者要深入到贫困户家中采访，了解他们的生活现状，如实
客观地报道来引起社会的关注。春节期间要追踪报道，大年三十安排记
者去采访。你们谁能放弃与家人团圆去完成这个任务？"朱主任刚说完，
高平主动请缨说："朱主任，过年我不回去了，年三十留下来采访。"朱

主任说："好！小高，那就辛苦你了。希望你能深入生活，认真把稿子写好。"高平回答道："朱主任，我会尽力的，您放心吧！"高平的话刚说完，刘旺、童晶晶等几位记者也主动要求大年三十留下来采访。

日历翻过了一页又一页，转眼就是大年三十，那天早早吃过年夜饭，高平来到了报社。

刚走进报社的一楼大厅，朱主任就迎了上来，他握着高平的手说："小高，年夜饭吃了吗？"高平说："吃过了，正准备去采访。"朱主任说："辛苦你了！"说完从口袋里拿出一个红包交给高平说："这是报社领导的一片心意，请你收下。还有，今天下着大雪，路不好走，注意安全。"高平接过朱主任的红包，说了声："谢谢！"

鹅毛般的大雪纷纷扬扬地从空中飘落，地上铺满了雪，厚厚的软软的。报社郎师傅肩挑一担箩筐，里面装着礼品和鲜花。就这样，高平和郎师傅行走在风雪中……

高平敲开贫困户陈小凤的家门，一进门就被一种新年气氛包围了。简陋的客厅打扫得干干净净，客厅的茶几上摆着花篮和水果，那花篮上贴着一个"春"字。电视里飘出悠扬的歌声，正在播放精彩纷呈的春节联欢晚会，陈小凤的两个女儿不时地发出欢快的笑声。

陈小凤接过高平送给她家的鲜花和礼品，激动地连声说："谢谢！谢谢！"高平问道："陈大姐，今天过年好不好？"陈小凤说："今年过年特别高兴，我比往年多买了一些年货，年夜饭也多烧了四个菜。还给女儿买了新衣服，为她们准备了压岁钱。虽说我们家是个不幸的家庭，但有党和政府和这么多好心人的帮助，相信困难总会过去的。"

听了陈小凤的话，高平说："陈大姐，你身残志坚，勇于向困难挑战，你是坚强的。你也是幸运的，生活在这样的一个好时代，你一定会战胜困难，慢慢会好起来的。"

在交谈中，陈小凤还告诉高平，目前她家里的处境仍很艰难，自己行动不太方便。她的丈夫去年又出了车祸，左眼几近失明；小女儿患有先天性心脏病，每月要上医院做治疗；大女儿因为肠梗阻做了大手术，用去了很多的医药费。虽说学校都为她们免了学费，可全家四口人仅靠丈夫每月三百元的低保收入难以支撑。陈小凤说她打算过了年，向亲朋好友借点钱做点小本生意或找个合适自己的工作，总要想办法自食其力。

陈小凤的一番话让高平心里沉甸甸的，他说："大姐，你的想法是对的，别人的帮助是需要的，自立也是需要的，做人是要有自强不息的精神。"陈小凤回答道："高记者，你说的是，党和政府对我们残疾人已经非常关心，我们也要尽量自食其力，减轻政府的负担。"陈小凤还告诉高平说："自从报纸上说了我们家的困难后，得到了社会上好多好心人的帮助。一位不愿透露姓名的大姐捐了五百元钱；我们所在的居委会也送来了米和油；还有好心人送来了水果和礼品，还打来祝福和问候的电话。"陈小凤接着又说："我真心感谢这些好心人的帮助，也感谢报社领导和记者对我们全家的关心。"陈小凤的真情话语深深地打动了高平的心。那天晚上，高平走出她家门的时候，他在心里默默祈祷，祝福陈大姐一家平安幸福……

走出陈小凤的家，高平和郎师傅又行走在风雪中。那天晚上，深入到贫困户家中采访，那些贫困家庭的痛苦和不易时刻牵动着高平的心。他想如果社会上有更多的人伸出援助之手，关注弱势群体的生活冷暖，他们生活会更加幸福一点。同时也感到作为新闻工作者所肩负的社会责任。深夜采访完毕，他拖着疲惫的身躯慢慢踏上了回家的路。

刚到宿舍，手机响个不停，那些采访对象送来的真诚祝福使高平心里很是感动。他没有睡意，在柔和的灯光下，采访对象的一个个熟悉的面容在他脑海中鲜活起来。高平含着泪水，铺纸提笔写下了故事的第一个标题——《陈小凤，今年过年特别高兴》，高平在题记中写道："地上没有不朽的岁月，爱心染绿了生命的荒凉……"

年后上班第一天，一到报社，徐总编就宣布了一件令高平振奋的喜讯。徐总说："各位记者编辑，今天新年上班的头一天，春回大地，万象更新。在这个美好的季节里，我们报社也迎来了喜事。去年报社招聘的几位记者，春节期间都奋战在新闻第一线，他们的稿件将在这个春季分系列刊出。他们用他们手中的笔关注普通百姓的生活冷暖，弘扬时代的主旋律，这种敬业精神是值得赞扬的。经报社领导研究决定，从今天起，高平、刘旺、童晶晶等人从见习记者转为正式记者。让我们用最热烈的掌声向他们表示祝贺。"徐总边说边鼓起了掌，大家也跟着鼓起掌来。徐总接着说："希望这些同志再接再厉，以最准、最真、最快的速度写出更好更多的新闻作品，不辜负记者这个神圣的职业。"

那天，高平沉浸在幸福和喜悦之中……

晚上，高平写好稿子，走出宿舍，在小店买了一瓶啤酒和一包花生米，自斟自饮起来。夜色渐浓，他陷入了往事的记忆里。想起这么多年来为了追求理想付出的艰辛终于有了回报，而今当记者的梦想也变成了现实，趁着酒兴，他越来越兴奋。那一年高平家中还没有电话，为了把这一喜讯告诉父母，他提笔向远方的父母报喜。

高平在信中写道：

亲爱的父亲母亲：

当我提笔给你们写信的时候，我正沉浸在成功的喜悦之中。告诉你们一个好消息，我已经通过了见习期，成为报社的一名正式记者了！此刻我内心的喜悦难以言表，回想自己在农村生活的日子，双亲为了把我们几个兄弟姐妹抚养成人，吃了那么多的苦，受了那么多的累，而今我们一个个长大成人，可你们却都慢慢老去了。感恩双亲这么多年来为我们所付出的一切辛苦。

记得刚出校门时，因为家中缺少劳力，经济收入有限，叫我养鸭子以补贴家用。但是，母亲知道我身单力薄，除了叫我养鸭子舍不得让我再干繁重的农活，这使我有更多的时间读书写作。虽然你们对我所喜爱的读书写作不是十分理解，但毕竟还是心疼我的，我想如果没有二老对我的帮助和支持，我是不会有今天的。过去，母亲总觉得深夜读书浪费灯油，为此我们争吵过。现在想来觉得对不起母亲，我不该和母亲顶嘴，其实白天放鸭的空隙也可以读书的。对不起，永远感恩！

做了省报记者后，我的人生掀开了新的篇章，每天采访奔波在城市的大街小巷。和各种各样的人打交道，我感觉这个世界真大，城市的生活真美好。报社给每位招聘记者有保底工资，另外就是要记分得工资，基本上每天要完成两篇稿子才能达标。所以工作也十分紧张，每天除了吃饭睡觉就是采访写稿。尽管平时有些累，但我还是觉得快乐，每一天都充满着希望。

我在这里一切都好，请你们放心，等下个月发了工资，我会给家中寄点钱。我争取多写稿多赚钱多寄钱回家，争取在这座城市扎下根。等条件好了，我会接你们来省城走一走，看一看。我打算等春暖花开的时候回家一趟。因时间关系，今天就写到这里。祝二老和家中的亲人一切都好。

儿：高平

××××××

日子像风一样吹过，半个月后，高平接到父亲的回信。

父亲在信中写道：

平：

    你的来信收到，当我得知你成为正式的一名省报记者时，内心十分激动，第一时间把这个好消息告诉你姆妈。你姆妈得知此事后，也感到非常的高兴。她对我说，"想不到我们家的儿子写来写去还是写出了名堂，写到省里去了，写出了一个金饭碗。看来是我们祖上显灵了，这下不愁娶不到媳妇了。"

    以前你在家的时候，你姆妈总是反对你写作，认为那是不务正业的事，耽误时间又浪费金钱，村里人的风言风语，也使我们受了些委屈。说心里话，虽然那时我没有十分反对你写作，但心里也不是十分赞成。心想，我们家世世代代都以种田为业，哪有一个当官做秀才的。我虽有点文化，参加了革命工作，可生在农村长在农村，一辈子还是脱离不了农村，土地是我们老百姓的命根子，离开了土地，是难以生存的。那时我总在想，你不要把太多的时间投入到读书写作中去，当作一种爱好就好了，你应该做的事是种好田养好鸭子，有了经济收入，娶个媳妇成个家，延续我们高家的香火。想不到还真写出了名堂，跳出了农门，到大城市当了记者，这是我们祖上积德，是光宗耀祖的事。你要努力下去，将来会有个好前途的。

    我年轻的时候，也当过家乡报的通讯员，知道写稿不容易。在外面要照顾好自己的身体，有机会我和你姆妈会来看你的。不要急于为家里寄钱，先把自己的生活安排好。

父亲
××××××

读着父亲发自内心真挚的文字，泪水在高平的眼中打转。

父亲的来信勾起了高平对故乡和亲人的深深思念……

那段日子，工作的空隙，高平的脑海时常浮现出故乡的影像，想家中的父母和亲人。自己离家一年多了，父母肯定也老了许多，他很想回家看一看。

那天上午，高平来到了徐总的办公室说出了自己的想法，徐总听完后说："好的，你春节都没有回家，是要回家看看，那就给你一个星期的假期。"高平说："谢谢！"

从报社出来后，高平直奔商场，为父母买了鞋，为哥哥妹妹买了衣服，还买了很多水果糕点。

黄昏时分，高平到达了县城，又换乘三轮车回到了村里。刚到村口，就有很多乡亲上来和他打招呼，使高平感到很温暖。就连放鸭子时和他吵过架的连贵也主动和他打招呼，还说了许多表示歉意的话，那口气好像是怕得罪了高平这位从省城来的大记者似的。

到家了，父母特别高兴。母亲接过他的行李说："平呐，过年你都没有回家，我和你爹都很想你，还特意留了你喜欢吃的腊肉和干鱼还有冻米糖。"高平说："好的，在外面吃不到家里的菜，待会我要好好地吃一顿。"

高平从背包里拿出了给父母买的新鞋让他们试试。高平的母亲穿着新鞋笑得合不拢嘴，她对高平的父亲说："我们家的傻儿子还有点孝心，买了这么好看的鞋，穿着又舒服。我舍不得穿，留到做客时再穿。"高益群说："嗯，你这双鞋真好看，我这双鞋穿得也舒服。"高平的哥哥和弟弟妹妹在一旁也试着新衣。大家吃着水果，欢声笑语充满了整个屋子……

开饭了，高平家好像又重新过了一个年，母亲炒了一桌子好菜。邻居们听说高平回家了，也都过来看看。爱松大伯、春年大伯、义才大哥、银菊嫂都来了。高益群招呼大家坐下，从柜子里拿出一瓶饶州酒，挨个给大伙倒酒，自己也倒了一杯，斟满后对大家说："大家难得到我家来吃顿饭，不要客气，只是菜不太好。"春年大伯说："有这片心意就好了。"

　　大家边吃边聊，春年大伯显得特别高兴，几杯酒下肚后他说："想不到平呐天天在纸上画来画去，还画到省里当了大官，我们高家村也算出了一个有用的人。"坐在一旁的高平听得脸红了，他说："大伯，你弄错啦！我没有当什么大官，我是到省里写稿子的，就是把自己写的文章发表在报纸上给别人看。"春年大伯说："那报纸贵不贵？多少钱一张？"高平回答道："只有几毛钱一张。"春年大伯一听，一瘪嘴说："怎么搞的！这么便宜，还抵不上我到镇上买一斤猪肉的价格呢！"大家一听哈哈大笑。高平解释说："大伯，报纸的价值不在于卖多少钱，而在于他的新闻价值和文化价值。"春年大伯说："你别文绉绉的，我也听不懂。不过看你这次回来皮肤也白了，人也精神了，我很高兴，看样子你过得还好。"接着又说："平呐，你在省里做事，身份高了，以后不要忘记我这个做大伯的。有事要你帮忙，你就得帮忙。"高平说："大伯，你放心吧！我还是老样子，变不了。"春年大伯说："变了你就不是我们高家的子孙。"

　　大家你一言我一语地说笑着。义小说："平呐，听你爹说，你在省里的'爆'社工作，我以为报社是造鞭炮的，还想等你回来跟你一起去打工呢！想不到你说是写写画画的，这事我做不来，我大字不识一个，看来这事是沾不上边了。不过你那边有没有做力气活的，如果有的话给我介绍一个，我也想到外面赚点酒钱。"高平说："好的，我给你留心着。"大家正谈得兴起，玲玲的父亲高旺来了，他好像做错了什么事似的，不敢看高平一眼。高益群招呼高旺坐下，高平为他倒上一杯酒说："老师，你来了。"高旺说："听说你回来了，我过来看看。"正说着，高平母亲从厨房出来了，她说："高旺老弟，今天是什么风把你给吹来了。"高旺说："我过来看看平呐，好久没有见到他了。"王贞女说："难得你这么有心。"

坐在一旁的高平怕母亲说出风凉话，抬头望了母亲一眼。王贞女看着儿子的眼神，领会了儿子的心意，没有继续说下去。

高旺坐了一会儿，他端起酒杯对高益群说："益群哥，当初玲玲和平呐好上的时候，我和玲玲的姆妈都反对，现在看来我们当初的想法是错误的。四只脚走路的猪是不会改变的，两只脚走路的人是可以改变的。风水轮流转，平呐这孩子还真争气，写来写去写到省里当了记者，是我们高家村人的光荣，我家玲玲没有这个福气。"说完就举起酒杯和高益群碰了一下，一口干了。高益群说："老弟，玲玲没有嫁给我们家平呐，那是他们没有夫妻缘分，这不能怪你们。你也不要难过了，过去的就过去了。你难得到我们家来一趟，我们喝酒。"说完回敬了高旺一杯。坐在一旁的高平听到高旺提到玲玲，心里很难受，他沉默不语，默默地喝了几口酒。

那天晚上快到十一点钟的时候，邻居们才慢慢地散去。

夜深了，家里人都睡了。高平一个人悄悄地推开门，在院子里散步，门外的月色依然皎洁，如水一般柔和。蔚蓝的天幕上闪着无数星光，院子附近的菜地传来蟋蟀的叫声，打破了夜晚的宁静。高平在院子里来回走着，脑海里浮现了一幕一幕的往事。他想起以前养鸭子的艰辛，想起和玲玲一起在老学校约会的情景，想起以前养鸭子时村里人对自己的歧视，心里百感交集，现在自己的身份变了，人们的眼光也变了。

人的一生总在路上，在故乡和家人短暂的相聚几日后，高平又回到了报社，投入了紧张的工作中。

刚到报社，高平就接到了一个特殊的采访任务：暗访一个传销组织。

那天上午，经过报社暗访组的精心策划，安排高平打扮成一位农民工模样，深入传销团伙窝点去暗访。

出发前，高平穿着一双黄球鞋，一身破旧的衣服，头发乱蓬蓬的，脸上故意擦了点灰。所带的行李只有一只蛇皮袋，里面装着简单的洗漱用品，还有几件换洗的衣服和一本计工分的小本子。当高平以这种形象出现在报社同事们的面前时，徐总连声说道："像！太像了！"部门朱主任说："本身就是农村来的，骨子里还是农民，看上去本分厚道。"朱主任握着高平的手说："小高，到了地方先发个信息报个平安，说话做事都要谨慎，不要露出破绽。要注意安全，保护好自己，我们等你的消息。"高平说："朱主任，你放心，我会见机行事的。"

　　高平从省城长途车站上车，向目的地挺进。一路上他心里忐忑不安，虽然刚才在领导面前表现得很镇静，其实内心还是有点害怕的。他想起了同事们谈起过的一件事，一个同行暗访时，因露出破绽被人打死了。想到这里，他的心缩紧了一下，但又马上想到一位记者的责任，就是要伸张正义、坚持真理。不入虎穴，焉得虎子。一个念头下去，一个念头又上来了，想到自己刚刚转正，要做出点成绩，为了有一个好前途，冒一点险也是值得的。他暗示自己，只要小心谨慎，一定没事的。想到这里，他又增添了几分勇气，一路上，他的思绪随着滚滚车轮一路向前……

　　经过几个小时的行程，按照新闻报料人提供的地址，高平来到了距省城一百多里的一个小村子。

　　下了车，高平就拨打了报料人提供的传销团伙的电话，电话里传来一个娇滴滴的声音："您好！您是哪位？"高平说："您好，请问您是刘总吗？"那女人说："是的，我就是刘总。"高平说："我姓张，前天在职业介绍所找工作，看到你这里在招聘学员，我就过来了。"那女人忙说："你现在在哪里？"高平说："我就在村子里的小店旁。"那女人说："你不要走动，我马上派人去接你。"

　　高平站在村前的小店旁等了约二十分钟的样子，一个三十多岁的男人走到他的面前，对高平说："你是来参加培训学习的？"高平回答道：

"是的。"那男人说："那就跟我走吧！"

那人自我介绍说他姓肖，是培训公司的副经理，也是农村来的。自从他跟着刘总（刚才接电话的那个女人）后，现在发财了，在城里买了房买了车，日子过得很滋润。言下之意就是刘总是他的贵人，改变了他的命运。

他们拐过一条小巷，又拐过一条小巷，终于在一个屋子前停了下来。自称肖经理的男人对高平说："小张，这是我们公司的临时培训基地，以后的培训基地在北京，正在建造中，我们进去吧！"高平和那位男子走进了一间屋子，只见不大的屋子里坐了二十多个男男女女，台上站着一位黄头发打扮入时的女人，她手里拿着一个产品，正情绪高昂、满怀激情地在介绍产品。见有新人进来，这些男男女女们都鼓起掌来，齐声喊道："欢迎！欢迎！热烈欢迎！"喊完后，大家齐刷刷地都做了"剪刀手"，喊了声"欧耶！"屋子里不是很亮堂，不太看得清每个人的脸。台上的黄头发女人朝高平点头示意了一下，肖经理对高平说："台上站着的就是我们公司的老大——刘总，等培训完她会给你讲一下培训制度及合作情况，你先在这儿听课。"说着就示意高平坐下，自己也坐了下来。

黄头发的女人又在台上讲了十多分钟，伴随着热烈的掌声结束了培训。她来到高平身边，握着高平的手说："小张，先到我办公室去坐坐，我们聊聊。"

高平跟着黄头发的女人走进了另一个房间，这房间很简陋，除了一张破旧的办公桌和几把椅子之外没有别的。黄头发女人说："因为时间关系，我们临时找了这么个地方办公，这么简陋，实在不好意思。"高平说："没关系。"高平就在她对面的椅子上坐下。她简单地问了高平一些情况，姓名、家庭地址，以及来这里参加培训的打算和目的，高平一一作了回答。

黄头发女人说她所创办的药业公司成立至今已经有十四年的历史了，在全国各地有七十多家分公司，公司生产的产品不但可以医治各种疾病，还可以抗癌，市场供不应求，前景一片光明。高平问道："刘总，是什么产品？有那么好的疗效。"黄头发的女人说："这是商业机密，现在不能告诉你，等你加入了培训自然就知道了。"黄头发的女人又说："为满足全国各地广大客户的需求，目前公司需要招聘一批业务员推广这种产品。公司要求严格，业务员必须要有文化、有责任、肯吃苦、反应快、营销能力强，是能适应市场需求的人。"高平一听忙问："刘总，你看以我这样的条件能不能加入呢？"那女人说："你的条件也不是最好，但经过我们的专业培训，我相信你肯定会做好的。刚好我们现在新开发的地区需要四名业务员，不过择优录用。你好好培训，一旦被公司录取，每月有一万元的保底工资，还有百分之三十的提成，在外面跑业务吃住都报销。"

　　高平一听心里暗想，有这么好的事还要藏在这么偏远的农村？这个念头一闪而过，他马上镇定下来，装着迫不及待的样子说："刘总，我从农村来，找份工作不容易。如果我能成为你们公司的业务员，我一定不会忘记你的恩情。"接着，黄头发女人说："按公司的培训制度，每位学员在参加培训前要交五千元的培训费，这五千元包括了学费和食宿费。"高平装得十分为难的样子说："刘总，我家经济收入有限，拿不出那么多的钱。你看能不能稍微给我便宜点？"黄头发女人满脸不悦地说："能找到这么好的一份工作，连这点钱都不肯出，那就算了。"高平说："刘总，我看你也是个善良的人，就看在我从几百里地远的农村来这儿找工作的份上，你就帮帮我，给我减免一千元，你看行不行？"黄头发女人沉默了一会儿说："要不这样吧，我去跟肖经理商量一下。"说着就走出了房间。

　　大约过了半个小时的样子，黄头发女人回来了，一进门她就笑呵呵地对高平说："小张，刚才我和肖经理商量了一下，肖经理人很善良，也和你一样是农村来的，特别理解你。你先拿四千元，我给你补上一千元，等你做了业务员，拿了工资你再还给我。"高平一听，装得很激动的样子起身说："谢谢刘总！谢谢刘总！"黄头发女人手一摆说："小张，不用客气！"

黄头发女人让高平拿出现金，说马上可以参加培训。高平说："刘总，我身边没带那么多现金。"黄头发女人一脸不高兴地说："你出门怎么不带钱呢？"高平说："我只带了路费，不知道找工作还要这么多的本钱，要不这样吧！我打电话叫我大哥从银行里直接转账给你，你看好不好？"那女人一听说："那你要快点，名额有限，到时候录取了别人，你可别怪我。"高平心里觉得好笑，她怎么把别人的智商看得那么低，但他表面上还是装着很感恩的样子说："刘总，你放心，我会以最快的速度叫家里人打钱过来的。"高平对黄头发的女人说："刘总，那我现在就到刚才的小店里打个电话，叫家里赶快汇钱过来。"

黄头发女人眼珠一转说："你刚来，不熟悉这里，我叫肖经理陪你一起去。"高平和姓肖的就走出了那个屋子，朝村里的小店走去。

来到小店，高平拨通了家里的电话，用家乡话在电话里说了几句就挂了，姓肖的问道："你和家里人说好了。"高平说："说了，我哥哥一会儿就会骑车到镇上去打钱。"姓肖的一听笑了。

两人正当要转身离去，高平突然捂着肚子说："肖经理，可能我水土不服闹肚子，想上茅房。"姓肖的说："这里没茅房，你忍忍，回去再说。"高平捂肚子，"哎哟"叫了一声说："不行！不行！再忍就要拉身上了。"说着就一溜烟向小店后面的树林跑去，姓肖的也跟着跑了过去。高平在距姓肖的二三十米的地方蹲了下来，然后从裤袋里快速地摸出手机，向朱主任发了信息：我已深入传销窝点，请速报警。

姓肖的在一旁问道："好了没有？"高平应了一声："好了。"说着就站起身来，装着系裤子的样子走出了小树林，和姓肖一起往回走。

那天黄昏时，黄头发女人正在屋里做产品分享，门外响起了急促的敲门声，姓肖的以为又来了新人，马上去开门。一开门，十多个人闯了进来。为首的一位身材高大，一进门就大声喝道："都别动！我们是公安局的。"屋子里的人都吓得尖叫起来，抱头鼠窜；有的想逃跑，公安人员围上去一个个把他们摁住。惊魂未定的黄头发女人和姓肖的此刻方才惊醒，在被押上警车的那一瞬间，他们回过头来狠狠地瞪了高平一眼。

第二天上午，高平一到报社朱主任就表扬了他，说他能吃苦，勇敢机智，为民除害。朱主任走后，高平开始写稿。坐在电脑前，传销窝点的一幕幕情景在他的脑海里浮现，他本想写一篇消息稿，简单报道一下传销组织被公安机关摧毁的事件，但他觉得这样太过简单，后来还是写了一篇通讯稿：《以高薪为诱饵，骗你入股，传销组织宰你没商量》。

第二天此稿一登出，很多上当受骗的市民打来电话，赞扬记者揭露传销组织的勇敢行为，高平为此感到很高兴。想到自己刚到报社时，采访火车压死人时的情景是那么胆小，不敢正视事发现场，也没有深入采访，本来一篇很好的社会新闻就写了百来个字。如今通过报社大环境的洗礼，自己终于能胜任记者这一职业，为此他感到非常欣慰。

记者这个职业充满着挑战，为了完成写稿任务，高平每天奔波在城市的大街小巷，风里来雨里去，没有一天空闲，有时他也会因完不成写稿任务而深感不安。记者的生活节奏太快，真有点招架不住。

那年秋天，高平在外地采访时，接到了在某城报社工作的好友刘大许的电话。刘大许告诉他，他这两天在省城，想和高平聚聚。高平接了电话，采访完后就匆匆赶回了报社。

中午时分，高平赶到报社时，刘大许早已在报社大厅等候多时。见了高平，他赶紧迎了上去握着高平的手说："老弟，你回来了。"高平说：

"我采访完就赶来了。"刘大许说:"你做记者后我还没来看过你。"高平说:"你老兄是大忙人,今天怎么有空来?"刘大许说:"今天我是来省文联取证的,去年我申请加入了省作协,现在批下来了。"说完从口袋里摸出会员证给高平看。高平接过那小本子,非常羡慕地说:"刘哥,你现在是作家了,真了不起。我也想加入作协,但也不知什么时候能实现我的理想。"刘大许说:"有了证,不等于是作家,还要努力,写出更多的作品才能对得起这个称号。你只要努力,加入作协也不难的。"高平说:"为了生存,我现在所有的精力都在写稿上了,离文学梦越来越远了。"

两人客套了一番,高平说:"刘哥,我们先去吃个便饭。"说着就走出报社大厅,朝附近的一家餐馆走去。

开饭店的是一对乡下夫妻,烧的是地道的农家菜。高平点了两荤三素,要了两瓶啤酒,和刘大许边吃边聊。刘大许说:"老弟,当初你养鸭子的时候,你就喜欢写写。那时我以为你只是把它当作业余爱好,想不到现在你和我一样也成了记者,专靠文字吃饭,干我们这一行不容易啊!你能走到今天,我真为你感到高兴,我们干一杯。"说着举起酒杯和高平碰了一下,接着他又说:"我和你一样,都是靠写作走到城市的,我们都没有靠山。唯一和你不同的是我考取了师范学校,是国家分配的有编制,工资比你高一点,相对来说,生活压力要轻一些。"高平说:"是的,编制内和编制外确实不一样。我们报社有编制的记者,跟我们合同工记者工资待遇也有区别的。像我这样没有文凭的人,想要有编制也很难。"交谈中高平还告诉刘大许,现在生活压力也蛮大的,每月的工资除了房租还要寄钱给家里,省城的消费又高,有时到了月底,真的生活都有点困难了。再说写稿任务也挺重的,有一天稿子没见报,心里就慌慌的。

刘大许说:"老弟,生活不易,但记者还是个非常体面的职业。如果你家里经济条件好一些,给你一点帮助,就会好很多了。你现在顶着经济压力还每天写稿，确实太难了。"高平说："是的，照这样下去，要买房娶媳妇也不知要到猴年马月了。虽说是一名省报记者，但在这座城市里，也没有属于自己的一片天地。准确地说，自己还是一位城市的漂泊者。也许只是一个过客，未来的归宿，还不知道在哪里。"刘大许安慰他说："老弟，别太难过，只要坚持，慢慢都会好起来的。我刚做记者时也很困难，后来慢慢地就好起来了。"那天中午，他们谈了很久才依依惜别。

日子在繁忙中一天天走过，每天采访写稿，每天都在努力着，可结果并不像高平想象中的那么如愿。有时脑海里就会跳出一连串的念头，他想有一个安定的环境，有一个没有压力的职业，有让自己吃上粗茶淡饭的日子……可这样的日子，曾经不是拥有过吗？不就是因为当时不安于现状才走到了今天吗？命运弄人啊。

有一天，高平采访归来，记者菲菲跟他说徐总让他去一趟办公室，徐总有事找他。高平问道："徐总有没有说什么事找我？"菲菲说："徐总没说，你去一趟就知道了。"高平说："好的，我马上去。"

来到徐总的办公室，徐总对他说："小高，每天在外面采访很辛苦吧！坐下说。"高平回答道："还好，这么多年也习惯了这样的生活。"徐总接着说："你来报社也有年头了，可我们每天都在忙着自己的事，也很少坐下来谈谈。"高平说："是的，你们做领导的都很忙，我们没事一般也不来找你们。"徐总说："我们同事这么多年了，有时就跟朋友一样，有什么事可以相互沟通。"

徐总的话让高平感到温暖，徐总接着说："小高，你感觉记者这一行适不适合你呀？"徐总的话让高平感觉有点困惑，怎么聊起这个话题？高平赶紧回答道："我觉得还好，这么多年也习惯了。"徐总说："记者这工作就是节奏快，做新闻要反应快，笔头勤，善观察，这样才具备一个新闻人的素质，才能在新闻工作的这条道路上走下去。"

徐总的这番话让高平觉得更迷茫了，问道："徐总，我有什么地方做错了吗？"徐总说："你没有做错事，就是这个月你没有完成写稿任务，作为领导很为你担忧，因为报社的制度你是知道的，如果连续三个月没有完成写稿任务是要辞退的。另外，没有完成写稿任务，这个月就拿不到全额工资，只有一点保底工资。我知道你家里条件不好，经济上有压力，可是报社有这样的制度我也没办法，你要加油！"

听了徐总的话，高平心里真不是滋味，其实他来之前心里也有预感，因为这个月稿子见报不多。担心的事终于发生了，自己没完成写稿任务，不但生活和工作受到了影响，还让领导操心。可现实是那么残酷，自己尽了最大的努力，还是不能改变现实，高平沉默不语。

徐总说："你这个月不能拿到全额工资，生活上可能会有点压力。我个人先支持你一点，等你下个月完成了写稿任务，拿到全额的工资再还给我。"说着徐总就从口袋里摸出四百元钱给高平，高平说："我自己会想办法的，这样不好意思。"徐总说："你有什么办法？家里也不能支持你，我看你还是拿着吧！缓解一下暂时的困难，下个月可以还我的。"高平见徐总是诚心诚意地帮他，就收了下来。

走出徐总的办公室已是暮色时分，同事们也都下班了，高平整理了一下白天的采访记录，走出了报社。

走在闪烁的霓虹灯下，望着城市的万家灯火，高平心里升起了一股乡愁，他想起故乡的亲人，仿佛看见母亲在厨房内忙碌的情景，又好像见到父亲骑着自行车的身影。经过多年的努力，好不容易实现了儿时的梦想，可现实却和理想的距离越来越远。虽然每天生活在城市里，可越来越觉得自己像一颗浮萍，没有根基，整天在飘荡。

入夜，喧闹了一天的城市慢慢恢复了宁静。高平在街上走着，突然想喝酒，他来到一家小店，点了瓶白酒和两个小菜，自斟自饮起来。

抽刀断水水更流，举杯消愁愁更愁。随着酒温的升高，高平的思想也翻腾起来……

夜已深了，高平也快把自己灌醉了，在老板的催促下，他一摇一晃地离开了那家饭店。在离开前，从未抽过烟的他向老板要了一支烟。他一边走一边吸着烟，内心的愁绪也随着口中吐出的烟雾，慢慢地飘散在黑色的夜幕中。

在以后的日子里，高平为了获得更多的新闻线索，他放弃了午休时间去接听新闻热线，他守在电话机旁，因为打新闻热线的读者是不分时间的。除此之外，高平还跟以前一样，不管刮风下雨，总是背着相机奔走在大街小巷，用脚去跑新闻，用眼睛去发现新闻。但有的线人提供的线索不具有新闻价值，街面发现的社会新闻价值也不大。尽管如此，高平还是努力着，每一天都怀着美好的希望生活。

岁月如歌，冬去春来，一晃又过了一年。这年的腊月二十九，高平回家过年了。

傍晚时分，高平到家了，母亲已经烧好了饭菜，一家人坐在一起边吃边聊。不知不觉就聊到了高平的婚事。母亲对高平说："平呐，只打了个转身又过年了。我和你爹都六十多岁的人了，人老了图什么？就想儿女早点成家立业，抱抱孙子孙女。可你现在还是光棍一个，想到这里，我心里就难过。这么多年了，你在外面都没有跟一个姑娘好上过。想来想去，我估摸着你心里就是惦记着玲玲那个妖精。你就是个死脑筋，在一棵树上吊死。"

母亲越说越激动，看着母亲生气的样子，高平连忙说："姆妈，你放心，等条件成熟了，我会给你带个儿媳妇回来的。"王贞女说："我看这事有点难，除非你把玲玲忘了。你这个人跟一个女人好上了，就要一辈子，何苦呢？"高平的哥哥接过母亲的话说："我看你就是我们村的老光棍'朝二哥'，想一个女人要想一辈子的。在你眼里只有玲玲最漂亮最能干，我看玲玲不就那个样，有什么好的。"

高平听了哥哥的话也不作声，王贞女又说："这些年，我是好了名声，肚子里空，碰到我的人都夸你有出息，做了大记者。我看这记者也是好了个名声，又没钱赚，到现在连老婆都没娶上。你看人家卫国，和你同岁，他的儿子都五岁了。"母亲一边说一边叹着气。

高平看着母亲伤心的样子，心里也很难过，他安慰母亲说："姆妈，你不要难过，儿孙自有儿孙福。我自己的事会安排好的。做记者确实不容易，但不是每个人都有这样的机遇，我一个农村人，又没文凭，能当上记者是很幸运的。现在暂时困难点，我觉得都会过去的，我会有个好前途的，你别为我太操心了。"

高平的话给了母亲一些安慰，母亲说道："这样就好，我就怕你明年还是一个样，一个人回家过年。你挑三拣四的，我看叫你带媳妇回家是太阳打西边出来了。不管三七二十一，我再给你一年时间，明年你再不带来，我给你找一个！我们村生友的女儿兰香，我看挺好的。年纪比你小六岁，个子高，白白胖胖的，也念过初中。她姆妈跟我一起洗衣服的时候经常说起你能干。兰香也说了，她从小就喜欢你。她家要求也不高，只要你对人家女儿好就行了。"高平说："姆妈，我知道你心里急，是为我好，可我对她没有感情，你总不能拉郎配吧！"王贞女说："别跟我说没用的，你明年还是这个样子，我就给你做主了。"

母亲的话说到了高平的痛处。这些年来，他内心深处其实一直都没有忘记人生最初的那份爱，虽然玲玲已为人妻为人母，可高平对她的依恋却始终没有改变过。在高平心里，任何女人都不能替代他和玲玲之间的感情，在茫茫人海中，他虽然也有过和女性接触的经历，但总是掀不起他内心的波澜。他常常这样想，就让这份爱陪伴他走完这一生吧！可每当看到母亲和家里人难过的样子，高平也深感自责，觉得对不起他们。

在家过完年，高平回到了报社。

高平依旧日复一日地写新闻，过着机械的生活。为了完成写稿任务，他没有时间读书和文学创作。在流逝的时光里，他和美丽的缪斯女神越来越远了。高平脑海有时会产生一些想法："还是回家乡找一份工作好，凭着这几年省报记者的身份，一定会找到一份体面的工作。工作之余还可以搞搞创作，这样离自己的作家梦或许会更近一些……家乡虽然工资低点，但不用租房，经济上压力会少很多。"这样的想法在高平的脑海里时常会出现……

严格的报社体制，击碎了许多年轻人的梦想。因为写稿任务重和经济上的压力，随着时光的推移，那些同高平一起被招聘进来的年轻记者们慢慢都离开了报社，另谋生路。有的做了老师，有的在政府或企业做文秘工作，各自在人生舞台上展示着自己的才华。同事们的离职，让高平离开报社的念头越来越强烈了。

一个春日的上午，高平刚到报社，同事菲菲走到高平身边。高平见她脸色不好，眼圈红红的，感觉有点不一样，问道："菲菲，你今天怎么了？"菲菲说："我今天递了辞职报告，马上就要离开报社了。我们同事多年，平常就像兄弟姐妹一样，还真有点舍不得。不过也没办法，该来的要来，该去的也要去。"高平说："你要离开我没想到，我觉得你平常干得挺好的。"菲菲说："我已经两个月没有完成写稿任务了，还有一个月，我怕也完不成。与其等到时报社辞退我，还不如先提出辞职。我想，既然不适应这份工作，也不要勉强撑下去。找一份合适自己的工作，也许是件好事。做记者是我小时候的梦想，如今梦想实现了，虽然不能延续下去但经历了，同样是美好的。"高平说："是的，人生的经历都是一笔财富，曾经拥有过了，就不必伤心。希望你以后的人生道路会越走越宽。"菲菲说："谢谢你的祝福，也同样祝福你在新闻写作的道路上，越走越远。"

　　几个月后，一个细雨蒙蒙的早晨，带着对新闻工作的依恋，带着对同事们的牵挂，带着对过去岁月的深深怀念，高平带着简单的行李踏上了归乡的路。

第五章

重返故园

　　经历了城市的漂泊，高平又回到了农村。他的心慢慢平静，调整人生的航向，重新出发。

　　在家乡，他遇到了一份意想不到的情感，但还没来得及感受爱情的甜蜜，却又受了伤害，这迫使他再次远离故乡。

带着简单的行李，高平回到了家乡。

　　冬日的暖阳依旧，母亲见他回来，一边帮高平整理衣物一边说："平呐，想不到金饭碗，我们就要泥饭碗。就在家种种地、养养鸭子，积点钱娶个媳妇，老老实实地过日子。"

　　听着母亲的话，高平沉默不语，心里沉沉的……

　　刚回家的那些日子，高平很少出门，怕在路上碰到熟悉的乡亲，问他为什么不做记者了，他不知该怎么回答。做记者回家探亲时，是那么风光，好多乡亲跟他说话时好像都仰视着他。如今又回到了农村，不知乡亲们会用怎样的眼光看他，想到这里，高平心里有点难受。

　　有一次，父亲向他提起乡政府正在找一个写文章的人，有人提议让高平去当乡党委秘书。可高平觉得工资太低，再说他也放不下架子。当记者时，到乡政府采访，党委书记都要陪着自己吃饭，如今去当秘书，还要听他们指挥，高平觉得别扭不想去。

　　一天傍晚，高平一家人正在吃晚饭，高平的大舅舅王顺正来了。见大弟弟来了，王贞女炒了几个菜，高益群和大舅子边吃边聊起来。

　　王顺正对高益群说："姐夫，平呐这次回家我看也不是坏事。凭良心说，靠他那点工资，想在大城市里生存下去太难了。城里的生活开销大，要租房、坐车，一个月下来也没剩多少钱了。平呐在家找点事情做，就算工资比城里的低一点，但不用租房，钱都能攒下来。"

　　听着大舅子的话，高益群说："回来就回来了吧！就是现在找事难，郎不郎秀不秀的，农民不像农民，秀才不像秀才的。在省里做了几年记者，再让他干体力活养鸭子也让人笑话；轻快一点的活，工资又不高；做生意，他的脑子又不够用。"说着就叹了口气。

王顺正说："姐夫，你别难过。平呐在省里做了这几年记者，在我们方圆几十里的地方，还是有点小名气的。我同事老孙去年创办了一家私立学校，学校一位语文老师突然离职了，现在正需要一位语文老师。我向孙校长提起过平呐，孙校长对平呐还有点了解，他说他以前经常在报纸上看平呐写的文章，还是很欣赏他的。"高益群说："我觉得当老师不错。"高平说："我也觉得当老师不错的，受人尊敬还有寒暑假。就是我没做过老师，怕教不好。"王顺正说："这个你不用担心，教学相长，平时多学习，多向同事们请教，慢慢就会了。"高平说："那我就去试试看。"

几天后，高平的大舅舅王顺正捎信来，说孙校长叫高平到学校跟他见个面。

高平跟孙校长见面后就定下了这件事，还谈好了工资待遇。前三个月的试用期为每月一千元，试用期满后是每月一千八百元。另外，每次月考成绩合格奖励一百元，伙食费每月一百元，学校提供住宿，每两周休息三天。

高平终于找到了一份还算满意的工作，那些日子，他的心也平静了。

舅舅为他借来了初一初二的语文教科书，还有一些辅导资料。高平每天都在学习、做笔记，在盼望和憧憬中走过严寒的冬季，迎来了春暖花开的日子。

元宵过后，他去了学校，从此踏上了新的人生征途。

高平任教的学校，名为"龙头山私立中学"，离高家村有六十多里地，因为学校建在龙头山腹地而得名。

对龙头山的由来，还流传着一个传说。在很久很久以前，龙头山一带连年发生大旱，庄稼颗粒无收，百姓背井离乡，逃荒要饭。玉帝知道此事后，就招来北海龙王训斥他是如何管风管雨的。北海龙王回禀道："是为臣的三子管理这一带的风雨，犬子没有好好履行他的职责，我要好好地教训他，令他立即降雨救灾。"可北海龙王的三子因贪恋酒色又忘记降雨了。玉帝为此大怒，后将北海龙王的三子压于山下。年年岁岁，也不知过了多少年月，龙王三子的身躯慢慢融入了这座山。从此，人们远远望去，整座山脉仿佛一条龙静卧在那里，龙头山的名字由此而来。

那是一个细雨连绵的黄昏，高平和舅舅来到了龙头山中学，孙炳春校长热情地接待了他们。

王顺正对孙校长说："老孙，我们同事多年，我的外甥就是你的外甥，你可要多关照点。"孙炳春说："放心吧老王！年轻人安心工作，好好干，一样会有好前途的。"接着孙校长又介绍了学校的一些情况，目前学校有六个班级——两个七年级、两个八年级、两个九年级。教师基本上从社会上招聘来的，半年下来，教学质量也得到了学生和家长的认可。

晚上高平在宿舍里整理衣物。孙校长来了，高平连忙搬来椅子让孙校长坐下。孙校长说："高老师，房子小点，床铺也不是很好，让你住这样的地方实在不好意思，等以后我们学校发展了，会有更大的更好的宿舍。"高平说："没有关系，能住就行了。"孙校长笑着点了点头又说："我和你舅舅同事多年，就像兄弟一样，按辈分你还要叫我舅舅呢！"高平说："是的，在我心中您就是长辈，但在工作中我还是叫你校长好些。"孙校长说："那是当然，但生活中你可以把我当舅舅一样看待，有什么困难你就跟我说。"高平回答道："好的，谢谢孙校长。"孙炳春接着说："高老师，你从来没当过老师，第一次走上教师岗位，对教学工作有没有把握。"高平说："寒假里我都做好了准备，阅读了初一初二的语文教科书，还做了许多笔记。平时还经常向我舅舅请教，虽然没有正式上过课，但我心里有把握。"高平的回答让孙校长很满意，走的时候拍了拍高平的肩膀说："长江后浪推前浪，一代新人胜旧人，好好努力，相信你会教好学生的。"

孙校长走后，高平心想，这个孙老头也太小瞧我了，我大风大浪都经历了，做过省报记者、派出所宣传干事，文章写了那么多，难道这几个学生还教不好吗？高平稍微整理了一下衣物就熄灯睡觉了，期待着一个新的黎明到来。

开学的前一天，全校召开了全体教师大会。孙校长宣布了学校新调整的作息时间，也介绍了高平给老师们认识。

孙校长说："各位老师！时间过得很快，新学期又开始了。新的学期，新的起点，我们也迎来了一位新老师——高老师。我代表全体教职员工欢迎高教师的到来。"孙校长话音刚落，高平就从座位上站了起来，向围坐在会议桌前的老师们点头微笑一下。孙校长说："请高老师自我介绍一下。"高平说："各位老师，大家好！我叫高平，是高家村人，很高兴能和大家认识，很荣幸能成为你们的同事。我原本是做记者的，以前没有做过老师，教学经验不足，请各位老师多多关照。"孙校长说："高老师以前是省报的大记者，很有才华的。相信他一定会把班级带好，希望各位老师在生活中相互关心，工作中相互学习，共同提高。"孙校长说到这里，停顿了一下，喝了口茶清了清嗓子接着说："学校要发展，要提高知名度，教学质量是关键。在今后的教学工作中，各位老师要一门心思扑在教学工作上，齐心协力，把学校的品牌打造出来，让龙头山中学的名字在全县打响，乃至走得更远。接下来，请各位老师谈谈你们的想法。"

孙校长的话刚讲完，老师们纷纷发言。教导主任王英发首先发言，他说："我们虽然是私立学校，但管理制度一定要向好的公办学校看齐，各科目老师课余时间要多钻研教学业务，不能打麻将。没有特别的事不能请其他老师代课，对学生的作业要认真批改，不能马虎。从这学期开始，每次考试的成绩都要上榜公布，奖罚分明。"

初二的数学老师余金青也发了言，他说："老师最好都要戒烟，戒不了的，课堂上绝对不能抽烟，这样不但影响老师的形象也影响学生的身心健康。"接着高平也发了言，他说："承蒙各位老师的信任，让我担任七年级和八年级的语文老师，我深感责任重大。在此之前，我从未做过老师这一职业，但我深知现代教师不仅需要渊博的学科知识，还需要终身学习的能力。在今后的教学实践中，我会努力进取，不断学习，用新的知识来充实自己，用科学的方式教学，引导学生在知识的海洋里乘风破浪，扬帆远航，问渠哪得清如许，为有源头活水来……"高平充满激情的发言，调动了会场的气氛。教师们纷纷议论，毕竟是搞文学的，做过记者的，肚子里有学问，同事们一边赞扬一边鼓掌。

高平发言后，校长做了总结。孙校长说："各位老师，明天就要开学了，希望你们以饱满的热情投入到教学工作中去，努力提高教学质量，最后祝大家身体健康！生活幸福！"会议在轻松愉快的气氛中结束。

第二天清晨，太阳还未从梦里醒来，学校的广播就响了，学生们洗刷完毕匆匆跑向操场，排起长长的队伍。

今天是开学的第一天，学校举行了隆重的升国旗仪式。随着雄壮的国歌声响起，鲜艳的五星红旗迎着初升的太阳徐徐升起。升旗仪式完毕，孙校长发表了热情洋溢的讲话。

各位老师，亲爱的同学们：

大家好！

春暖花开，桃红柳绿，在这梦想飞扬的季节里，我们又迎来了新的学期。在这里隆重举行开学典礼，这不仅仅是一种欢迎仪式，更是同学们茁壮成长，展翅飞翔的新起点，在这里我代表学校，代表全校广大教职员工，向同学和老师们表示热烈的欢迎！

孙校长说完，鼓起了掌，学生们也跟着鼓起了掌，操场上响起一片热烈的掌声。

孙校长接着说："刚刚过去的一学期，全体教师表现了锐意进取、勇于创新的精神，遵循'一切为学生，为了一切学生，为了学生的一切'的理念，勤奋耕耘，爱岗敬业，为提高学校的教学质量，提高学校的知名度付出了辛苦和努力，让我们再次以热烈的掌声向在过去一学期里，为教学工作辛勤付出的老师表示感谢！"

操场上再次响起了热烈的掌声。

最后孙校长说："同学们！面对新学期新挑战，你们要更加努力，希望你们凡事从认真开始，认认真真读书，认认真真做作业，认认真真做人。"孙校长说到这里，停顿了一下，问台下的同学们能不能做到？操场上的学生齐声回答："做得到！"响亮的声音在操场上回荡。

大会结束后，预备铃响起。在孙校长的陪同下，高平拿着课本、教案和粉笔盒来到了七年级的教室。

站在讲台上，望着台下一双双稚气的眼睛和一张张白净的少男少女们的脸，高平觉得好像时光倒退回到了十多年前，重温了一段中学时代的美好岁月。

孙校长说："同学们！新学期我们班来了位新老师——高老师，今后高老师就是你们的语文老师，也是你们的班主任。希望你们要尊重高老师，在高老师的教育下，努力学习文化知识，将来成为对国家对社会对家庭有用的人才。请同学们以热烈的掌声欢迎高老师的到来。"孙校长说完，教室内响起了热烈的掌声。

孙校长走后，高平做了自我介绍。

开始讲课了，从朗读课文到词语的解释，高平正在用心地讲课，一位女学生捂着肚子来到他的面前说："老师，我肚子疼，要上厕所。"高平看着她满脸焦急的样子，没有考虑，赶忙说："快去！快去！"女生走出教室后，接二连三地就有学生捂着肚子喊肚子疼，要上厕所。高平怕他们拉在身上，就都让他们上厕所了。下课时，高平一看教室里只剩下一半人了，望着空荡荡的教室，他的心里也空荡荡的……

第一天上课，就遭到学生捣乱，高平心里很不是滋味。以前觉得教几个学生，凭自己的文化水平，那是轻而易举的事，但事实并非想象的那么容易。孩子们正处青春期的叛逆阶段，他们这是在试探新老师的底线，给自己一个下马威。怎样管理好班级，和孩子们融合在一起，高平在脑海里思索着……

那天黄昏，高平来到数学老师余金青的宿舍，请教教学管理方面的问题。余老师从事教育工作三十多年，有着丰富的教学经验，在高平眼里，他就是教师队伍中的前辈。

高平走进余老师的宿舍，正在批改作业的余老师停下了手中的笔，高兴地说："高老师，这么难得，来，这边坐。"说着就搬来椅子让高平坐在他的旁边。高平说："余老师，我是来取经的。"余老师说："你客气了，我们互相学习，有什么事，你说吧？"高平坐下后向余老师说了上课时的情景。余老师一听，说："高老师，你刚进入老师的角色，不懂孩子们的心理，这叫'跟风'。上课时有一个孩子要出去，其他的孩子也会跟着要出去，这样就会造成课堂混乱的局面。"高平说："我当时也觉得不太对，可又怕我不同意，他们真的拉屎拉尿拉在裤子上了，那怎么办呢？"余老师听了笑了说："不会的，不会这样的，孩子们又不是今天第一次做学生，这点还不懂，他们这是在给你下马威呢！你被孩子们忽悠了。"余老师说："你第一次和学生打交道，发生这样的事情很正常，以后注意就是了。"高平点了点头。余老师接着说："上课时，对孩子们要有威严。这个威严主要通过眼神来体现，用眼睛巡视学生的目光不能太温和，要犀利威严。孩子们看到老师犀利威严的目光，就不会调皮做小动作，课堂纪律就不会乱。"那天余老师对高平讲了许多教学经验，使高平受益匪浅。

韶华飞逝，日子在一天天走过。在高平的努力下，七年级的课堂纪律有所好转，但也会有学生在上课时递纸条、打瞌睡、交头接耳等，更让高平苦恼的是还有学生半夜翻墙逃走。

有一天早读，高平发现班上少了四位同学——王小宁、单丹、刘楠、计大国。高平心里一阵恐慌，因为学校是寄宿制学校，学生晚上是睡在学校的，昨天值班老师没有向高平反映他们班的异常情况，说明在值班老师查岗之前孩子们都还在的。早上不见了，有两种可能，要么睡过头了，这会儿还在寝室。要么半夜翻墙逃走了。高平立即叮嘱班长管理一下纪律，马上往校长办公室跑去，向孙校长汇报了这件事。

孙校长一听也急了，立即叫人去女寝室查看，让高平到男寝室查看。不多久，两人回来都说寝室里没人。孙校长赶紧让体育老师罗国文开着车带着高平等人去寻找。

罗国文开着车行驶在并不宽敞的乡间土路上，一路上大家打开车窗，放开喉咙喊"王小宁、单丹、刘楠、计大国"四位同学的名字。所到之处并没有听到他们的回答，也没有看到他们的身影，只有他们的喊声随着田野的风在耳边回荡……

老师们的心里急得像着了一团火。

在体育老师罗国文的提议下，大家来到了距学校八里地远的小镇上的网吧，终于在一家名为"飞来峰"的网吧找到了王小宁和刘楠。找到他们时，两人正在投入地玩游戏。看上去他俩眼窝深陷，估计一夜未眠。高平很是生气，很想责问他们几句，但为了不伤害他们的自尊心，高平控制住了自己的情绪。只是平静地说了一声："不要再玩了，跟老师回学校。"

找到王小宁和刘楠同学之后，问他们昨晚有没有别的同学跟他们一起出来，他们都说没有。然后罗国文和高平等人又找了几个网吧，都没有找到。大家合计，决定到计大国的家计家村去找一找。

计家村离小镇有五里地，是个依山傍水的美丽小村子。罗国文开着车带着大伙一起向计家村驶去。

计大国家是一幢半旧的楼房。来到计大国家时，门半开着，计大国的爷爷计顺来一个人在家。

计爷爷看上去七十多岁了，满头白发，背也驼了。看到这么多人来到他家，表情有点害怕。高平说明来意后，计顺来说："这可怎么办呢？我孙子走了，他姆妈回来了，我怎么向她交代？"高平赶紧安慰他说："大爷，您别急，昨天晚上大国还在学校的，应该不会走得太远。我们想可能是大国回家了，就过来看看。"计大爷说："孩子肯定没有回来，我从昨天晚上到现在，一直没有离开过这个家。如果大国回来了，一定能看见的。"说着又叹了一口气说："唉！可怜的孩子，以前是那么的有福气，跟着他的父母生活在一起。后来我儿子去外面打工变了心，跟别的女人好上了，就离了婚。离婚后，大国的姆妈也出去打工了，每年只有春节才回来一次。现在，大国就和我生活在一起。原本活泼开朗的孩子慢慢变得沉默起来了。"说着眼泪就流了下来。

听了计顺来的话，高平觉得这孩子也挺可怜的，心想有父母的关爱，这孩子也许不会这样。心里犯嘀咕，这孩子会到哪里去呢？顺口问道："大爷，你楼上有没有去过。"计顺来说："我没上过楼。"高平说："那我们上去看看。"计顺来带着高平等人上了楼，这是一栋三间开的房子，最后在东边的一间房子里找到了计大国和单丹。见到他们时，他俩正相拥吃着方便面。见到老师们，两人都非常的惊恐。计大国转身想跑，高平说："大国，你别跑，你还想跑哪里去？我们找得你们好苦，还不赶快跟我们回学校。"计顺来一看孙子居然躲在二楼，气不打一处来，顺手拿了一把扫把就要打计大国。高平拦住了他说："大爷，你消消气，孩子找到了就好，打也解决不了问题，事情总说得清楚的。"计大国说："我不回学校，我不要读书了。"计顺来一听，火冒三丈说："你不读书，你还想当流氓？"说着举起扫帚又要打他，高平连忙拦住计顺来，对大国说："你还要嘴硬，赶紧跟我们回学校。"在高平等人的劝说下计大国和单丹走出了房间。

四位同学都找到了，高平等人的心总算放了下来。

到了学校已近黄昏，高平安排四位同学吃了晚饭。吃饭时，高平对他们说："你们今天不用上晚自习了，吃饭后到寝室去休息，好好地想一想，等脑子冷静了，我们再谈谈。"计大国问道："高老师，我们没有遵守学校的纪律，半夜翻墙逃跑了，学校会不会处罚我们？"高平说："这个你不用想太多，今天你们好好冷静冷静，想想为什么会这样做。每个人回去写一份检讨书，学校会看你们认识错误的态度再决定。"

那天晚上，孙校长临时召集了在校的几位值班老师，针对学生逃课、早恋现象开了个短会。

在会上，有的老师说学校应该以严格的管理制度来约束学生，对学生早恋、逃课的应该给予罚款或开除，这样才能树立学校的威信。有的老师认为，孩子正处于青春期叛逆期，难免会出现这样的情况。学校是教书育人的地方，应该用正确的教育方式去引导，纠正孩子们思想上的迷茫，使孩子们健康快乐地成长。高平也说了自己的想法，他说："是我班上的孩子们发生了这样的情况，我作为班主任是有责任的，缺少对孩子们青春期的教育。"接着高平又说："现在有些影视文艺作品，对孩子也是有影响的。当然，孩子的教育跟家庭也有很大的关系。父母离异或在外打工，使孩子缺乏关爱，感情孤独，也是个原因。"

几位老师也觉得高平的发言都在理，纷纷点头。最后孙校长做了总结，他说："不能因为学生的一次犯错，就一棍子打死。对学生进行罚款或开除，这样只能激化老师和学生之间的矛盾，家长也会对学校有意见。孩子们正在成长阶段，出点状况也很正常。我们学校是教书育人的地方，就像高老师说的那样，要挽救孩子只能挽救他们的心灵，给予孩子们关爱，让他们健康地成长。这次，我们不用极端的方法处理这件事，由班主任高老师慢慢引导、慢慢改变他们。学校也会每学期增加一次家长会，与学生家长一起探讨教育孩子的问题，因为家庭教育对孩子的成长至关重要，我们要充分听取家长的意见，对症下药，这样才能教育好孩子。"

散会后，在孙校长等人的陪同下，高平来到了王小宁、单丹、计大国、刘楠同学的宿舍看望了他们。同学们见老师没有打骂处罚他们，感觉愧对老师，都自觉承认了错误，每个人都把检讨书交给了高平。高平说："认识到错误就要改正，以后要好好学习，对过去的事情也不要有太多心理负担。如果生活上和学习上有困难，都可以找老师帮忙，在学校，老师就是你们的长辈和朋友。"四位同学听了高平的话，都表示要改正错误。

第二天的早读正好是高平值班，他刚走到七年级教室门口就看见四位同学站在教室门口，胆怯怯的不敢进教室。高平问道："你们怎么不进教室？"王小宁用胆怯的眼光看着高平说："老师，我们怕同学们笑我们。"高平说："同学们不会笑你们的，跟我一起进教室。"

走进教室时，教室里一片安静。几位同学坐到自己的座位上，打开了课本，大家一起早读。

没过一会儿，同学们就开始交头接耳、轻声细语，不知说些什么。高平用严厉的目光巡视了一下教室，教室内马上安静下来了。高平说："同学们，王小宁他们几位同学没有遵守纪律，离开了学校，但他们能够认识到自己的错误重返学校重返课堂和老师同学们再次相聚，希望你们不要对他们有偏见，跟平常一样友好相处，请大家用热烈的掌声欢迎他们回来。"教室里响起了热烈的掌声。掌声过后，同学们又开始了朗读：

"子曰：'学而时习之，不亦说乎？有朋自远方来，不亦乐乎？人不知而不愠，不亦君子乎？……'"

那朗朗的读书声飘出窗外，在校园的上空回荡……

自从班上出现了学生逃课和早恋的事情，高平一直在思索如何杜绝这种现象的发生，让孩子们尽快从不良的情绪中走出，把最好的精力投入到学习中去。他想，只有走近学生，了解学生，才能帮助他们。

有一天黄昏，高平在操场上散步，突然看见计大国蹲在操场的一角。高平走上前去问道："大国，你怎么蹲在这里？"计大国沉默不语，用袖子擦了擦眼泪，眼泪汪汪地说："老师，今天是我生日，我想起了以前爸爸妈妈给我过生日的情景。现在他们都不在家了，爷爷耳聋眼花的也不懂这些。"高平一听说："大国，别难过，等会儿老师和同学们一起给你过生日。"计大国一听满脸高兴说："谢谢老师！"高平说："不用谢，马上就要晚自习了，你先回教室。"说完高平就朝体育老师罗国文的办公室走去，托他到镇上去买蛋糕和蜡烛。

那天晚自习结束时，高平说："同学们，大家先安静一下，今天有一件高兴的事情要跟大家一起分享。请同学们先闭上眼睛，我说睁开时你们再睁开。"

同学们都闭上了眼睛，高平赶紧打开蛋糕点上蜡烛，然后让同学们睁开眼睛。同学们睁开眼睛，看见讲台上放着一个大大的蛋糕，蛋糕上还插着蜡烛，大家纷纷议论老师今天在为谁过生日呢。高平说："同学们，今天是我们班计大国同学的生日。请计大国到讲台上来，大家为他送上生日的祝福。"话音刚落，邻桌的同学就把计大国推上了讲台，还七手八脚地给他戴上了生日纸帽子，哗啦啦的掌声像潮水一样涌来，同学们为大国唱起了英文生日歌："Happy Birthday to you, Happy Birthday to you……"欢快的歌声充满了教室，同学们纷纷向大国送上的生日祝福。在深深祝福和欢乐的歌声中，计大国沉浸在幸福和甜蜜之中。

计大国许愿后，吹灭了蜡烛切开了蛋糕，分给同学们和老师吃。大家吃着蛋糕，满脸的喜悦。

在回宿舍的路上，计大国的脸上还挂着幸福的微笑。自从爸爸妈妈离婚后，他从来没有这样快乐的生日，他觉得老师就像他的父母一样，疼爱他关爱他，同学们就像他的兄弟姐妹一样，他被这浓浓的亲情和温暖感动了……

高平对计大国的点滴关爱像春风一样温暖着他的心田，也激发了他的学习热情。

班上还有一位同学也让高平放心不下，就是刘楠同学。

在高平的印象中，每次打饭，他从不买一份菜吃，总是吃一些家里带来的咸菜。高平看得心里很难过，每次吃饭时总要留一点新鲜的菜给刘楠吃。通过和刘楠的交谈，高平了解到刘楠的父母都是残疾人，家里的经济来源大部分靠爷爷在地里干活的收入，家里每星期只给他五元的零用钱。了解到刘楠的家庭情况后，高平决定去家访一次。

那是一个周末的下午，高平买了一些学习用品来到了刘楠家，一进门就看见刘楠在厨房里干活，还有一位七十多岁的老爷爷在一边扫地一边唠叨着："楠楠，别人家父母总希望自己的孩子能多读书，谁叫你命不好呢？我们家没钱，我一个人支撑这个家太难了，我看你读完这个学期不要再读了，赶紧去打工吧！"刘楠没有回答，继续埋头干活，突然觉得身后有个人，他回头一看说："高老师，您怎么来了？"高平说："我来看看你，还给你买了些学习用品。"刘楠高兴地接过高平手中的袋子说："谢谢老师！"刘楠说："老师，这是我爷爷。"刘楠的爷爷说："老师，厨房小，我们到厅堂去坐坐。"

三人来到堂前，高平和刘楠的爷爷攀谈起来了。高平说："大爷，我刚进门就听见您说想让刘楠不要读书了，让他出去打工。"刘楠的爷爷说："我也没办法，他父母都是残疾人，夫妻俩只有两条腿，肩不能挑，手不能提的，靠我一个老头子种田地养活他们，太难了。"高平说："这确实不容易，但孩子也不能不上学。我回去跟校长说一下这件事，看看能不能给刘楠减点学费。另外，我还可以帮你们写一个报告，向乡民政所申请照顾。这样在学校和政府的帮助下，刘楠就可以继续读下去了。"

刘楠爷爷一听忙说："这样真好！谢谢老师的关心，那真是帮了我们家大忙了。"接着高平问刘楠说："怎么没见你父母呢？"刘楠说："今天外婆家来客人，有好菜，爸爸妈妈就到外婆家吃饭去了。"高平觉得他们真不容易，为了一口饭还要跑这么远的路。

回到学校，高平把刘楠家的情况向孙校长做了汇报。孙校长是个非常善良的人，他说："高老师，你不说我还不知道，想不到刘楠家这么困难。那就从初二开始，学费都给他免了。"之后，他又拿出五百元钱，让高平转交给刘楠，给他改善伙食。接过孙校长的钱，高平的心里很是感动。

在高平的帮助下，刘楠家作为特困户得到了学校和当地政府的照顾。没有思想压力的刘楠，怀着一颗感恩的心认真学习，期中考试的成绩排在全年级的前十名。公布成绩的那一天，高平说："这次期中考试，同学们个个都很努力，为自己争了气，也为班级争了光。特别是刘楠同学，从一个中等生进入了前十名，祝贺刘楠同学，继续努力！"

冬去春来，高平迎来了一批学生又送走了一批学生，一晃他在龙头山中学度过了两年多时光。

有一年的秋季开学，高平继续担任七年级的班主任，一位新来的英语女老师，打破了他平静的生活。

刘英老师是七（1）班的英语老师，是一位年轻的老师。每次上课时，孩子们总是捣乱，这让刘老师很是烦恼。为了这件事情，她时常找班主任高平交流。偶尔黄昏的时候，在操场上两人一边散步，一边讨论教学方面的事情。每当同事看到他们在操场上散步，总在背后指指点点，说三道四的，有好事的老师还把这件事告诉了孙校长。

有一天晚自习后，高平正准备回宿舍，孙校长叫住了他，让他到办公室去坐一会儿。来到办公室，孙校长说："高老师，今天我们不谈工作，我们聊聊你个人的生活。最近有老师反映，你和英语刘老师经常在一起散步聊天。其实也没什么的，可毕竟男女有别，再加上你又是个单身，怕她的丈夫和家人发生误会。"

高平一听非常气愤地说："单身怎么啦！单身男人就不能和女人说话？刘老师是任课老师，我是班主任，我们在一起讨论教学方面的一些问题，有什么不对吗？我看那些人是吃饱了多管闲事。"孙校长见高平生气了，赶紧说："高老师，我知道你为人忠厚老实，不会有什么事的，可嘴长在人家身上，你捂得住人家的嘴吗？我提醒你是怕你受伤害，也怕刘英老师受伤害，还是注意点比较好。不然给人家落下个话柄总不好。"高平气愤地说："什么话柄？身正不怕影子斜，随他们去说吧！"说完就站起身准备走出办公室，孙校长见状赶紧拦住了他说："别生气，只是人眼浅，容易发生误会。"高平说："我看就是他们对单身有偏见。"说完气愤地走出了孙校长办公室。

那天下了整整一个晚上的雨，淅淅沥沥的雨声，像一枚枚针扎在高平的心尖上。他的心一点点地痛着，翻来覆去地睡不着。一个没有结婚的人难道碍着谁了？就没权力过正常人的日子，好端端的遭人猜疑，冷嘲热讽的，想到这里，高平流下了委屈的泪水。

几天来，高平一直被这个阴影笼罩着。

有个周末，他正在收拾东西准备回家，孙校长和他的老婆李英姑来到他的宿舍。

孙校长一进门就说："高老师，在忙？"高平说："是的，整理一下东西，准备回家。"孙校长说："上次我在办公室对你说的话，口气太重了，不好意思。今天我特意来给你赔个不是，请你不要往心里去。"高平说："没事的，当时我也是太气愤了，没有的事说得跟真的一样，不是冲着你来的，是对那些说闲话的人感到很气愤。"这时李英姑说话了，她说："高老师，上次听说学校同事说你的闲话，我心里一直也很气。真是的，男女之间说说话也是很正常的，我和老孙都很理解你，一个人生活挺不容易的。我们商量好了，想给你介绍个对象，给你洗洗衣服烧烧饭，做个伴。这样你也可以安心工作，你看可不可以？"高平说："师母，谢谢你一片好心，但我过了这么多年的单身生活，已经习惯了，不想再找了，只想一个人安安静静地过日子。"李英姑说："一个人生活总是孤孤单单的，男人没有女人就像水上飘着的浮萍，永远没有根。这样过一辈子多苦呀！"李英姑的话诚恳朴实，高平听后沉默不语。

李英姑看到高平有点认同的样子，接着说："上星期，我和娘家的姑姑到刘家村做客。听说刘家村的刘春花老师离婚了，原因是她的老公不争气，又赌博外面又有女人，真为刘老师感到难过。好好的一个家，就这么散了。"

李英姑说到这里，孙校长插话了，他说："刘老师我是了解的，人长得漂亮，书也教得好，在教育系统工作已经快二十年了，口碑一直不错的。听说刘老师离婚后，很多男人都想和她走到一起，她都没有同意。因为那些男人都拖儿带女的，她自己也有一双儿女，担心双方不能很好地融和。"李英姑应声道："二家合一家确实有点难，刘老师还是希望没有儿女的男人和她走到一起。前天我特意去了一趟刘老师的家，和她说起了高老师的情况。刘老师一听就同意了，她觉得高老师最好的条件，就是没有儿女的拖累。"这时孙校长接过李英姑的话说："我也觉得你们很合适，两人都是老师，在事业还能相互帮助。"

高平一边收拾衣物，一边听着他们的话，说道："谢谢校长和师母的关心。"这时，李英姑从口袋里摸出一张纸条说："高老师，这是刘老师的 QQ 号，你们先相互了解一下。"说着就把纸条塞在高平的手里，说："那我们走了，接下去看你们俩的缘分了。"

孙校长和师母走后，高平也回家了。

见儿子回家，母亲很高兴，她说："平呐，知道你今天回家，我们在等你一起吃中饭。"说着就把饭菜端上了桌，闻着香喷喷的饭菜，勾起了高平的食欲。一家人围坐在一起吃着饭，聊着家长里短的事，很快哥哥和妹妹们都吃完走了，只剩下高平和父母亲。

母亲一边收拾着桌子一边说："平呐，你教书也有几年了，工作也稳定了，该考虑一下成家的事了。"见母亲又说上了，高平也觉得难为父母了，他对母亲说："我正在考虑这件事。"母亲说："那就好，以前说喜欢你的兰香姑娘已经嫁人了。你现在不像以前做记者时走红，有姑娘找上门来。现在眼光不要太高，马马虎虎就行了。再拖下去，年纪越来越大，到时候真成了老光棍了。"这时，平常很少说话的父亲也说话了："平呐，找老婆不要有太多的要求，能帮你洗洗衣服烧烧饭，能生儿育女就行了。"母亲说："平呐，你爹说的都是大实话，你要听进去。我刚才听你讲，你已经在考虑这件事了，你脑子总算开窍了，我托人给你打听打听。"

听到母亲要给自己找对象，高平赶紧说："姆妈，你不说我还忘记了，在来之前，孙校长刚给我介绍了一个对象，也是做老师的，年纪比我小一岁，有一儿一女，离过婚的，我们还没见过面。"母亲说："做老师是好的，就是不知道这女人能不能生小孩。"高平说："这个年纪了，要生孩子，我看有点困难，和她走到一起就是做个伴。"母亲一听，有点不高兴地说："不能生孩子，总不太好。可你年纪这么大了，想找个黄花闺女我看也难，也只有这样了。要是能为你生个一儿半女更好，不能生，就做个伴，也算成了个家，我们全家人也都有面子了。"

听到母亲的话，高平也觉得挺内疚的，自己不成家，也让全家人难过。

晚饭后，高平独自走出家门，来到了昔日和玲玲相约的老学校的操场上。许多年过去了，老学校的操场景物依旧，他和玲玲曾经相偎在一起的大石头还在。高平在那块大石头上坐了下来，触景生情，勾起了他对往事的记忆。想起他和玲玲走过的那些美好岁月，高平的心再次掀起了波澜。时间夺走了他的青春，却无法改变他对玲玲的爱，岁月轮回，世事沧桑，留给他的只有一份忧伤的记忆，自己已从一个毛头小伙走过了人生的不惑之年，岁月带走了生命中许多的美好。过去的已经过去，未来的还很遥远，唯有不变的是自己对美好爱情的向往。那天晚上高平在老学校操场上徘徊了很久……

那些日子，生活工作的空隙，高平时常想起在家时父母对他说的话，也觉得对不起父母，不孝有三，无后为大，自己都四十出头的人了，也没个一儿半女的，真是愧对高家的祖宗。

有一天晚上，高平拿出了那天师母塞给他的纸条，加了刘春花的QQ，刘春花的QQ署名用的是"日出朝阳"四个字。很快高平就得到了回应，他们在信息里交流着，虽然双方没有见面，但彼此之间都留下了一个比较好的印象。通过和刘春花的交流，高平觉得刘春花是一位非常爽快、性格开朗放得开的女人。那天晚上，他们聊得很晚。聊天结束时，刘春花在信息中写道："初次相识，好像久违的朋友，跟你聊天很快乐！"高平也回应道："我也一样，跟你聊天很快乐！再见！"

日子一天天过去，每天晚自习后，高平总会收到刘春花发来的信息。刘春花发来的文字中，不但关心高平的工作也很关心他的生活，这也让高平感觉很温暖。

一个月后，高平听到了刘春花的声音。那天下了晚自习，高平刚走进宿舍，手机响了，是刘春花打来的。她说："高老师，下晚自习了吗？"电话里传来一个爽朗的声音。高平回答说："是的，刚下晚自习，已经回宿舍了。"刘春花说："你辛苦了！早点休息，这个星期六我想请你和孙校长还有师母一起到我家来吃晚饭。学校伙食也不是很好，给你改善一下。"刘春花的言语之间充满了对高平的关心，让高平感觉心里暖暖的。

　　刘家村离龙头山中学有六里多路，是个秀丽的小村子。星期六傍晚，孙校长开着车载着师母和高平向刘家村驶去。刚到村口，高平顺着窗子望去，柔和的夕阳绚丽的云彩横卧在不远处的天边群山之中。村子依山而建，楼房林立，错落有致，家家户户屋顶上都升起的袅袅炊烟，诉说刘家村的过去与未来。

　　刚到刘春花家门口，李英姑就喊道："刘老师，来客人了！"正在厨房中忙碌的刘春花听到有人喊她，赶紧从厨房里走了出来说："师母，你们来了，里面坐。"一边走还一边说："高老师，你姓'高'，人倒长得不高。"高平一听这话，感觉这女人还真直爽，虽然在QQ和电话里聊过天，但毕竟是第一次见面，高平不好意思地笑了笑说："浓缩的都是精华。"一旁的孙校长赶紧打圆场说："一方水土养一方人，我们这儿的人都长得不太高。高老师这样的还算可以的。"刘春花说："我也是开个玩笑，我早已过了看人只看外表的年纪。高老师，不要往心里去。"高平笑着说："没事的。"

　　刘春花说着就引着孙校长和高平坐到了桌旁。饭桌上摆满了烧好的菜，有鱼有肉，面对诱人的菜香味，孙校长说："刘老师，今天烧了那么多好菜，我们可要一饱口福了。"刘春花说："好呀！孙校长大驾光临，我总要烧几个好菜。"说话间，高平打量了一下这个女人，身材高挑，瓜子脸，丹凤眼，长发披肩，皮肤白净，眼角虽有皱纹，但看上去比实际年龄还是小很多。高平觉得这个女人保养得还是蛮不错的。但就在这时，脑海中突然闪现了玲玲的影子，不由自主地比较了一下，就是找不到和玲玲一样的感觉。

开饭了，刘春花给大家各倒了一杯酒，高平的性格本身就内向，又加上初次和刘春花见面，没有多说话。倒是刘春花非常的热情，倒好酒，就端起了酒杯说："孙校长、师母、高老师，你们几位能来我家吃饭，我打心眼里高兴，我先干为敬。"说完仰起脖子将杯中的酒一饮而尽，放下酒杯说："你们随意，也没烧什么，就是烧了几个家常菜，也不知合不合你们的口味。"

没吃多久，孙校长就拿出做校长的架势，清了清嗓子说："刘老师不光书教得好，厨艺也不错，菜烧得色香味俱全，真是上得了厅堂，下得了厨房。"听着孙校长的表扬，刘春花满脸的高兴，她说："孙校长，真不是我吹，我在教育岗位上工作已经快二十年了，从来没有落后过。教好书其实也不是很难，关键在于认真。我刚参加工作的那几年，有些老师瞧不起我，但是我带的班，学生的成绩就是比他们好，不得不服我。"刘春花说得眉飞色舞，说起来是一套一套的。

她的话刚说完，李英姑说："刘老师的能干我们都是知道的，我们高老师也不差的，以前还是省里的大记者，不光会写，歌也唱得非常好。上次我们学校搞活动，高老师唱了一首《父亲》，听得我们都感动得掉泪。"孙校长说："刘老师，将来你们真能走到一起，再好不过了。夫唱妇随，一定很幸福的。"高平听到孙校长和师母夸奖自己，他说："我没有像你们说得那么好，都是业余爱好而已。"李英姑说："高老师，你也别谦虚了，这都是事实。"

吃完饭，大家又聊了一会儿，时间也不早了，要准备回家了。刘春花说："孙校长，你们坐会儿，我去买点东西就来。"说着就骑着电瓶车向门外驶去。

不一会儿，刘春花回来了，买了一大包东西，递给了高平说："高老师，里面有一些吃的，你晚上饿的时候可以吃一点，还买了护肤品。我看你皮肤有点干燥，男人也需要保养，要多擦点护肤品。"对高平的关心溢于言表，站在一旁的李英姑跟孙校长使了个眼色，两人走到了一旁，李英姑说："老孙，他们初次见面刘老师就这么关心高老师，我看有戏。"孙校长点了点头说："嗯！如果真能成，我们也算是做个一件好事。"

　　离开刘春花家时，刘春花还说下次有空大家再来玩。车子开远了，抱着刘春花送给他的这包东西，高平心里挺感动的。

　　这次见面后，刘春花再也不那么客气了，发信息时，她就直呼高平的名字，有时也会来几句暖心的话，关心一下高平。

　　有一天刘春花发来信息说："也许我们在梦里曾经相遇过，只见过一次面就天天想你，盼望和你见面。"看着刘春花发来的信息，高平觉得这女人感情来的也太快了，自己有点措手不及。高平回复了一条信息说："这些天学校比较忙，有时间我会去你那儿的。"刘春花回复说："好的，我等着你。"

　　过了些口了，高平还是没去刘春花家。

　　有一天傍晚，刘春花打来电话，那口气就像责怪自己家里的男人一样，说为什么不到家里来吃饭，还用命令式的口气说："今天到家里来吃晚饭，我烧了好菜。"高平说："好的。"

　　骑着电瓶车从学校出发，三十多分钟后高平来到了刘春花的家。刚到家门口，刘春花就上前把电瓶车停好，然后解下围裙拍了拍高平后背的灰尘。这一小动作，让高平心理微微震动了一下，真有种回家的感觉。

　　开饭了，桌子上摆了几个好菜，刘春花为高平夹着菜说道："学校要期末考试了，教学任务重，特意给你烧点好吃的补补身子。"高平说："你也吃。"刘春花接着说："你都已经四十出头的人了，为什么还单身？"高

224

平说："年轻的时候和村里的一位姑娘谈过恋爱，后来她到大城市打工，和有钱的老板好上了，就把我忘了，可我一直没有从这种情感中走出来。"刘春花说："想不到你是个这么痴情的人。做人不要死心眼，东边不亮西边亮。只要你打开心胸，总会找到爱你的人。"高平说："没有感情的女人，我也不想要。"刘春花说："感情是可以培养的，只要你跟女人好到了一定的火候，自然就有了感情。"说这话的时候，她的眼睛火辣辣的。

那天晚上，他俩谈到十点多钟。高平起身要回学校，刘春花话说："已经这么晚了，你还要回去吗？"高平说："要回去的，明天早上我值日，怕赶不上。"刘春花说："天这么黑，你骑电瓶车不安全。我打个电话叫个车送你，电瓶车就放在家里，你下次来取。"说着就打了电话，一会儿就有人开着车来了。刘春花说："车来了。"然后打开走廊上的电灯，一个衣着时髦，四十来岁的中年男子走了进来。高平一看此人个子不高，很粗壮，脸黑黑的，头发在灯光的照射下乌黑发亮，一说话就看到嘴里镶着一颗闪亮的金牙。那中年男子微笑着对刘春花说："这么晚了，要送谁呀？"刘春花指着高平说："这是我家远房亲戚，待会儿你送他到龙头山中学。"接着她又对高平说："这是贾老师，我同事。等一会他送你回学校，我也去。"

刘春花坐到副驾驶的位置上，高平坐在后座，十多分钟后，到了学校门口的路灯下，高平下车了，站在车外，正想跟刘春花说声再见，突然看到他俩在眉来眼去，心里咯噔了一下，说了声"再见！"转身就走了。刘春花听到高平跟自己说再见，也说了声"再见！"。

高平洗漱后躺在床上，脑海里出现了刘春花和她同事眉来眼去的情景，感觉他俩好像不是普通的朋友，但又觉得或许是自己太过于敏感了。

每天下晚自习后，刘春花依然会给高平发信息或打电话，说得最多的是他们之间的感情问题。通过和刘春花的接触，高平觉得刘春花的感情来得太快，那说话的口气好像做了几十年的夫妻一样，真有点让他受不了。潜意识里觉得这个女人把感情也看得太轻了，这么轻易就把心给了男人，但高平又觉得也许是这个女人真的爱上了自己。

又到了周末，一大早刘春花又打来电话，让高平到她家去吃中饭，顺便让他把电瓶车骑回来。高平吃完早饭就出发了。见高平到来，刘春花放下手中的活，为高平泡了一杯茶说："今天周末，不上课，就在家好好休息，我为你做点好吃的。"高平说："周末有时会补课，今天刚好没补课，但老是到你家来吃饭也不好意思。"刘春花说："你这是说什么话，太见外了。"

两人喝着茶聊着天，刘春花说："上次听师母说你歌唱得不错，我还没听过呢！今天你就唱首给我听听。"高平说："我唱不好。"刘春花说："不要谦虚，你唱完我也唱一首。"看着刘春花一脸认真的样子，高平就唱了一首《母亲》："你入学的新书包 / 有人给你拿 / 你雨中的花折伞 / 有人给你打 / 你爱吃的那三鲜馅儿 / 有人他给你包 / 你委屈的泪花 / 有人给你擦……"唱着唱着脑海里出现了母亲的身影，眼睛不由得湿润了。刘春花在一旁随着歌声的节奏打着拍子，陶醉在高平的歌声中。

一曲唱罢，刘春花拍着手说："你的声音很好听，浑厚有磁性，唱得也很投入，把对母亲的爱表现得淋漓尽致，听得我好感动。"高平说："谢谢！也就是有感而发吧！你也唱一首。"刘春花唱了一首《爱在天地间》："情未了 / 像春风走来 / 爱无言 / 像雪花悄悄离去 / 彼此间我们也许不曾相识 / 爱的呼唤让我们在一起。"听着刘春花深情的歌声，高平好像穿过荒凉的沙漠，又看到了一片希望的绿洲。

晚饭后，高平和刘春花一起在她家后面的树林里散步，正是夕阳西下时分，树林里披上了晚霞的彩衣，夕阳的余晖投射在他俩的身上，把他们的影子拉得长长的，偶尔有鸟儿从头顶飞过，两人并肩走着。刘春花说："我们认识也有两个多月了，你对我的印象如何？"高平说："好的。"刘春花说："好在哪里？"高平说："我觉得你性格外向，对人关心体贴，家里收拾得干干净净，井井有条的，是个会过日子的人。"刘春花一听微微笑了一下说："你尽挑好的说，那有没有不好的地方呢？"高平说："有时觉得你做事太直接，我一时接受不了。"刘春花说："我就这脾气，做事说话喜欢直来直去，你慢慢地就习惯了。"

两人边走边聊，刘春花说："那对我俩的事，你有什么打算？"高平说："暂时没有考虑得太多，想继续交往一段时间再说。"高平说完，看了刘春花一眼说："那你对我的印象怎么样？"刘春花说："我们虽然没有天天在一起，但是通过这段时间的相处，我也基本上看懂了你。你人还是挺老实善良的，有责任心，也有才艺，只是对爱情过于理想化。追求完美，我想这可能就是你至今还是单身的原因，我也已经快四十岁的人了，不会只图外表，只要你真心爱我，不嫌弃我拖儿带女，我们就可以走到一起。"高平说："拖儿带女不要紧，只要我们俩真心相爱就好了，我没有儿女，你的儿女就是我的儿女。"刘春花说："这个年纪的男人和女人在一起，也不要把爱情看得那么重就是合伙过日子。你只要真心关心这个家，真心地付出，我的儿女会对你好的，会把你当亲生父亲看待。"

刘春花的一番话使高平深受感动，好像自己真有了亲生儿女一样，老了有依靠。高平对刘春花说："你的心思我懂了。这段时间学校里比较忙，我忙完了这阵，回家跟家里人商量一下我们的事。"

暮色四合，夜色慢慢笼罩树林，高平和刘春花慢慢地走出树林，向家中走去……

一个周末下午，高平补完课，正准备收拾东西回家，刘春花骑着电瓶车来到了龙头山中学接高平到她家去吃晚饭。来到刘春花的家，他俩聊了一会儿。快到吃饭的时候，刘春花就走进厨房忙碌起来了，高平也去厨房帮忙。刘春花看到高平笨手笨脚的，说："看你也做不来家务，你还是到客厅看电视去吧！"高平看自己也插不上手，就出去了。

不一会儿，刘春花就烧好了几个菜端上了桌，有辣椒炒肉、西红柿炒鸡蛋、藕片炒辣椒、炒花生米，还有一个蛋花汤。刘春花还拿来一瓶红酒，对高平说："今天儿子、女儿都去外婆家了，我们两人好好喝一杯。"说着就为高平倒上了一杯酒说："今天我们不醉不罢休。"说着就和高平碰了一下杯把一杯酒喝了下去，高平也喝了一口。

刘春花不停地给高平夹菜，说："上次我和你在树林里散步说的话，你有没有考虑好。"高平说："我还没回过家。"刘春花一听，脸上露出不悦的神色说："一个大男人做事爽快些，不要婆婆妈妈的，我以为你上周回家了。"高平回答道："你说的话我都记在心里了，下星期回家我跟家里人商量一下，就选个日子定亲。"刘春花说："这才像个男人的样子，爽快！来，我们干一杯。"说完又喝了一杯，高平也喝了一口。

刘春花也许是因为高兴，话也特别多，酒也喝得特别爽快。说到高兴处刘春花突然握住了高平的手，娇滴滴地说："我的脖子有点酸疼，你帮我揉揉。"高平有点害怕说："我不会揉。"刘春花用力拽了一下他的手，高平不由得站了起来，刘春花拉着高平的手说："你就揉一下，怕什么呀！"高平来到刘春花的身边帮她揉了揉。这时，刘春花突然倒在他的怀里说："我喝多了，头有点晕。"

高平一时不知所措，心怦怦地跳，只觉得有一股女人的气息钻进自己的鼻孔，心也有点激动起来了。刘春花抓住他的手放在自己的胸脯上，高平的手不由自主地在刘春花的胸脯上游走着，感觉全身的血往上涌，身上有无数的蚂蚁在爬，脸憋得通红的。刘春花喘着粗气说："我头晕得厉害，你扶我上楼。"刘春花站了起来，拉着高平的手上了楼，朝她的卧室走去。

来到卧室，刘春花倒在床上，用一只手挽着高平的脖子。高平随着她的摆弄，重重地压在她的身上……

　　一番风雨后，从未和女人有过切肤之交的高平，好像身体轻了许多，但想到自己再也不那么纯洁了，心里还是有一点点难过，想到当初如果有勇气和玲玲有了身体接触，或许生米煮成熟饭，现在也当爹了。

　　发生这件事后，高平觉得应该回家跟父母商量，把这件事定下来。

　　那天回到家，高平向父母说了他和刘春花的事，高平说："姆妈，上次跟你们说过的那位老师，跟她接触后觉得我们还是有缘分的，想走到一起。"母亲说："这是好事，这么多年过去了，你总算晓得要女人了。你不知道，为了你的婚事我和你爹不知掉了多少眼泪。现在有了女人照顾你，我们也放心了。"这时父亲接着说："平呐，你怎么打算？是娶过门还是到她家去？"高平说："爹，还是到她家去吧！我们家房子这么破，她也不习惯。再说，我们工作都在那里，来回也不方便。"母亲说："这样就等于是招亲，老古话：'招亲一把伞，伞破就回家。'按我以前的心思来说是不愿意的，可你到了这个年纪，也只好这样。到了她家，要孝顺她的父母，对她的子女要多疼一点，看成自己的儿女，凡事忍着点，好好过日子。"

　　听了母亲的话，高平心里也不太好受，可到了这个份上，就顺其自然吧！只要两人感情好，到哪里生活都一样。母亲接着说："不管是上门还是娶过门，你总是第一次。我们还是按农村的习惯走，先定亲再结婚，定亲酒我们要办得热闹一点，让亲戚朋友左邻右舍都来喝酒，不知她有没有什么要求？"高平说："没有，只要给个红包就可以了。"母亲说："好的，那我就准备一个大红包，另外再给她一对金耳环和一个金戒指，算是见面礼。等我定好了日子告诉你，我都会准备好的，你带她来就是。"高平说："姆妈，日子最好选在周末，酒席也不用太铺张，差不多就行了。"王贞女说："这个我心里有数，你不用操心，你们来就是。"

　　那些日子，刘春花总是在电话或信息里叫高平到她家去。

有个周末，高平正在宿舍，刘春花叫了一辆昌河车来到了学校，她直奔高平的宿舍。见了高平就说："你总说忙忙忙！我看你的心思也不知去哪儿了？"见刘春花不高兴，高平没有回答。刘春花说："我今天是来接你的，以后你就住在我家里。"高平说："这样不太好吧！等定了亲，我再到你家去。"刘春花说："我俩都走到这一步了，你还犹豫什么？我看你在学校也吃不好也没人照顾，干脆到我家去。"高平觉得事情来得太突然，一时难以接受，可想到迟早会有这么一天，就由着她吧！

刘春花一边就帮高平收拾着衣物书籍，一边说："你呀！也不要把自己看得太高，多少男人想我还想不到呢？我看你交上了桃花运，不要身在福中不知福。"高平一声不响地理着东西。大约二十多分钟后，刘春花和司机把高平的生活用品和一些书籍全部搬上那辆昌河车。

车子开动了，没有思想准备的高平就这样离开了学校。想起在学校的那些夜晚，每天下晚自习，学校的广播总会播放歌曲《月亮代表我的心》，那缠绵而深情的歌声，以及孩子们在回寝室路上的欢声笑语，都在他的耳边萦绕……

搬到刘春花家的那天，刘春花的儿子小光、女儿梅梅还有她的母亲都在，刘春花的父亲已去世多年。

晚饭时，刘春花烧了一桌子的好菜。在饭桌上，刘春花的母亲对高平说："高平，你今天进了我女儿的家门，就是我的女婿了。从今往后，你要好好地待我的女儿和她的儿女。我家春花也不容易，一个人带着一对儿女熬到今天，也吃了不少苦。现在有了男人，她也有了靠山。你们要好好过。"刘春花说："妈，你说这些干什么？都是过去的事了。"高平说："姨，你放心，我会好好地对春花的。她的儿女就是我的儿女，我会好好疼他们的。"这时刘春花对小光梅梅说："小光、梅梅，从今天起，高叔叔就是我们的亲人。你们要把他当成自己的父亲一样看待，对高叔叔好，就是对妈好。"小光说："妈，你就放心吧！我们会把高叔叔当成父亲一样看待的，会好好对他的。"女儿梅梅没有说话，只是点了点头。高平说："我没有儿女，你们就是我的儿女，以后我们就是一家人。"刘春花说："是的，我们就是一家人了，家最要紧的就是和睦，家和万事兴。"刘春花的母亲说："你们能和和气气地过日子，我就放心了。"

那天晚上，大家都说到了一块儿，但内心总有点不平静，因为对一个家庭来说，又是一个新的开始，特别是高平，内心更是复杂……

晚饭后，儿女们和刘春花的母亲都上了楼。

刘春花和高平坐在客厅聊天，刘春花对高平说："既然我把你带进家门，就已经决定要和你终身相伴。我是二婚，你是头一次结婚，但是不管怎么样，我们还是按老习俗，先订个亲。等过了年开了春，再办几桌酒席领个结婚证，你看行不行？"高平说："我也正想跟你说这件事，我跟家里人商量好了，跟你的意思一样，也是先订婚。我母亲已经在选日子了，等选好日子，母亲会告诉我们的，我们过去就是。"刘春花说："这样就好，那就等你母亲的消息，虽然我们现在还不是正式夫妻，但已经生活在一起了，就是一家人。你的工资交给我，我来安排生活，你看行吗？"高平说："好的，都听你安排。"那天晚上，他们谈了很久才去睡觉。

夜深了，高平转辗难眠，一个人单身了那么多年，现在终于有了一个安定的地方，虽然未来的日子还很遥远，但想象中的生活总是美好的……

自从搬到刘春花家之后，高平就把这里当成自己的家，把她的儿女当成自己的儿女一样疼爱。

刚到刘春花家不久，高平见女儿梅梅骑着一辆破旧的电瓶车去上班，心想这么大个姑娘骑了这么破旧的车，真有点委屈她了。

那天晚饭后，高平从口袋里摸出三千元钱交给刘春花说："春花，女儿也是个大姑娘了，骑着这么破旧的车去上班实在有点不太般配，明天你就给她去买辆新的。"接过高平递给她的钱，刘春花有点感动地说："难得你一片心意，她亲爹都没你对她好，我明天就给女儿去买。"高平说："这是应该的。"

住进刘春花家的日子里，高平每天都感觉很温暖，早上刘春花会准备好早饭，出门时叮嘱他路上小心，晚上回家，还有热菜热饭，儿女们进门一个"叔叔"，出门一个"叔叔"的，叫得他心里暖暖的。一个人生活了那么多年，高平从未感受到这种亲情和温暖。那些日子，他心里憧憬着美好的生活。

没过多久，母亲打来电话，说选好了定亲的日子。

那天晚饭后，高平对刘春花说："春花，我母亲打来电话，定亲的日子选在下个周末。"刘春花说："周末好，这样我们都有时间，我也不是第一次结婚，不想搞得太隆重，我打算就和小光、梅梅一起去，别的人也不叫了，让贾老师送我们去。"高平说："这种事，不用麻烦别人，我会安排好的，我会让我表弟来接我们的。"刘春花说："不用来接，这里直接过去就好了。"高平说："我们订婚，让他去我觉得不太好。"刘春花说："有什么不太好的，不就是送一下嘛！你也不要想太多。"高平说，"我没想太多，就是不想看到他。"刘春花说："他碍你什么事？"高平说："我一看到他就头痛。"刘春花一听火了说："他看到你还头痛呢！你有什么了不起的？要不就别去了。"高平说："别去就别去了，吵死了。"说完就上楼睡觉了。

晚上，高平没有睡着，心想这女人不知安着什么心。要定亲了，还要带个男人去，好说也不好听，他叹了一口气，自言自语地说："怎么碰到这样的女人，这也许就是命吧！命里注定的事，也无法改变，随他去吧！"然后，用被子捂着头，慢慢睡着了……

天快亮的时候，高平醒了，听到手机响了一下，他打开一看，是刘春花发来的信息。刘春花在信息里写道："姓贾的一直对我没安好心，我对他没有好感，不过我也不好得罪他，有点怕他。这次叫他去，就是让他亲眼看到我已经定亲了，让他死了这条心。你不要因为这点小事就过不去，等将来我们走到一起，他也不敢了。我们的好日子还在后头呢！"看到刘春花的信息，高平回道："我知道了，下楼再说。"

吃早饭时，刘春花说："昨天我一时冲动，向你发了脾气，你别往心里去。跟姓贾的事我已经跟你解释清楚了，就让他送我们去吧！"高平心想姓贾的和她的关系肯定没那么简单，但又很无奈。定亲的日子已经选好，如果不去，父母亲一定很伤心，在乡亲们面前也抬不起头来。想到这里，高平对刘春花说："既然你已经安排好了，那就这样吧！"刘春花说："那就好，这事就这么定了，小光和梅梅我会跟他们讲的。"

那天贾林开着车，载着刘春花、高平还有她的儿女，向高平家驶去。

定亲的这天，高平家办了几桌酒席，亲戚朋友都来了，很热闹。车到家门口时，鞭炮响个不停，大家都围到车边来。刘春花刚下车，王贞女就拉着她的手左看右看，笑意都挤在脸上说："妹呐，你长得真标致，有你做我的儿媳妇，我真是前世修来的福气。我儿子老实，不喜欢说话，可他会照顾人，跟着他，一辈子亏不了你。"刘春花虽说也是四十多岁的人了，但王贞女当着众人的面，说了那么多好听的话，还有点觉得不好意思。大家把小光、梅梅还有贾林迎进屋里，给他们端茶倒水，请他们吃瓜子，屋子里喜气洋洋。

开饭了，满屋子飘出鱼肉的香味，高平的父母和刘春花一家人还有贾林坐在一桌。王贞女把刘春花拉在身边坐下，不停地给刘春花和她的儿子小光女儿梅梅夹菜，对刘春花说道："我们农村，买不到什么好菜，但都比较新鲜，你不要客气，喜欢吃的多吃点。今天是你们的好日子，我们全家打心里高兴。以后平呐有了依靠，有儿有女，这样他一辈子也不冤枉了。"

刘春花说："姨，你放心，以后我们就是一家人了，我会对他好的。"
王贞女说："妹呐，有你这句话，我做娘的也放心了，以后你们就踏踏实实地过日子。"说着王贞女举起酒杯说："来，我们大家喝一杯。"这时坐在一旁的贾林表情有点不自然，皱紧眉头，只顾吃菜。刘春花说："贾老师，你今天辛苦了，多吃点。"贾林说："我会吃的。"

屋子里喝酒的气氛越来越浓了，春年大伯和义才哥闹得最欢，他们一边划拳，一边喝酒。春年大伯说道："今天是我侄儿平呐的好日子，我高兴，我真高兴，大家尽兴喝酒。"说着举起酒杯，敬了大家一杯，又为自己斟了满满一杯，端着酒杯摇摇晃晃地来到高平这桌，对着刘春花说："妹呐，我是平呐的大伯。今天是你和平呐的好日子，我很高兴。平呐是我看着他长大的，人很老实，是个重情重义的人。你们两人能走到一起也是缘分，以后你要对他好点，这样我这个做大伯的就放心了。"刘春花说："大伯，你放心吧！我就是看中他人老实，重情重义，我们会好好过日子的。"春年说："你这样说我就放心了。"就举起酒杯对着刘春花说："来，妹呐！我们喝一杯。"说着就一饮而尽，然后带着满脸的幸福回到了自己的座位。

春年走后，大家继续一边吃一边说笑着。高平给父母夹了些菜，说："姆妈，爹爹，以后你们就不用为我的事操心了。我到了那边，有春花照顾我，你们可以放心了。过年过节我们会回来看你们的，你们要照顾好身体。你们身体好，就是我们做儿女的福气！"王贞女说："平呐，你现在有了自己的家，我和你爹也没有了牵挂。好好跟春花过日子，我们会照顾好自己的。"

王贞女说着就从口袋里拿出一个红包交到刘春花手上，说："妹呐，今天是你第一次来我们家，我这个做娘的没什么好东西送给你，这是祖上传下来的一点金器。我交给你，也算给高家开了个门户。"刘春花笑了笑收下了。

饭吃好了，客人们慢慢散去，刘春花也要回去了。王贞女在门口菜园里摘了很多菜，又抓了一只鸡，装在一条蛇皮袋里，放进贾林小车的后备箱。刘春花要上车了，王贞女拉着她的手说："妹呐，以后你们要常回家。我这里没什么好吃的，粗菜淡饭总有的。"刘春花说："姨，我们会常来的，你跟叔照顾好身体，有空到我们家来住住。"王贞女说："等你们结婚时，我们会过来的。"

车子开动了，王贞女和高益群站在车后，不停地挥着手，目送着车子慢慢远去……

高平和刘春花订婚的消息在龙头山中学传播开来。

那天中午吃饭时，高平刚走进食堂，方老师、刘老师，还有皮老师都围了上来，问他要喜糖喜烟，还问他什么时候办喜酒。高平说到时会请你们吃喜酒的，可老师们说吃喜酒是吃喜酒，这次的喜烟喜糖是少不了的。高平缠不过他们，只好到学校附近的小店买了三包烟，还有一些喜糖分给大家，并邀请老师们明年开春结婚时，请他们喝喜酒。

定亲了，高平的心也定了下来，每天朝九晚五地工作，双休日有时学校有补课，有时就在家带几个补习的孩子。

刘春花双休日基本不在家，一大早就打扮得花枝招展骑着电瓶车出去了，有时说朋友聚会，有时说走亲戚，要到很晚才回家。

有一天晚上，都过了十二点，刘春花还没有回家，高平心里有些牵挂，坐在客厅里等她，等到天都快亮了，刘春花才回家。她见高平还在客厅里等她，满脸不高兴地说："你坐在这里干什么？有什么好等的。"高平说："你这么晚没回家，我心里有点担心。"刘春花说："我又不是小孩子，有什么好担心的，快去睡吧！我也要去睡了。"说着就走上了楼。

看到刘春花那满脸不高兴的样子，高平心里很委屈，蛮不讲理，简直是个土匪。刘春花任性的性格使高平的心里笼罩着一层阴影，曾经也徘徊过，可最终还是选择和她生活在一起，既然选择了，只能朝前走，也许慢慢磨合就适应了，想到这里，高平默默地走上了楼。

有个周末，刘春花没有出去，烧了几个好菜，刚要吃饭时，贾林来了。他坐在饭桌的东边，一副主人的样子，一瓶啤酒下肚，他觉得还不过瘾，就对刘春花的女儿说："梅梅，再去买瓶啤酒来，我今天高兴，想多喝几杯。"梅梅一听说道："我不去，要买你自己去。"贾林一听，满脸不高兴地说："你这孩子太不懂事了，叫你去买瓶啤酒，还跟我讨价还价。没有我，有你吃的，有你穿的？真是身在福中不知福。"

听了这样的话，梅梅脸涨得通红说："你不要乱讲话，我靠你什么了？"刘春花见梅梅跟贾林僵持不下，忙说："贾老师，我看你是真喝多了，乱讲话。好了好了，我出去买就是了。"说着就向外走去。

望着刘春花的背影，高平无奈地摇了摇头，很快扒了几口饭就上楼了。

晚上，贾林走后，刘春花收拾后碗筷，正准备上楼睡觉，高平叫住了她，对她说："春花，你等会儿上楼，我有话跟你说。"刘春花说："有什么事？说吧！"高平说："那姓贾的怎么回事？每次来都吆三喝四的，好像这是他的家，这样下去，真叫人受不了。"刘春花说："你别把他当回事，这个人就是个小孩子脾气，喜欢开玩笑，没什么的。你一个大男人，要有肚量，俗话说'男人肚里能跑马，宰相肚里能撑船'。你这点都容不下，还算个男人！再说我还没跟你结婚呢！你就管我，等我们结了婚，我还不能跟男人说话了。"高平说："春花，我不是想跟你吵架，今天我想把事情说说清楚，这个跟肚量没关系。你说得对，我们是还没结婚，可我们已经订婚了。人都要面子的，这个男人老是来家里总不太好。这样下去，孩子们也会受伤害的，你以后不要把这个男人带回家。"听了高平的话，刘春花沉默了一会儿说："你不要把事情想得那么严重，我心中有数。"

自从梅梅和贾林吵架后，贾林好几个星期都没来，高平的日子又恢复了平静，脸上慢慢有了笑容，可好景不长，烦恼又接踵而来。

刘春花生日这天，高平到镇上买了一枚价值八百多元的金戒指，到家时已近黄昏，刘春花已经烧好了一桌子菜。高平本想高高兴兴地为刘春花过生日，可看到贾林也在，心情一下子低落了。刘春花问道："你不知道我今天生日呀！这么晚回来。"高平说："我怎么不知道今天是你的生日。"说着就从口袋里摸出一个精致的盒子递给了刘春花说："生日快乐！"刘春花接过礼物，满脸喜悦，立即把戒指戴在手上，对高平说："款式还不错，大小也合适，谢谢你的礼物。"

吃饭时，大家都给刘春花敬酒，祝她生日快乐，之后又唱起了生日歌。刘春花那天很高兴，沉浸在幸福和快乐之中。在家中热闹了一番后，小光提议大家到镇上去卡拉 OK，一起乐呵乐呵。高平说："我今天有点累，你们去吧！"刘春花说："这不行的。"说着硬拉着高平上了贾林的车出发了。

车子在一家名为"百灵鸟"的歌厅前停了下来，刘春花等人下了车来到服务台，以八十元钱的价格要了一个包厢。这是一个能容纳两到六人左右的房间，房间内有有沙发茶几还有电视，茶几上放着两个话筒和一些助兴的塞子和摇手，一盏吊灯闪烁着五彩缤纷的光芒，整个房间随着灯光都转动起来了。

大家坐下后，贾林说今天他请客，去点了水果零食还拿了一箱啤酒。刘春花见贾林拿了一箱啤酒说："我们是来唱歌的，又不是来喝酒的，刚才不是喝过了，你拿那么多酒干什么？"贾林说："我今天高兴为你祝贺生日，我想多喝点。"刘春花说："你悠着点，等一下还要开车呢！"贾林说："我知道，你只管唱，我等下保证送你回家。"刘春花没有理他，打开点歌系统。

刘春花首先为贾林点了一首《闯码头》，贾林用沙哑的声音唱道："我们一起闯码头／马上和你要分手／催人的汽笛淹没了哀愁／止不住的眼泪流。"贾林唱到这里时，朝刘春花看了一眼。高平坐在沙发上，见贾林看刘春花的眼神满是深情，贾林接着唱道："只要你耐心来等候／总有一天会出头。"一曲唱完，大家都鼓掌，刘春花说："贾老师唱得真好，再唱下去说不定哪个漂亮的姑娘会投进你的怀抱。"贾林端起酒杯坏笑了一下，来到刘春花的跟前说："春花，你的名字跟你人一样漂亮，祝你生日快乐！我们喝一杯。"说着端起酒杯相互碰了一下，相视一笑。贾林回到沙发上，继续抽着烟，喝着酒。

刘春花为高平点了一首草原上的歌曲——《神奇的九寨》，高平拿起话筒深情地唱了起来。高平的声音质朴有磁性，小光和梅梅不禁地鼓起掌来。刘春花听着也面露喜色，他对贾林说："高老师的嗓子还真不错，不是亲耳听到，还真不相信自己的耳朵，真的跟原唱一样。"

听到刘春花说高平的好话，贾林满脸的不高兴，他没有理睬刘春花，只顾自己抽烟喝酒。刘春花感觉没趣，就止住了口。高平唱完一首，梅梅和小光都边鼓掌边说："叔，再来一首。"刘春花也想让高平再唱一首，她走到点歌台前，点了一首《鱼水情歌》，对高平说："过来，我们俩合唱一首。"高平接过刘春花递给他的话筒，刘春花唱道："你曾说我是清澈的湖水／你是水里那条游来游去的鱼。"高平唱道："我的生命和你紧连在一起／生生世世也不会分离。"刘春花唱道："我用眼泪酿成了湖水／仿佛真的和你相拥在　起。"高平唱道："相偎相依我们共度风雨／点点滴滴都是温馨甜蜜。"唱到这里，刘春花和高平的眼里都闪出了泪花，他俩相互对视，眼睛里流露出深情的目光。

坐在一旁的贾林看到刘春花对高平好像动了真感情，心里顿生醋意。他拿起啤酒瓶，重重地砸在茶几上，只听到"砰"的一声巨响，满屋的碎片乱飞，小光和梅梅吓得捂着头跑开了。贾林还不解气，又接着砸了几瓶啤酒，边砸边骂："臭婊子！敢戏弄老子的感情，去死吧！"高平一看贾林失常了，就悄悄地离开了。

高平回到刘春花家，过了很久，刘春花和儿女们才回来，她一进门就自言自语地说："姓贾的这个人，喝了点酒就装疯，总有一天他要死在这个酒上，还丢老娘的面子。今天看在他喝醉酒的面上，不跟他计较了。"

高平坐在一旁没有答话，刘春花见高平不理睬她，就来到高平的身边说："你坐在那里干啥？又没什么事，早点睡吧！等贾老师酒醒了，过几天我叫他过来，大家当面做个解释就好了。你不要小心眼把这件事放在心里，洗洗睡吧！"高平本来心里就有气，一听刘春花的话更来气说："你不要把我当傻子，他又没有喝醉，是故意耍酒疯。你离了婚，我没有老婆，我们两个谈对象关他什么事，他吃什么醋？我早知道你们有感情，我们就不用谈了。现在弄得我人不人鬼不鬼的，烦死了！"

刘春花一听脾气也上来了说："你放什么屁，他吃什么醋！人家和我是同事关系，今天我生日，他高兴，喝醉了酒也是正常的。你啰里啰唆，还是不是个男人？"高平的火气更大了说："你以为我是傻子呀！我来你家这几个月，他经常来这里吃饭，再好的同事也不能好到这个样子。你不在家的时候，他还在我面前风言风语的，我一忍再忍，今天实在忍不下去了。你今天不把事情说清楚，咱俩就一刀两断，用了一点钱也就算了。"

高平说到这里，就上楼去收拾衣物，准备回学校住。刘春花一看这个样子也急了，他连忙拦住了高平说："你别急，有事坐下来慢慢说。"高平说："你还有什么可说的。"刘春花说："你都四十多岁的人了，遇事不要冲动，有什么大不了的，总说得清楚的。我和贾老师真的没什么，他喜欢我，我不喜欢他，可毕竟我们是同事，工作上还要打交道。他是学校的总务，我是管食堂的，工作上有接触，我也不好得罪他。等以后我们结了婚，他也不敢这样。给我一点时间，我会把这事情处理好的，不要因为这件小事而丢失了我们的幸福，以后的日子还长着呢！"

听到刘春花这样说，高平的火气慢慢地压了下来说："你如果真要和我走到一起，你就彻底和他断绝来往。我不想看到他整天在我的眼前晃来晃去的说风凉话，这样很别扭。你如果要和他重温旧情，我就走。"刘春花说："你这叫什么话，我跟他没有什么关系。你再说这样的话，我就不拦你了。你不要一时冲动毁了自己的幸福，后悔就来不及了。"那天晚上在刘春花的劝说下，高平还是住在了她的家。

高平的心很不平静，他总认为刘春花和他定亲后，贾林会断了对刘春花的念想，没想到贾林越来越疯狂了，现在干脆不掩饰自己内心的想法。长期这样下去，说不定还会卷入桃色新闻之中。那天晚上，高平翻来覆去的睡不着……

第二天早上，高平还在睡觉，刘春花就来敲他的门说："都这么迟了还不起床，等下上课要迟到了。"高平应了一声说："知道了！马上起床。"高平下楼时看到桌上放着一碗热气腾腾的面条。高平坐下吃面条时刘春花问道："你昨晚睡得还好吗？"高平说："就这样吧！"刘春花说："睡好了就好，安心教你的书，过去的就让他过去，以后的事我会处理好的。"高平"嗯"了一声，吃着面条，听着刘春花的话，内心似乎得到了一点点安慰。

平静的日子没过几天，有个周末刘春花又出去了。高平刚吃过中饭正准备休息，突然看见贾林拿了一把明晃晃的刀闯了进来。高平一看大吃一惊，赶紧在厅堂内操起一把板凳，厉声喝道："你想干什么？不要乱来。"贾林眼露凶光恶狠狠地说："老子今天要杀了你。"高平说："你为什么要杀我？"贾林说："你还装糊涂，你夺走了我的爱就没有好下场。"高平说："放你的狗屁，谁夺走了你的爱？我没有老婆，刘春花没有老公，我俩是通过媒人介绍走到一起的，合理合法。你自己有老婆还要霸占别的女人，真是不要脸，赶快给我滚！再不滚，我一凳子打死你。"

贾林一听，怒火中烧地举起了手中长刀向高平冲了过来，高平也举起板凳朝贾林打去。两人正欲动手，这时对面小店里的一位壮实的汉子跑了过来一把抱住了贾林的腰说："贾老师，你不要冲动，杀人要偿命的。"贾林奋力反抗说："偿命就偿命，老子不怕死，今天就是要杀死这个姓高的。"贾林的叫喊声惊动了左邻右舍，邻居们纷纷都跑了过来，夺下了贾林手中的刀，在众人的劝说下他愤愤地离开了刘春花的家。

傍晚时分，刘春花回来了，她看高平脸色不对，问高平怎么了。高平没有理她，这时邻居刘兰来了，她对刘春花说："春花姐，今天家里差点出大事。"刘春花问道："出什么事？"刘兰说："你不在家的时候，贾林拿了一把刀要来杀高老师。幸亏我家建军及时赶到，要不出大事了。"她一边说一边比画着那把刀有多少长。刘春花一听，脸色也变了。她说："姓贾的是不是又喝多了尿（指酒），我要向学校领导反映，处分他。"之后她对刘兰说："兰兰，贾林这个人就是喜欢耍酒疯，没事的。"刘兰说："没事就好，那我先走了。"

刘兰走了，见高平还不言语，刘春花说："你呀！不要跟他一般见识，我看他就是个神经病，酒喝多了耍酒疯。"听到刘春花的话，高平心里很不舒服，想不到刘春花还在为贾林开脱。高平气得一句话也不想说了，刘春花继续说道："你这个人真没用，人活着总要受点委屈。你做你的事，我会找他说清楚的。"高平说："你找他说清楚是你的事，我不想待在这里了，这委屈我也不想受了。"刘春花说："你受了什么委屈，他跟你说了什么？"高平说："他说我夺走了他的爱，既然你们那么有感情，为什么还要让我走进你的家？"刘春花说："我对他有什么感情？是他自作多情。"高平说："我又不是小孩子，你不要再骗我了。当初我进你家门的时候，是想着和你真心实意地过日子，可没想到你的心里还有别的男人。那姓贾的三番五次的和我过不去，再这样下去，我看连命都要搭上。"刘春花说："你也说得太严重了，他还能把你赶走呀！他说的话你就当他放屁。"高平说："人要脸，树要皮。他当着邻居们的面大吵大闹地要杀我，我的面子往哪儿搁？"刘春花说："什么面子不面子的，你说话总是酸溜溜的。一点小事，过去了就算了。"高平说："这还是小事？一不小心命都快丢了。"说完就跑到楼上去收拾东西。当高平下楼时，刘春花对他说："你出了这个门就别再回来，有多远滚多远。"高平说："不用你说，

241

走就走，这辈子我不想见到你。"说完头也不回地走了。

那天晚上，高平回到学校时已经很晚了，学生们早已下了晚自习，学校一片安静。

门卫钟师傅见高平垂头丧气的样子问道："高老师，你怎么了？"高平回答道："没事，就是人有点不舒服。"钟师傅说："你不是到刘老师家住吗？怎么回学校了？"高平本想把实情告诉他，但又怕丢了自己的面子，说："因为马上就要期末考试了，我想住在学校，这样可以抓紧学生们复习。刘老师家离学校有点远，早上起来赶到学校怕时间来不及。"钟师傅一听微笑着说："那好！你说得有道理，不过我看你是空着手来的，你的被子上次已经拿走了。你不嫌弃的话，先拿我的去睡吧！"之后钟师傅帮高平把棉被搬到宿舍。

钟师傅走了，高平坐在床沿，心里像打翻了五味瓶。想当初，以为漂泊了那么多年终于找到一个属于自己的港湾，虽说自己不那么爱刘春花，但至少可以相处过日子。有个家，父母也安心，在亲戚朋友面前也有底气。可现实那么残酷，美好的希望变成了泡影，不知道如何去面对父母和亲戚朋友。他们都知道自己和刘春花定了亲，还要吃喜酒，这可怎么办呢？那大晚上，他整整一个晚上没有合眼。

离开刘春花的家已经好几天了，每次去食堂高平心里总是胆怯怯的，担心同事们问起他什么时候结婚，什么时候喝喜酒。每当有同事问起时，高平总是支支吾吾的，不知内情的同事还说他都四十多岁的人了，还那么害羞。

高平正想着如何向父母交代此事，一天晚自习后，刘春花发来信息，写道："一个星期过去了，我想你也应该冷静下来了。对你我之间的事，我希望你再考虑一下。我们也不小了，遇事头脑要冷静，不要冲动，这样会毁了你一辈子的幸福。相处几个月，你也知道我的脾气是不太好，说话声音是大点，但过去了就没事了。说心里话，我觉得你是一位善良正直的人，我对你还有依恋。如果今生有缘再相聚我会珍惜的，期待你的回复。"

看到刘春花的信息，高平在脑海中翻阅着他和刘春花相处的日子。在相处中，他总是幻想时间可以培养感情，和刘春花相伴到老。可没想到半路杀出了一个程咬金，贾林的出现使他的心灵受到深深的伤害。他觉得自己再也没有脸面回到刘春花的家。因为那天的吵闹，左邻右舍都知道了这件事，自己要是回去了，不是明白告诉邻居们自己戴了一顶"绿帽子"。再说，说不定哪天贾林又来找事，还会闹出人命。在痛苦和惆怅中，高平走过了一天又一天。

放寒假了，高平没有去刘春花家，独自回家了。

那天中午，高平回到家时，母亲就问他："你怎么一个人回来了？没带春花。"高平沉默不语。母亲见他没有回答，继续问他到底怎么回事。高平本想瞒着父母，可想这事是瞒不住的，就把实情告诉了母亲。母亲一听非常的生气，她说："看上去这么标致的人，怎么会做这么见不得人的事？！这下可把我们家坑苦了，花了钱不说，说好的开春要办喜事也不办了，叫我在左邻右舍面前怎么抬得起头，我这个老面子往哪儿搁？"王贞女越想越伤心，眼泪也不禁地流了下来，她对高平说："你也是个苦命的人，好不容易脑筋转弯懂得要女人，却碰上这样一个女人，真倒霉。"说着解下身上的围裙往桌子上一摔说："不能便宜她，明天我就去她家要回那个钱，要不就到派出所去告她。"

晚上家里人都睡了，王贞女一个人坐在堂前。高平来到母亲的身边，说："姆妈，这么迟怎么还不睡？"王贞女说："睡不着，你好不容易找了个女人，突然一下子又没了，我的心就像猫抓一样。"

听到母亲这样说，高平的心里也很沉重，他安慰母亲说："姆妈，你别太难过了，婚姻大事都要靠缘分的，没有缘分也没有办法。"王贞女说："缘分缘分，你自己守不住，哪来缘分？要等你这个缘分来，我和你爹都进棺材了。"

高平没有说话，母子俩静静地坐着。坐了一会儿，王贞女说："平呐，早点睡吧！明天再说。"说着叹了口气，朝房间走去。望着母亲的背影，高平的鼻子一酸。

年关将近，左邻右舍还有亲戚朋友们见面时，总忘不了问问高平的婚事。王贞女是个爱面子的人，说出了实情怕让人笑话，总是说："过些日子再说。"为此，高平也受了母亲不少的埋怨，心里苦得很。经过一段时间的思考，高平决定离开家乡，让这段伤心的情感随着岁月的远去消失在记忆的深处。

那是一个寒冷的早上，高平收拾了简单的行李出发了。

临行前，母亲把他送到村口对他说："平呐，都快过年了，人家都是从外地回家过年，你倒好，却要离开家，我这做姆妈的心疼。我知道你心里难过，在外面散散心也好，什么时候想通了就回家，我和你爹等着你回来。"听到母亲的话，高平流下了眼泪。

车子慢慢远去，故乡在自己身后越来越远，高平的心也慢慢平静了。他拿出手机给刘春花写信息。他在信息里写道："春花，当你看到这条信息的时候，我已经乘上了远去的列车。临近年关，本来想在家陪父母过年，可每天看到他们唉声叹气，心里也很难过。我想只有远离，让他们淡忘此事，让时间去抚平二老的心灵创伤。当初认识你的时候，虽说我们没有很好的感情基础，可我想时间是可以培养感情的，也打算一心一意跟你过日子。可事违人愿，你不仅给我带来了伤害，也给我的父母和家中的亲人带来了伤害。当初在认识你之前，如果我知道姓贾的对你的感情那么深，我就不会跨进你的家门。现在事情闹得这般田地，后悔也没有用，过去的已经过去。从此，你走你的阳关道，我过我的独木桥，各过各的日子。相信时间会冲淡一切，此生无缘再相见，希望你一生平安。"

随着声声汽笛的远去，高平的心也慢慢飘向远方……

第六章

与大山相伴

为了逃避世俗的纷扰，高平躲进了大山，在晨钟暮鼓的陪伴下，过着僧侣般的生活。

虽身居深山，却磨灭不了他对理想的信念，他依然紧握手中的笔，重拾文学之梦。

寄居在山中的日子，小村的人们用纯朴和善良滋养着他。在他的心中，那些平凡朴实的人们，才是人间的"活菩萨"。

经过几个小时的行程，高平来到了邻省的一个小镇——桥镇。

这是一座美丽的古镇，土灰色的墙，瓦房是青的，整齐有序地在屋顶上排列着。也许是因为古镇浓浓的乡土气息，高平很喜欢这个古镇，看着古镇的石板路、临街的小铺、编了号的门板、耳熟能详的小吃；还有那各式各样的石桥，桥下飘过的那粼粼清波，偶尔划过的一条小船，带着那咿呀咿呀的木浆声，高平仿佛回到了童年，好像闻到了故乡的气息。

他提着简单的行李在川流不息的人群中走着，眼光在古镇的每个角落里逗留。

下午，高平在沿街的一家报刊亭买了一张报纸，给了他在异乡生存的希望。

那张报纸名为《桥镇日报》，高平在报纸上看到专题部招聘记者的消息。第二天上午，高平就按报纸上的地址找到了这家报社。因为有过做记者的经历，他被录用了，专门跑人物专题。

有一天上午，高平采访路过一家名为"希望装潢公司"的店面，见里面装修得很别致，很有情调，高平就走了进去。询问工作人员后，知道这家公司的老板姓彭，正在二楼办公。高平来到彭老板的办公室，彭老板热情地接待了他。

坐在彭老板对面，高平仔细地端详着彭老板，一米八几的个子，光洁白皙的皮肤，脸庞棱角分明，浓眉大眼，气宇轩昂，气质不凡。高平突然想到此人好像是电视剧里见过，当高平向彭老板说出这个想法时，彭老板说："很多人都说我很像年轻时期的毛泽东。"那天中午高平采访了彭老板。

几天后,高平撰写一篇通讯稿《他很像青年时代的毛泽东》发表在《桥镇日报》上。此文刊出后,古镇上立即引起了轰动,并被省内外多家媒体转载。彭新根一个搞装潢的生意人一夜走红,慕名来看他的人越来越多,生意也越来越好,因为这一篇文章高平和彭新根结缘,从此成了无话不谈的好朋友。

有一天黄昏,高平来到彭新根的办公室和他聊天。他见高平精神不振,问他为什么,高平跟他说起了和刘春花的事。高平说现在自己有点情绪低落,每天生活在这个古镇也还是觉得太喧闹,想找一个安静的地方,调整好自己的心态。

彭新根对高平的遭遇深感同情,他说:"你这个人太单纯太善良了,其实人生有这样的经历也是很正常的,既然你想调整情绪,那我就帮你找个地方。"高平说:"这附近有没有寺庙?最好是个小庙,我想到寺庙住一段时间,想写点东西,也想练练书法,但不想出家。"彭新根说:"说来正巧,前几天有个居士说起她村里小庙的几位师父都走了,正想找个人看管寺庙。"说完他掏出手机拨通了那位居士的电话。那位居士在电话里说现在还是没人看管寺庙,你们有空过来看看。

几天后,彭新根开着车载着高平向唐代诗人孟郊的故里,一个偏远的小村驶去。

在路上,彭新根介绍此庙名为"雷公庙",在一个美丽的小山村——龙潭村的村后。雷公庙坐落在山脚茂密的丛林中,古庙有几百年的历史。

关于寺庙名字的由来,在当地老百姓口中流传着这样一个故事,据说很久以前,雷公化作一个白面书生下凡游玩,路过龙潭村见这里风光秀丽,便在此地逗留一日。那时正值夏季,天气炎热,他得知此村已经半年没有下雨了,就腾云驾雾降雨。转眼之间狂风大作,大雨倾盆,滋润着大地。村民们喜出望外，奔走相告。后来龙潭村的人们在村后的山脚建了一座寺庙，以此感恩雷公及时为人间降雨。

那天中午时分，彭新根和高平来到了龙潭村，一位五十多岁名叫沈坤娇的女人接待了他们。见面时，彭新根对沈坤娇说："沈居士，这是我的朋友，就是我跟你说起的来看寺庙的人，姓高，是个文化人。"

沈坤娇看了高平一眼，对他说："你来这里看管寺庙是没有工资的，日子很苦，不能吃鱼吃肉，也不能抽烟喝酒，还不能碰女人，你能做得到吗？"高平回答道："能做得到。"沈坤娇说："能做到就好，你没来之前，也来过几位师父，当时也都说做得到的；不光说做得到，还要把寺庙建设好，可住不了几天，都吃不了苦都跑了。如果你不打算长期住下去，我们是不同意的。"高平说："阿姨，我们初次见面说得太多也没有用，我是抱着一颗真诚的心来看寺庙。如果不相信我那就算了。"沈坤娇说："不是不相信你，我们还是把丑话说前头比较好。"接着她又说："我还有事要交代，你进寺庙之前，要把头发理短，住在寺庙要有住寺庙的样子。虽说我们是民间的小庙，可你住进了寺庙，村里人都要喊你为师父的。"高平说："这个可以的。"沈坤娇接着又说："你看寺庙，每天要把寺庙打扫干净，对佛菩萨要恭敬，每天要点香，要换佛前供的水。庙里来人拜菩萨你要接待，每次庙里做佛事会有米和油，你就留着吃。"

沈坤娇的话刚说完，彭新根把高平拉到了一边，轻轻地对高平说："老弟，看寺庙这么严格，你吃得消？要我是吃不消的。"高平说："我吃得消的，我本来就不抽烟不喝酒，不吃鱼不吃肉我想慢慢也会习惯的。"彭新根说："既然这样，那你就留下来。"

那天中午在沈坤娇家吃了中饭。饭后，彭新根回去了，沈坤娇带高平理了发。虽说没有理光头，但也理得已经很短了。高平摸了下自己的脑袋，心中有一种失落的感觉。

下午高平在沈坤娇、沈阿满、沈土根等人的带领下向雷公庙走去。

迎着隆冬的寒风，沿着村后阡陌的小道，走过弯弯曲曲的山路，约走了二十多分钟，高平等人来到了雷公庙。

雷公庙坐落龙潭村后的山脚下，寺庙很小，只有两个大殿，还有一间僧人住的房间，院子也很小，种了一些花草和树木；虽说是隆冬季节，但那几棵青松还是那么苍翠挺拔。大殿内尘封土积，蛛网纵横，佛像也残缺不全，壁画因受风雨的侵袭，已色彩斑驳，模糊不清。沈坤娇打来一桶水，一边泼水一边打扫，沈土根用铁铲铲地上的杂物。经过打扫，寺庙收拾干净了，菩萨身上的灰也扫去了，庙里亮堂多了，高平的心里也踏实了一点。

他们几人又来到僧人住的房间，走进房间，里面也是同样布满灰尘，一张破旧的单人床，床上有屋顶上掉下来的残破瓦片。高平站在房间内，心想这破破烂烂的地方怎么住人呢？当这个念头在高平脑海中出现时，他突然想到刚刚对沈坤娇的承诺，马上就镇定下来了。他随手拿起一件破衣服，拍打着被子上的灰尘，拍了很久，被子似乎拍打干净了，但一股霉味钻进他的鼻孔，高平不由自主地打了个喷嚏。沈坤娇说："师父，这房间好长时间没人住了，棉被有点霉味。今天有太阳，你拿出去晒一下。"高平说："好的，是要晒一下。"说着就抱着棉被走出了房间。

沈坤娇和沈阿满把房间简单地收拾了一下。高平晒被子回来时，沈坤娇对他说："师父，这房间还没通电，过几天我会叫人来通电。"高平说："好的。"沈坤娇说："师父，只要你把寺庙看管好，我们会照顾好你的生活。"高平说："谢谢！"沈坤娇说："不要说谢谢，就说阿弥陀佛！以后村里人来庙里做事，你都不要说谢谢，说声阿弥陀佛就好了。"高平说："知道了。"

沈坤娇等人回家了，高平一个人来到大殿，点上三支清香跪拜在庄严的菩萨像前顶礼膜拜，求菩萨保佑龙潭村的村民们平平安安，财源广进，五谷丰登，也保佑自己平安健康。此刻他的内心异常宁静，仿佛真的超脱了红尘遁入空门。

礼佛后，高平感觉腹中饥饿。他来到厨房，看到之前生锈的锅被擦得干干净净，水缸里也盛满了水。他想要做饭，却发现没有米，心一下子失落了。

没有失望就没有希望。

突然听到门外响起咚咚的脚步声，高平朝门外望去，只见沈坤娇和一个村妇一人背着一个蛇皮袋朝庙里走来。高平迎了出去，接过蛇皮袋。沈坤娇说："师父，这是送给你的米和油，跟我一起来的阿姨叫陈巧云，她也是居士，以后经常会来庙里做事。"高平连声说："阿弥陀佛！阿弥陀佛！"听了二位阿姨叫自己师父，高平心里觉得有点受不起这样的称呼。他对二位阿姨说："你们叫我师父，我实在有点不好意思。"陈巧云说："菩萨为大，你和菩萨相伴，尊重你就是尊重菩萨，叫一声师父也是应该的。"沈坤娇和陈巧云走后，高平拿着米油向厨房走去。

高平烧火做饭，随着袅袅炊烟升起，他的心也慢慢暖起来了。

山中的夜晚是寂静的，晚饭后高平独自坐在庙内的长椅上，只听见大殿屋檐下的风铃发出断断续续、叮叮当当的响声，好像诉说着山中岁月的往事，也牵动了高平对故乡和亲人的思念。

他想起了在故乡和玲玲一起走过的清风明月的夜晚，想起了母亲缝衣服的身影，想起自己曾经执教的龙头山中学的同事和孩子们，记忆在岁月的流逝中闪耀着温暖，往事如烟似梦，在这个寂静的异乡之夜，只有冰凉的泪水在眼中滑落。未进寺庙之前，高平觉得进了寺庙就没有了红尘的苦恼，看来要获得内心的宁静，还需要一个漫长的过程。

高平起身在大殿内拿了火柴和两支蜡烛向睡觉的房间走去，可他一进房间心里就产生了一种恐惧感，房内没有通电，漆黑一片，只感觉冷冷的风吹在身上。他从口袋里摸出火柴，划亮了一根，点上蜡烛，微弱的烛光照亮了眼前的这个世界。高平一只手举着蜡烛，一只手挡着外面吹来的冷风，举起蜡烛向房间的四周照了一下。看到窗户破了一个大洞，风呼呼的直吹进来，高平随手扯下旧被子里的一点棉絮堵在了窗户上，顿时有了丝丝的暖意。借着蜡烛的光亮，他半闭着眼躺在床上养神。

半夜时分，高平听到枕边一声响动，他用手一摸，摸到一个柔软的东西。高平吓得大叫起来，他赶紧翻身起床，划亮火柴，点亮蜡烛一照，只见一只大老鼠躺在他的身边。那只老鼠看上去有半斤多重，又大又肥，全身长着黑褐色的毛，还有一条长长的尾巴，头上长着两只尖尖的耳朵，一双绿豆似的小眼睛忽闪忽闪的，显得十分狡猾。高平在地上找来一根小棍，将它赶走，但这只老鼠似乎不怕人。虽然赶走了老鼠，可高平还是心有余悸，不敢再躺下去了，坐在床沿，慢慢地等待着新的一天的到来。

异乡的夜晚孤寂而漫长，高平的心时而惊惶时而焦急，他多么希望时间过得快点，他有时坐在床沿，有时在房间里来回地走动。

此刻，高平的脑海里一片茫然，没想到曾经对人生充满美好向往的他竟落到如此地步，仿佛自己是战争年代的难民，逃难躲在深山老林。向前一步万丈深渊，退后一步又有追兵，难道真的走上了绝路，这到底是为什么？他想起了古人孟子说的话，"故天将降大任于斯人也，必先苦其心志，劳其筋骨，饿其体肤，空乏其身……"无奈之际，他拿起蜡烛走出了房间来到了大殿，点了三支清香再次跪拜在佛菩萨面前，求佛菩萨保佑，让他度过山中艰难的日子。在大殿跪拜之后，高平再次来到房间，坐在床沿等待着……

等待了许久，终于听到了鸟儿的叫声。高平的心一阵激动，他打开门一看，天蒙蒙亮了。怕有山风吹来，高平又赶紧关上了庙门。他将几根木条放在一个破脸盆里，烧火取暖，高平一边取暖一边想着未来的日子。

高平身体感觉有点暖和了便起身洗漱，洗漱后来到大殿点香、礼佛、换佛前供的水、打扫大殿。忙完这些，高平来到厨房生火做饭。

吃过早饭，听到门外响起了敲门声，打开门一看，沈坤娇、陈巧云、沈土根、沈永林等人来了，陈巧云一进庙门就对高平说："师父，昨晚很冷吧！昨晚的风那么大。"高平说："是有点冷。"沈坤娇说："师父，你年纪轻轻就来这里守寺庙，真是苦了你了。"高平说："没事的，跟菩萨相伴是我的福气。"沈坤娇说："这话说得好，跟菩萨做伴是要福气的，菩萨会保佑你的。"

沈坤娇等人在庙里转了一圈，发现大殿已经打扫过了。沈坤娇问高平："师父，早上供在佛前的水有没有换过？"高平回答道："换过了，大殿也打扫了。"沈坤娇说："阿弥陀佛！师父辛苦了！"

众人在庙里闲扯一会儿，沈土根和同来的沈永林爬上屋顶翻修，还修好了窗户。沈坤娇说："师父，我来庙里之前跟我家老头子说了，让他到镇上去给你买两条新被子和一些生活上要用的东西，等会儿他会送来。我知道你昨夜没睡好，那被了那么破旧，咋天来得匆忙，没考虑到这些，对不起了。"高平说："没事的。"陈巧云说："师父，你就安心在这里，我们几个居士都商量好了，过几天会把庙里的电接上。"中午时分，大家在庙里吃过了饭都回去了。

下午沈坤娇和她的老头陈发泉来了，他们为高平买了两条被子，还有些生活用品。走进高平睡的房间，沈坤娇给高平换被子。当她掀起床垫时，发现在床头的一角有一窝小老鼠，有十几只，都还没长毛，像一堆粉嘟嘟的肉团睡在那里。沈坤娇大吃一惊，自言自语地说："哎哟！真当罪过，这床铺很长时间没人睡过了，被老鼠做了窝。"站在一旁的高平也吃了一惊，他说："怪不得昨天晚上我身边躺着一只大老鼠，原来这里养着一窝小老鼠呢！"沈坤娇忙说："师父，你有没有被老鼠咬。"高平说："没咬到，我把它赶走了。"沈坤娇说："没有咬到就好，真是菩萨保佑。你要被老鼠咬了，那可不得了。"说到这里，她双手合十念了一句："阿弥陀佛！"

见沈坤娇那么虔诚为自己祈祷，高平心里也掠过了一丝暖意。沈坤娇对高平说："你到厨房去拿个脸盆来，把这些小老鼠装在脸盆里，待会儿我出去的时候，就把它们带出去，放到山上。是死是活，看它们的造化。"

沈坤娇干活很麻利，不一会儿，就帮高平换好了被子，还帮他整理了一下房间。然后他们就起身回家了，临走的时候给了高平一个电话号码，对他说："师父，你有什么事就打我电话，我和我家老头都在家里的。有什么事，我们会马上过来的。"高平说："好的。"说完就把沈坤娇夫妇送出了庙门。

几天后庙里的电接通了，生活得到了改善，高平就这样过上了僧侣般的日子。

每天早晨，鸟儿的鸣叫催他起床，然后打扫卫生，点香礼佛，高平做完这些事觉得还有很多空闲的时光，有时看书，有时与义章。

有一天，他突然想起小时候父亲教自己写字的情景。年少的时候自己还有练字的经历，心里有了练书法的想法，他在手机百度里搜索着历代的书法家，觉得元代大书法家赵孟頫的书法外貌圆润而筋骨内涵，结体宽绰秀美，感觉很适应自己的性格。他想从赵孟頫的楷书《胆巴碑》入手练习，可庙里没有笔墨纸砚，他想起了古人欧阳修用秸秆在沙地上练字的故事，就想到灶膛里的灰也可以拿来练字。高平来到厨房，把灶膛内的灰用铁铲扒了出来装在脸盆内，倒在地上。从此，每天空余时，他就会用一根棍子在地上练习笔画，从长横、短横、悬针竖、垂露竖开始慢慢练习。

高平到雷公庙一个月后，朋友彭新根来看望他。高平跟他说起自己在练书法，托他到镇上去买些笔墨纸砚还有字帖，彭新根满口答应，并说："你好好练，笔墨纸砚我会免费提供，将来成了书法家不要忘记我就好。"高平说："不会忘记你的，不过成为书法家没那么容易。"彭新根说："只要努力，没有做不好的事。"高平说："托你的福，我会努力的。"

几天后，彭新根为高平买来了笔墨纸砚，还有赵孟頫的楷书《胆巴碑》字帖。从此，高平拿起了手中的笔，在宣纸上描绘着自己的梦想。

自打高平来到雷公庙，来庙里烧香的人也多了起来。乡亲们每次拜菩萨都要带点水果米油，有的人会做十元或二三元的功德，按当地的习俗叫"上门"，其实就是给看管寺庙的人的零用钱。这样高平的生活慢慢有了点保障。平日里，来庙里烧香的乡亲见高平在练书法，都非常赞叹。

有一天晚上，高平在大殿里走动，突然发现大殿的墙角下放着一只破旧的木箱子。怀着好奇的心情，高平把这个箱子搬了出来抹去上面的灰尘，打开木箱一看，里面全是一些经书，高平兴奋不已。那天晚上，高平就把那些书都拿了出来，摆在睡觉房间的小桌子上。从此，每当夜深人静的时候，他就在灯下读书，在般若文海中探索佛法的真谛。

日子久了，高平觉得当地村民大多数人对佛教存在误解，把佛教当作一种迷信，有的老人有病不去医院，把菩萨当作医生，以为菩萨能医治疾病。

有一天上午，高平正在庙里读诵经书，一位七十多岁的老太太满脸愁云地走了进来。她一见高平就双手合十，口念阿弥陀佛说："师父，我家老头子得了重病，来求菩萨保佑，我要到大殿去烧香。"高平说："好的。"说着就把老太太引进大雄宝殿，三拜九叩虔诚祈求后，老太太从口袋里摸出一条花手帕在香炉里包香灰，高平看到后就问道："阿姨，你拿香灰有什么用？"老太太说："这个庙里的佛菩萨灵验，这里的香灰就是仙丹，我要拿点回去给老头子吃，让他的病快点好起来。"高平一听忙说："阿姨，这香灰不能吃的，求菩萨保佑也要合理讲科学。香灰不能为你家老头子治病，你要让你家里人送你老伴到医院去治疗。"在高平的劝说下，老太太没有带走香灰。

岁月如白驹过隙，转眼间高平在雷公庙度过了一个新年。迎来了观世音菩萨的生日，农历二月十九这一天，雷公庙举行了念佛活动。

一大早，村民沈坤娇、陈巧云、沈土根等人早早地来到了雷公庙就在庙里开始忙碌了，打扫卫生、擦桌子、洗碗洗菜，忙得不亦乐乎。上午龙潭村的乡亲们都来了，他们带来了米、菜、油，还有香烛。平日里安静的雷公庙开始沸腾起来，大殿内香火缭绕，烛光通明，老太太们开始念"阿弥陀佛"，顶礼膜拜。那一声声佛号此起彼伏，在山谷中回荡。念佛结束了，乡亲们纷纷在功德箱里放钱，有三元五元的，还有十元，最多的也会放一百元。

傍晚时分，沈坤娇、陈巧云来了。沈坤娇进门就说："师父，你有没有打开功德箱？里面有多少钱？"高平说："阿姨，功德箱我没有打开，也不知道里面有多少钱。"沈坤娇说："这样好，那趁我和巧云阿姨在，我们就打开来看看。"她们来到大雄宝殿打开了功德箱，把里面的钱倒了出来。她们一边数钱一边口念阿弥陀佛，过了一会儿钱数好了，一共是两千七百六十元。沈坤娇把钱交给高平说："师父，这钱留着你用吧！"高平说："阿姨，不用了，还是你们保管着。以后庙里要用钱的时候，我会向你们拿的。"听到高平的话，她们两人交换了个眼色。沈坤娇说："既然师父这么说，那钱我们先保管着。"然后把钱就放进口袋。

沈坤娇说："师父，过去我们对你不了解，以为你到庙里来是为了钱。通过这次念佛，我们发现你到庙里不是为了钱，而是一个真正信佛的人。你真心在这里守庙，我们心中有数，不会亏待你的。我们打心眼里高兴，但是我们也有一点担忧，你不会敲打念唱。如果在寺庙里长期住下去，还是要学会敲打念唱的。"高平说："阿姨，你们觉得有这个需要，有机会我会去学的。"沈坤娇说："这样想就好。"

晚饭后，高平独自一个人在院子里散步，下午沈坤娇对他说的话又在耳畔回响。高平觉得沈坤娇的话是有道理的，既然住在庙里就有传承佛法的责任，学会敲打念唱是应该。那天晚上，他就拨打了彭新根的电话。彭新根在电话里说："这事不难，我打听一下，过几天给你回话。"

几天后彭新根来电话，告诉高平通过朋友帮忙找到了一位老和尚，敲打念唱功底极其深厚，愿意将敲打念唱传授给高平。

离开雷公庙的这一天，沈坤娇、陈巧云等人来送行，她们带了一些饼干面包，还把一千元钱交到高平手里说："师父，你到外面去拜师，吃住都要用钱的，这是我们的一点心意，你留着用。"高平接过沈坤娇给他的钱和饼干，带着一颗感恩的心上路了。

从龙潭村出发乘上客车，换了一班又一班。那天下午三点多，高平来到了妙善老和尚住的地方。老和尚早年在浙江海宁出家，后因寺庙香火不旺回到了老家。老和尚没有结过婚，无儿无女，现在由侄儿照顾他的生活起居。

妙善老和尚虽然回归红尘，仍然过着僧侣一般的生活，每天吃素念佛，还做早晚功课。老和尚的虔诚礼佛之心感动了附近的善男信女，这些年，每月的初一十五，周围的乡亲们都会到他这里来烧香拜佛，人还真不少呢！

因为事先通好了电话，妙善老和尚的侄儿热情地接待了高平。休息了片刻，他带着高平来到妙善老和尚的房间。老和尚正在打坐，八十多岁的他盘腿而坐，看上去慈眉善目。高平一看师父在打坐，怕打扰他，正想转身离去，却不料师父先开口了。他说："既来之则安之，既然有缘见面，又何必匆匆而别。"听到师父的话，高平只好站在房间的一角。高平在房间里大约等了半个小时，妙善老和尚下了座和高平一起来到了客厅。

妙善老和尚对高平说："你来之前，我侄儿把你的情况跟我说了。你到我这儿来主要是学习敲打念唱。"高平回答道："是的，庙里经常要念佛，我作为看管寺庙的人，这些基本功是需要的。"老和尚说："这应该不难，你们年轻人有文化，接受能力强。我专心传授给你，你一定能学会的。"高平说："谢谢师父。"

那天晚饭后，安排好高平的住宿，妙善老和尚拿了两本经书和一个木鱼给高平。高平接过经书和木鱼后问道："师父，为什么念经要敲打木鱼？"妙善老和尚说："你看这木鱼的眼睛一天到晚都睁着，即使是晚上也不闭眼，敲木鱼的目的是警示人们要把握好时间，让佛弟子勤修道业，精进修行。"

第二天早上天蒙蒙亮，师父就起床了。洗漱后，他带着高平来到家里的佛堂。礼佛后，妙善老和尚带领高平先唱赞子然后念经。老和尚一边敲打木鱼一边唱，就这样高平跟着师父踏上了学习敲打念唱的路途。

一个多月过去了，在不知不觉中高平学会了做早晚功课和唱赞子。学习之余，师父还教会了他写榜文。在日复一日的交往中，妙善老师的真诚和善良也深深地打动了高平的心。师父除了教高平敲打念唱，对他的生活也百般照顾，问寒问暖，使高平深受感动。在远去的时光里，师徒二人结下了深厚的情谊。

人的一生都在路上，学好敲打念唱后，高平又要辞别师父回雷公庙了。

那天早上，收拾简单的行装后，高平和妙善老和尚辞别。临行前，高平对妙善老和尚说："师父，这么多天吃住在您家里，给您添麻烦了，为了教会我敲打念唱，您也吃了不少苦。师父的恩情我一辈子难忘。"妙善老和尚慈祥地对高平说："你我能相遇成为师徒，都是缘分，不必言谢。作为师父我没有别的要求，就是你到庙里要一心向佛，并把我教给你的敲打念唱用上，坚持做早晚功课。"高平回答道："师父，您放心，我一定会做好的。"

走的时候，高平从口袋里摸出八百元钱塞到妙善老和尚的手里说："师父，这些天我吃住在您家里，给您的经济增添了负担，这点钱算是我的一点心意。"妙善老和尚说："我没有经济负担，现在共产党的政策好，我老来有依靠。侄儿为我交了养老保险，每月有两千多元的生活费。这么好的条件，吃点饭菜算什么。你不用客气，自己留着用。"高平拿了几次，妙善老和尚执意不肯收，他只好把钱收回去了。师父不但没有收他的钱，还给了他几本经书和一袋面包，就这样带着师父的关爱和温暖，高平又踏上回归寺庙的路。

上车了，高平在心里默默地祝福："青山常在，绿水长流，他年相见，后会有期，师父您老人家要保重身体，有机会我会来看您的。"

离开雷公庙多日，高平终于回来了。那天上午，阳光普照，沈坤娇、陈巧云、沈土根等人来了，见到高平回来了她们喜出望外，站成一排双手合十，欢迎高平的归来，面对淳朴真诚的村民，高平的心里升起了一股真挚的感动……

自从学习敲打念唱后，高平每天做早晚课，那阵阵木鱼声和梵音传唱在山谷中回荡。在山上干活的村民有时听到木鱼声也会来到寺庙，和高平拉拉家常说说话，慢慢的相互之间也熟悉起来了，在高平的脑海中，印象最深的是龙潭村的村民沈永林，他每次来寺庙和高平有扯不完的话，沈永林也喜欢书法，两人兴趣相投，一来二往便成了好朋友。

有一天，沈永林又来到雷公庙。刚进庙门，沈永林叹了一口气，对高平说："我又和老婆吵架了，心里闷，来跟你说说话。"高平说："夫妻吵架是很正常的，没事，过会儿就好了。"沈永林说："每次我们吵架，两人都要生闷气好几天。我想这样长期下去还真有点担心要离婚了。"高平说："有什么事这么严重？要到离婚的程度。"沈永林说："还不是为了她搓麻将的事，我每天辛辛苦苦在外面干活，回到家还是冷锅冷灶连口热水都喝不上。你说男人讨老婆图个啥，不就是图回家有口热饭吃。"高平说："这又不是什么大事。你慢慢跟她讲，态度要温和一点。你太强硬，没有给你老婆台阶下，你老婆想改心里也不愿意。"沈永林说："她不顾家，天天在外面搓麻将，我是没有好脸色给她看。"高平说："你是个男人，要有胸怀。女人有点错误，不是原则性的，你就好好跟她讲。古话常说：'堂前教子枕边教妻。'平常你也要对她多体贴照顾，这样她就会依恋你，想着这个家，就不会经常出去打麻将了。"

听了高平的话，沈永林说："也许师父说得有道理，我的态度是有点问题，可她也不是一次二次了，我看让她一下子改正也是困难的。"高平说："人心都是肉长的，你好好对她，她一定会改。你回去对你老婆态度好一点，你们是儿女夫妻，不要动不动说离婚，这样不好。"

那次回家以后，沈永林隔了很长时间才来雷公庙，高平就问起他和妻子的事，沈永林说："上次你说的话有道理，我回去以后没有和她吵，慢慢地跟她讲道理。她也觉得有点对不起我，这段时间很少去搓麻将，把家里也收拾好了，我们俩的感情也慢慢好起来了。"沈永林的话让高平心里感到很安慰。

在晨钟暮鼓的陪伴下，高平忘记了往日的忧愁。送走了日出日落，迎来了春夏秋冬，转眼间又到了一年的腊月。

一个大雪纷飞的下午，沈坤娇和陈巧云来了。高平对她们说："阿姨，这么大的雪，你们怎么过来了？"她们说："师父，我们今天有事要和你商量。腊月初八就快到了，这一天庙里要念经烧腊八粥，分给村里人吃，不知师父有什么想法？"高平说："好的，这是好事。你们商量好了就可以了。"那天他们一起安排了干活的人手和要准备的食材。

腊八节，俗称"腊八"，即是农历十二月初八，相传这一天是释迦摩尼佛成道日，是佛教盛大的节日之一。我国喝腊八粥的历史已有一千多

259

年，最早开始于宋代，每逢腊八这一天，不管朝廷、官府、寺院还是黎民百姓家都会做腊八粥，以此来祈福风调雨顺、五谷丰登、国泰民安等寓意。

腊八节的前一天，沈坤娇、陈巧云带来了糯米、花生、红小豆、莲子、核桃、红枣、桂圆、白糖等。她们到了庙里后，把厨房打扫了一下，剥好了桂圆，浸泡好了红小豆和莲子。走的时候，沈坤娇对高平说："师父，明天你早点起床，我们明天一早来烧腊八粥。"高平回答道："好的，我明天会早起，把准备工作做好。"

第二天一大早，沈坤娇、陈巧云、沈阿满等人来了，大家七手八脚地忙开了，有淘米的、烧火的、洗锅的，忙得不亦乐乎，慢慢地龙潭村的村民也陆陆续续地都来了，在庙里举行了念佛活动。

到中午时，腊八粥烧好了，村民们站成一排。高平将盛好的一碗碗腊八粥双手捧分给村民们，村民们满怀虔诚地双手接过。他们吃着腊八粥，笑意洋溢在脸上，有的村民还自发地将腊八粥送给了村里的孤寡老人。

腊八节过后，雷公庙又恢复了往日的平静。

一天上午，高平正在练习书法，一个身材高大的中年男子走进了雷公庙。那人说他今天是来龙潭村亲戚家做客，听说雷公庙来了位师父就过来看看。高平说："师父不敢称，村里人相信我，叫我在这里看管寺庙。"那人说："你一个人在庙里，经得起孤独和寂寞也是了不起的。"高平说："这没什么，我只是想过平静的日子。"

高平请他坐下，并和他交谈起来。在交谈中，高平得知此人姓张名金亮，在北京从事金银首饰生意，张金亮的老家也在孟郊故里，那天他们谈得很投机。打那以后，张金亮有空就来雷公庙和高平聊天。在慢慢的交往中，高平对他的人生故事有了更深的了解。

张家世代为农，张金亮二十岁那年，为了谋求生计，他独自一个人去北京闯荡。凭着他吃苦耐劳的精神和做人的智慧，经过二十多年的打拼，如今张金亮已在北京开了三十多家金银首饰店，成了身价过亿的老板，也留下了他一路传奇。张金亮的人生经历深深地打动了高平。

有天上午，张金亮又来到寺庙和高平聊天。高平对他说："张老板，你从一位普通的打工者变成了一位身价过亿的老板，实在是了不起。如果把你经历的事情记录下来写成一本书，对你的人生来说也很有意义。"

张金亮说："师父，你的话说到我心坎里去了。想想我这一辈子过了那么多的苦日子，现在生意做成这个样子也不容易，也算是功成名就了。闲着的时候也总在回想自己走过的路，特别是我和我老婆的那个缘分，就像电影电视剧里演的一样。我很想把那过去的事写下来，可惜我没文化。"高平说："张老板，如果你真有这样的想法，我可以给你写，我以前给别人写过传记。"张金亮说："没想到师父还有这样的本事，既然有这样的缘分那你就帮我写。"高平说："好的，我写好了策划就电话约你。"张金亮说："没问题，这事就这么定了。"

经过几天的思索，高平写好了策划。此书一共分十个章节，从张金亮的祖父写到他到北京创业的过程。那天上午，高平打电话给张金亮，张金亮接到电话时正在外地出差，他答应第二天过来。

张金亮是一个讲信用的人，第二天中午他如约来到了雷公庙。高平热情地接待了他，他们谈了一会儿就转入正题。张金亮对高平讲起了他的人生故事，张家世代为农，只有他一个人经商。祖父虽是一个农民，但很喜爱练武，练得一身好武艺，在十里八村很有名气。到七十岁时，在门槛上蹲着马步桩，四个劳力都拉不下来。父亲张顺善也会十八扁担、小洪拳，身手也不错。张金亮本人只读过两年书便辍学在家，从小随父亲习武。二十岁那年，改革开放的春风吹遍了神州大地，他和许多年轻人一样为谋求生计去外地闯荡，转辗来到了北京，经过一番周折，终于踏上了创业之路，说起自己开金银首饰店，还得感谢他的师傅刘太保，也就是他的岳父。

那年他只身来到北京闯荡，有一天他路过街头一条小胡同时，看到有几个流里流气的男人正在欺负一位年轻的女子。张金亮大吼一声冲上前去，三下五除二就把那几个流里流气的人打倒了。那几个男子见张金亮身手不错，个个吓得抱头鼠窜。

被张金亮救下来女子叫刘金莲，当年十八岁，身材匀称容颜较好。打跑了几个男子后，张金亮正转身离去，刘金莲叫住了他说："大哥，感谢你救了我，能不能把你的名字和地址告诉我，以后我好去感谢你。"张金亮说："这点小事不用感谢。"说完又要走了。刘金莲一看急了，一把拉住他的衣角说："大哥，不好意思，如果你就这样走了，以后就找不到你了。不能感谢你，我心里过意不去。"

见刘金莲这么诚心，张金亮说："既然这样，那我就告诉你，我叫张金亮，是浙江人，来北京没多久，还没找到工作，也没有固定的地址。"刘金莲一听说："既然你没找到工作，就到我家来打工。我家开了打金店，正要招一名学徒。"张金亮一听满心欢喜，就跟着刘金莲到了她的家。

刘金莲的父母听说张金亮救了他们的女儿，内心十分感激，不但好吃好喝地招待了他，还收他为徒。就这样张金亮在北京待了下来，后来他和刘金莲谈上了恋爱，结为夫妇。刘金莲是刘家唯一的单传，就这样他们夫妇继承了刘家的祖业。从此，凭着他的聪明才智，把一家小小的金银首饰店，慢慢发展成现在的几十家，成了身价过亿的老板。

那些天，张金亮经常来雷公庙接受高平的采访，他的故事在高平的笔下一天天的成长。

一个大雨磅礴的夜晚，高平写作时没有了灵感，便来到大雄宝殿。他刚进大殿，脚下就踩到了水，拉亮电灯一看，原来是大雄宝殿的屋顶漏水。不光地上有水，菩萨塑像上也滴着水，高平一看心疼了。菩萨虽然不是血肉之躯，但却是人们心中精神的偶像，是英雄的化身，怎能经受风雨的侵袭？高平心想，如果有钱一定要将大殿的屋顶翻修好，以免

"菩萨"饱经风雨之苦，可自己在寺庙里也只能勉强生活，要想实现这个愿望有点难度。

经过几个月的努力，高平为张金亮撰写的自传《金色人生》初稿已完成。那是一个阳光灿烂的日子，一大早张金亮拿了大米和水果来到庙里。高平拿出手稿给他看后，张金亮说："师父，这些日子为我写故事你辛苦了！"高平说："这是应该的，你的创业经历充满了传奇，也值得我去写一写。等书发表了，你充满传奇的创业经历会名扬天下。"张金亮说："我不想出名。"高平说："为什么？"张金亮说："树大招风，以前我穷的时候，村里人和许多亲戚朋友都装着不认识我，现在我有钱了，他们时不时地会到我家来找我办事或者找我借钱，弄得我不能安静过日子，有时手机都不得不关机。如果这书发表了，社会上那么多人知道我，会有更多的人来找我，我更无法安静过日子。"高平说："既然你这样想，为什么当初要写？"张金亮说："我当初写书也不是为了出名，就是想把自己的经历记录下来，有空的时候自己看看，回忆回忆，或者在逢年过节时，把书上的故事讲给我后辈们听。一来是让她们记得我过去创业的苦，好好继承家业，二来是让她们珍惜现在的生活。"高平说："你这样想也好，那这稿子就不用交给出版社也不用刊号，我修改好了直接印刷就是。"张金亮说："好的。"

那天张金亮在雷公庙吃饭时对高平说："师父，你写这本书也辛苦了，需要多少劳务费？"高平说："为你写书也不光是为了钱，主要是为了朋友之间的友谊，再说你创业的精神也感动了我，劳务费你看着给吧！"张金亮说："我看你在寺庙生活也不容易，又没有什么收入。你看要多少钱，你说。"高平说："现金你就不用拿出来，要不你把大雄宝殿的屋顶翻修一下。这屋顶漏水，下雨天菩萨的塑像上全是水，地上也是水，我看着心里难过。"张金亮一听说："这好办，过几天我就叫几个泥瓦匠来翻修。"高平说："那就好。"几天后，张老板请来了几位泥瓦匠将屋顶翻修好了。真是无巧不成书，屋顶翻修好的那天晚上就下了雨。高平走进大雄宝殿，见地上和菩萨身上都没漏雨，他心里踏实多了。

大雄宝殿的屋顶翻修好了，龙潭村的村民们都很感激高平。平时村里人来庙里烧香拜佛，看见高平练习的毛笔字端庄秀丽，非常喜欢。只要村里有红白喜事都要请高平写对联和请柬，淳朴善良的村民都会给高平或多或少的一些报酬。就这样，高平靠着微薄的收入走过了一个又一个艰难的日子。

岁月如歌，转眼间又过年了。

除夕之夜，高平吃过晚饭一个人在院子里走动，听着山下村里传来的鞭炮声，想起了远在故乡的亲人和朋友。此刻，故乡的记忆在高平的脑海中鲜活起来。高平清楚地记得，每年一到腊月二十四母亲就开始忙碌了，打扫卫生，忙着买年货。那挂在屋檐下的咸鱼腊肉常常惹得高平流口水。大年三十父亲和母亲会忙碌一整天，一大早父亲就会带着他和哥哥妹妹们去祭祖，下午贴对联，晚上一家人在一起吃年夜饭。有说有笑，分着压岁钱，其乐融融。此刻，他仿佛看到父母慈祥的面容，回到了故乡和兄弟姐妹们围坐在一起吃年夜饭，一起烤火一起听父亲讲革命故事。

想着念着，高平拿出手机给父亲打了电话。电话里传来父亲的声音，"喂，平呐！你在哪里吃年夜饭？"高平说："我在朋友家吃的，你放心，今年过年家里还热闹吧！姆妈还好吗？"父亲说："家里都好，你放心吧！就是你姆妈有点想你，让你姆妈跟你说几句话。"高平说："好的。"过了一会儿电话里传来母亲的声音，母亲对他说："平呐！我们在吃年夜饭，就你一个人不在家，我很心疼。你在外面还好吗？要照顾好自己的身体，不要老想着我们，家里人都好的。"说着说着，母亲在电话里哭了起来。听到母亲的哭声，高平的眼里也噙满了泪水……

此刻，门外响起了敲门声。高平推开门一看龙潭村的乡亲们来了，他们是来庙里烧头香祈福的，还带来了年糕、米和菜送给高平。乡亲们对高平问寒问暖，使高平心里感到很温暖。虽在异乡，但也能感受到故乡一样的爱。

零点一过，乡亲们都回去了。

年过了，对故乡和亲人的思念也随着记忆的脚步慢慢远去。

高平又照样过着平静的日子，每天看书、写作、练书法。有一天，彭新根又来看望高平，一见面他就问高平："老弟，生活上有没有什么困难？"高平说："寺庙的生活总是有点清苦，但是乡亲们对我的关心和帮助还是让我感到非常温暖的。"两人聊天时，彭新根知道高平写作还没用上电脑，坚决要送一台电脑给高平。他对高平说："有台电脑对你写作有帮助。现在是信息发达的时代，没有电脑，你对外面的世界缺乏了解，不利于写作。"高平说："现在条件不允许，到时我会买的。"彭新根说："不要到时再买了，现在我就送你一台，过几天我就叫人送过来。"高平说："这样不好意思的，你已经帮了我很多。"彭新根说："有什么不好意思的，朋友之间相互帮忙也是应该的。"高平说："要不这样，我身边的一千块钱先交给你，以后有钱了再补给你。"说着就起身拿出钱交给彭新根。彭新根坚决不要，高平说："你不拿，电脑我也不会收的。"几天后，彭新根送来了一台电脑。

寂静的山中生活给高平创造了写作欲望，有时为了写作甚至忘记了吃饭，就用饼干或干粮来充饥，日子久了，因为饮食不规律，体质慢慢地下降。

一个秋雨连绵的晚上，高平受了点风寒，有点咳嗽。一开始以为没什么事，会慢慢好起来的，可是咳嗽越来越严重了，觉得浑身没力气。一天半夜，浑身发烫，人也迷糊了。高平觉得实在挺不住，他拨打了沈永林的电话。沈有林一听急了，他在电话里说："你挺着点，我马上叫人过来。"没过多久，沈永林和沈坤娇还有陈巧云和沈土根几个人都来了，一看高平烧得迷迷糊糊，大伙急了。沈永林说："马上把师父送到医院去。"他们几个人赶紧把高平扶起床，给他披上了衣服。沈永林和沈土根扶着高平，沈坤娇打着手电筒在前面引路，就这样他们踏着泥泞的山路，冒着丝丝凉意一步步向山下的小镇医院走去……

那天晚上，一位姓胡的医生值班，他给高平化验了血，拍了胸片，结果显示白细胞很高，胸片示肺部有炎症，当时的体温达到了三十九点八摄氏度。医生诊断为"肺炎"，要住院治疗。高平说："胡医生，你就给我开点药，让我体温降下去，我回去慢慢养就可以。"胡医生说："这可不行，你已经是肺炎了，一定要住院，挂盐水，把炎症压下去，等病情稳定了，才可以回去慢慢养。"高平一听脸上露出为难的样子，站在一旁的沈永林好像看懂了他的心事说："师父，你不要担心，就在这里安心住院好了，剩下的事我们来办。"说着他就拉着沈坤娇、陈巧云还有沈土根站在一旁商量了一会儿。沈永林走过来对医生说："医生，你把住院单开出来，我们去交钱。"接着对高平说："师父，你要听医生的话。"

他们拿了住院单交了钱，来到了病区。

这个时候已经是后半夜了，沈永林对沈坤娇说："阿嫂，我和土根留下来照顾师父。你和巧云先回去，明天送点吃的和生活用品过来。"沈坤娇说："那我们先回去了。"接着对高平说："师父，你安心养病，明天我们会来看你的。"高平点了点头，望着两人离去的背影，心里升起一种感动。虽然身在异乡，但龙潭村的村民并没有把自己当一个外乡人，像对待亲人一样对待自己，高平的心里暖暖的。

她们走后，沈永林和沈土根给高平安顿好了床铺，然后又打了开水，陪着高平挂盐水，那天晚上的盐水一直挂到凌晨。

第二天早上，沈坤娇带来了早饭还有一些生活用品。高平说："阿姨，你这么早就来了，真是难为你了。家里还有那么多农活，还要为我操心。"沈坤娇说："师父，别说见外的话。你住在龙潭村，就是我们村里的人，我们照顾你是应该的。"说着从篮子里拿出稀饭，还有一个水蒸蛋。高平吃着稀饭，望着沈坤娇的慈祥的面容，好像看到了自己的母亲。回忆起小时候生病时，母亲对他照顾的情景，眼角湿润了……

几天后，高平的烧退下来了，人也精神了很多。

有一天上午，沈坤娇又来看他。一进门，沈坤娇说："师父，知道你烧退了我们都很高兴，我今天特意烧了好吃的，给你补补身体。"说着就从篮子里拿出了一个大炖锅，一边说一边就掀开了锅盖说："师父，这是我熬的鸡汤。"高平闻着那锅里散发出来的香味，一下子勾起了食欲。刚想吃可他转念一想，自己是守庙的人，是不吃荤的。想到这里，他又把筷子放下了。沈坤娇说："师父，你怎么不吃？趁热吃。"高平说："阿姨，我在庙里是吃素的，现在吃荤不太好，这样对不起村里人。"沈坤娇说："没事的，你现在又不在庙里，再说你现在生病了，医生也说你有点贫血，也要补充营养，吃点荤的不要紧的。就是村里人知道的，也不会说什么的，身体还是要紧的。"说着就掰着一个鸡腿放进高平的碗里。

一个星期后，高平的身体慢慢恢复了正常。出院这一天，沈永林骑着摩托车带他回到寺庙。刚进寺庙，龙潭村的很多乡亲们都等在那里，他们问寒问暖的，有的送来了红糖，有的送来了面条。面对众乡亲的祝福和问候，高平心里涌起一阵阵温暖。自己只是一个看守庙的人，也没为村里做过什么贡献，难得乡亲们这样看得起自己，龙潭村的乡亲感情是真诚的，心里是善良的。

那天中午，乡亲们在庙里烧了饭，大家都在庙里吃了中饭，一边吃一边不停地嘱咐高平要注意身体，万一身体扛不住，也可以下山去吃点荤的。高平听着这些亲切的话语，感受到了久违的亲情。下午送别众乡亲后，高平又恢复了往日的生活。

高平每天念经打扫卫生，身体也在慢慢恢复中，同时仍坚持每天读书、写作，练习书法，期待着有一天将自己的梦想照进现实。岁月流逝，高平的书法有了很大的进步，村里叫他写字的人越来越多了。慢慢地，高平的手里有了一点经济积累。

那年春天，高平用平时积累下来的钱出了第一本散文集《守望心灵的家园》。这本散文集汇集了高平多年来发表在各级报刊上的作品，是他人生道路上的心路历程的真实写照，那散发着乡愁和绵绵忧伤的文字赢得了许多文学爱好者的青睐。散文集出版的那天上午，高平就接到了家乡报社一个吴姓记者打来电话，在电话里采访了高平，后将他写作道路上的经历发表在报纸上。

那天晚上，高平打电话请来了沈永林、沈坤娇和沈土根，在庙里吃晚饭以示祝贺。一杯开水，几个素菜，在柔和的灯光下，高平和沈永林等人举杯共饮。高平说："庙里不能喝酒，我只能以水代酒来表达对你们的感谢。如果没有你们的真心帮助，我在庙里就不可能生活下去，也不可能将自己的散文集整理出版，谢谢你们。"沈永林说："师父，不要客气，我们也没有帮你什么，这都是靠你自己的努力。"沈坤娇说："师父，你出书是好事，我们不懂文化，看不懂，但会支持你。待会儿，我带二十本回去了，给你卖点书。"高平说："谢谢阿姨的好意，我的书已经给了新华书店销售，身边也只留了二十多本送人做纪念。"说完就起身走进卧室，拿了几本，签上自己的名字送给了他们。

沈永林、沈坤娇等人走了，高平一个人来到院子里，想起自己这些年来走过的路，他陷入了沉思，脑海里跳出这样的念头，自己还年轻，难道就这样与大山相伴？在这里生活一辈子？

高平出书的消息在他的家乡不胫而走。那些日子，他不断接到同学、朋友、同事的祝贺和问候，让高平感到很温暖，但也勾起了他对未来生活的美好向往。在雷公庙生活了几年，高平觉得自己也有了一定的沉淀，应该走出大山去寻找新的生活。

有一天上午，高平正在练习书法，陈巧云来了，她一进庙门就说："师父，你在写字，我今天特意过来有事要跟你说。"高平说："阿姨，你有什么事？"陈巧云说："你来庙里也有好几年了，村里人都知道你是个善良的人，年纪轻轻就守在这山上也苦了你，又不能吃鱼也不能吃肉，还不能碰女人，真不容易。"高平说："阿姨，这都是我应该做的，我在这里守寺庙，就应该遵守庙里的规矩。"陈巧云说："你又不是出家人，我看你还是娶个老婆，生个儿子，成家立业的好，有了家就有幸福。"高平说："阿姨说得有道理，可我现在哪有成家的条件。"陈巧云说："不要什么条件，我们村有个外地嫁过来的女人，去年她老公在工地上干活从墙头上摔下来，死了，留下一儿一女。一个女人撑起一个家不容易，她还年轻，刚三十出头，想找个伴。我看你挺合适的，也没有儿女拖累，想把你们俩拉在一起过日子，你看好不好？"高平说："阿姨的好意我心领了，可这个女人跟我年龄相差太大了，不太合适。再说我没有正式的工作，没经济来源，不能养活她和孩子。"陈巧云见高平推迟，接着说："年纪相差大不要紧的，主要是看两人合不合得来。你不要把话说死了，你俩还是见个面吧！"高平说："阿姨，我觉得她的条件不太适合我，谢谢你的好意。"陈巧云见高平态度坚决，也就没有多说什么，就起身告辞了。

陈巧云的话掀起了高平心里的波澜，脑海里再一次萌发了离开雷公庙的念头。

也许是命运的安排，几天以后，有一位叫孙萍的居士来雷公庙看望高平。高平对她说自己想出去找一份工作，孙萍说："这事好办，你写好简历，发到我的微信上，到时我在朋友圈转发一下，看看有没有什么单位需要你。"高平说："好的，谢谢你！我等你的消息。"高平写好简历发给了孙萍，静静地等候佳音。

半个月后，高平接到了孙萍的电话，说帮他找了一份工作，是在一家书法培训班做老师。高平对这个工作还是很满意的。

在大山深处默默地生活了几年，重新回归社会本是件高兴的事，可他心里又很纠结。几年来，龙潭村的村民没有把他当外乡人看待，是那样地关照他、帮助他，让他刻骨铭心。

晚上高平一边收拾衣物，一边回忆起在龙潭村走过的日日夜夜，是龙潭村的乡亲们用淳朴善良的爱心支撑着他走过了人生最艰难的岁月，也帮他圆了出书的梦，他从内心感激龙潭村的乡亲们。那天晚上虽然很晚了，高平还是给沈永林打了电话，让他告诉沈坤娇等人明天来雷公庙一趟，有事要商量。

第二天上午，沈永林、沈坤娇、陈巧云和沈土根都来了，他们问高平有什么事。高平说："今天叫你们到庙里来，我有事跟你们商量，就是有点不太好开口。"沈坤娇说："我们都那么熟了，你有事就直说，我们都能理解你。"高平说："阿姨，我来庙里几年，得到了村里人很大的帮助，我心里很感激你们。但是我如果守一辈子的庙，有很多心愿没法完成，我想下山去找一份工作。"沈坤娇说："师父，你还年轻，有这个想法我们理解。到外面去找个工作，好好攒钱，找个女人，踏踏实实地过日子是好事。"高平说："阿姨，我走了，寺庙谁来看管？"沈坤娇说："寺庙的事你不用担心，我和巧云阿姨会管好的。以后如果有别的师父愿意来，就交给他管。"高平说："谢谢阿姨们对我的理解，我会永远记住你们的。"

沈永林给高平提着行李，他们默默地陪着高平向山下走去。到了路口，沈永林把高平的行李放下，从口袋里摸出两百元钱交给高平说："你走得匆忙，我没有做什么准备，就拿这点表示一下心意，路上可以买点吃的。"高平推迟不要，沈永林硬是塞给他的手里说："别嫌少，拿着吧！"之后，沈坤娇、陈巧云还有沈土根都掏出两百元钱塞给高平。车子来了，他们把高平的行李提上了车，望着车子远去，才慢慢地转身向龙潭村走去。

客车向前行驶着，望着沈永林等人的身影渐渐远去，高平的眼睛模糊了。在高平心中，龙潭村的乡亲才是人间最美的"活菩萨"。他在心里默默地祝福龙潭村的乡亲们，一生平安，永远幸福，龙潭村的明天更加美好！

第七章

相约天城

　　一位美丽善良的女人，从江南水乡走来和高平相遇。两人一见如故，相惜相爱，可惜相见恨晚，他俩相遇时，女人已是别人的妻子和母亲。在道德和法律面前，他俩放弃小爱，转化为一种大爱，用真诚和善良描绘着生命的美好。

中午时分，高平来到了位于天城东麓的"碧云斋"书画室。

一进书画室，看见一位老人正在写书法，高平问道："您好，是董老师吗？"听到有人叫他，老人抬起头说："是的，我是董方军，你是哪位？"高平回答道："我是小高。"老人放下手中的笔，迎上前去握着高平的手说："小高，你来了，辛苦了！听孙萍说你今天来，我就是在等你。"高平说："谢谢！"说着董方军领着高平顺着大长桌来到了靠里面的一个茶桌旁请高平坐下，泡了一杯茶，对他说："小高，你先喝口茶，把东西放一下，中午我们到外面吃饭。"

高平环视了一下这家书画室，室内秉承着古色古香的装修风格，墙上挂着些字画，架子上摆着一些笔墨纸砚，外面有一张大长桌，整个室内散发着书香气息。

他们聊了一会儿，就出去吃饭了。

董方军点了四菜一汤，他们边吃边聊。董方军说："我以前是经营茶楼生意的，后来因为爱好书法和收藏就把一楼改建成书画室，二楼还是茶楼。这个书画室就做一些字画和文房四宝的生意，以文会友。近两年又开了书法课，主要针对孩子们。"高平说："我学书法时间不是很长，主要是自学。"董方军说："我看过你的书法作品，功底还可以，教孩子没问题。在教学中，你一边教一边学，也会慢慢提高的。"高平说："是的，我会努力的。"董方军接着说："我学习书法有很多年了，一开始也是自学，后来得到了名师的指点，书法技能有了很大的提高。但练书法坚持很重要，我现在每天会写上几笔。"高平说："是的，学习书法坚持是最重要的。在寺庙的几年，我几乎每天都在练习。有时，一天会写上好几个小时。"

两人继续聊着，董方军说："这个书画室事情也不是特别多，孩子们一般放学后过来学，白天照看一下生意。本来我一个人也可以，可现在年纪大了，身体也不如从前了，想找个帮手，我可以轻松点。"高平说："这里的情况我已经听孙萍说过一些，我觉得自己适应这样的环境就过来了。"董方军说："那就好，那你安心在这里做，工资方面不会亏待你的，我还给你安排了个小房间住。"高平说："谢谢董老师。"

中饭后，他们回到了书画社。董方军带高平上了茶楼，来到了高平住的地方。上楼时董方军告诉高平，这茶楼现在是他的侄女在打理，他说："以后你住在这里，有事跟我的侄女说，她会帮你的。"高平说："好的。"说着就来到了房间，房间在茶楼的最里面，董方军对高平说："这房间是临时腾出来的，简单地布置了一下，里面的生活用品都是我侄女买的。"

房间不大，只有一张床和一个写字桌，但布置得很温馨。床单是米黄色的，被套印有浅蓝色的小花。写字桌上放着两个脸盆，里面有牙膏牙刷和毛巾肥皂。看着这一切，高平突然有种到家的感觉。

虽然和董方军的侄女没见过面，但他觉到这个女人是个有心人，让人感到温暖。

正在这时，一位身材高挑的女人微笑着走了进来，对董方军说："叔叔，你们来了。"董方军笑着说："小慧，我给你介绍一下，这是新来的高老师。"然后对着高平说："这就是我侄女小慧，是位茶艺师。"高平抬头看了董小慧一眼，四十岁左右，身材匀称，皮肤白净，脸上带着微笑，有种亲切感。

董小慧见高平看着自己，有点不好意思，用手理了理头发，对高平说："高老师，这房间的东西是我叔叔临时让我买的，有没买全的，你自己去买一点。"高平说："已经很好了，谢谢！"董小慧微笑了一下说："那就好！"接着对董方军说："叔叔，今晚你们到二楼来，我泡壶好茶给你们喝，就当是给高老师接风。"董方军说："好的，你先去忙吧！"说着董小慧走出了房间。

那天晚上，高平和董方军来到二楼，他们找了一个临窗的位置坐下拉起了家常。

董方军对高平说："小慧是我二哥的女儿，从小在这座城市长大，对这里比较熟悉，这茶楼全靠她打理。"高平说："一个人打理一个茶楼也不容易。"董方军接着说："谁说不是呢！生活都不容易，我年轻的时候，走南闯北吃了不少苦。后来好不容易娶妻生子，可命运对我不公，我儿子二十岁时就走了，中年丧子，人生一苦。儿子是我家独苗，爱人伤心欲绝差点送了性命，在亲朋好友的帮助和劝说下才活了下来。"董方军说到这里，眼圈红了。高平见状，忙说："董老师，人这一辈子真是不容易。"董方军接着又说："年头久了，有时候也慢慢忘记了这些伤痛，可一说起来就控制不住自己的情绪。一见面就跟你讲那么多，有点不好意思。"高平说："可以理解，儿女都是父母的心头肉，这种事情谁遇到都会伤心的。"两人正聊着，董小慧来了。

董小慧见董方军脸色有点异常，问道："叔叔，你怎么啦？"董方军说："没事，就是刚才和小高谈起了明强的事，有点难过。"董小慧说："明强都走了那么多年了，你也别太难过了。"董方军说："我知道。"

董小慧给他们泡了一壶上好的毛尖。他们一边品茶一边继续聊着，董小慧对董方军说："叔叔，你不是还有侄女吗？你和婶娘我们会照顾的，你和我爸是情同手足的兄弟。在我眼里，你就是我的爸爸，我会好好照顾你们的。"

董方军接着对高平说："小高，听孙萍说，你为了追求梦想也吃了不少的苦，现在还是单身一人。"高平说："是的，一路走来，是挺不容易的，做过工地上的小工，还做过老师和记者，又在寺庙里生活了几年。"

高平的一番话，让董小慧的内心升起了一种崇拜的感觉，眼前的这个男人虽然个子不高，但做的职业都很高尚，特别是记者这个职业。在她的心里，记者是非常了不起的职业。再说，一个人能在寺庙里生活几年，也挺不容易的，肯定是耐得住寂寞经得起诱惑的人。可转念一想，这么优秀的人，怎么还是单身呢！正当董小慧在愣神，董方军说："小慧，给我倒点茶水。"董小慧回过神来，赶紧给董方军倒水。董小慧一边倒水一边对高平说："高老师，吃得苦中苦，方为人上人。"

回到卧室，高平躺在床上想着自己真幸运，初次来到天城，就遇到了好人。董方军就像自己的父辈，看上去是那么的亲切。董小慧冥冥之中好像和自己有缘，虽然是第一次见面但却让他觉得很温暖。

每天晚上，高平经过茶室到卧室时，总会看到董小慧在茶楼里忙碌的身影。两人打照面时总会相互一笑，说几句关心对方的话。

有一大晚上，高平正在房间里读书，突然听到"咚咚"的敲门声，他打开房门一看是董小慧来了，心里顿生欢喜。董小慧笑盈盈地站在门口，手里提了个袋子。高平傻乎乎地望着董小慧，董小慧笑着说："高老师，你怎么不请人家进去？"高平这才回过神来，赶紧说："快请进！快请进！"

董小慧走进房间，从袋子里拿出一些水果、蛋糕，还有一罐茶叶，对高平说："高老师，这东西都是给你的。"高平说："让你破费了。"董小慧说："这些东西也不是特意去买的，茶楼里这种点心水果还是很多的。我以后时常会带点过来给你吃，你一个人在外面生活也挺不容易的。"高平说了声："谢谢！"为董小慧倒了杯水，双手递给了她。

高平坐在床沿，董小慧坐在床前的椅子上，两人相对而坐。董小慧对高平说："高老师，在这里生活还习惯吗？"高平说："我每天教书、写字、看店，这种生活很适应我。"董小慧说："能适应这种生活就好，等你慢慢熟悉了这里的环境，朋友会越来越多的。说心里话，天城还算是个不错的城市，人文环境好，生活条件还不错。"高平说："是的，这里经济发达，空气也好，而且这里的人素质很好，我出门问个路什么的都很礼貌。"董小慧笑了笑说："那就在这里好好干，争取在这里生存发展下去，将来在这里成家立业，做个天城人。"高平说："是的，我也有这个想法。"

　　两人闲聊了一会儿，董小慧看了看手表说："时间不早了，我要回家了，家里人还等着我呢！"说着就起身告辞了，临走时给了高平电话号码，还加了高平的微信，她说："高老师，以后有什么事就打电话，也可以用微信联系我。"高平说："谢谢！"董小慧说："不用谢！"说着就朝门口走去。突然她停了下来，因为她发现房门口的垃圾桶没有装垃圾袋，她俯下身把垃圾袋给套上，套好了袋子，才走出了房间。

　　董小慧这细微的动作，深深地印在高平的脑海里。他心想，这女人真细心，真会关心人，她家里的男人真有福气！

　　一个周末的上午，董小慧上班了。茶楼还没正式营业，她来到了一楼，与正在练书法的高平闲聊了起来。她说："高老师，上次聊天时，知道你做过多年的记者，而且发表了许多文章。这些文章你有没有留下来的？我想拜读一下。"高平说："那些文章，有些我做成了剪报册，但更多的都丢了。你等一下，我上去把剪报册拿下来给你。"说完就跑到二楼把剪报册拿了下来给董小慧，说："小慧，这都是我以前写的文章，写得不好。"董小慧说："能发表就说明不错。"说完就在窗口坐下，翻开剪报册，认真地读了起来。

阳光像一束亮闪闪的金线，透过玻璃窗照射在室内，照在董小慧那张美丽的脸上，显得十分宁静。满头的秀发披在肩头，让人联想起"青春、美丽"等字眼。高平不敢多看董小慧一眼，只埋着头写字，可心不听话，时常会走神。小慧在窗前专心地阅读，过了一会儿，她对高平说："高老师，我刚才看了两篇文章，觉得写得很真实，好感人。"高平说："谢谢你的鼓励，其实生活就是文学的摇篮，每写一篇文章，都是对生活的感悟，文章只要写得真实就会感人。"董小慧说："高老师，你说得真好，只有真诚的东西才是美好的。"接着她又说："这个剪报册我还没看完，能带回去读吗？"高平说："好的。"

　　他俩又闲聊了一会，董小慧好像想起了什么，她起身对高平说："高老师，今天的天气不错，等一下我上去的时候把你的棉被拿出去晒一晒。"高平说："那多不好意思。"董小慧说："有什么不好意思的，我也是顺便，没关系的。"说完就上了二楼。

　　晚上高平回到卧室，见房间干净了许多，桌上的杂物也摆放整齐了，棉被也叠得整整齐齐，还散发着太阳晒后的那种带有阳光的味道，让高平感受到了一种家的温暖。冥冥之中，这个叫董小慧的女人好像跟自己的生命有着某种关联，好像自己失散多年的亲人或朋友，让他感到温暖和亲切。

　　平常的日子里，董小慧偶尔在上班前或下班后来看看高平，时常会给他带点吃的，说点关心的话。高平感觉很温暖，只是偶尔见不到她，心里就空落落的。

　　有天傍晚，董方军打电话给高平说："小高，我们春湖内刚建了很大的湖中喷泉，你有没有去看过？"高平说："我没去过。"董方军说："我也没去过。听说这两天在试喷，我想去看看，你想不想去？"高平说："想去，就是不熟悉路。"董方军说："这好办，等一下我让小慧带你过来。"高平说："好的。"

晚饭后，董小慧和高平一起来春湖等董方军。

他俩刚到春湖，董小慧就接到了她叔叔的电话，说她婶娘突然发烧，今天来不了。董小慧接完电话对高平说："高老师，我叔叔今天来不了了，我们回去吧！"高平说："小慧，既然来了我们就走走吧！"董小慧犹豫了一下，说："那好吧！"

高平和董小慧避开喧闹的人群，漫步在一条幽静的小道上。那里树影娑婆，曲径通幽，风吹动着董小慧的头发，那飘逸的秀发散发出好闻的味道，直扑高平的鼻孔。

他们边走边聊，董小慧对高平说："高老师，你的文章我已经读完了。你的人生经历还很丰富，做过的事还真不少。我看到其中有一篇《那年我十八岁》的散文，知道你和村里有位姑娘是青梅竹马的恋人，后来怎么没在一起？"高平说："那都是过去的事了。"董小慧说："有过去才有现在，你那青梅竹马的恋人到哪里去了？"高平说："她是我的初恋情人，可她现在已经成为别人的妻子和母亲了。那时我家里穷，她的父母反对我们俩在一起，硬要逼她嫁给邻村的一个小伙了，可她死活不同意，为逃避这桩婚姻，背井离乡外出打工了。后来，在大城市跟一位老板相遇，就背叛了我俩的爱情誓言，嫁给了那位老板。跟她分手后，我一直走不出这段感情。二十多年过去了，我始终没有忘记她。"

董小慧说："那你后来就没再找过别的女人？"高平说："我做老师时，迫于父母的压力，经别人介绍认识了一位女人，也是老师。虽然我和她没有爱情，但想着自己也到这个年纪了，是真心想和她过日子，可事违人愿，两人没有缘分，还是分开了。"

董小慧说："想不到你是这样一个痴情的男人，一等就是二十年。"高平说："我这辈子都无法忘记她。"听到高平语气坚定，董小慧轻轻地叹了一口气说："问世间情为何物，直教人生死相许？其实，作为女人我还是挺羡慕你那个初恋女友的，有你这么一个痴情的男人爱着她。"高平说："我那个初恋的女人，不尊重我的感情，她给了我一辈子的痛苦。其实我在做记者的那几年，也有长相漂亮、家庭条件还可以的女性主动与我接触，可我心里还是放不下最初的那份感情。"

董小慧和高平并肩走着，她默默地倾听着高平的诉说，心想，这样一位真诚的男人，到现在还没有成家立业，实在太可惜了。她对高平说："高老师，事情过去多年了，你也应该从这段感情里走出来，人总要有个伴，你不可能这样过一辈子吧！"高平说："是的，这么多年过去了，这段感情我也慢慢看淡了一些，但是要彻底忘记，还是有点困难。"

董小慧说："那你为什么会去寺庙？"高平说："因为跟第二个女人的情感让我受了伤害，我不相信人世间还有真情，想逃脱世俗的烦恼过与世无争的日子，就进了寺庙。"

董小慧说："你的感情也太脆弱了，这点刺激都受不了。谈恋爱有成功也有失败，这都很正常。"高平说："我就是一根筋，脑子不容易拐弯。"董小慧说："江山易改本性难移。你在寺庙里生活了几年，你的心有没有真正地沉静下来。"

高平说："在寺庙里生活，也不能超凡脱俗，我还是和普通人一样，不能安于现状，心里想着还有好多事情没完成，比如我的文学梦，我的书法艺术。这样一想，我又从寺庙里出来了，让自己融入社会。"董小慧说："这样好，人总要有所追求，朝前走，会慢慢好起来的。"

那天晚上，他俩谈了很久……

董小慧回到家时已经快十一点了，可丈夫王澜还没回来。她洗漱完了躺在床上，高平的影子在他脑海中闪念一下，她对高平有同情有惋惜还有一点敬意。照理说高平应该有一个温暖的家，有妻子的爱，有儿女的亲情，可他现在还是单身一人，也许这就是性格决定命运，他对感情太执着了。想到这儿，她轻轻地叹了一口气，人和人还真不一样，高平是那样的渴望得到家庭的温暖，可自己的男人，有一份属于自己的温暖却又是那样的不在意。平时出门，电话和信息都很少，更没有一句暖心的话。想到这里，董小慧心里不免有点难过。

自从和高平深谈后，董小慧觉得高平是一个需要关心和温暖的人。她比以前更关心高平了，时常去帮他打扫一下房间，帮他洗洗衣服叠叠被子，得空时也会去书画室帮忙。那些日子，高平心里暖暖的，冥冥之中好像自己生活中多了一个女人，生活有了色彩。平时写的文章，高平总是把董小慧当作第一个读者，董小慧总会说出自己的一些看法。日子久了，高平如果一天见不到董小慧的身影，心里就有一种深深的企盼。

有一天黄昏，董小慧和高平在附近的学院散步。

夕阳西下，大地沐浴在落日的余晖中，在学院的小道上三三两两的人在散步。清风拂面，送来一阵阵花木夹杂的幽香，使人心旷神怡。

高平和董小慧并肩走着，董小慧对高平说："高老师，这学院环境还不错吧！"高平说："真美！有花有草，还能听到鸟儿的鸣叫，感觉很舒服。"董小慧说："是的，这个学院的环境是很不错的，附近的居民都喜欢来这儿走走。以后有机会，我们也可以多出来走走。"高平说："好的。"董小慧接着对高平说："我们也认识这么久了，你觉得我这人怎么样？"高平回答道："我没有仔细想过，但我一直觉得你是一位善良真诚、有爱心的人，是一个值得交往的朋友。"董小慧听了笑了笑说："谢谢你对我的夸奖，那你觉得我幸福吗？"高平说："这个我也没想过，从表面看，你的物质条件那么好，又有一个幸福的家庭，我想你应该是幸福。"董小慧说："是的，你的感觉是对的，我也觉得我还算是一个幸福的人，可人总是不满足的，总想着要十全十美。要说我最不如意的地方，就是我丈夫对我的关爱太少了，不懂得说温暖的话。我们当初是别人介绍认识的，后因为单位分房子就匆匆领了结婚证。婚后，我丈夫事业心很重，总是为事业奔忙。后来儿子出生了，丈夫的事业也有了起色，他比以前更忙了，两人相处的时间就越来越少。即使是两人在一起的时候，我丈夫话也不多，有时我总觉得有点孤独。"

高平说："听你这样说，我觉得你丈夫不是个浪漫的人，不喜欢把爱挂在嘴上。我想他是属于那种用行动来诠释爱情的人，他的内心深处是爱着你的。"董小慧说："或许你说的是对的，这些年来，我丈夫在情感上对我很忠诚，没有拈花惹草的事。"高平说："就凭这一点，这个男人就值得你爱，值得你一生去珍惜。"

听了高平的话，董小慧的心里似乎有了一丝安慰，仿佛多年存在于内心的困惑得到了释放。她想想丈夫对自己还是不错的，在生活中很包容自己，也很爱孩子，是一个有责任感的男人。或许就像高平说的那样，他把爱埋在心里。可眼前这位男人，很善于表达，也懂得女人的心，几句话就解开了自己多年的心结。

两人边走边聊，走到学院树林边的长椅旁，董小慧对高平说："我有点累了，在这里坐一会儿好吗？"高平说："好的。"两人在长椅上坐下，董小慧对高平说："这是个艺术学院，还有许多外国的学生来这里学习，这里有很多艺术人才。以后你有时间，可以多来这里感受一下艺术氛围。"高平说："好的。"董小慧接着说："你来天城有好几个月了，有没有出去玩过？"高平回答道："平时我都在店里，很少出门。"董小慧说："天城是一座历史悠久的名城，好吃的东西很多，好玩的地方也很多。有机会我带你出去转转，品尝一下这里的美食，看一下这里的美景还有美女。"

他们又聊了一会儿，董小慧说："今晚的夜色好美！"高平回答道：

"今天的月亮特别皎洁，又大又圆。"董小慧说："看着月亮都这么圆了，估计就快十五了。"

此刻，一阵风吹来，高平闻到了一股香味，他偷偷地看了董小慧一眼，她眼睛里含着柔情……

散步的人慢慢地回家了，董小慧和高平也走出了学院。

知道董小慧的心思后，高平有时会为董小慧感到遗憾。看来世上真没有十全十美的事，再幸福的人也有美中不足的地方。其实人生因为没有完美才追求完美，只有这样，才能演绎出生命的故事。

有一天黄昏，高平正在书画室打扫卫生，手机响了起来，他一看是董小慧打来的，心里一阵喜悦。电话里董小慧告诉他，晚上请他吃饭，过一会儿来接他。高平放下手机，赶紧把剩下的卫生打扫完，他不时地抬头看挂在墙上的时钟，巴不得那滴滴答答的指针走得快一些。

暮色时分，董小慧又打来电话，说已经在门口等了。高平赶紧换了一套最满意的衣服就匆匆地出了门。高平刚一上车，董小慧就说："高老师，你今天这身穿着，感觉比平常帅气多了。"听着董小慧的表扬，高平的脸红了一下，说道："谢谢！就是平常的衣服，或许是人逢喜事精神爽吧！"董小慧说："请你吃饭就那么高兴。"高平说："吃饭高兴，但和你在一起更高兴。"董小慧笑眯眯地看了高平一眼。

夜晚的天城流光溢彩，整个城市在灯光的照耀下，如同白昼。

董小慧的车在一家名为"瑞祥饭店"的门口停了下来，这是天城一家比较有特色的饭店。高平和董小慧刚坐下，服务员就走了过来，泡了茶、递了菜单，董小慧拿着菜单对高平说："今天我请你吃一下天城的特色菜。"高平说："好的，你少点一点，我们也吃不了多少。"董小慧说："我知道。"不一会儿，董小慧就点好了菜，然后对高平："你今天要不要喝点酒？"高平说："我一喝就上脸。"董小慧说："那就喝点啤酒吧！"

高平看着董小慧真诚的样子说："那就喝点。"董小慧给高平点了一瓶啤酒，给自己点了一瓶饮料。没等多久菜上桌了，五菜一汤，闻着菜香，高平升起了食欲。倒上酒和饮料，两人碰了一下，高平说："愿我们的友谊越走越远！在人生道路上中能遇到你这样一位朋友，真是我的福气，相信我们是有缘的。"董小慧说："我也觉得咱们挺有缘的。"

董小慧说："我们这儿的菜比较清淡，也不知你是否习惯。"高平说："我家乡的菜偏辣，口味重，但我现在慢慢也习惯这里的口味了。"董小慧说："那就好，你多吃点。"高平没喝多少酒脸就红了，心也开始跳得快起来了。看着对面坐着的董小慧，他脑海里产生了许多想法，有时候觉得她像亲人，像母亲，又像一个陪伴自己的人。

董小慧不停地给高平倒酒，高平也不好意思推却。一瓶啤酒喝完了，董小慧说："我看你酒量还可以，要不要再来一瓶？"高平说："我已经差不多了，头已经有点晕了，不能再喝了。"董小慧见高平有点醉意，看样子真不能喝了，就叫了饭。

一碗饭下肚，高平又要了一碗。董小慧看着高平吃饭狼吞虎咽的样子，说道："高老师，你的胃口真好！"高平说："不好意思，我是不是吃得太多了？这几年，住在寺庙，平常也没什么菜，就光吃饭了。两碗还算少的，有时我都要吃三碗。"董小慧说："胃口好是好事，但你运动少，吃得太多也不好。"高平说："我运动量是不大，但老是肚子饿。"董小慧说："我记得我婶娘以前也是这样的，没干什么活，就老爱吃饭，人也不见长胖，后来查出糖尿病了。"高平说："你的话让我想起上次住院的时候，医生是说我血糖稍微有点偏高，但还不用吃药，说少吃一点饭就没问题了。当时我想反正我也没吃荤菜，就没当回事。"董小慧说："那你有没有再去复查过血糖？"高平说："我没去查过，不过我父亲有糖尿病。"董小慧说："糖尿病有遗传基因的，你这个情况要去医院检查一下。"

高平说："现在店里也走不开，过段时间再去检查。"董小慧说："还是早点去检查好，有病好早点治疗。明天我休息，我带你去医院。店里的事我会跟我叔叔说的，让他来看店。"高平说："那多不好意思，要麻烦你了。"董小慧说："没事的。"

吃完饭，董小慧开车送高平到了书画室门口。下车时，董小慧对高平说："明天早上不要吃早饭，我来接你去医院。"高平说："好的，我知道了。"车子开动了，高平望着董小慧的车慢慢远去……

第二天一大早，董小慧就开车来接高平去医院，这是天城的一家人民医院，医院的医疗设备和医疗环境都是一流的。

那天虽然他们来得很早，但排队挂号的人已经很多了。董小慧拿着高平的身份证，就去排队买病历挂号。大约九点，轮到高平就诊，医生听了高平的诉说后，说："你这个病要先化验，等结果出来你再来。"说完医生就开了化验单，他们拿着化验单付了钱抽了血。

抽完血后，董小慧对高平说："我给你带了早饭你吃点。"他们在医院大厅的一张长椅上坐下，董小慧从包里拿出了馒头和牛奶，还有一个保暖杯，一边倒着水一边对高平说："你先喝点热水，吃完我们先回去，化验结果要下午才出来，我们明天再来。"高平说："好的，那太麻烦你了。"当他喝完水抬头时，和董小慧的目光正好相遇，发现董小慧正用温柔的眼神看着自己，高平的目光缩了回去。

第二天，董小慧又带着高平去看医生，医生看了化验单后对高平说："你的空腹血糖 18.6mol/l，已经可以诊断为糖尿病了，要服药。你的肝功能受损，也要治疗。"

听了医生的话，高平心里很害怕，脸上露出恐惧的神色，医生说："你也不用太害怕，糖尿病只要按时服药，适当控制饮食，多运动，慢慢会好起来的。但也要重视，要定期复查。"一旁的董小慧也安慰高平说：

"没事的，我婶娘发病的时候，血糖也有这么高，服药后，现在也控制住了。"听了他们的话，高平心里稍微放心了点，但他觉得肝功能不好是非常严重的事，村里的阿林就是肝功能不好，没有及时治疗，命都没了，他赶紧问道："医生，肝功能不好，要不要紧？"医生说："现在还不是很严重，及时治疗就没事。"高平说："谢谢医生。"然后拿着处方付了钱去取药。

在药房的窗口排了很长的队，董小慧对高平说："你去那边坐一下，我来排队取药。"高平说："我来排队，你去休息。"董小慧说："不要客气，你去坐着，我来拿。"高平坐在椅子上，望着董小慧的身影，感觉她好像是自己失散多年的亲人，对自己的关心是从骨子里长出来的，是那样的真诚自然，不带任何目的，不是亲人胜似亲人。在高平的印象里，这几十年一路走来，只有两个女人真心疼过自己，那就是母亲和这位认识不久的女人。又想到自己的身体，要不是董小慧带他来看病，及时发现，说不定真的有生命危险。他对董小慧升起一种深深的感激之情，觉得这位女人就是他生命中的贵人，是帮助自己走出人生苦难的。

在车上，董小慧叮嘱高平说："你要听医生的话，按时服药，适当运动，晚饭后可以出去散散步，定期去复查，不要太担心。"高平答道："好的。"

回到书画社，高平心情似乎不那么平静了。他觉得董小慧对自己的关心似乎超过了平常朋友之间的情感，使他曾经受到伤害的心灵得到了安慰，好像内心深处企盼多年的情感回来了……

那天晚上，董小慧下班时给高平发了一条信息，说："我下班了，你早点休息。"虽然只有短短的一行字，可拨动了高平的情怀，他激动不已，回了一条："好的，你辛苦了，一路平安！"

回信息后，他躺在床上，翻来覆去睡不着。他的心情很复杂，既感动又难过，感动的是在茫茫人海中寻觅了这么多年，终于在异乡的城市有一位真正关心自己的女人，而且是自己喜欢的女人；难过的是，和董小慧相识太晚，眼前的这个女人是别人的妻子和孩子的母亲，看来，她只能给自己一辈子的相思。

下半夜，高平沉沉睡去。醒来时，听到窗外鸟儿的鸣叫，那鸟声婉转动听，好像在演奏着一首美丽动人的歌曲，牵动着高平的情怀，他的脑海里又浮现了董小慧的影子，想起董小慧对他的关心和温暖。他徘徊了许久，拿起了手机在短信里给董小慧写了一首诗《偶遇》："茫茫人海中／突然遇见你／好像久违的亲人／你的每一个细微关心／都打动着我的心／经历了风风雨雨／好像又回到了青葱岁月／和你相处／平凡的日子变得美丽／"

高平怀着忐忑不安的心情将文字发给了董小慧。时间在焦急的等待中走过，高平变得躁动不安起来了，他想着董小慧收到这条信息会不会很反感，或许她对自己的关心只是一种同情，没有男女之间的那种情感。在高平的印象中，董小慧是善良单纯的女人，是位热心肠的人。想到这里，高平突然对自己自责起来．怎么对一个已婚女人有非分之想？董小慧会不会把自己看成人品有问题，假如董小慧有这样的想法那就完蛋了，今后连朋友也做不成了，高平心里很纠结。

收到高平的诗，董小慧心里荡起了涟漪，好像感受到小说中描写的那种男女之间浪漫的情怀。年轻时，她曾经渴望过在生命中有一份轰轰烈烈的爱情，有一个痴情的男人对自己说说浪漫的话，但和丈夫的结合，却没有感受到这一点。曾几何时，她是那么羡慕朋友和同事们夫妻之间的浪漫，为此也深深失落过，总觉得这是人生的一种遗憾！眼前的这位男人好像为自己补上了这一课，但理智告诉自己，不能让高平有这种想法，应该果断地回绝。可她又觉得这么多年来，这正是自己需要的一种感觉，她对自己说，只要这种感觉，在精神上体验一下爱情的浪漫，但不越轨，这样既能体会爱情的浪漫，也不会触犯道德和法律。再说，高平又是单身，也没有羁绊，董小慧心里这样盘算着。犹豫了一会儿，她给高平回了一条信息："高老师，早上好！感谢你发来真情浪漫的文字，和你在一起我也很快乐，以后有机会我们可以多聊聊。"董小慧的信息给了高平一个惊喜，虽然只是平淡的几句话，但却给了他希望，他庆幸董小慧没把自己拒之于千里之外。

那天早上，高平觉得阳光特别灿烂，心情也变得阳光起来了。他一边打扫卫生，一边扯开了嗓子唱起了《敖包相会》，"十五的月亮升上了天空哟 / 为什么旁边没有那云彩 / 只要哥哥我耐心的等待呦嗬 / 我心上的人儿就会跑过不来呦嗬 /"那婉转动听的歌声在小屋里回荡……

董小慧上班时又给高平带来好吃的，有苏打饼干还有几个苹果，董小慧对高平说："苏打饼干是无糖的，糖尿病病人可以吃。"说着把东西放在桌上，高平说："好的，谢谢！"董小慧接着说："你早上的诗写得不错，挺有才气的。"高平说道："写得不好，我也是有感而发，是你给了我感动。"董小慧说，"那还是我的错。"高平说，"你没有错，是我情到深处。"说完望了董小慧一眼，董小慧有点不好意思，说："我不跟你闲扯了，我要上班去了。"说完就走出了书画室。

董小慧对高平的关爱一次次掀起了高平心里的波澜，他好像回到青涩的岁月，对爱情对人生有了美好的向往。

那些日子，董小慧上班前都要来书画社和高平闲聊一会儿，有时给高平打扫卫生，有时给高平洗洗衣服，有时还会从家里带来好吃的菜给高平，每次都特别适合糖尿病病人吃。

一个细雨连绵的上午，董小慧很早就来到了书画室，两人一边干活一边闲聊。高平对董小慧说："小慧，我今天早上才发现，我这件西服少了颗扣子，一下子也找不到相同的扣子，你能不能帮我买一颗？"董小慧一听，放下手中的活走到高平身边，看了一下他的西服说："这个不用买，我家里有，明天我带来给你钉上。"高平说："好的。"董小慧接着说："一个人的形象还是很重要的，人靠衣服马靠鞍。你这样随便穿，学生来上课，家长看到了心里要有想法的，你赶紧去换一件。"高平说："我以后注意。"说完他就去换了一件。

　　第二天，董小慧下班后就来到了高平的房间，她对高平说："我昨天在家里找到了一颗跟你的西装很相配的扣子，你把那件衣服拿来，我给你钉上。"高平把衣服递给了董小慧，董小慧接过衣服，一针一线地缝了起来，一会儿就把扣子给钉好了。高平摸着钉好的扣子，想起老家的一句话："年纪到了二十五，衣服破了没人补。"自己单身了这么多年，以前衣服破了都是自己动手，笨手笨脚的，有时针还扎到手上，现在有人给他补衣服，他觉得很幸福。在董小慧的身上他好像找到了一种家的感觉，好像情感上有了依靠，心里升起一种温暖。

　　董小慧走时，留下了一个针线包，她对高平说："这个针线包就放在你这里，以后要缝缝补补的，我来帮你。"董小慧几句平淡的话牵动着高平的心。那一刻，他感觉好像在异乡的岁月里，有一个充满真情的女人与他风雨相伴，洗衣做饭，缝缝补补，一起过日子。

　　董小慧对高平细微的关心深深地打动了高平的心。在高平的眼里，董小慧的每一个眼神、每一句话、每一个细微的动作都包含着她对他的情意。

　　有一天早上，高平又给董小慧写了一首诗《读你的眼神》，他在诗中写道："每当我遇到你的眼神 / 内心总会产生无限相思 / 那深情的目光中 / 含着万缕柔情 / 像冬天里的一缕阳光 / 温暖着我的心房 / 像黑夜里的一盏明灯 / 照亮我前行的方向 / 每一次读你的眼神 / 仿佛重温岁月的温暖 / 那

温馨的目光 / 折射出绵绵情意 / 温暖我走过异乡的日子 /" 写好了信息，高平看了一遍后就发给了董小慧。

收到高平的信息，董小慧回了一条信息："平呐，早上好！" 并给了一个 "拥抱"。这个信息好像给高平发出了一个爱情的信号，他欣喜若狂，立即回了一个 "拥抱"。那一刻，他即激动又兴奋，似乎乘上了爱情这趟列车，从一座美丽的城市出发了。

日子一天天过去，转眼又到了冬季。一个大雪纷飞的上午，董小慧来到了书画室，一进门她就说："今天的雪下得真大，我坐公交来的，走过来有点冷。" 高平见她的脸冻得通红，赶紧为她倒了一杯热茶说："你先喝杯茶，暖暖身。" 董小慧说："谢谢！" 然后坐下来喝茶，喝了几口茶后，她对高平说："平呐，你闭上眼睛，我数到三你再睁开眼睛。" 高平很听话地闭上了眼睛，睁开眼睛时，他看见董小慧手里拿着一本厚厚的书，在他的眼前晃了一下。高平问道："小慧，是什么书？" 董小慧说："是你喜欢读的《简·爱》。" 高平非常高兴，对董小慧说："你怎么知道我喜欢这本书？" 董小慧用手指轻轻地点了一下高平的脑门，说："你真是贵人多忘事，上次我们闲聊时你说过你很想读《简·爱》，今天我给你带来了。" 说着就把书递给了高平。

高平接过书，傻呵呵地笑了笑说："那你也闭上眼睛，我也给你一个惊喜。" 董小慧说："就知道学样。" 说着就闭上了眼睛，高平赶紧摸出一块巧克力塞进她的嘴巴。当高平的手碰到董小慧的脸时，手上感觉一阵温热，他的心跳加快，情不自禁地抱着董小慧，对着她的脸颊亲了一下。正闭着眼睛的董小慧被高平的举动吓了一跳，她睁开眼睛，愠怒地对高平说："你不要这样！君子动口不动手。" 说完就走出了书画室。

董小慧走了，高平还傻傻地站在那里。他为刚才的鲁莽行为感到后悔，他恨自己怎么对董小慧动手动脚的，平日里总觉得自己是个正人君子，想不到自己也是"英雄难过美人关"。董小慧对自己那么好，就像久违的亲人，自己的行为会不会给她带来伤害？高平的心在纠结……

之后，董小慧好几天没和高平见面，也没有回高平的信息，高平陷入了深深的痛苦之中。越是见不到越是想见，董小慧的影子每天都在高平的脑海中徘徊。想到她对自己的好，高平心里就很愧疚，觉得对不起她。

一个深夜，在柔和的灯光下高平打开手机，在手机里向董小慧吐露心思，他在信息里写道：

小慧：

好几天没见到你了，心里很是想念。这几天，每当想起你曾经对我的关心和照顾，内心总会升起一股感恩之情。我为自己鲁莽行为感到后悔，在此向你表示深深的歉意！给你带来伤害，希望能得到你的宽容和谅解。

自从来到这座城市，还没和你见面你就在帮我，把我住的房间收拾得干干净净。那时，我就感觉你是一位感情细腻、温柔体贴的女人。随着时光的推移，在日复一日的交往中，你的真诚和善良感动了我，就这样，你走进了我的心里。在你的关心和帮助下，我变得自信阳光起来，开始对人生有了美好的向往。

和你相处的日子里，你的每一次细微的关心都感动着我。特别是你带我去医院看病，在医院里为我挂号取药，还给我垫付医药费，不是亲人胜似亲人。不论岁月怎样流逝，这份人间真情将永远铭记在我心里。冲动是魔鬼，现在悔之晚矣，希望你用一颗慈悲宽容的心来对待我。你还能像从前一样关心我吗？我们还能和从前一样友好地相处吗？这几天没收到你的信息，我内心很失落，期盼能见到你。

高平把信息发给了董小慧，他怀着忐忑不安的心等待回信。

几天没和高平见面了，董小慧心里惦记着高平，但也很矛盾纠结。作为女人，她能理解单身男人对温暖的渴望，也许高平没有错，自己对高平的关心确实超过了正常朋友的友谊，勾起了他想入非非的念头，情到深处，有些事说不清楚。

正当这时，她收到了高平发来的一封长信。读了高平的信，董小慧心软了，她觉得一直对他不闻不问、不理不睬太残酷了，高平的行为是不对，但人总有犯错的时候，她在心里原谅了高平。于是立即给高平回了信息：

平：

几天过去了，我的心也慢慢恢复了平静，也许正像你在信中所说的那样，是我对你的关心和帮助勾起了你对我的非分之想。人非圣贤，孰能无过。人毕竟是感情的产物，要战胜自己太难了。我从心里原谅了你，对你没有了怨恨，只有同情和理解，仍然很想帮助你。其实在我心里，对你的印象还是挺好的，我觉得你为人正直善良，是个有追求有梦想的人，就是对感情太执着，又不懂得放下，这样也害了你。都快五十的人了，还过着单身的日子，没有感受过家庭的温暖和快乐，确实不容易。

其实，人都渴望有人关心和爱护，我也一样，希望在精神上有一份依靠和温暖。可我是有家庭的女人，每当想到这里，我也很纠结，生怕有一天把握不住自己的感情，会做出对不起家庭和社会的事。

有些事，只能在脑海里存一个念想，用心体会一下就行了，让这些美好的梦想照进现实还是很难的。对前几天发生的事，你也别老惦记着，别把它当作思想负担，这样会伤害身体的。相信你是一个意志坚定的人，一定会控制自己的情感，找到属于你自己的幸福，祝福你！

读着董小慧的文字，高平一颗悬着的心终于放了下来。几天来，他一直为自己的鲁莽行为感到后悔。这些文字让他感受到董小慧对他还是有好感的，想到这里，他似乎得到了一些安慰。

第二天，董小慧来到书画室，脸上依然挂着平静的微笑。一进门，她对高平说："平呐，这几天你过得还好吗？"高平说："还好，没见到你，就是心里有点失落。"董小慧看了高平一眼，发现他的眼睛红红的，脸上也消瘦了很多，心里一阵难过，心想这个男人也怪可怜的，想爱却不能爱，也挺受折磨的。她对高平说："过去的事就让他过去吧！"高平说："我知道，是我不好，不应该对你有那样的想法，让你受委屈了。"董小慧微微笑了一下说："过去了，你也不要老惦记着，我上班去了。"说着就走出书画室。

当董小慧走出书画室的那一刻，她回头看了高平一眼，发现高平的眼中依然充满了对爱的渴望……

晚上下班时，董小慧没有和高平见面。在回家的路上，她的脑海里又浮现出了高平那双充满期待和渴望的眼睛。想到高平一个人生活在异乡，没有家庭的温暖，没有一份感情的陪伴，确实挺难的。既然和他相识了，就应该帮助他，用温暖融化他心灵的冰霜，使他重新振作起来，开始美好的生活。

想到这里，她拿出手机给高平打了个电话。她告诉高平，从今往后，会把他当亲人一样看待，帮助他圆梦。线的那一端，听到董小慧真情的话语，高平心里很感动，眼睛湿润了。

那些日子，高平像往常一样每天早上给董小慧发信息，董小慧也每天回高平的信息，彼此多了一份美好的向往。

日子在温情的文字浸润下，慢慢走过。虽说每次和董小慧见面时都保持一定的距离，但在高平的内心却藏着对爱情火一样的热情。一天见不到董小慧，他就魂不守舍，有时他也提醒自己不能这样痴情，毕竟董小慧是有丈夫的人。但理智很难战胜感情，在高平看来，他自己的心跟董小慧的心靠得更近了。

一天早上，高平刚起床，手机突然响了，拿起手机一看，是哥哥打来的。哥哥在电话里告诉他父亲重病住院了，让他赶快回家。

这突来的消息好像当头一棒，高平的心乱了。他放下手机，脑子里出现了父亲那张写满岁月沧桑的脸，想起父亲对自己的疼爱，眼泪不禁流了下来。他又想到这边的工作和孩子们的教学应该如何交接，再说父亲治病需要用钱，而自己身边没钱。这时，他第一个想到的就是董小慧，他给董小慧打了电话，告诉她这件事。

董小慧上班前来到了书画室，她对高平说："这事耽误不得，你赶紧回家，书画室的事我会跟我叔叔讲的。孩子们的事你通知他们的家长，说要暂停一下。"说完就掏出手机给高平买好了回家的车票。她对高平说："车票已经买好了，是明天早上的，我送你去车站。"

第二天早上，董小慧开车送高平去了车站，一路上她安慰高平说："不要太担心，或许不像你哥哥说得那么严重，医生会尽力治疗的。"高平说："希望是这样的，没事我会马上回来的。"下车时董小慧从包里拿出一万元钱塞给高平，说："我知道你身边没钱，你先拿着。"高平觉得不应该拿董小慧的钱，但自己又确实需要用钱，就接过了董小慧给他的钱，轻轻地说了一声："就当是你借给我的，我到时还你。"

车子开动了，高平的脑海里翻阅着和董小慧相处的美好时光，眼睛湿润了。他掏出手机，在信息里给董小慧写道："小慧，虽然天城在我身后慢慢远去，但我的心还停留在和你相处的那段美好时光里，内心依恋难舍。自从认识了你，在我心里就已经把你当成了亲人，不管我走到哪里，我都会想念着你，并为你祝福。我的亲人，我走了，盼望早日相逢。"高平信息发出后不久，董小慧回了一条信息说："平呐！这都是我们的缘分，在家好好照顾你父亲。"

　　经过十几个小时的行程，高平终于回到了家乡，他没有回家，直接朝医院奔去。

　　在病床前，他看到父亲面色焦黄，骨瘦如柴。父亲见高平到来，他微微地抬起头，想说些什么，可是又开不了口，眼里流出了浑浊的泪水。高平拉着父亲的手放在自己胸前，轻轻地叫了一声："爹。"便抽泣起来……

　　在医院的日子里，高平照顾着父亲，每天为父亲喂水、翻身、换尿布、擦身子。有一天中午，阳光很好，高平和哥哥把父亲从床上扶起。哥哥用身子靠着父亲的后背，高平拉着父亲的手说："爹，你感觉怎样？"父亲用微弱的声音说："我看这次我是躲不过了，你们早点带我回家，这样我安心一点。"听了父亲的话，高平和哥哥都落泪了。高平安慰父亲说："爹，没事的，会好起来的。"

　　几天过去了，父亲的身体仍不见好转，每况愈下，每天靠氧气维持生命。在医生的建议下，高平和哥哥把父亲接回了家。

　　父亲回家了，有一天傍晚，他的精神似乎好了一点，他把高平的母亲叫到床前，断断续续地说："贞女，我这次过不了这个坎了，和你相伴几十年，没有照顾好你和儿女，我对不起你们。我走后，你不要太伤心，要照顾好身体。"王贞女一边哭一边说："老头子，别说伤心话，我们还要做伴呢！"过了很久，高平的父亲接着又说："把老大叫来。"高平的哥哥高华来到床前，父亲对他说："平呐没有成家，无儿无女。他老了，你要交代你的儿子照顾他。"父亲的话刚说完，母亲也含着泪水说："老头子你放心，我已经交代了大孙子，平呐百年之后要埋在我们身边，这样他不会孤单，也有人祭祖。"高华流着泪说："爹爹姆妈你们放心，我们会照顾好他的。"高平的父亲微微地点了点头，似乎心里踏实了。

每天晚上，高平守在父亲的床前，望着父亲那张慈祥的脸，想着他为儿女辛苦操劳了一生，想着和自己相处了几十年的亲人就要和自己分离，泪水模糊了视线，内心是煎熬的。

那些日子，高平总会收到董小慧从遥远的城市发来的问候，这给了高平无限的温暖。那充满温情的文字，陪伴高平走过一个又一个痛苦的夜晚。

生命无常，每个人都无法抵挡死亡的脚步。高平的父亲在家躺了近两个星期，一天早上，他带着对儿女的牵挂和对生命的眷恋撒手西去。那一刻，家人们伤心欲绝，哭作一团，千呼万唤。高平跪倒在父亲床前，放声痛哭，嘴里不停地喊着："爹爹，爹爹！"可任凭他和家人们怎样呼唤，父亲的眼睛都永远地闭上了……

那天中午，高平含着泪水向远方的董小慧发了一条信息："我父亲今天早上走了，从此我在这个世界上又少了一位亲人。"董小慧回了一条信息："平呐，节哀顺变！安排好你父亲的后事，照顾好你的母亲。"董小慧的信息使高平好像有一股力量在支撑着自己。

按照家乡的风俗，一个星期后，高平的父亲出殡了。那天细雨绵绵，那绵绵的细雨寄托着亲人们无尽的哀思。高平披麻戴孝，一路上扶着父亲的灵柩，他想起和父亲真情相伴的几十年美好时光，泪水一次次模糊他的视线。在阵阵哀乐中，父亲永远躺在了家乡的那个小土坡上，与山林为伍，与日月为伴。在回来的路上，高平回望父亲躺着的山坡，内心无限怀念，默默祈祷，魂归天国的父亲一路走好！

　　送别父亲的那个晚上，高平仍沉浸在深深的痛苦之中，大哥在陪着母亲。他一个人走出了家门，乡村的夜晚月色昏黄，树影斑驳。高平在老学校的操场上徘徊着，脑海里不停地浮现出父亲的身影，他想着父亲那慈祥的面容，想着和父亲相处的美好生活，心里依恋难舍，眼泪禁不住又流了下来。父亲已经走了，可是自己还要生活下去，要让母亲有一个幸福的晚年。此刻，他想起远在天城的董小慧，给她发了条信息："小慧，我父亲今天安葬了。父亲的离去，使我失去了生命中的依靠，像大海中一叶无助的孤舟，不知何时才能抵达生命的彼岸……"

　　收到高平的信息，董小慧立刻回了信息："平呐，你父亲走了，我和你一样心里也很难过，可人死不能复生，你要朝前看，前面的路还很长。"接到董小慧的信息，高平痛苦的心情得到了一些安慰。他特别感恩董小慧，在他人生最低谷的时候给了他温暖，让他鼓起了生活的勇气。

　　安葬父亲一个星期后，高平挥泪告别母亲和家中的亲人，回到了天城。刚下车，他远远地就看到董小慧在向他招手。高平的心里一阵激动，他突然觉得这个与自己家乡有着千里之遥的城市，有一份亲情在等着他。他提着行李快步向董小慧走去。见高平向她走来，董小慧迎了上去，接过高平的行李说："坐了这么久的车，你辛苦了！先上车。"董小慧开着车，载着高平向书画室驶去。晚上，董小慧和高平吃了晚饭。走的时候她对高平说："你好好休息，不要想太多，明天我会过来的。"

　　第二天早上，董小慧很早就来到书画室，见高平脸色不好，问道："还在想你父亲？"高平说："是的，心里还是很难过的。今天早上我哥哥又打电话告诉我，母亲摔了一跤，我很牵挂。"董小慧说："要不要紧？"高平说："没什么大碍，就是擦破了点皮。"董小慧又说："老人就怕摔跤，以后真的要注意。"高平说："是的，我父亲就是摔了一跤生的病。我父亲走了以后，母亲很伤心，毕竟上了年纪，体力跟不上，晚上起来上厕所的时候在菜园地里摔倒的。"董小慧说："你们家的厕所在菜园地里？"高平解释道："我们农村都这样的，不过菜园地就在屋子旁边。"董小慧说："你们不把厕所造在屋内的？"高平说："我家没这个条件。"董小慧说："要不我给你妈买个床边坐便器，这样对老人方便些。"高平说："那就太好了。"董小慧说："把你家的地址告诉我，我买好了给你妈寄过去。"

在董小慧的真情帮助下，高平从失去父爱的痛苦中慢慢地走了出来。

一天中午，董小慧打来电话说："平呐，你知道今天什么日子吗？"高平说："今天没什么特别呀！太阳早上照样从东边升起，傍晚从西边落下。"董小慧说："你真不知道今天是什么日子呀！今天是你的生日。"高平说："哦！我忘记了今天是我的生日，你怎么知道我的生日？"董小慧说："上次陪你看病时，用了你的身份证，我就记住了。我今天下班后准备几个菜，买个蛋糕过来给你过生日。"高平听了，心里很是温暖。

茶楼快打烊时，董小慧发来信息说："寿星，我快下班了，马上过来给你过生日。"高平按到信息，心里美滋滋的，在房间里等着董小慧的到来。

没过多久就听到敲门声，高平打开门一看，见董小慧提着个篮子，拎了个蛋糕，高平赶紧接过蛋糕。

董小慧把篮子放在写字桌上，从篮子里拿出了两瓶红酒，还有下酒菜，有红烧牛肉、花生米、素烧鹅、凉拌黄瓜、海带结、小黄鱼，一共六个菜，又麻利地打开了蛋糕盒，插上蜡烛，给高平戴上了生日帽子，然后点上了生日蜡烛。

当红彤彤的蜡烛点燃时，董小慧为高平唱起了生日祝福歌。看着董小慧在烛光中映着通红的脸，高平的心里也洋溢起一阵甜蜜，勾起了他对往事的记忆。

　　小时候每逢过生日，母亲总会做一碗面加两个鸡蛋，还会说一些鼓励的话，大致意思是又长了一岁，要懂事了，不要让父母操心，好好做人之类的话。虽然没有华丽的言语，但句句在理，都印在高平的心坎上。多年后，他外出打工，过生日对他来说只是一个概念而已，但每逢生日时，他总会想起母亲的教诲，想起母亲对他深切的爱，感到很温暖。此刻在他的心里又增加了一份与董小慧的亲情，他觉得董小慧给了他亲人般的关怀和温暖，让他在异乡的岁月里感受一份久违的亲情。

　　董小慧叫高平在蜡烛前许个愿，高平闭上眼睛在心里默默祈祷：远在故乡的母亲和家人身体健康！事事如意！也祝愿眼前的这位女人和她的家人幸福平安！高平许愿后就吹灭了蜡烛。董小慧为高平和自己都斟了一杯酒，她举起酒杯对高平说："今天给你过生日我特别开心，祝你生日快乐，以后的日子顺顺当当！"高平说："有你陪我过生日，我打心眼里高兴，也祝愿你和家人幸福快乐！"两人互相举杯祝福。

　　高平和董小慧坐在柔和的灯光下喝着酒说着话，高平说："虽然和玲玲分手二十多年了，但我对她的爱并没有改变。不孝有三无后为大，在父母的逼迫下，我曾打算将就着和第二个女人过日子。可事与愿违，不但没能走到一起，还给自己带来了伤害，觉得自己和女人没有了缘分。可谁想，一见到你，我就觉得你是我生命中的有缘人，你对我的真诚帮助，深深地打动了我。"说完和董小慧碰了一下杯又喝了一杯。董小慧说："从你发给我的信息中，我觉得你是一个真诚的男人，但是我没有这个福气接受你这份感情，我相信你一定会遇到一个好女人，你会幸福的。"高平说："自从和玲玲分手后，没有一个女人能走进我的心灵，只有你打开了我的心门。虽然我知道我不能和你长相厮守，但我的心已经给了你。从此，在我的生命中再也不会对别的女人产生想法。"董小慧说："你也不要一根筋，只要你打开心门，处处都能遇到与你有缘的人。"高平说："这是不可能的，我的性格我自己了解。要么不爱上，爱上就是一辈子。一个玲玲就让我守了二十多年，现在我心里有了你，也会一辈子守着你的。"董小慧说："你的爱太沉重了，我无法承受。"高平说："你不要有压力，我不会破坏你的家庭的，我只想默默地爱着你。"

听了高平的话，董小慧眼圈红了，她说："平呐，你的话让我很感动。说真心话，在孤单和寂寞时，真希望有一个男人这样真心地陪伴我，讲一些我爱听的话。"说到激动处，董小慧流泪了，高平赶紧拿了餐巾纸为她擦眼泪。在柔和的灯光下，董小慧的脸显得分外好看，高平一边为她擦眼泪一边闻着她身上的气息，突然他控制不了自己的情绪，紧紧地把董小慧抱住，嘴里说道："小慧，只要能拥有你一次，就算是付出生命也值得。"说着在董小慧的脸上狂吻起来。董小慧虽然没有反感，但心里很纠结。给了高平，违反了道德和法律；不给他又觉得他太可怜了，作为男人，他应该有爱的权利。正当董小慧犹豫之际，高平把她搂得更紧了，抱着她放在了床上，重重地扑在她的身上……

天已经很晚了，街上的店面大多都已经关门了，各种的嘈杂声也逐渐远去。高平和董小慧走到路口，董小慧说："平呐，我到了车站，你回去吧！"高平说："我再陪你一会儿，等你上车我再回去。"两人在车站等车，车子来了高平目送董小慧上车，眼睛里流露出依恋之情。董小慧上车后把头伸出窗外，对高平说："平呐，早点回去，别凉着了。"

看着车子开远了，高平掏出手机在信息里写道："慧，你走了，把我的心也带走了，感恩你对我的爱，我将永远铭刻在心。在今后漫长的人生路上，你的爱将化作无限的相思，陪伴我走过孤寂的人生岁月。"董小慧回了一条信息："在生命的旅途中与你相遇，是我们的缘分，被人爱的感觉是幸福的。你弥补了我人生的遗憾，感恩有你。"

高平回到住宿，泡了一杯茶，一边喝茶一边还沉浸在和董小慧温情的幻梦里，他似乎把几十年的情感在那一刻都释放了出来，内心无比快乐。在等待许多年后，他感觉爱情的春天终于来临。

　　漂泊许多年后，高平终于找到了心灵的港湾。那些日子，他和董小慧形影不离，相互关爱着温暖着，每天都沉浸在欢乐和幸福中。有一天晚上，董小慧开着车载高平到仙女湖走走。一路上高平唱着的歌，是根据《小芳》的歌词改编的，高平唱道："天城有位姑娘叫小慧／长地好看又善良／一双美丽的大眼睛／辫子粗又长／谢谢你给我的爱／今生今世不忘怀／"董小慧听得笑出了眼泪，说道："谁叫你改歌词，讨厌！"高平嘿嘿地傻笑。

　　仙女湖位于天城的西侧。相传远古时代，天上的一位仙女因思凡心切偷偷降临人间，爱上了凡间的一位男子，迟迟不回天庭。玉帝为此大为震怒，将她打入凡间变为奴仆，她整日以泪洗面。若干年后，她的泪水变成了湖，后人称之为仙女湖。

　　夜色掩盖下的仙女湖是那么宁静。他俩在仙女湖畔的长椅上相依坐着，一轮明月在淡淡的云中穿行，月光洒向人地，董小慧说："平呐，月光下的湖水真美，好宁静。"高平说："这清澈的湖水就像你的眼睛，给了我无限的相思。"董小慧说："你真不愧是搞文学的，总是那么多情！"高平说："是你的柔情融化了我心灵的冰霜，让我感受到爱情的温暖。"董小慧说："那你现在觉得幸福吗？"高平说："幸福！我好像回到了初恋时光，感觉那曾经丢失的爱情又回来了。"

　　两人在湖边静坐了一会儿，又在湖边散了会步，董小慧看了一下手表对高平说："平呐，时间不早了，我们回去吧！"说着他们朝停车场走去。

　　几天以后，高平写的一首爱情诗《因为爱，我年轻》在家乡的报纸发表了，还收到了稿费。那天他特别高兴，打电话给董小慧，告诉了她这个喜讯，还请她晚上吃饭，以示庆祝。

傍晚时分，董小慧来到了书画室。一见面，高平就迫不及待地拿出家乡的那张报纸，在手里扬了扬说："慧，想不想看我写的诗？"董小慧一把夺过那张报纸说："不就是发表了一首小诗吗！看把你高兴得那个样子。"高平不好意思地摸了一下自己的头。董小慧拿了报纸认真地读了起来："生活的每一天／我们用一颗真诚的心／相互牵挂和温暖／在彼此拥抱对视中／感受爱的温情／有你的日子／我倍加珍惜／把最真的爱给你／没你的日子／把你的爱藏在心里／思念也是一种甜蜜／用平静的心去爱着你／无论时光远去芳华散尽／爱你的心依然年轻／地上没有不老的岁月／爱意染绿了生命的荒凉／在四季的变幻中／因为爱着你／我的生命永远年轻／"

那天他们吃过晚饭，来到一家名为"金色回响"的KTV唱歌。

他们要了一个小包厢，董小慧为高平点了一首《草原之夜》，高平拿起话筒深情地唱了起来："美丽的夜色多沉静／草原上只留下我的琴声／想给远方的姑娘写封信／可惜没有邮递员来传情……"董小慧被高平动情的歌声所感染，和着节拍不由自主地跳了起来。高平唱着，董小慧跳着，好不快乐。

一曲唱罢，他们又对唱了一首黄梅戏《天仙配》选段，当唱到"夫妻双双把家还，你耕田来我织布"时，高平突然紧紧地抱住董小慧，正当他要亲吻小慧时，董小慧的手机响了。董小慧拿起手机一看，是丈夫王澜打来的，她赶紧叫高平关了音乐。董小慧接完电话，对高平说："是我丈夫打来的电话，他出差回来了，我要回家了。"高平一听心里很是失落，心想，毕竟不是自己的女人。他无奈地对董小慧说："那我们走吧！"

董小慧回到家，刚进家门就对王澜说："你不是说明天回来吗？"王澜说："工作做完了，我就提前回来了。"董小慧说："你还没吃饭吧？"

王澜说："是的，你随便弄点给我吃吧！"董小慧说："那就下碗面给你吃。"说完就走进厨房烧了一碗鸡蛋番茄面端上桌对王澜说："面烧好了，快来吃吧！"

王澜低头吃着面，看着王澜吃面的样子，好像真的有点饿了，董小慧说："你慢点吃。"也许是工作太操劳，她觉得眼前的王澜苍老了很多。这么多年了，丈夫为了家庭为了生活，付出了很多，是个有责任的男人。作为妻子，她没有照顾好他，觉得有点对不起他。

王澜吃着吃着突然对董小慧说："这段时间我看你总是很晚回家，是不是茶楼的生意很忙？你也不要太劳累了。"董小慧："是的，这段时间茶楼生意特别好。"其实董小慧心里明白，自己总是这么晚回家，是因为把心思放在了高平身上。如果换成别的男人，可能会责问，可王澜不但没有责问，反而关心她。她觉得王澜对自己是那么的包容和信任，也许这就是对自己的爱，想到这里，董小慧觉得很内疚……

一家三口已经好长时间没出去玩了，董小慧对王澜说："这个周末，你安排一下时间，我们出去走走。"王澜说："好的，我安排一下。"

周末这天，阳光明媚，丈夫驾车载着董小慧和儿子王亮亮前往一个度假村。一路上一家三口有说有笑，其乐融融。穿过繁华的都市，他们来到了距天城一百多里，充满田园气息的一个度假村，迎着温暖的阳光，观赏着美景，玩着自拍。三人自拍时，董小慧和儿子在王澜的头上安上角，按下快门留住了美好的瞬间。他们走走停停，把身心交给了美丽的大自然……

吃完中饭，他们来到房间休息。王亮亮说："妈，把你的手机给我玩一下。"董小慧说："不要玩了，休息一下。"王亮亮说："我不累，你们休息吧！"说着就拿走了董小慧的手机。等董小慧醒来时，儿子王亮亮对她说："妈，爸爸还在睡，我们出去走走。"

董小慧和儿子一起走出了房间。刚出门，儿子对她说："妈，有人给你发信息了。"董小慧一听马上意识到是谁，拿起手机一看，是高平发来了暧昧的文字。董小慧的脸一下子红了，但内心还是很镇静，轻描淡写地对儿子说："哦！你是不是说高叔叔发来的信息？他搞文学的，就喜欢这样煽情，过过嘴瘾，没什么的，你不要多想。"儿子说："我就知道我妈不是这样的人，但是给爸看到了也不好。"董小慧说："这又没什么，你拿给你爸看好了，你爸肯定不会相信的。"王亮亮说："那我等一下拿给我爸看。"董小慧一听急了，说："那还是不要给你爸看好，免得发生误会。"王亮亮说："你别急，我没那么傻。"董小慧说："儿子，我知道这样不好。但你高叔叔也挺不容易的，小时候因为家里穷没让他读书，后来因为感情受挫折也没有成家。一个人在外地生活，很可怜。我对他在生活上确实有一些照顾，他对我就有一种依赖感，偶尔会发一些亲热的话，但是我们真的没有什么。我以前就跟他说不要再发了，可他觉得这是他情感的寄托。从今天起，我让他一定不要再发了，以免引起误会。"王亮亮说："妈，你就是太善良，有些事应该有原则，要把握好分寸，能帮人家的你就帮，不能帮的就不要帮。"

儿子的几句话让董小慧很羞愧。儿子从小就很懂事，从来没让自己操心过。现在已经是高中生了，明年就要考大学，还要让儿子来担心自己的事，她内心觉得对不起儿子，心里特别难过。心里想着要赶紧刹车，要不然一个好端端的家就要毁了，想到这里，她有点害怕。

回到房间时，王澜问道："你们在外面这么长时间在干什么？"董小慧说："没什么事，就跟儿子谈谈天，我现在感觉人不舒服，头痛，想回去了。"王澜说："难得出来一次，吃完饭再回去吧！"董小慧执意说不行，一定要回去。丈夫和儿子也只能由着她，一起回家了。

回到家，董小慧说头痛得厉害，躺在床上休息。王澜在烧晚饭，儿子在做作业。

　　看似在平静地生活，但董小慧的心并不平静。她心里翻腾着，想着要怎样去面对生活中的三个男人，对丈夫她只有愧疚，心想以后要好好对待他，给他更多的关心和温暖。对儿子她有一种负罪感，觉得对不起他。儿子马上要高考了，不能让他分心，这样会耽误他的前途，也会给他带来伤害。对于高平，她也觉得对不起他，高平对自己的爱是真诚的，可这种爱是错误的，是没有结果的。因为自己心里明白，不可能为了高平离婚，但他作为一个男人，也需要一份家庭的温暖，这样长期下去，对高平来说不公平。可高平用情太深了，如果一下子割断了对高平的感情，那样太残酷了。高平本身就受过伤害，很难接受这种事实，说不定还会做出不理智的事情，看来只有让时间来冲淡一切了。

　　第二天早上，董小慧故意没有及时回高平的信息，上班前也没去书画室。下班时她和高平打了个招呼，说近期茶楼生意比较忙，要高平照顾好自己。听了董小慧的话，高平心里很失落，他觉得董小慧说话的语气跟往常不一样，好像有意在疏远他。经历了那么多年的等待，终于盼到了内心深处需要的那份情感，可就要离自己而去了，他心里很痛苦。

　　从那以后，高平就感觉到董小慧的心始终和他保持一定的距离，感受不到她往日的温柔了。

　　有一天晚上，一种从未有过的孤独袭击了他的心房，他到附近小店买了一瓶小白干又买了花生米，回到房间喝起酒来，一边喝着酒一边想着小慧。朦胧中他好像感觉董小慧笑吟吟地走了过来，高平起身想上前拥抱，却不料脚底一滑差点摔倒。他从醉意中惊醒，面对孤寂的房间，望着雪白的房顶，思念的泪水悄然滑落。

　　为什么？为什么？同自己形影不离、相亲相爱的人，却要慢慢离自己远去？多么渴望时光可以倒流，他依然沉醉在和董小慧初次相识的那段美好的时光里。高平喝醉了，酒精燃烧了他的生命，他觉得头昏脑涨，走路也轻飘飘的，嘴里不停地喊着"小慧，小慧"，扑在床上呜呜地哭了起来……

朦朦胧胧中他睡着了，当他睁开眼睛时天亮了，他觉得浑身没力气，喉咙里好像烧了一把火，一会儿就吐得翻江倒海的。高平漱了漱口，斜躺在床上，拿起手机给董小慧发信息，他写道："慧，假如有一天我离开了这个世界，生命将化作泥土，尘世的一切会随着时间的推移而消失，只有你的爱陪伴着我，定格成永恒。我是那样深情地爱着你，却发现你一天天与我远离，这到底是为什么？这世界怎么了？我想得到的却怎么也得不到，为什么这样折磨我？昨夜我喝醉了，想用酒精燃烧自己的生命，从此长眠大地。"

高平的信息发出后不久，董小慧立刻回了信息："平呐！没事吧！你不要这样，我等下就过来。"没过多久，董小慧就来高平的房间。见高平没精打采地斜靠在椅子上，面容消瘦，眼窝深陷，董小慧的心一下子揪紧了。她上前抱着高平说："平呐，你不要这样，我这段时间比较忙，和你见面的时间是少点，但你不要多想，赶紧洗脸刷牙上班去。"此刻高平把董小慧抱得紧紧的，说："慧，你不要丢下我。"董小慧说："不会的，你不要瞎想，我又没说要离开你，好好做你的事。"高平说："只要你不离开我，我就没事。"董小慧说："没事就好，赶紧上班去，我也要上班了。"说着就走出了高平的房间。

那段日子，董小慧虽然也会来看高平，但每次都是没说几句话就走了。高平慢慢感觉到董小慧的心离自己越来越远，他陷入深深的痛苦之中，夜不能眠。每天晚上，他总是听着忧伤的音乐，以此打发时光。半夜醒来，他常常呼唤小慧的名字，思念的泪水打湿了枕巾。

高平很想找董小慧谈谈，说说心里话。

那天傍晚，高平和董小慧到茶楼附近的一家饭店吃饭，点好了菜，高平说要一瓶白酒。还没等菜上桌，高平就拧开酒瓶给自己斟上一杯，喝了起来，董小慧让他慢点喝，可劝不住。等菜上齐了，高平已经喝了个半醉，他拉着董小慧的手说："小慧，不要离开我，我不会破坏你的家庭，我就这样默默地爱着你，相互关心和温暖，只要你给我一个念想就行了。"说着就呜呜地哭了起来，董小慧一看不对劲，饭是吃不成了，她匆匆地结了账，扶着高平走出了饭店。

　　来到高平的住处，高平好像清醒了一点，他抱住董小慧说："慧，别离开我，如果你离开了我，我真的会死。"董小慧赶紧用手捂住了高平的嘴说："不要乱讲，要死要活的，你还有母亲呢！"高平说："不死也要去半条命了，我看只有出家了，从哪里来回哪里去。"

　　听了高平的话，董小慧也流泪了，她说："平呐，你如果真的是为了弘法利生出家，我为你高兴。可是你这个样子，是带着厌世逃避的情绪去出家，对佛门和对你都没有好处，你还是打消这个念头吧！"高平说："在这个世界上，只有你的爱能温暖我，不可能有第二个女人能给我这样的爱与温暖。你离开了我，我只有进寺庙，只有依靠佛菩萨的慈祥和温暖来陪伴我度过余生。"

　　董小慧一边给高平擦着眼泪一边说："平呐，不要太伤心，我也没说要离开你，我会帮助你的。等你事业慢慢有了起色，有了经济基础，找一个对你好的女人好好过日子，到时我们还是最好的朋友。"

　　听了董小慧的话，高平心里更难受了，他拉着董小慧的手说："你的爱已经融入了我的生命，这辈子我不能忘记你。只要每天能见到你，听到你的声音，我就知足了。"董小慧说："这样对你不公平，你为了一个已婚女人守一辈子不值得。特别是过年过节的时候，我要陪丈夫儿子，不可能和你在一起，这样你会觉得幸福吗？"高平说："我不管，只要能和你在一起，我不管以什么样的方式存在都可以。"董小慧见高平一时难以冷静，对高平说："你冷静一下，我先回去了。"说完起身要走。高平见董小慧要走，紧紧抱住董小慧的腰，嘴里喃喃自语："慧，不要离开我，我舍不得你！"

董小慧走了，他彻底绝望了，人生中最美好的爱情离他而去。他觉得生命没有了希望，没有了小慧，他就没有了快乐和幸福，与其痛苦一辈子，还不如带着那份美好的怀念离开这个世界，让那份真诚的爱永远陪伴自己。

可是转念一想，自己走了，痛苦是没了，可活着的人怎么办？白发人送黑发人，母亲能承受得起这样的打击吗？还有小慧，小慧的名声会受到很大的影响，这会对她和她的家人带来伤害，这不是害了她吗？

董小慧是个善良的女人，当初也是为了真心帮助自己一时糊涂和自己好上了。他不能害人家一辈子，要想不伤害她，就只有远离她。他觉得爱一个人就要给她幸福，让一切回归平静，让董小慧重回她的家庭，想到这里，高平似乎理智了一点。

他心里清楚，不管自己对董小慧的爱有多真情有多深，董小慧始终不能属于自己。对他而言，董小慧好像是天上的月亮，只能仰望却不能拥有，只能给他带来相思。他想忘记这段感情，放弃对董小慧的爱，可越得不到的越是想得到。

那些日子，每天半夜醒来，高平就在手机里翻看董小慧的照片，他亲着手机里的照片，嘴里不停地喊着小慧的名字。有时看董小慧发给他的文字，那充满温情的文字总会牵动着他的记忆，好像回到和董小慧相恋的美好时光里：在月光下散步，在仙女湖畔相偎相依，在医院陪他看病，还有小慧给他过生日……点点滴滴，温暖着他的心房。

几天没有和高平见面了，董小慧心里一直很纠结。她很想给高平温暖，但是想到这种爱是错误的，只有无情地拒绝高平才是正确的，她就又抑制住了自己想见高平的心思。

有一天傍晚，董小慧来书画室看望高平。刚一进门，高平就紧紧地抱着她亲吻，董小慧把头扭向一边用力推开高平。可高平把她抱得更紧了，嘴里说道："你怎么这么无情，以前我们爱得那么深，现在我亲你一下都不行，你是不是嫌弃我？"

董小慧拼命挣扎，说："平呐，你冷静一点。不是我不爱你，而是我没有资格爱你。我们之间只能有兄妹之情，不能有男女之爱，不能犯邪淫。不能再错下去。你再不放开我，以后就见不到我了。"可高平就是不松手，情急之下，董小慧踢了高平一脚，高平才慢慢松开了手。

董小慧很生气，提起背包要走，高平拽着她的背包不让她走，两人扯来扯去，背包带都拉断了。董小慧对高平说："你冷静点。"之后拿起背包夺门而出。

高平发疯似的追了出去，嘴里喊着："小慧，小慧。"董小慧头也不回地朝停车场跑去。当高平赶到时，董小慧已开车飞驰而去。望着董小慧绝尘而去，高平傻呆呆地站着，他恨董小慧这样无情，他恨不得马上离开这座城市，永远不和董小慧相见……

董小慧回家了，心慢慢平静下来了，她在微信里给高平写道："平呐，我知道你对我的爱是真诚的，可我们相遇太晚。我是有家庭的女人，这样爱下去，对你我都会带来伤害。我们要改正，要堂堂正正做人，我永远是你的亲人。"

读着董小慧发来的信息，冰凉的泪水在高平的眼中滑落。

董小慧的离去给了高平很大打击，使他茶不思饭不想，日益消瘦，精神恍惚，有时给孩子们上课也是迷迷糊糊的，他感觉自己难以支撑下去了。

有一天上午，高平给董方军打了电话。他在电话里说："董老师，我最近身体不太好，不能专心教学，这样下去怕误人子弟，我想回老家调养一段时间。"董方军在电话里说："那你先回老家调养，等身体好了再回来。"高平连声说："谢谢！谢谢！"

接着高平又给董小慧打了电话，告诉她自己要回老家。董小慧心里明白高平回去的原因，没有多说，只问了一句："什么时候走？"高平说："明天早上就走。"董小慧说："明天我开车送你去车站。"

第二天早上，董小慧开车来了。

几天没见，董小慧觉得高平消瘦了很多。眼圈黑黑的，满脸的倦意，走路摇摇晃晃，好像大病了一场。董小慧禁不住流泪了，心想自己的一念之差让这个男人承受了那么大的痛苦，心里觉得对不起他，她对高平说："你这个样子，怎么能回老家呢？要不在这里调养好了再回去。"高平说："我知道调养不好的，我总不能把命丢在这里。我要回老家去，故乡才是我的归宿。"董小慧用低沉的声音说："别说糊涂话，等你好了再回来。"

董小慧开着车载着高平去往车站。在路上，董小慧对高平说："平呐，你到家要给我发信息，这样我好放心。"高平没有回答，心里犯嘀咕，你既然要离开我为什么还要来关心我，别装模作样了。嘴里轻轻地说了一句："不用你牵挂。"到了车站，董小慧要给高平买点吃的，高平执意不要，提着行李朝长途车站的入口走去。董小慧一直跟在他的身后，望着高平逐渐消失的身影，眼泪不由自主地流了下来。

高平回家了，母亲见他又瘦又黑很心疼，问高平外面是不是很辛苦、很劳累。高平说不累，只是有点感冒，身体不太好，想回家休息一段时间。

那天晚上，母亲为他烧了炒鸡蛋、腊肉还有鱼，可高平一点胃口也没有。晚饭也没吃，早早地就睡觉了。晚上母亲来到高平的房间，见高平在流泪，她赶紧上前为高平擦去眼角的泪水，问道："平呐，你怎么啦？哪儿不舒服？"高平说："没事。"母亲说："没事怎么会掉泪呢？你肯定有事瞒着我。"见母亲伤心的样子，高平说："姆妈，真的没事，你早点去睡吧！"王贞女见儿子不想说，就没再多问。对高平说："你也早点休息，我明天早上给你烧碗面条吃。"说着就走出了高平的房间。

第二天早上，王贞女端了一碗面条来到高平的房间，喊了几声，高平都没有应答。她走近床前一看，见高平双目微闭，眉头紧锁，满脸通红，她用手一摸高平的脑门，很热，急忙喊来了高平的弟弟高志，说："你哥发着高烧，你赶紧去叫德中医生来给你哥打点滴。"高志答应了一声，就跑出了家门。

那天德中医生给高平打了点滴吃了退烧药，白天高平的烧稍微退了一点，晚上又发高烧了，嘴里不停地说着胡话，喊着："小慧，小慧。"王贞女没太听清楚，一个劲地问高平："平呐，平呐，你在说什么？"听到母亲在喊他，高平好像清醒了一点，说："我没事，只是做了个梦。"王贞女说："没事就好。"说着就扶起高平让他喝点水。高平喝完水躺下，眼睛慢慢地闭上了，没多久嘴里又在喊："小慧，小慧。"王贞女一看情况有点不太对劲了，又喊来了高平的弟弟高志，对高志说："我耳朵不太好，你听听看你哥到底在喊什么？"高志俯下身子，把耳朵贴在高平嘴边，仔细地听了一下，对母亲说："我听着他在叫小慧。小慧好像是一个人的名字。"

王贞女一听，一拍大腿坐在了床沿说："这下不得了，跟当年和玲玲分手时一样，老毛病又犯了，又在一棵树上吊死了，肯定是这个叫小慧的女人把你哥弄丢了魂，这可怎么办？这样下去这个人就废了。"高志说："姆妈，你别急，他是发烧发糊涂了，等烧退了就好了。"王贞女说："你哥的性格你还不知道，就是一根筋。一个玲玲就让他想了二十多年，

310

我看这次这个小慧，他要想一辈子了，可怜的人呐！你赶紧看看你哥的手机，找出小慧的电话叫她劝劝你哥。"高志一听，拿起高平的手机在通讯录里找到了小慧的电话，对王贞女说："姆妈，我拨通电话，你来说。"

高平回家两天了，没有电话也没有信息，董小慧心里一直牵挂着，发了几次信息高平都没有回，心想着高平不会出什么事吧？正当她在徘徊之际，接到了高平母亲打来的电话。她那带着浓重乡音的普通话说："妹呐，我家的平呐犯了相思病，你要救救他，多给他打打电话，陪他说说话，让他回过神来。"董小慧一听说："阿姨，这几天我一直联系不上他，他怎么了？"王贞女一听，哭着说："妹呐，他生病了，发着高烧，打了点滴也不退，嘴里一直喊你的名字。我实在没法可想了，就打你的电话，这可怎么办？"董小慧说："阿姨，你别急，我会多跟他联系的。"

接到高平母亲的电话后，董小慧的心里更加难受，她知道高平正在接受一场痛苦的感情折磨。如果不是自己闯进了他的心灵，也许他还过着平静的生活。董小慧觉得对不起高平，要帮他从这场痛苦的情感中走出来。想到这里，她立即给高平发了信息，她在信息中写道："平呐，你回家两天了，没有给我电话和信息，我心里很是牵挂。你母亲刚才来电话说你生病了，我心里更是难过，觉得对不起你，是我害了你，当时我也是一时糊涂，没想到你用情那么深。但是不管怎么说，我们的感情是错误的，就要回头。希望你能正视现实，从痛苦的阴影中走出来，战胜自己，重新开始新的生活。我永远是你的亲人，永远会帮助和支持你的。"

第二天，高平的烧有点退下去了，人也清醒了一点。母亲给他烧了稀饭，吃饭时母亲对他说："平呐，你现在好点了，昨天一直在讲胡话，在叫小慧。我看你这个样子，和当年玲玲跟你分开时的样子很像。我叫志呐找了小慧的电话号码，给她打了电话。"

高平一听很生气地说："你们怎么搞的，给她打电话干什么，跟她没关系！"母亲说："没关系，没关系你叫她名字干什么？我看关系大着呢！"高平说："姆妈，你不要瞎猜，我只是发烧发糊涂了，有点乱讲话，烧退下去就好了。"王贞女说："有关系没关系我也不跟你理论，反正我觉得这个妹呐良心好的，人家记挂着你呢！一听说你病了，她很着急，说给你打了好几次电话你都不接。"高平说："我知道了，我现在有点累想休息了。"王贞女说："你要接人家电话。"说着就走出了高平的房间。

母亲走了，高平拿起手机一看，发现董小慧已经打了好几个电话，还发来了好几条信息。读着董小慧的信息，高平的心里有了一丝温暖。他觉得董小慧还是一个有情有义的人，虽然两人没有了恋情，但她还是牵挂着自己，给了自己亲人般的感觉，让他感觉这个世界还有真情。

他回了信息，在信息里写道："慧，虽然我没有给你回信息，但我一直惦记着你。我生病让你担心了，实在对不起，其实也没什么大病，就是发烧，吃点药，打打针就好了。感恩你在遥远的地方还惦记着我，我想就是此刻离开了这个世界也是幸福的，因为有你的爱与思念陪伴着我。"

信息发出后不久，董小慧回了一条信息："平呐，不要说糊涂话，一点小病就想到死，你也太脆弱了。在家好好调养，等你冷静下来身体好了，再来天城。在生活和事业方面我会帮助你的，相信你会坚强地走出这段感情的阴影。"高平回了一条信息："慧，你的爱永远埋在我的心里，我一辈子不会忘记。"

那些日子，董小慧每天给高平发信息，关心鼓励他。高平的心慢慢冷静下来了，按时吃药打针，胃口也有好转，身体在慢慢恢复，对未来的生活也有了一些新的思考。

一天上午，高平在床上休息，母亲端着一碗蛋汤走进了他的房间。望着母亲那满头的白发和写满岁月沧桑的脸，他心里一阵难过。想到这么多年来，母亲为了这个家，为了抚养几个儿女，也不知吃了多少苦，受了多少累。如今父亲又走了，留下她一个人孤孤单单地在这个世界上，挺不容易的。本来应该尽孝心照顾母亲，可自己为了儿女情长让母亲担心劳累，还有舍弃生命的想法，他觉得对不起母亲。想到这儿，他赶紧从床上爬了起来，接过母亲手里的鸡蛋汤说："姆妈，你辛苦了，快坐下。"

高平和母亲面对面坐着，母亲对他说："你这几天身体慢慢好起来了，胃口也好一点了，我心里压着的这块石头也落地了。你生病的这些日子，我都担心死了，整个人糊里糊涂的。"高平说："姆妈，我现在好了，你不用担心了。"母亲说："你这一辈子，从年轻的时候就为了女人要死要活的，到现在还单身。我看你命里就是没有女人，你不要再折腾了，管好自己的身体，好好过日子。"高平说："姆妈，这次生病我感觉从鬼门关走了一遭，这世上的事也想明白了一点，以后我不会再为女人伤心了，会好好过日子的。等我赚到了钱，我就带你到外面去看看世界。"母亲笑着说："我等着那一天。"说着，端起放在桌上的鸡蛋汤说："蛋汤要凉了你先喝了。今天我看你精神好点，可以出去走走。"喝完蛋汤，高平精神似乎好了一些，他走出房间，朝大门外走去……

高平回家已经一个多月了，在母亲的关爱和小慧的劝说下，他慢慢从痛苦中走了出来。又是一个寂静的夜晚，他想起了天城，想起了和小慧曾经走过的温暖岁月，记忆牵动着他的思念。高平思索良久，在灯下铺纸提笔，给董小慧写了一封长信。他在信中写道：

慧：

我离开天城已经一个多月了，经过痛苦的思索，我的心慢慢恢复了平静。我不再怨恨你，对你只有感恩和依恋。感恩你给了我一段人生最美好的记忆，你给我的温暖与爱，像母亲又像妻子。每当我痛苦的时候，躺在你的怀里，就好像生命找到了依靠，一颗被尘世扰乱的心，得到了宁静，感觉人世间是那么的美好。当我孤独的时候，我总是默默地向你倾诉，你总是用温柔的话语安慰着我，用手轻轻地抚摸着我，鼓励着我，让我坚强。你的爱是那么博大和深沉，这辈子能与你相遇，是我的幸福！我多么渴望时间能定格在那一刻，让幸福永远陪伴着我，直到生命的逝去。

　　但人生的美好总是那么短暂，就像天上的流星，稍纵即逝。当我沉醉在爱情的幻想中时，你却提出要回归家庭。那一刻，我觉得天塌了，生命再也没有希望了，从此又要像一个没有母亲的孩子，走在漂泊的路上，没有了生命的依靠，人生失去了方向。那段日子，我真不知怎么过来的。每天晚上，我都难以入眠，整个人头昏脑涨，牙齿痛得难受，吃不下东西，人日益消瘦，感觉自己的生命快要走到尽头了。

　　我有时也觉得命运不公平，爱上一个人很难，可好不容易爱上了又得不到，更是痛苦。有时也恨你太狠心了，我又没有对你有过分的要求，也没想破坏你的家庭，只想默默地爱着你，可你却转身离去。也许生活永远是矛盾的，尘世间的事也不是尽善尽美的，总会留下许多遗憾。正视现实，我慢慢地清醒了，我们的爱是错误的，是法律和道德不允许的，我们都要从错误的爱中解脱出来，重新回归正常的轨道。

　　痛定思痛，过去的美好只能留在记忆里，化作今后永远的思念。如今我已走出迷茫，开始想念天城这座曾经给予我美好的城市。我想在这座城市里重新开始生活，继续自己的梦想，不知那座城市是否还会敞开温暖的怀抱拥抱我。

高平

××××××

半个月后，高平接到了董小慧的来信。董小慧在信中写道：

平：

　　读着你的来信，我很欣慰，你终于从这段痛苦的情感中走了出来，感恩你的坚强。是我对不起你，当初我一心想帮助你，但是日久生情，我们都陷入情感的漩涡中。好在我们都是善良的人，及时回头，才没有酿成人生的苦果。感恩人生路上的相遇，也感恩你曾经对我的爱，我永远记得你对我的好。在人生的道路上，其实有一份真诚的爱也是生命中的美好回忆。我们相遇太晚，如果我们一直这样爱下去是一种痛苦，选择放弃是一种智慧。你是那么真诚和善良，相信好人有好报，将来你一定会找到属于自己的幸福。你来天城吧！在我的心里，你永远是我的亲人，以后在工作和生活上，我会像亲妹妹一样帮助你，我在天城等你。

小慧

××××××

　　读着董小慧的来信，高平的心里涌起一阵温暖，他庆幸自己没有爱错人。董小慧是一位深明大义、富有大爱的女人，是值得他一辈子铭记和感恩的人。

　　几天后，高平挥泪告别故乡和年迈的母亲，再次来到了天城，开始了新的生活。

　　几年后，在董小慧的鼓励和帮助下，高平的文学梦实现了，他写的小说发表并获奖了。从此，"高平"慢慢走进了公众的视野。

　　那年春天的一个黄昏，高平和董小慧再次来到了他们曾经相约过的艺术学院，两人漫步在学院内，董小慧对高平说："平呐，现在你的事业已经成功了，物质生活也改善了，你也应该找一个关心你的女人过日子，不要再一个人过了，人总是需要陪伴的。"高平说："我把这一辈子剩余的爱全给了你，再也不会对别的女人产生感情。虽然我们的爱情那么短暂，但却能让我感动一生。只要你能给我一个念想，我就守你一辈子，这样我也是幸福的！"董小慧说："这样太苦了你。"高平说："能守望你，就是我生命的希望。"董小慧默默地流泪了……

夕阳温柔地低着头，一步一回首。

董小慧告别高平，踏上了回家的路。

高平望着她逐渐消失的背影，泪眼模糊。他掏出手机，在信息里深情地写了一首诗《仿佛有个约定》：第一次见到你／就感觉特别亲切／仿佛前世今生有个约定／你和我素昧平生／却是那样的懂我／每一个细微的动作／都打动我的心灵／若说没有奇缘／茫茫人海中为何与你相遇／若说有奇缘／相爱的人／为何梦里不能共朝夕／和你相处的日子／总是那么甜蜜／在爱的面前没有理由／明明知道爱你是伤害你／却还要执意前行／爱着你我心碎／想起你我温暖／……　……

后记

　　花谢花飞，周而复始，经过几年的努力，数易其稿，终于完成了小说《仿佛有个约定》的写作。

　　当我完成小说的最后一个章节时，想到她即将和读者见面，就像十月怀胎的婴儿即将降临人世，心里盛满了感动。

　　每一个故事的背后，都有一段刻骨铭心的记忆。在创作这部小说之前，我脑海里一直有这样的想法——写一部属于自己那个年代的故事，反映他（她）们人生道路上的悲欢离合，成功与失败，收获与喜悦。那时因为写作条件不成熟，这个想法在脑海里搁置了许久，随着时光的脚步走远了。

　　2016年的秋天，我来到杭州打工，在文友的帮助下，有了一个舒适的生活环境。工作之余，我又拿起笔，继续着我的梦想。

　　生活是写作的积累，那些日子里，每每夜深人静时，我的脑海里总是翻阅着旧时光，生命中的往事虽然远去，但记忆依然鲜活。

　　小说中的主人公高平，是一位农村文学青年，为了追求理想，追求完美的爱情，他历经苦难，不忘初心。其平凡曲折的人生，饱含着世事沧桑和对美好理想的坚强守望。

　　在改革开放之初，经历了失恋的痛苦，高平怀揣着文学的梦想，离开了生他养他的那片土地，从此踏上了漫长的漂泊之旅。

为了生活，他饱尝人生的酸甜苦辣。身处逆境时，他也从不放弃自己的追求，依然坚守梦想，依然对人生有着美好的向往。

高平是幸运的，在追求理想的征途中，他得到了许多好心人的关心和帮助。那些普普通通的人们，用平凡的言行传承着中华民族乐于助人的传统美德，绽放出人性中和谐、友爱、向上的最美光芒。

生活就是一个舞台，不同的人扮演着不同的角色。但不管怎样，人们在生活中的演绎，总会留下或深或浅的故事，这些故事在岁月的长河里描绘着感人的篇章。

此书即将付梓印行，在此向那些曾经关心过我的亲人和朋友致以真挚的谢意，永远感恩你们。

汤华平

写于西子湖畔

2019 年 7 月 19 日